赤诚的情怀，无悔的人生

抗日救国明大义，舍生取义无所惧

《红灯记》

故事在鸡东

主　编◎李军亮

编　著◎滕宗仁　蒋兴莲

揭秘《红灯记》故事原型
李玉和在鸡东县革命活动的片段

黑龙江人民出版社

图书在版编目（CIP）数据

《红灯记》故事在鸡东 / 李军亮主编 . —— 哈尔滨：
黑龙江人民出版社 , 2018.6

ISBN 978-7-207-11389-4

Ⅰ . ①红… Ⅱ . ①李… Ⅲ . ①中篇小说—小说研究—
中国—当代 Ⅳ . ① I207.425

中国版本图书馆 CIP 数据核字 (2018) 第 156669 号

责任编辑：姜海霞
封面设计：鑫源出版
XINYUANPUBLISHING

《红灯记》故事在鸡东

出版发行	黑龙江人民出版社	
地　　址	哈尔滨市南岗区宣庆小区 1 号楼	
邮　　编	150008	
网　　址	www.longpress.com	
电子邮箱	hljrmcbs@yeah.net	
印　　刷	永清县晔盛亚胶印有限公司	
开　　本	787×1092　1/16	
印　　张	20	
字　　数	260 千字	
版　　次	2018 年 6 月第 1 版　2021 年 6 月第 2 次印刷	
书　　号	ISBN 978-7-207-11389-4	
定　　价	58.00 元	

版权所有　侵权必究　　　　举报电话：（0451）82308054
法律顾问：北京市大成律师事务所哈尔滨分所律师赵学利、赵景波

　　中共鸡东县委常委、宣传部长李军亮（右一）和李戈女士（中）参观抗联第四军遗址碑

　　今年101岁的张玉君老人是鸡西地区唯一健在的抗联老战士，他的战友王庆云的孙女王晓红每年都来看望他。图为王晓红（右一）、王晓红的女儿（左一）与张玉君在一起

　　黑龙江工业学院教授滕宗仁为全县机关干部做"'红灯记'故事发生在鸡东"主题报告会

县委县政府组织干部群众重走抗联路

辽宁社科核心期刊《兰台世界》中刊登"《红灯记》故事原型在鸡东"的相关文章

《红灯记》故事"龙潭"火车站日军炮楼遗址

侵华日军家属居住过的房屋

《红灯记》故事中"北山游击队"（密
山游击队队长）原型朱守一烈士纪念碑

苏怀田、田宝贵等 36 名烈士纪念碑

抗联第四军遗址纪念碑

抗联第四军纪念馆

抗联第四军纪念馆馆藏文物

平阳百年戏院——八角楼

八角楼正面

《〈红灯记〉故事在鸡东》序

中共鸡东县委副书记　徐　铭

最近，鸡东县委宣传部组织有关专家学者编写了一部红色文化大书《〈红灯记〉故事在鸡东》。我读后，觉得它有正能量、有感染力，能够温润心田，启迪心智，是一本能够传得开、留得下的作品。必将为人民所喜爱，时间也将会见证它是一部的优秀作品。

这本书通过文学的方式，回到历史现场，讲述精彩故事，书写着革命先辈们坚定的意志、崇高的信仰以及英勇无畏的精神，展现了中国共产党领导东北人民，从第一次大革命到抗日战争时期的斗争历史。穿过历史烽烟，我们仿佛又回到了七十多年前，历史书上记载的人和事又鲜活起来——那就是东北抗联面对凶残的日本军国主义的艰苦卓绝的斗争画面；那就是红色"丝绸之路"鸡西地区国际交通站上发生过的传奇故事；那就是峥嵘岁月里革命老区人民倾尽全力支援抗联的画面……这一场场、一幕幕，我们永远忘不了，永远也不该忘记。因为这是曾经在我们红色家园发生过的故事。

我读完这本书后有四点感悟：

一、《红灯记》为什么会这样红？

在历史学科中，抗日战争是受到社会广泛关注的领域之一。

近日，教育部要求各级各类教材全面落实"十四年"抗战概念，并视情修改相关内容。这表明，长期以来认识不尽一致的抗日战争起点问题，终于形成了统一认识。伟大的抗日战争孕育了伟大的抗战精神，习近平总书记将抗战精神概括为：天下兴亡、匹夫有责的爱国情怀，视死如归、宁死不屈的民族气节，不畏强暴、血战到底的英雄气概，百折不挠、坚忍不拔的必胜信念。《红灯记》是个重大的抗战题材，必然能引起广大群众的关注。古往今来，英雄主义始终是一面旗帜，印刻着人类共同的理想和追求，塑造着高尚的生命和灵魂。英雄主义是民族精神的核心和脊梁，支撑着民族的信心和力量。英雄形象的塑造从来都是文艺创作的闪光点和制高点。一个个激动人心、催人奋进的英雄形象激励了一代又一代人奋勇前进。《红灯记》中的英雄人物是普通人，小人物进入了文艺视野，成为文学艺术的主角。李玉和、李奶奶、李铁梅这些"小人物"身上，同样凝聚抗战精神和民族向上的崇高情感及优秀品质。由于这些小人物贴近生活、贴近实际、贴近群众，因此更被人们喜闻乐见。

二、《红灯记》的故事为什么会发生在鸡东？

这里有两方面的史实证明：一方面的史实是鸡东所具有的典型环境。鸡东县1965年建县，以前由密山管辖。新中国成立前山区内地形复杂，草深林密，山势险恶，资源丰富，在政治、经济和军事上占有重要地位。这个美丽富饶的地方，一向被日本帝国主义所垂涎。鸡东人民长期遭受日本帝国主义的宰割和蹂躏，过着悲惨的生活。面对日本侵略者惨无人道的"三光政策"和日本开拓团的经济掠夺，鸡东人民奋起反抗，同日本侵略者展开了不屈不挠的斗争，给予敌人以沉重的打击。

1936年2月，根据中共吉东特委的指示，东北抗日同盟第四军正式编为东北抗日联军第四军，李延禄任军长，这是活跃在鸡东境内的一支重要抗日力量。他们传播火种，发动群众；他们坚持信仰，大义凛然；他们视死如归，浩气长存；他们抛头颅洒热血，用鲜活的生命去实践自我的理想。苏怀田、朱守一、田宝贵……每个抗联烈士都是一面旗帜，在他们身上闪烁着坚持抗战到底、坚定抗日必胜的信心和决心，展现出不怕艰苦，不怕牺牲，敢于胜利的民族魂魄。这就是产生《红灯记》故事的特定社会环境，即时代背景。

在鸡东境内的林密铁路西起鸡西市的鸡冠山，东至密山黑台镇，全长51千米，始建于1934年，1936年2月通车使用。车站东西两端设有多处扳道处。火车站沿线设有平阳站（今鸡东站）、东海站、永安站三个大站，其中永安火车站是一个碉堡式火车站，钢筋水泥构造至今保持完好。主碉堡分上下两层，上层为瞭望孔，下层布有机枪眼，为射孔。碉堡下面外围有水泥墙，防守相当严密，可谓戒备森严。这就是《红灯记》中李玉和具体的工作场所。这一切情节实物链构成了《红灯记》的真实典型环境。

另一方面的史实是鸡东所具有的相对应的典型人物。

据宫兴禄老人的口述史证明，他在"文化大革命"中接触过敌伪档案，其中真实地记载着李玉和三次被捕的经历："第一次被捕的李玉和，原名张玉和，职业东海车站苦力，华北八路军情报员，参加过'二七大罢工'，被密侦告密，在东海车站被捕；第二次被捕的李玉和，原名张玉和，梨树镇铁路工人，华北八路军情报员，被密侦告密，在梨树镇被捕；第三次被捕的李玉和，华北八路军情报员，在东海镇八铺炕被捕。"从身份和名字看，三次被捕的李玉和与《红灯记》中的李玉和不仅名字相同，革命经历也相似。

1960年傅文忱回忆在密山担任北满国际交通站交通员时，曾谈到1944年由于叛徒出卖，桑元庆等22位交通员被捕，其中电台、发电机、密码被日本宪兵队队长上坪铁一缴获。上坪铁一，1944年8月

9日任鸡宁县宪兵队队长，1944年10月以后任东安日本宪兵队队长。日军侵华期间，他干尽了坏事，丧尽天良。他逮捕的22位交通员已查到姓名的有李东升、宫发德、桑元庆、张玉环等人，上坪铁一对他们施以灌凉水、过电、装入麻袋撞、木棒打、火钩子烫等残忍酷刑，最后将李东升、桑元庆、张玉环三人"特别输送"到731细菌部队做活体细菌实验，后被杀害。刘清洋、田丰久等19人下落不明。

这些铁证如山的历史就发生在我们鸡东。

这就是发生在我们家乡鸡东这块热土上的慷慨悲歌，由无数知名的和不知名的英雄所组成的一幅幅丰富的、感人的、立体的、难以磨灭的历史画卷。没有英雄的民族是可悲的，英雄是一个民族弥足珍贵的精神食粮、精神财富。我们任何时候都不应该遗忘、疏远和抛弃。这是我们振兴发展、实现中国梦的强大精神动力。

我们鸡东有产生李玉和、李奶奶、李铁梅这些平民英雄的深厚沃土、历史背景和红色文化基因。因此，我们可以完全自豪地说：《红灯记》的故事就发生在鸡东。

三、我们为什么要深入地研究《红灯记》？

省第十二次党代会报告指出：必须强化思想引领，巩固壮大主流思想舆论，弘扬主旋律，汇聚正能量，激发全省人民奋发进取的强大思想动力。作为一种特殊的历史文化资源，《红灯记》并没有随着时代的发展而成为被封存的历史。在当今，理论上清醒，政治上才能坚定，用科学理论武装头脑，是我们迎接新挑战，完成新使命的根本保证。因此，《红灯记》具备了历史和当今的双重观照意义。

第一，我们要以抗联精神凝聚发展动力。

通过研究《红灯记》，弘扬东北抗联精神，提振发展的信心和勇气；通过研究《红灯记》，弘扬东北抗联精神，勇担振兴发展的历史责任；通过研究《红灯记》，弘扬东北抗联精神，传承不畏艰险、攻坚克难的优良作风；通过研究《红灯记》，弘扬东北抗联精神，凝聚振兴发展的内生动力。

第二，我们要以北大荒精神开拓前进。

中共鸡西市委提出要"坚持突出'一条主线'，实施'三大战略'，做强'四大主导产业'，打造'一都五基地'，统筹推进经济、政治、文化、生态文明和党的建设，努力在全省率先走出资源型城市转型发展的新路子，不断创造鸡西人民更加幸福美好的生活"。

我们鸡东县委县政府，根据省市党代会的精神和提出的战略目标，结合鸡东的实际，也提出了紧紧围绕"4+1"主攻方向，全力打造"一区两带"，坚决打好"五个攻坚"战役。扎实做好稳增长、调结构、促转型、优环境，惠民生、保稳定等各项工作。这就更需要我们认真地挖掘和整理《红灯记》的文化资源，以持续深化理论武装坚定信心；以社会主义核心价值观汇聚共识；以正确舆论导向凝聚发展力量。在贯彻落实省市党代会精神，实现经济社会振兴发展的宏伟目标时，必须继续弘扬"艰苦奋斗、开拓进取、无私奉献、顾全大局"的北大荒精神。加强政治意识、大局意识、核心意识、看齐意识。切实把文化资源优势转化为文化发展优势，促进经济发展。

四、我们应该怎样发挥《红灯记》的文化品牌效应？

习近平同志指出："文运与国运相牵，文脉与国脉相连。实现中华民族的伟大振兴，是一场震古烁今的伟大事业，需要坚忍不拔的伟大精神，也需要振奋人心的伟大作品。"《红灯记》的原创《自有后来人》是当年开发北大荒的两位作家在鸡西创作出来的红色经典，是一种宝贵而又稀缺的文化资源，它不仅属于我们鸡东，也属于全市全省全国。如何开发这一享誉国内外而又影响深远的文化品牌，我们全县上下都应该重视起来，它不仅是文化，它也是政治和经济，我们要重塑《红灯记》的文化品牌，不断扩大效应，为地域文化发展注入活力，为经济社会发展注入内生动力。

第一，利用《红灯记》的文化品牌，努力打造"旅游+文化"的特色，"旅游+媒体传播"的宣传模式。一是在风景区、国家级自然保护区、宾馆旅行社，把《红灯记》的故事打造成系列文化产品，如：改编成微型电影小片，制成折叠广告、印制书籍、编撰故事、制作纪念品，向广大游客宣传介绍鸡东；二是把抗日人文景观，如半截和要塞、平阳镇八角楼、永安侵华日军碉堡、西大营侵华日军工事、银丰村侵华日军军营旧址等做成系列旅游路线图，使更多的人了解鸡东，了解鸡东的抗战史，以及《红灯记》在鸡东的故事；三是在开发鸡东传统的"春赏花、夏游绿、秋采果、冬闹雪"和"天蓝水碧映山红——魅力鸡东"等传统旅游活动中，穿插与《红灯记》有关的抗联故事，开展知识竞赛、诗歌朗诵比赛等，提升旅游中的文化品位，目的是激发人们热爱鸡东、认同鸡东、赞美家乡、热爱家乡的爱国爱家乡意识，以旅游文化为杠杆，拉动经济攀升发展。

第二，利用《红灯记》的文化品牌，在招商引资工作中，用新鲜活泼的形式，开展以"热爱家乡、赞美家乡"为主题的文化活动。宣传我们鸡东得天独厚的资源优势、悠久厚重的历史文化，坚持"4+1"主攻方向，采取走出去、请进来等方式，做实人脉基础，广泛寻找商机，在打造"鸡西城市副中心"上，重点培育、引进、壮大高端物流和电子商务产业，促进第三产业发展。

第三，目前，我们鸡东县的东保中药材种植农民专业、合作社中药材初加工、大地水资源开发有限责任公司、凤凰湖风景区水上乐园二期工程建设、黑龙江珍爱生物科技有限公司紫苏油精深加工等一大批项目已破茧成蝶，正在热火朝天的建设中。建议宣传部门、文化部门、教育部门也应该研究一下我县的文化产业的建设发展，搞好顶层设计，借《红灯记》故事和抗联在鸡东的乡土教材，对广大青年学生进行爱国主义教育和革命传统教育。通过《红灯记》故事的普及宣传教育，激发全县人民充分发扬东北抗联精神和北大荒精神，为"携手扮靓美丽鸡东，齐心共建幸福家园"做出我们应有的贡献，真正发挥"文化惠民、文化育民、文化乐民"的独特作用。

今年是鸡西建市60周年，前不久党的十九大已顺利召开。这是高举中国特色社会主义伟大旗帜，为决胜小康社会、实现中国梦而奋斗的历史盛会，有着深远的历史意义和重大的现实意义。《〈红灯记〉故事在鸡东》这本书的出版，更能激励我们在新的历史起点上不忘初心，继往开来。这也是宣传部门向党的十九大和建市60周年的献礼，可喜可贺，权以为序。

目录 contents

第三部分：《红灯记》的人物是鸡东抗日战场上群像的缩影

第四部分：《红灯记》的姐妹篇《烽火搜救孤》

第一部分

《红灯记》现实价值研究

学术论文：

《红灯记》现实价值研究

滕宗仁

　　鸡东是红色文化资源非常丰富的地方，特别是抗日战争故事比许多文学作品描写得还要精彩。回顾历史，砥砺今天。追寻那一段红色的记忆，重温那一种信仰的源头，正是为了牢牢铭记历史、传承并弘扬先辈们的革命精神，脚踏实地走好今后的每一步。我们要学习贯彻好省委十二次党代会精神："解放思想、改革创新、凝心聚力、奋发进取、决胜全面建成小康社会"。我们要具体落实市委十三次党代会精神："努力在全省率先走出资源型城市转型发展的新路子，不断创造鸡西人民更加幸福美好的生活。"我们要贯彻落实县委十二次党代会精神："全力拼搏干事业，转型创新促发展，为实现全面建成小康社会目标而努力奋斗。"这样，即使我们走得再远，也不会忘记过去走过的路，不忘初心，继续前进。

　　为此，我们重温了《红灯记》原创的史实、背景，深入研究它的价值意义，挖掘探索它的红色文化效应，这具有深远的历史意义和重大的现实意义。

一、《红灯记》诞生的史实及影响

1962年9月，电影剧本《自有后来人》发表，1963年，长春电影制片厂拍成电影，编剧署名为迟雨（沈默君）、罗静（罗国士）。故事情节：在日寇统治下，东北的一个城市里住着李姓一家祖孙三代人。实际上这一家人并不同姓，是共同的战争和阶级的命运把他们联结在一起。为将一份密电码送到北山游击队，我地下交通员铁路工人李玉和遭叛徒王巡长出卖被捕。日宪兵队长鸠山迫降未得逞，提着礼物来到李家，企图利用母子之情，从李母（李奶奶）手中骗出密电码，被富有斗争经验的李母识破骗局。于是，敌人将李母与孙女铁梅抓走。之后，鸠山为李玉和一家安排一次会面。暗中窃听密电码的下落。祖孙三人在狱中相会，互述衷情。鸠山毫无结果，杀害了李玉和及李母，佯释铁梅，并派叛徒王巡长与铁梅联系，企图从年幼的铁梅手里骗取密电码。铁梅根据王受伤的左臂，认出王是出卖父亲和奶奶的叛徒，她机智勇敢地用皇历冒充密电码，骗走了叛徒。然后乘机跑出去取走密电码，交给游击队，完成了父亲和奶奶未完成的任务。

电影《自有后来人》在全国上演后，引起强烈反响，成为当年最受欢迎的电影之一，受到群众的普遍好评。各地文艺团体纷纷改编演出此剧。长春电影演员剧团率先改编成话剧，取名《红灯志》。哈尔滨市京剧团迅速将其改编为京剧，并恢复了原来的名字《革命自有后来人》。上海爱华沪剧改编成现代沪剧，取名《红灯记》。中国京剧院也改编排演了京剧《红灯记》。但主要人物、主要情节没有改变，依然是李玉和三代人"不是亲人胜似亲人"，只是把电影改为京剧而已。此后，又催生了以维吾尔族民间音乐为素材移植的《红灯记》。还有豫剧、汉剧、评剧（三代人）、秦剧、越剧、河北梆子、晋剧移植的《红灯记》等剧种和电影版本，取得了空前"待后"的文艺效果。

从电影《自有后来人》到京剧《革命自有后来人》，再到样板戏

《红灯记》，一直得到党和国家领导人的关注。在1968年的演出本"痛说革命家史"的戏中，当演到李玉和要出门时，铁梅说："爹！给您戴上围脖。"毛泽东对戏中这个小细节提出自己的修改意见，说："围脖太普通化了，虽然是现代戏，但京剧还是要雅一点，围脖应改为围巾。""赴宴斗鸠山"的戏中，李玉和说"我不信佛，可也听过有这样两句话：魔高一尺，道高一丈"。周恩来对李玉和这场戏的念白"魔高一尺，道高一丈"觉得不妥，说："中国古语传统说法'道高一尺，魔高一丈'，我看还是按传统说法好。"1964年6月，哈尔滨市京剧院排演的《革命自有后来人》参加了现代京剧观摩演出，一举轰动京城。党和国家领导人周恩来、朱德、董必武、彭真、李先念、陆定一、罗瑞卿、郭沫若等都观看了演出，上台接见全体演员，并合影留念。郭沫若看戏后挥毫题词："革命见精神，花开日日新。一番生面目，自有后来人。"田汉也题词："三家两代一灯存，风雨相依即祖孙。送到北山机密件，后来人更党人魂。"毛泽东在晚年的时候，还动情地观看了电影《自有后来人》。据《走进毛泽东最后岁月》一书记载：1975年8月份的一个晚上，毛泽东和几个工作人员一起看电影《自有后来人》。这就是生活工作在北大荒的两位作家沈默君、罗国士为编剧的原创版。这是一部悲壮的、表现革命英雄主义的电影，样板戏《红灯记》就是在这个基础上改编而成的，这是不争的事实。毛泽东的民族英雄情结伴随了他的一生，因此，他能和《自有后来人》《红灯记》产生感情上的共鸣。

《红灯记》为什么能这么走红？

一是重大革命题材和歌颂的"小人物"贴近生活，为人民群众所喜闻乐见。

在历史学科中，抗日战争史是受到社会广泛关注的领域之一。伟大的抗日战争孕育了伟大的抗战精神，《红灯记》是个重大的抗战题材，必然能引起广大群众的关注。古往今来，英雄主义始终是一面旗帜，印刻着人类共同的理想和追求，塑造着高尚的生命和灵魂。英雄主义是民族精神的核心和脊梁，支撑着民族的信心和力量。英雄形象的塑造从来都是文艺创作的闪光点和制高点。一个个激动人心、催人奋进的英雄形象激励了一代又一代人奋勇前进。《红灯记》中的英雄人物是"普通人""小人物"，他们进入了文艺视野，成为文学艺术的主角。李玉和、李奶奶、李铁梅这些"小人物"身上，同样凝聚着抗战精神和民族向上的崇高情感及优秀品质。由于这些小人物贴近生活、贴近实际、贴近群众，因此更被人们喜闻乐见。

二是被评为八个"革命样板戏"之首的《红灯记》，虽然遭到江青的干扰和破坏，但它凝聚了众多艺术家的心血，特别是在粉碎"四人帮"以后，经过拨乱反正，使它重焕艺术光辉，使精彩的故事得到普及。

1964年6月，在北京举行的现代京剧观摩演出中，作为全国最早把电影文学剧本改编成京剧的哈尔滨京剧院的《革命自有后来人》和中国京剧院的《红灯记》，同台比试，演员的演技各有千秋，一时在京城传为佳话。这时，江青突然将两个剧团的演职人员召集在一起，下达了"三停"的决定，即哈尔滨京剧院演出的《革命自有后来人》要停止巡回演出；唱片要停止发行；对外要停止辅导。她还明确提出："只能有一个剧本，只能有一个《红灯记》。"并强调要去上海专门观摩、学习、改编沪剧《红灯记》，此后就由中国京剧院演出《红灯记》。

江青为了实现篡党夺权的政治阴谋，配合制造共和国最大的历史冤案，她处心积虑地篡改了《红灯记》故事的政治背景。1970年，"革命样板戏"《红灯记》剧本发生了重大修改：故事的发生地从东北移到华北。"北山游击队"改为"八路军松岭根据地柏山游击队"；鸠山的一句台词"这个跳车人，是共产党北满机关的交通员"改为"共产党的交通员"；李玉和一个唱段"北满派人到龙潭"改为"上级派人到隆滩"。显然这些都是为了"打倒刘少奇"，因为刘少奇曾任中共满洲省委书记，江青等人绝对不许为刘少奇歌功颂德，所以，"革命样板戏"《红灯记》中凡涉及"东北"和"北满"的地方全部被删改。

尽管由于江青为将《红灯记》据为"己有"，在排演过程中指手画脚，进行干扰和破坏，使《红灯记》在思想性和艺术性方面受到一定影响，但瑕不掩瑜，凝聚了众多艺术家心血的《红灯记》在革命文艺史上以其独到的艺术创新而占有重要地位。十年后，这些潜伏的记忆又重新发酵、变化，样板戏又重新出现在舞台上，《红灯记》又回到人民的视线中。在1986年中央电视台春节联欢晚会上，李维康、耿其昌夫妇演唱了两段京剧《红灯记》中的《穷人的孩子早当家》和《都有一颗红亮的心》，受到观众的欢迎。这是"文化大革命"后样板戏首次在重要晚会上亮相，它通过电视向全国传播，产生较大反响。

1990年，是徽班进京二百年，这是一个隆重的纪念日。中国京剧院以原班人马率先重排了《红灯记》，在北京人民剧院演出；1996年8月30日，在"鸡西市第三届金鸡文化节"开幕之际，鸡西市京剧团在鸡西铁路工人文化宫演出了现代京剧《红灯记》。因为《红灯记》的原创地就在鸡西，所以，市委市政府非常重视京剧《红灯记》的演出，组织全市各单位干部职工近十万人观看，进行爱国主义和革命传统教育。

三是在新的历史时期，它应该更好地发挥其资政存史育人的作用，并应擦亮文化名片，推动地区文化、经济发展。

《红灯记》脱胎于母本《自有后来人》。《红灯记》的原作者究竟是谁？在相当长的一段时间内都是一个谜。1963年《自有后来人》电影上映时，编剧署名是迟雨、罗静。然而在现实生活中并无此二人，显然用的是笔名。京剧《红灯记》大红大紫时，署名一律冠以"集体创作"。直到近些年来，谜团才日渐在公众层面揭晓，原来迟雨的本名叫沈默君，罗静的本名叫罗国士。他们当年都是开发北大荒的转业官兵。20世纪50年代末、60年代初，三级制850农场场部就在虎林县境内离虎林镇一公里的西岗，农场子弟学校（又称宝东中学）就设在西岗不远的宝东。《自有后来人》《红灯记》的原作者曾在宝东的850农场子弟学校任教。《红灯记》剧中人物的经历，反映的正是北满抗联的历史缩影，是东北抗日英雄群体的写照。这是一曲悲壮的颂歌。主要人物李玉和及李奶奶充满了牺牲的"壮美"，李铁梅充满了"不忘初心、继续前进"的阴柔之美和阳刚之气。

《红灯记》已经成为鸡西地区独特的文化徽记，是一个既有爱国主义特色又有抗联精神，更有国家意义的文化品牌。我们要擦亮《红灯记》这张文化名片，提升鸡西地域的文化内涵，扩大鸡西的文化影响力，促进鸡西文化与经济社会的协调发展。

在我省第十二次党代会刚刚闭幕之际，省委书记张庆伟就率领全体省委常委来到东北烈士纪念馆和东北抗联博物馆，缅怀革命先烈，重温抗联历史。张庆伟强调，我省正处在爬坡过坎的攻坚期，推进振兴发展的关键期，更需要弘扬伟大的东北抗联精神，不断地赋予其新的时代内涵，凝聚起决战决胜全面小康，推动全面振兴发展的强大动力。为此我们也应该开发整理、深入研究《红灯记》。通过对《红灯记》的研究，我们要以社会主义核心价值观建设凝聚共识，深入开展爱国主义和革命传统教育；通过对《红灯记》的研究，我们要以继承和发扬东北抗联精神，凝聚"不忘初心、继续前进"的强大动力，繁荣鸡西文化，大力实施文化惠民工程、发展壮大文化产业。

二、《红灯记》在鸡西研究的既往成果

一是以市地域文化研究会副会长韩照源和市收藏家协会会长韩基成为代表的索引派。他们研究《红灯记》的主要依据是根据王景坤的回忆，采取对号入座的方法，寻找《红灯记》人物原型。

　　王景坤是密山解放的领导人之一，曾任铁道兵后勤部部长、铁道兵密山农垦局局长兼政委。1991年6月22日，王景坤应密山市委市政府的邀请，参加密山市纪念解放45周年庆祝活动。6月23日下午，王景坤应在密山地方工作的转业军官鄢骥、钱大玄等人的邀请，参加了在密山兴凯湖宾馆举行的座谈会，回忆了《红灯记》的创作过程。省人大科教文委员会原副主任、哈工大原党委书记李东光参加了座谈会，密山市政府办原副主任陈兴良主持了座谈会。鄢骥整理了谈话内容，并经王景坤审阅，形成王景坤回忆材料：《红灯记》是后来的名，一开始叫《自有后来人》《革命自有后来人》，然后才叫《红灯记》，分上下两集。1960年秋，密山县首任民主政府县长傅文忱（宋志远）从哈尔滨回密山老家探亲，我记得是密山县委书记田福春给我打电话，求我出台车接待傅文忱。我告诉田福春，我们接待条件好，就在我这里，给你出两台车为老傅回乡探亲接待联系。我和老傅相识在延安，他是八路军总部副官处的中尉副官，是军委情报部（社会部）的，参加革命前是猎人，枪打得很好。在杨松、李范五的领导下，他在密山从事党的国际机要交通工作，也叫北满密山国际交通站。1946年，我和李范五、傅文忱、李东光在一起剿匪时，他们和我讲得很详细。老傅随我们部队一起到家乡密山，他任县长。李东光是搞国际情报交通的，一些细节他更清楚。老傅探亲回密山后，我邀请他到八一农大、云山水库看看，并请他做抗联报告。他分别在八一农大和云山水库做抗联报告并参观。他的报告我听了，印象很深，讲的就是他和杨松、李范五、李东光的战斗经历。傅文忱在延安还担任过叶剑英的副官和西安八路军办事处机要交通科科长，党的七大会场保卫班班长。

　　1. 关于铁路工人罢工的史实

　　李范五同志任吉东特委组织部长期间领导的磨刀石、下城子铁路工人大罢工。

2．关于交通站的史实

平阳镇交通站被叛徒出卖，负责人的发电机、电报机、密电码被日寇缴获，二十多人被送到哈尔滨731细菌部队惨遭杀害。

3．写作地点于虎林宝东中学、云山水库。

4．国际交通站是指平阳镇、二人班、密山县城、白泡子、当壁镇、苏联图里洛洛，傅文忱跑的就是这条线，李东光是苏方这条线负责接人的交通员。

5．一家"三窝人"亲又不亲的情节事实。

傅文忱参加革命前有两个女儿，七年后老婆改嫁又生了两个孩子，老傅找个爱人又生了两个女孩。李范五、吴亮平、陈伯村都知道此事。大家听完傅文忱的报告后，沈默君很激动，他和我讲一定要写出一部好作品，即《自有后来人》。写剧本时，将"三窝人"描写为"三代人"。

6．《红灯记》剧本的下集，沈默君让我看过，并征求我的意见。下集主要是写密山北满国际交通站的同志从革命圣地延安重返东北，参加创建东北根据地的工作，其中还有为李玉和寻找革命后代的情节，由于"文化大革命"没有排演下集。

7．关于第一作者，"文化大革命"前就有定论是沈默君。他是新四军文工团团长，我是新四军师参谋长，我们是老战友。《渡江侦察记》就出于他的手笔。沈默君就是将傅文忱的抗联报告艺术概括塑造出了李玉和等抗联英雄，这里有傅文忱、李范五的影子。

韩照源通过王景坤的回忆认为：京剧《红灯记》的故事发生地在鸡西。主人公李玉和的生活原型即密山第一任县长傅文忱，《自有后来人》的第一作者是沈默君。他据此撰写了《红灯记原创在鸡西》一书。韩基成通过资料考证：《红灯记》中的日本宪兵队长鸠山就是曾任鸡宁县日本宪兵队长后任东安（密山）日本宪兵队长的上坪铁一。1944年上坪铁一任东安宪兵队长期间，由于叛徒的告密，桑元庆等22位国际交通站工作者被捕，其中电台、发电机、密电码被破获。上坪铁一以灌凉水、过电、木棒、火钩子各种残忍手段刑讯逼供，并将桑元庆等三人送交哈尔滨日军731细菌部队做细菌实验杀害。

二是以穆棱河文化创意首席研究员李景祥为代表的"考据派"。他们研究《红灯记》的主要依据是探访《红灯记》作者之一罗国士和省农垦系统多年跟踪报道《红灯记》原始作者罗国士先生的职业报人丁继松。这两位已故的作者和研究者当年的"口述史"对深入研究挖掘《红灯记》的文化资源更加弥足珍贵。

丁继松在《〈红灯记〉的"根"在北大荒》一文中对《红灯记》的作者之一罗国士有过详细的介绍："最初写的是一个剧本，作者是罗国士。罗国士是1958年春由北京军区转业来北大荒的少尉军官。他是湖南人，生活在一个知识分子的家庭，父亲是教授。罗国士本人在朝鲜志愿军战俘营当英语翻译。转业来北大荒后在虎林850农场先当农工，后任《农垦报》驻场记者，最后补充分配到密虎铁路线上一个叫宝东镇的镇中学当教员。与此同时，中央文化系统一批'右派'也流放到北大荒，其中就有著名电影编剧《渡江侦察记》《海魂》的作者沈默君。沈默君原在解放军总政文化部创作室，也因打成'右派'流放北大荒，后也安排到宝东中学任教。"

李景祥在《道法自然，重现〈红灯记〉原创的生态之美》一文中披露了他与罗国士面对面采访时谈《红灯记》原创的一些细节：

通过传统与高科技手段收集查询能够查到的《红灯记》及其原创的相关资料，还通过调查走访老报人丁继松以及原创作者亲朋好友、同仁同事等办法了解相关情况；甚至还动用各种包括个人多年积累的人脉资源，直接深入到原创作者之一的罗国士单位进行调查，与罗国士本人进行面对面的交谈。除口问手写做了记录之外，还拍了照片录了音，其所在单位做了存档，我也保留一份。在罗国士与丁继松等人相继去世后，这次采访成了绝版和稀缺资源。经过梳理仅摘其要者对几个节点性问题说明如下：

第一，罗国士担任《农垦报》记者后，调查采访了大量地域性抗日斗争的感人事件与人物故事，并酝酿构思创作一部《我的土地，我的人民》（简称《吾土吾民》）的作品，形成了几十万字类似创作提纲性的东西。

第二，沈默君曾与罗国士等人在宝东中学同校任教，共同的经历与爱好使他们结下了兄弟般的情谊，罗国士对沈默君这位大编导十分尊重，经常对他的创作构思进行品评，当然沈默君对才思敏捷、笔耕不辍的小罗也很认可与赏识。

第三，沈默君调到长影工作后，组织上希望能创作一部反映东北地区抗日斗争的影视作品。沈默君就通过组织与个人"双管齐下"的办法，将罗国士借调到长影一起搞创作。他们住在一座小白楼里。由于沈默君还有别的创作任务，第一稿及以后的修改工作就由罗国士执笔完成。剧本原名叫《自有后来人》，后来增加了革命二字。剧本先后经过多次修改，沈默君也亲自动手修改，然后再由罗国士综合大家意见再修改、再完善。其中的红灯为号、地下党联络员卖木梳的联络暗号等几个重要故事情节，都是罗国士冥思苦想出来的。由于工作关系，在最终定稿与发表前，罗国士返回农场了，善后工作统统由沈默君全权处理。由于联系不便，甚至连罗国士的笔名的署名都是沈默君做主定的。

第四，原创被改编成《红灯记》搬上银幕后，原创及其作者的名字均没提及，在那个年代他们根本无权坚持与申诉。但在《红灯记》大红大紫之时，沈默君与罗国士都没能幸免于难，受尽了折磨、迫害，不过罗国士不改初心，仍然琢磨与修改他创作的《红灯记》续集。

第五，罗国士被平反后，在《吾土吾民》构思的基础上，与佳木斯日报记者刘迪华合作，又创作了一部长篇小说《黑水魂》，在中国青年出版社出版。此部作品堪称《革命自有后来人》的姊妹篇，一部是抗日的主题，一部是抗击沙俄的主题，都非常成功。台湾有人曾准备在台湾出版发行，由于很多原因遭到罗国士婉言谢绝。

此外，我也就《红灯记》及其原创作品中的人物原型的问题做了专题采访。为便于大家研究与保护开发《红灯记》原创地旅游资源也一并做以简要介绍。

在没采访罗国士之前，根据各种文章资料的比较与考证，我曾写过一篇《关于红灯记原创、原作、原型》的文章，在市内的刊物上发表。采访后对照罗国士本人的介绍，感觉在原型的问题上有较大出入，现予以甄别与纠正、补充。

首先，他阐明《红灯记》原创《革命自有后来人》中的李玉和一家三口的人物是艺术创作，没有限定在哪一个具体的所谓原型人物上。他说，抗日战争时期类似这样的故事、人物很多，他们只是经过艺术加工塑造出来的。至于人们说某某人是李玉和、李铁梅、李奶奶等人物的原型，那只是不负责任的说法而已。原创作者不是我们吗？最终的解释权在我们。

其次，他听说有些地方拿《红灯记》人物搞商业炒作，并据此杜撰其炒作的人物所在地就是《红灯记》发生地的情况后，他极其不满，还特意提高了声音加重语气说，这已超出了学术研究的范畴，涉及著作权及其法律方面的问题了，我年事已高，也无精力和他们纠缠这类问题，只好听之任之随他们去说了。

再次，关于《红灯记》续集的问题，他谈得津津有味，并谈了对李铁梅的人物塑造和一些故事情节。他说续集里李铁梅在党的培养教育之下，成长为一个文武双全的十分成熟的共产党人，领导游击队神出鬼没地打击日伪反动派，建立、巩固根据地，干出一番惊天动地的大事业。

将剧本除寄给中央"文革"领导小组外，手中特意保留一份誊写稿，适当的时候是可以拿出来的。

通过列举索引派和考据派的《红灯记》的研究成果，我们可以看出他们的异同。不同之处是他们研究方法不同，索引派靠资料挖掘，挖掘的结果是沈默君是《红灯记》的第一作者。考据派靠当事人的口述，研究的结论是罗国士是《红灯记》的第一作者。索引派的史料是王景坤的讲话记录："《红灯记》的下集，沈默君同志让我看过，并征求我的意见"；"第一作者'文革'前就有定论是沈默君"。考据的口述证据是李景祥文中提到的"第三"和"再次"，以及丁继松文中对《红灯记》续集的阐述："正当《红灯记》在全国炒得大红大紫之日，也正是罗国士在虎林监狱受难之时，在监狱中的罗国士竟然突发奇想，写了《红灯记》的续集。续集中人物依旧，铁梅参加了北山抗联游击队打击日寇。罗国士曾多次写信给'文革'文化领导小组，结果如石沉大海音讯全无。"

但是他们最后是异曲同工，得出的结论是《红灯记》原创发生在鸡西地区，具体写作地点是虎林的宝东中学。作品由两人合作完成。这两位作者是沈默君和罗国士。

有了这个结论，我们就可以进入下一阶段的研究：那就是《红灯记》是文学作品，不是报告文学。

三、《红灯记》在鸡西研究的新探索

习近平总书记《在文艺工作座谈会上的讲话》明确指出："精品之所以'精'，就在于其思想精深、艺术精湛、制作精良。'充实之谓美，充实而有光辉之谓大。'古往今来，文学巨制无不是内在充实的显现，凡是传世之作，千古名篇，必然是笃定恒心、倾注心血的作品。"

沈默君无论在多么恶劣的环境中从来都没有放弃文学创作。他和罗国士两位作家正是由于长期深入群众，深入生活，才能用心感受到北

大荒泥土的温度。那些不为人熟知的可贵典型，那些不易察觉的生活美好，那些淹没于现实洪流的人性光辉，那些潜藏于日常生活中的"壮举"，都被作家的妙笔从现实中打捞出来，在今天还在接受深情的瞩目，定格为红色的经典。

究竟应该怎样看待《红灯记》这部文艺作品？笔者认为应该按照习近平同志《在文艺工作座谈会上的讲话》指出的那样："把好文艺批评的方向盘，运用历史的、人民的、艺术的、美学的观点评判和鉴赏作品。"

从历史层面看：

第一，中共满洲省委领导的东北抗联为《红灯记》的创作提供了大背景。

1931年末，中共满洲省委由沈阳迁至哈尔滨，罗登贤任省委书记。在民族存亡之际，中共满洲省委领导东北人民进行了英勇的抗日武装斗争。从十几支反日游击队开始，到1936年初，满洲省委已建立起东北人民革命军六个军。1936年，响应中央发表的《为抗日救国告全国同胞书》（即《八一宣言》）提出的"组织全中国统一的抗日联军"的号召，东北人民革命军相继编为东北抗日联军。1938年，为了粉碎日军的"三江大讨伐"，中共北满临时省委决定：从松花江下游的佳木斯地区再次派部队到松嫩平原，开辟新的抗日游击区。在东北抗联史上称为"西征"。所以电影剧本有"最近北边我们主力有一个军开过来，地方游击队也集中待命，看架势要打大仗"的对白。鸡东地区是建立党组织较早的地区。抗日救国会1933年3月在哈达河诞生。抗日救国会由党团员和人民群众中的抗日积极分子组成，是在中国共产党领导下，以反满抗日为宗旨的群众团体。抗战期间，鸡东地区较早地开辟建立了小石河（今永和镇境内）和黄泥河、郝家屯、夹信子（今平阳镇）、半截河（今向阳镇）游击区，创建了哈达河、哈达岗山区抗日游击根据地。

鸡东地区曾是密山赤色游击队、东北抗日游击军、抗联第四军重点活动地区。1936年东北抗联第四军在新华乡（现东海镇新华村）成立。大大小小战役有上百次，英勇顽强的抗日队伍给日本侵略者以沉重打击。李延禄、崔庸健、周保中等抗日将领都曾在鸡东地区领导和指挥过抗联队伍。朱守一、李银峰、苏怀田、田宝贵等抗日烈士都血染鸡东大地。这些惊天动地的史实都为《红灯记》的创作提供了历史背景。

第二，国际交通线的活动为《红灯记》提供了具体的历史背景和线索。

为了适应抗日斗争的需要，鸡东境内建立起三条交通线：一条是北线，即《红灯记》中所说的"铁路"交通线。西起鸡西，东至密山黑台镇。一条是南线，西起鸡西的梨树镇，经至鸡东县永和镇的大小石头河、夹信子、半截河密山县的二人班。一条是鸡东半截河、密山当壁镇通往苏联远东地区的国际交通线。在这三条地下交通线上，有许多的抗日地下交通员战斗过、工作过，他们前仆后继，英勇机智，百折不挠，不怕牺牲，留下了许多传奇故事。《红灯记》中的李玉和就是地下交通员，这些传奇故事都为《红灯记》创作提供了大量有价值的素材。

在这三条地下交通线上，既留下了傅文忱的身影，也留下了烈士王明生的故事，更留下了国际交通员"张哈"——王山东的足迹。因此，可以这样说：李玉和的英雄形象就是红色交通站众多交通员形象的缩影。

从人民层面看：

第一，剧中的三个主要人物都是普通群众。

作者讴歌的是人民英雄。1963年《电影文学》九期刊登了《自有后来人》的电影剧照，注解写道："影片是描写东北铁路工人抗日斗争故事的。李奶奶、李玉和与李铁梅——本来不同姓的三代人，为了保卫党的重要文件，在狱中同敌人进行了坚决的斗争。"平凡之中的伟大，细节之中的宏大，琐碎之中的辉煌，正是广大人民群众真心拥护、积极参与抗日战争的行动表现。这就决定了抗日战争不是一场简单的政府和军队之间对决的战争，而是一场由人民群众广泛参与并发挥巨大力量的人民战争，是一场促进民族觉醒和民族团结的战争，从而证明了"兵民是胜利之本"。

对于李玉和的生活原型，《兰台世界》杂志2012年1期发表了李冬梅、谷大川的署名文章，题目是"《红灯记》的诞生经过和故事原型"。文章中说：现代京剧《红灯记》虽红极一时，然而其故事原型却一直是个谜。为破解《红灯记》故事发生地的谜团，笔者曾辗转走访到黑龙江鸡西市的一位72岁老人宫兴禄。根据老人所掌握的绝密档案资料，证实《红灯记》的故事发生在黑龙江省鸡西市属的鸡东县东海镇。剧本的主人公李玉和在历史上确有其人，他曾参加过"二七"大罢工，受中国共产党的委派来到东北，曾多次被捕，最终有可能被日军杀害。

宫兴禄老人在退休前是鸡西矿务局运销处的高级工程师，原籍黑龙江密山市当壁镇人，1955年考入燃料工业部鸡西煤矿学院（黑龙江矿院前身）。1958年毕业后，分配到鸡西矿务局工作。"文化大革命"时期，他被调入鸡西市"革委会"的清查办公室帮忙，使他有机会接触到许多绝密的档案。

1970年前后，宫兴禄接到了一部分由吉林档案馆转过来的档案。在这部分档案中，他发现了李玉和的名字。他回忆说："这是当年很常见的外调材料，提供了50多人的名字，有的有投降经历，后来下落不明。其中一张摘抄卡片上这样写道：'李玉和，原名张玉和，失踪时38岁，八路军情报员，参加过京汉铁路'二七'大罢工，1938年被派到鸡西，与党组织失去联系。'"

当时，现代京剧《红灯记》已经风靡全国，李玉和这个名字家喻户晓。宫兴禄说："李玉和的经历在当时非常典型，曾被捕，表面上与日本人互相利用，实际上暗中为地下党组织提供情报。"而在另一份敌伪档案中摘抄的卡片显示：李玉和，又名张玉和，某年某日在鸡宁（现鸡西）东海区（现东海镇）被捕，多次被"处理"后被"严重处置"。宫兴禄说："严重处置有可能被处决，有可能是日本人发现李玉和不受利用，所以将其杀害。"

《红灯记》中李奶奶对铁梅述说家史："爹不是你的亲爹，奶奶也不是你的亲奶奶，咱们祖孙三代本不是一家人。你姓陈，我姓李，你爹他姓张，原名张玉和。"这段唱词与敌伪档案记录相似。根据鸡西的敌伪档案记载，五十几个被捕的八路军情报员材料中，除李玉和之外，没有第二次被抓捕的人员。而李玉和则不然，竟三次被捕，档案记载：第一次抓捕的李玉和，原名张玉和，职业东海车站苦力，华北八路军情报员，参加过"二七"大罢工，被密侦告密，在东海车站被捕。第二次被捕的李玉和，原名张玉和，梨树镇铁路工人，华北八路军情报员，被密侦告密，在梨树镇车站被捕；第三次被捕的李玉和，华北八路军情报员，在东海车站北部八铺炕被捕。从身份和名字上看，三次被捕的李玉和应是一个人。《红灯记》中的李玉和原名也叫张玉和，与档案中的李玉和相同，而且革命经历又相似。《兰台世界》是辽宁省档案局和辽宁省档案学会主办的全国中文（档案学类）核心期刊、中国学术核心期刊、辽宁省社会科学优秀期刊，是全国档案期刊中唯一的半月刊，以发表档案等专业理论研究、工作研究文章为主，兼收历史图书、情报等相关专业文章。

第二，剧中关于电台、密电码、交通员的描写，现实生活中都有普通群众在自觉自愿地去做，并为此付出了生命。

鸡西市广播电台高级记者刘景艳经过跟踪调查，寻访东北抗联烈士、鸡西地区抗日志士后人，采访侵华日军731细菌战研究专家，实地勘查了731部队遗址"死亡之路"，还原了日本731部队残害中国人民的罪恶史，勾勒出鲜活生动的抗联交通员、情报员的英雄故事。她通过《黑土英魂》一书，终于弄清了原虎林抗联七军情报处长革命烈士原美臻、虎林抗日志士李厚彬、原鸡东平阳站抗日情报站长桑元庆、原抗联三军四师保安连连长王明生，以及鸡东县哈达镇山河村抗日志士朱云彤、朱云岫兄弟俩的真实身份和被害真相，还原了历史本来面貌，还了黑土英魂一个清白。特别是桑元庆为了俟护同伴孙福庭，大义凛然，勇于担当。孙福庭虎口余生后，也曾兑现诺言，在一段时间内，给桑元庆家送米面油钱，多方照顾桑元庆的老婆孩子。这些现实生活中的英雄风骨铸就了文艺作品中顶天立地的生命。陈毅元帅曾在一诗中写道："靠人民支持永不忘，他是重生亲父母，我是斗争好儿郎，革命强中强！"英雄主义是文学艺术最高的血脉。《红灯记》中的李玉和就是这些众多抗日志士形象的凝聚。

从艺术层面看：

第一，伟大作家对人物形象塑造的方法为我们提供了宝贵经验，是创造典型形象的基本规律。

文学作品中的典型，是作家依据生活材料用典型化的方法创造出来的。鲁迅在谈自己小说的创作经验时说："我所写的事迹，大抵有一点见过或听到过的缘由，但决不全用这事实，只是采取一端，加以改造或升发开去，到足以几乎完全发表我的意思为止。人物的模特也是一样，没有专用过一个人，往往嘴在浙江、脸在北京、衣服在山西，是一个拼凑起来的角色。"高尔基也说过：作家要创造一个小商人、官吏、工人的形象，必须从"二十个到五十个，以至几百个小商人、官吏、工人的每个人身上，抽出他们最有突出特征的特点、性癖、趣味、动作、信仰和谈风等等，把这些东西抽取来，再把它们综合在一个小商人、官吏、工人身上"。鲁迅的"拼凑"、高尔基的"综合"，这种典型化的方法，就是把同一阶级、阶层同类人物的一些性格特征集中、概括、综合到作家所要塑造的人物身上，使人物形象更加鲜明、突出和丰满，具有更大的普遍性。这种方法能概括更为广阔的社会生活，融合更大的思想容量，具有广泛的社会意义。这种创作方法，《红灯记》的两位作者显然都有借鉴和运用。

第二，罗国士谈李玉和的人物形象塑造完全符合艺术创作规律。

李景祥在《罗国士谈〈红灯记〉发生地》一文中说："当我问到密山的交通员傅文忱、吉东特委李范五是不是李玉和的原型，傅文忱一家'三窝人'和李玉和一家三代人的创作关系时，罗国士从文学创作的角度进行了认真的解释。他意味深长地说：文学就是人学，艺术创作不可能原封不动地照搬现实生活。艺术的源泉来源于实践，要忠于生活，服务现实，高于生活。在革命队伍中，养烈士遗孤，'不是亲人，胜似亲人'的事情实在是太多太多了。在战争年代里，在那种白色恐怖笼罩下的环境中，出于革命情谊、历史责任，把死难烈士的子女保护好、养育大，这是义不容辞的担当。我是在诸多的人物和事件中提炼和加工创作出来的，没有一个固定的人物，从体貌特征、斗争经历到人物的精神风貌，都做了精心的策划和具体安排，以使其活起来，将高大完美的共产党人形象树立起来。"

2014年，在纪念中国人民抗日战争暨世界反法西斯战争胜利69周年之际，鸡西市人民艺术剧院京剧团创作演出了现代京剧《烽火搜救孤》。这是继革命现代京剧《红灯记》之后，第二部以鸡西地区抗日战争真实历史题材为原型创作的剧目。这部现代京剧由鸡东文化馆原馆长王效明创作，原鸡西市京剧团团长宋志辉改编的，反映的是在鸡西地区发生的抗战故事。20世纪30年代，抗日救国会成员刘百川为了收养一个朝鲜族抗联烈士遗孤大海，而牺牲了自己的亲骨肉大山。表现了当时革命群众为了抗战的胜利舍生取义的悲壮故事。这也是取材于发生在我们鸡西地区西大林子的真实故事。当时西大林子抗日救国会受中共地下县委书记和抗日游击队委托，一共收养了八个抗联烈士遗孤。其中包括东北抗联第四军被服厂厂长——八女投江女烈士安顺福的孩子。但作者为了主题升华和情节发展的需要，把八家收养八个遗孤凝聚在刘百川一家收养一个抗联后代大海的故事之中。此剧公演后，获得了广大观众的高度赞扬，一致认为，这是一部弘扬爱国主义精神和进行革命传统教育的好教材。这部剧把抗联精神和社会主义核心价值观进行了融会贯通，再现了鸡西地区人民不屈不挠、抗日爱国的英雄壮举，表现了中华儿女舍生取义、不怕牺牲的博大情怀和大无畏精神。

英雄形象的塑造从来就是文艺创作的闪光点和制高点，一个个动人心弦、催人奋进的英雄形象，激励了一代又一代人砥砺前行。可以这样说：鸡西地区到处都有《红灯记》的典型人物，《红灯记》的母本《自有后来人》就是作者沈默君和罗国士在虎林宝东中学完成的，虎林是《红灯记》的原创地，鸡东是《红灯记》故事的发生地，鸡西是《红灯记》的诞生地，这是毋庸置疑的不争事实。

从美学层面看：

第一，《红灯记》是一部悲壮和光明相结合的抗日历史题材的戏剧作品。

李玉和、李奶奶为了保守党的秘密英勇牺牲了，充满了悲壮之美。而李铁梅《打不尽豺狼决不下战场》一曲气冲霄汉，既是继承革命遗志，也是继续革命斗争，争取胜利，迎接光明。这正如习近平总书记所指出的："文艺创作的目的是引导人们找到思想的源泉，力量的源泉，快乐的源泉。清泉永远比淤泥更值得拥有，光明永远比黑暗更值得歌颂。"

第二，人文景观的悲壮美与历史遗址的保护美，使鸡东生成了《红灯记》故事人物的雕塑群。

锅盔山是位于鸡东县永安镇北部的一座山。传说一支以渔猎和狩猎为主的鞑鞨族人，迁徙到此占据了锅盔山，他们为防御外侵，初建了这座古城。千年古城锅盔山在抗日战争中曾发生过激烈的战斗。1945年，东北民主联军首长登上了主峰凭吊古战场曾赋诗一首："破落荒凉一古城，看来久已失经营，当年典首今何在？尽被狐偎结对行。"表现出"当年鏖战急，弹洞前村壁"的古战场的悲壮美。兴建于1924年的八角楼，屋顶有斜梁八根，底下顶住八角柱子，顶端和一短立柱榫相接，向下呈放射状，各梁之间有横木相连成网状，逐渐向下扩展，中间无柱，是木拱型建筑。这个建筑圆顶具有欧式风格，内部结构是传统工艺，花纹图案是古典民族风格，体现出中西合璧的和谐之美。此楼原为戏园子，竟成平阳百年文化之标志，亦为革命烽火之楼。先有抗联将士胡伦、苏怀田等，在此开展抗日斗争，后有李尔重、张震诸多革命先贤，远道自延安，以八角楼为基地，发动土地革命。浪潮迭起，热情壮歌，燃中华黑土不屈之烈火。在建筑美的映衬下，成为精彩的鸡东历史故事。

　　为铭记历史，缅怀先烈，珍爱和平，开创未来，鸡东县委县政府特别重视红色文化传承和历史文物保护工作，在鸡东已经形成了抗日战争历史、人文景观群雕，是对人民特别是青少年开展爱国主义教育的基地。

　　在永安镇的东海车站，重新修缮了日伪时期的炮楼子，这里曾是李玉和"高举红灯四下看"的地方；在东海镇的新华村立起了成立于1924年9月25日的"东北抗日同盟军"第四军遗址的石碑；在东海镇又建起东北抗日联军第四军纪念馆。在向阳镇树立起的"侵华日军向阳半截河要塞"石碑，是省级文物保护单位。这个要塞是继黑龙江虎头要塞、孙吴要塞迄今发现的又一处大型重要军事要塞遗址，它是日本帝国主义侵略中国的实物铁证。在哈达河畔青山绿水间，耸立着一片巍峨的白色墓群，这是为长眠在这里的一位抗日烈士——朱守一而立的。朱守一原在沈阳搞工运，受党组织派遣来到哈达河组织工人义勇军与日军讨伐队激战时壮烈牺牲，年仅29岁。对此《鸡东生肖牌坊广场记》有记载："八角楼苏团长殉难，二段山朱队长殒身。先烈长眠，后辈奋起，续豪杰之余烈，织锦绣江山。"

四、《红灯记》的文学价值和现实意义

　　习近平同志《在中国文联十大中国作协九大开幕式上的讲话》中指出："文运同国运相牵，文脉同国脉相连。实现中华民族的伟大复兴，

是一场震古烁今的伟大事业，需要坚忍不拔的伟大精神，也需要振奋人心的伟大作品。"

经典文学作品，随着时间的推移，就会愈发显现其巨大的文学价值和现实意义。《红灯记》这部居八个样板戏之首的文学作品也不例外。

《红灯记》的文学价值

第一，优秀的文艺作品不仅是"视"与"听"的盛宴，更应起到精神提升作用，引发人们的"思"与"想"，触及灵魂，沉淀思想，转化为价值观和世界观。《红灯记》是进行爱国主义和革命传统教育的好教材。

第二，承载审美精神的文艺作品以其宏大的格局与光明的气象引导人们追求更高雅、更人文、更有趣的人生，使人能够诗意地栖居于大地，在纷繁复杂的世界中不忘来路，心有归属。《红灯记》体现的就是东北抗联精神，《红灯记》所传承的就是北大荒精神。我们站在新的历史起点上，为了实现中华民族伟大复兴的中国梦，必须贯彻落实好省的十二次党代会精神，必须要大力弘扬这两种精神。

《红灯记》的现实意义

省第十二次党代会报告指出：必须强化思想引领，巩固壮大主流思想舆论，弘扬主旋律，汇聚正能量，激发全省人民奋发进取的强大思想动力。作为一种特殊的历史文化资源，《红灯记》并没有随着时代的发展而成为被封存的历史，而是发挥了历史和当今的双重观照意义。

第一，我们要以抗联精神凝聚发展动力。

习总书记总结了伟大的抗联精神是："天下兴亡、匹夫有责的爱国情怀；视死如归、宁死不屈的民族气节；不畏强暴、血战到底的英雄气概；百折不挠、坚忍不拔的必胜信念。"对《红灯记》的研究，我们首先要弘扬伟大的抗联精神。全面建成社会主义现代化新鸡西，是全体鸡西人民共同肩负的神圣使命，伟大而光荣，繁重而艰巨。我们只有发扬伟大的抗联精神，才能坚定我们发展的勇气和信心，才能勇担振兴发展的历史责任，才能传承不畏难险、攻坚克难的优良作风，才能凝聚起"转型发展兴市富民"的内心动力。创造鸡西人民幸福美好的新生活。

第二，我们要以北大荒精神开拓前进。

从党的十八大到党的十九大，是我们鸡西砥砺前行、开拓进取的五年。在鸡西市委和政府的领导下，从鸡西的市情出发，我们积极探索，勇闯新路。确立了突出"一条主线"、实施"三大战略"、做强"四大主导产业"、打造"一都五基地"的发展思路和发展路径，形成了转型发展的鸡西模式。但面对煤炭市场低迷、经济下行压力、改善民生任务艰巨等诸多困难，我们更应该挖掘和整理《红灯记》的文化资源，并弘扬革命传统文化基因，和发扬北大荒"难苦奋斗、开拓进取、无私奉献、顾全大局"的精神结合起来。以社会主义核心价值观汇聚共识，把文化资源优势转化为经济发展优势，始终保持在压力面前不低头的朝气，在困难面前不退缩的锐气，在责任面前敢担当的勇气。只有这样，才能保持和发展转型发展的鸡西模式、迎难而上的鸡西气魄、实干担当的鸡西作为，风清气正的鸡西形象。

五、《红灯记》的红色文化效应

结合我市的文化建设实际，市委书记康志文同志在宣讲省十二次党代会精神的首场报告中提出："我们要立足把鸡西打造成独具特色和魅力的文化大市、文化强市。"为此，我们要抓住《红灯记》深入研究这个契机，更新文化理念，重新认识《红灯记》原创的价值与正能量。《红灯记》原创是一种宝贵而又稀缺的文化资源，它不仅属于鸡西地域的，也是属于全省乃至全国。如何保护和开发这一享誉国内外而又有深远影响意义的文化品牌，我们的视野应该更开阔一些，我们的思想应该更解放一些，我们的步子应该迈得更大一些。

一是繁荣鸡西特色地域文化。

什么叫鸡西地域特色文化？那就是在鸡西六千年的历史长河中，

孕育了六种文化，即肃慎文化、闯关东文化、抗联文化、北大荒文化、知青文化、矿区文化；产生过八种重大历史文化现象，即满族祖先肃慎人发祥地、第二次世界大战终结地、新中国空军诞生地、北大荒精神发源地、珍宝岛事件发生地、百年煤炭开发历史集结地、北大荒书法艺术汇聚地、《红灯记》发生、写作、改编原创地。以《红灯记》为例，应对《红灯记》及其原创的相关人物、事件进行拯救式的调研、收集与整理。建议市政协、文化局、档案局、文联、社联以及相关的文化团体，从各自的职能出发做出抢救性的工作安排，既有分工又有合作，形成合力，切实把这项具有战略意义的文化产业抓好，努力抓出成效来。

二是大力实施文化惠民工程。

要完善公共服务体系，推出更多更好的文化精品力作，让全市广大群众享受到更高质量、更高层次的精神食粮。《红灯记》的创作素材和产生背景涉及鸡西地域的六个百年古镇，即鸡西的梨树镇，鸡东的平阳镇，密山的当壁镇、密山镇、知一镇，虎林的虎头镇。这里面记载着鸡西第一个党支部的建立、鸡西的红色历史、抗联第四军英勇战斗故事、先烈为之奋斗的感人事迹。《红灯记》的创作素材产生的历史背景也涉及鸡西红色国际交通站的调查研究。在抗日战争时期，我党在密山设立了两个国际交通站：一个是徐道吾领导的满洲省委密山兴凯湖国际交通站；一个是李范五领导的吉东特委密山半截河国际交通站。另外，抗联第四军在鸡东哈达河设立了交通站，抗联七军在虎林虎头设立了交通站。我们就是要挖掘、整理交通站的历史作用。在东北抗战史上有重要指导意义的"一·二六"指示信、"六三"指示信和"八一"宣言，都是经过苏联海参崴转到吉东特委交通站再转到各地党组织和抗联部队的。国际交通站也安全地接送了大批党的领导干部。新中国成立后曾任山东省委书记处书记、曾任过毛主席翻译的师哲，多次通过交通站往返中苏，他说密山交通站兼有中共、苏共、苏联边防军、共产国际四个方面的重要情报和交通工作。对于鸡西六个百年古镇的历史风云，对于发生在国际交通站的惊心动魄的英雄事迹，都应该组织专家学者、作家媒体编写成精彩的鸡西红色历史故事，对广大群众进行爱国主义和革命传统教育，这就是最好的文化惠民工程。

三是发展壮大文化产业。

鸡西市委、市政府提出："重点推进鸡西版画创研基地、革命老区文化创意基地、青岛啤酒文化旅游远东工业园建设，促进文化产业与工业、旅游、餐饮等产业的嫁接融合，做好做强'文化+'产业这篇大文章。"笔者认为推进"革命老区创意基地"，就应该紧紧抓住《红灯记》研究这个突破口，把文化产业和旅游产业紧密结合起来，把它做大做强。因为文化是旅游的灵魂，旅游是文化的载体。《红灯记》的原创不仅是鸡西文坛盛开的一朵戏剧创作奇葩，也是一部迄今为止在国内外反映抗日斗争题材的戏剧、影视领域独领风骚的佳品名作。这既是一个城市的文化名片，也是一个旅游产业创新发展的平台与孵化器。我们就应该以《红灯记》原创为主题文化，引领鸡西地域的红色文化产业快速发展。围绕《红灯记》原创系列开发红色文化创意、创作、创新产品，如复制延伸《革命自有后来人》《红灯记》影视作品，创建《红灯记》原创展览馆及《红灯记》等多种影视剧展览馆；开展《红灯记》及其原创研究；编写《红灯记》以及其原创故事；围绕《红灯记》及其原创人物故事开发文化旅游产品等。并以此为契机，为鸡西乃至全省的文化旅游产业注入内生动力，促进文化和旅游融合发展。

各市县区，也应结合自身的历史文化特点，打造红色文化品牌，壮大文化产业。以鸡东县为例，鉴于鸡东县有丰富的《红灯记》历史文化资源，应努力打造"旅游+文化"特色，"旅游+媒体传播"的宣传模式。在一处四A级风景区、一处三A级风景区、四处国家级自然保护区、一处三星级宾馆、一处两星级宾馆、一处国内旅行社，都应该把《红灯记》的故事打造成系列文化产品，如出版书籍、编撰故事、制作纪念品，把抗日人文景观做成系列旅游路线图，使更多的人了解鸡东、热爱鸡东、赞美鸡东，进而认同鸡东，投资家乡。以旅游文化为杠杆，拉动经济不断攀升。同时，在传统的"春赏花、夏游绿、秋采果、冬闹雪"和"一路山花不负侬——魅力鸡东"的传统旅游活动中，穿插与《红灯记》有关的抗联故事，提升旅游中的文化品位，对广大游客也进行爱国主义和抗联精神的熏陶教育，岂不是锦上添花，趣味盎然。

四是积极争取国家政策支持。

切实抓住中央支持东北老工业基地改造与"一带一路"发展契机，将《红灯记》及其原创等红色文化产业创新纳入议程，争取国家项目支持，产业转移与生态补偿支持，以及财政转移支持资金重点扶持。力争将鸡西的红色旅游产业、会展产业、影视与文化创新产业做大做强，也为城市转型、产业创新注入活力。

五是调动文化主管部门与民间组织两个积极性。

把类似《红灯记》及其原创这样具有牵一发而动全身拉动作用的、吸引人们眼球的重点文化项目抓好，利用好。运用市场经济的观点重新认识民间组织与民间人士在文化创新发展中的生力军作用，积极扶植刘军工、刘明忠、王永刚等个人《红灯记》藏品的家庭展馆；认真学习、深入领会习近平同志《在文艺工作座谈会上的讲话》精神，对《红灯记》这样的红色经典作品要做历史的、人民的、艺术的、美学的综合研究，这样才能科学准确地评价文化产品的含金量和它们的转化应用价值，这样才能打造出城市的文化品牌，提高鸡西的城市知名度，使《红灯记》真正变成鸡西的特色文化、惠民工程和文化产业。

江山留胜迹，吾辈复登临。《红灯记》的红色文化经典研究竟有如此的魅力。这让我们记住了：镰刀斧头光芒照耀的地方，"红灯"精神代代相传的地方，是我们永远的红色家园。

（作者系黑龙江工业学院教授，鸡西市地域文化研究会会长　滕宗仁）

关于挖掘宣传《红灯记》的现实意义

蒋兴莲

　　鸡东各界对挖掘《红灯记》故事表现出来的文化自觉、文化自信、文化前瞻、文化传承的理念、思想，是鸡东县增强文化软实力的有力措施，是落实省十二次、市十三次党代会精神的有效行动，是鸡东县在实现伟大的中国梦、兴县富民的道路上，打文化品牌，传承中华文脉，提升人民群众文化素养，维护文化安全，提高鸡东县的文化影响力的生动体现。

　　近几年来，党和国家对文化大发展、大繁荣做出了许多重大部署。习近平总书记先后在文艺座谈会、中国文联九大、作协十大发表了一系列的重要讲话，最近中共中央办公厅、国务院办公厅印发了《关于实施中华优秀传统文化传承发展工程的意见》，这些都表明，文化大发展、大繁荣的时代已经到来。

　　文化是民族的血脉，是人民的精神家园，文化自信是更基本、更深层、更持久的力量。众所周知，20世纪60年代风靡全国的《红灯记》，它的母本来自电影《革命自有后来人》，后改编为京剧及样板戏《红灯记》红遍大江南北。其故事情节感人至深，其戏中的许多唱段家喻户晓，几乎人人都能唱几句。直至现在半个多世纪过去了，《红灯记》的影响仍然存在，影响教育着一代又一代人，已经成为优秀的传统剧目、经典剧目。

因为这个剧本及剧情与鸡西、鸡东、密山、虎林都有千丝万缕的联系，市委宣传部最近决定深挖《红灯记》的红色文化资源，传承优秀文化传统，弘扬爱国主义精神。鸡东县迅速抓住这一契机，立刻做出反应，着手研究《红灯记》与鸡东的历史渊源，探寻鸡东的红色历史文化轨迹，传承优秀传统文化的精神，为振兴鸡东经济发展、社会进步服务。这项工作功在当代，利在千秋，有着重大的历史意义和现实意义。

从历史意义看：

一是不忘初心，不忘历史。列宁曾说，忘记过去就意味着背叛。我们伟大的祖国能够有今天的自主、独立和解放，是与中华民族曾有过峥嵘岁月、浴血奋战分不开的，多少共产党人、仁人志士抛头颅洒热血才换来的新中国。在我们享受今天的幸福美满的生活的时候，怎能忘记，抗日战争的烽火硝烟、人民的反抗呐喊。《红灯记》正是反映这段历史的。该剧穿越历史的时空，还原了抗日战争年代的人物和事物情景。面对日本军国主义的侵略，东北率先成为抗日战场。李玉和一家三口都是抗日战士，虽然他们没有在战场上与敌人进行真枪实弹的战斗，但他们用情报保证战场的战斗必胜，这是隐形的战斗，是不可缺少的战斗。他们的身上，体现了爱国主义精神，即国家兴亡，匹夫有责，也是全民抗战的真实写照。在这场残酷的战争中，中国有两千万同胞被夺去了生命，付出了惨痛的代价，这是我们永远不能忘记的民族灾难史、党领导下的正义斗争史。

二是该剧的剧情曾在鸡东发生过，这是一笔珍贵的红色文化资源。该剧作者在虎林创作了此剧，而剧中的主人公和许多故事情节都发生在鸡东，如北山游击队，即抗联第四军的前身，抗联第四军在鸡东诞生，东海车站是李玉和工作的地方等，这些红色印记、红色文化资源都必须抢救挖掘，否则会随着时间的推移淹没在历史的烟尘中。挖掘这块文化资源，就会使人弄清《红灯记》发生在哪里。鸡东曾是诞生《红灯记》的热土，曾是处处有历史、步步有文化的乡镇，这是一笔珍贵的革命历史题材，我们要深入保护、大力挖掘、有效利用。

三是该剧是革命历史题材剧的经典。这个经典不仅艺术精湛，制作精良，更主要的是思想精深。该剧真实地反映了鸡西人民抗战时期的斗争及生活，人物是真实的，是广大平民代表，不是高大上的英雄，他们的爱恨情仇、民族大义接地气、有说服力。他们表现出来的真善美的情感也是真挚的，他们对践踏自己家园的日寇恨之入骨，对中国共产党无限忠诚，对战友、工人兄弟无限热爱。一家三代虽无血缘关系，但不是亲人胜似亲人。他们一家对邻居的帮助体现出了他们的善良，而邻居玉兰在铁梅身陷日本人的监视无法脱身的关键时刻，冒着生命危险将敌人引开，从而使铁梅从她家顺利逃脱奔向北山游击队……这些不仅揭示了抗日战争的群众基础，也刻画了主人公一家的纯朴善良，并得到了群众的支持帮助。最后以鸠山为代表的日本侵略者被北山游击队一举歼灭。这正应了中国"恶有恶报，善有善报"的哲理。该剧一波三折，血雨腥风、回肠荡气、感人肺腑，是一部让人百看不厌的好剧，在我国戏剧史上占有一席之地。

从现实意义上看：

一是贯彻落实党的重大部署的需要。党中央指出："我们要站在坚定文化自信、实现中华民族伟大复兴的高度，支持中华优秀传统文化。善于从中华文化资源宝库中提炼题材，获取灵感，汲取养分，把中华优秀传统文化的有益思想、艺术价值与时代特点和要求相结合。科学编制重大革命和历史题材、现实题材、爱国主义题材等创作规划。"挖掘传承《红灯记》的文化价值、文化内涵、文化精神，是我们立德树人的根本任务。《红灯记》是中国特色、中国风格、中国气派的产品，是我们鸡东值得骄傲自豪的本土故事，利用好它，可以提升我们的文化影响力、文化吸引力、文化教育力，一句话即文化软实力。

二是对群众进行爱国主义教育的需要。《红灯记》是一部爱国主义教育的极好教材，该剧凝聚着几种精神：忠贞报国、勇于担当的爱国主义精神；勇敢坚强、前仆后继的英勇战斗精神；坚贞不屈、勇于献身的不畏牺牲精神；扶危济困、纯朴善良的无私奉献精神。我们要通过各种宣传形式，宣传这些精神，使群众增强对这个文化品牌的认同感、保护感。

三是促进旅游经济发展的需要。鸡东是个山清水秀、人杰地灵的好地方。这里是抗联第四军诞生的地方，并有抗联第四军纪念馆，这里有百年老镇平阳镇，这里有波光粼粼的八楞山水库，这里有凤凰山的美丽传说……如果再冠上《红灯记》诞生地的品牌，将是鸡东发展旅游业的招牌和名片。《红灯记》的影响太大了，在中国几乎家喻户晓人人皆知。鸡东应该在做大做强这块蛋糕上下功夫，如创作《红灯记》的长篇电视连续剧，发行《红灯记》的京剧唱片并作为旅游礼品送给游客，各个公共场所都播放《红灯记》唱片，学校学生、教师、媒体人等都学会讲几个《红灯记》的故事，张贴各种大幅宣传画等，让人们一到鸡东就仿佛回到《红灯记》的年代，有穿越感、时代感，时刻受到红色文化的浸染、教育，增强民族自豪感。海南的琼海旅游，人还没到万泉河就听到李双江的歌《我爱五指山，我爱万泉河》震天响，游完此河后，使人感到河不大，名声不小，很多人都是冲着红色娘子军诞生地来旅游的。某种意义上说红色文化名片影响不比其他历史文化影响小，有时候去延安井冈山旅游的人比去李白杜甫墓旅游的人多。鸡东旅游业的发展需要在文化，特别是地域文化、历史文化、红色文化上做文章。

总之，加强对《红灯记》的探索研究挖掘，对增强全民的文化自觉、文化自信，对发展历史文化、红色文化，对提高全民的道德文化素养，促进精神文明建设，对发展地方经济，都有重要的意义。相信，鸡东县一定会把这件大事办好，挖掘利用好文化资源，做一个文化大县强县，为全市的文化大发展大繁荣做出应有的贡献。最后以一首诗作为结尾：

鸡东文化资源多，红色孕育英魂魄。

抗联四军诞生地，峥嵘岁月创战果。

百年老镇今犹在，凤凰山内有传说。

《红灯记》里藏故事，铁梅演唱大风歌。

（作者系市档案局原副局长，市志办副主任、正处级调研员）

第二部分

《红灯记》故事发生在鸡东的历史背景

编者导读

　　典型环境就是指文学作品中人物活动的具体环境和一定历史时期的社会背景的总和。也就是说，典型环境包括相互联系的两个方面的环境：一方面是人物所活动的自然环境和生活场所；另一方面是人物活动的特定的社会环境，即一定时代的社会总的生活和阶级斗争总的形势和趋势。

　　鸡东县1965年建县，以前由密山管辖，新中国成立前山区内地形复杂，草深林密，山势险恶，资源丰富，在政治、经济和军事上占有重要地位。这个美丽富饶的地方，一向被日本帝国主义所垂涎。鸡东人民长期遭受日本帝国主义的宰割和蹂躏，过着悲惨的生活。面对日本侵略者惨无人道的"三光政策"和日本开拓团的经济掠夺，鸡东人民奋起反抗，同日本侵略者展开了不屈不挠的斗争，给予敌人以沉重的打击。

　　鸡东地区是建立党组织较早的地区。抗日救国会1933年3月在哈达河诞生，抗日救国会由党团员和群众中的抗日积极分子组成。是在中国共产党的领导下，以反满抗日为宗旨的群众团体。抗日期间，鸡东地区较早地开辟建立了小石河（今永和镇境内）和黄泥河、郝家屯、夹信子（今平阳镇）、半截河（今向阳镇）游击区，创建了哈达河、哈达岗区抗日游击根据地。

鸡东地区曾是密山赤色游击队、东北抗日游击军、抗联四军重点活动地区。1936年东北抗日联军第四军在新华乡（现东海镇新华村）成立。大大小小的战役有上百次，英勇顽强的抗日队伍给日本侵略者以沉重打击。李延禄、崔庸健、周保中等抗日将领都曾在鸡东地区领导和指挥过抗联队伍。朱守一、李银峰、苏怀田、田保贵等烈士也血染鸡东大地。这就是产生《红灯记》故事的特定社会环境，即时代背景。

1935年，吉东特委独立开辟建立了共产国际—满洲省委—中共中央秘密交通线。在时任中共满洲省委吉东特委书记杨松的安排下，吉东特委建立了牡丹江德发客栈、新立屯邸家豆腐坊、磨刀石东站、林口石印局、鸡东平阳镇东窑地等五处交通联络站，并在鸡东半截河裕成当铺建立了国际交通站。

在哈尔滨市京剧院排演的《革命自有后来人》的剧本中，就有吉东特委交通员为抗联部队传递上级指示的情节：演员中排名第七位的罗铁基——北满特委交通员在剧本第二场中有："罗铁基、呕！（从鞋底内取出文件），这是上级党委给北山抗联的一份重要指示（把文件交给了李玉和）。玉和同志，为了配合全国抗战，牵制日本关东军南进，我军正在布置一个作战计划，北山部队均已集中待命，等候这份指示，以便统一行动。一两天内北山派人来取，接头地点在东大桥，时间晚六点，暗号不变。"

在东北抗战史上有重要意义的"一·二六"指示信、"六三"指示信和《八一宣言》，都是由苏联的海参崴转到吉东特委交通站再转到各地党组织和抗联部队。国际交通站还安全接送了大批党的领导干部。如接送中共驻共产国际代表团的杨松来吉东地区指导党组织和抗联工作，护送满洲省委书记杨光华和省委宣传部部长谭国甫去莫斯科汇报工作。

在国际交通线上工作战斗过的交通员，留下了许多可歌可泣的传奇故事。如有一首歌，专门赞扬抗联时期，冬天交通员送情报，常把密信用桦树皮包好放在靰鞡里，抗联战士称它是"靰鞡鸟"。

看起来像两只大麻鸟，吃着一肚子靰鞡草，永远离不开交通人的脚，荒原林海飞一样的跑。踏在雪地嘎嘎叫，越过高山不停脚，专门喜欢"大烟炮"，将军称它是抗日的鸟。

飞呀飞，跑啊跑，红色营垒是织的巢。从靰鞡里取出宝，人们瞧着靰鞡笑。

这就是《红灯记》中主人公李玉和工作活动的自然环境。

在鸡东境内的林密铁路西起鸡西市的鸡冠山，东至密山黑台镇，全长51公里，始建于1934年，1936年2月通车使用。车站东西两端设有多处扳道处。火车站沿线设有平阳站（今鸡东站）、东海站、永安站三个大站，其中永安火车站是一个碉堡式火车站，钢筋水泥构造，至今保存完好。主碉堡分上下两层，上层为瞭望孔，下层布有机枪眼，为射孔。碉堡外围下面有水泥墙，防守相当严密，可谓戒备森严。这就是《红灯记》中李玉和具体的工作场所。这一切情节实物链构成了《红灯记》的真实典型环境。下面摘录的文章都是与《红灯记》典型环境有关的有据可考的重要史料文章。

一、哈达河党组织领导的抗日斗争与《红灯记》故事

自1931年日军侵占东北，1933年初侵入鸡西地区后，鸡东人民在哈达河党组织的领导下，开始了不屈不挠、艰苦卓绝的抗日救国斗争，为鸡东抗战的胜利做出了巨大牺牲和贡献。

（一）哈达河党组织的建立与发展

中共密山特别支部。1930年8月，中共北满特委派中共党员池喜谦（朝鲜族）到密山哈达河（今鸡东县东海镇新华村）开展建党工作，吸收朝鲜族共产主义者加入中国共产党。9月，在哈达河建立中共密山特

别支部，这是当时鸡东和密山地区最早的党组织。10月，中共北满特委行动委员会撤销，成立中共北满特委，将密山特别支部改为中共密山县委，书记池喜谦，有党员20人。11月，密山县委分别在各地建立了5个党支部，其中有一撮毛(今明德朝鲜族乡立新村)党支部。

1931年春，中共饶河中心县委领导人崔石泉派党员金刚天、蔡基范，来一撮毛开展革命工作，组织群众，宣传马列主义，在一撮毛发展了一批党员，党员有金炳龙、蔡基范、金刚天、奇斗星，组建了党支部，金炳龙任支部书记。

1931年冬，绥宁中心县委派党员阚玉坤来到哈达河，就在农民梁玉坤家扎了根，后又派党员金镇浩、金佰万、朱德海、李春华、金平国、郑燮等10名同志携带着家眷来到密山县永安乡(今鸡东县永安镇)锅盔山下落户，做组织群众和发展党员的工作。后来绥宁中心县委又派党员张墨林、阚玉坤等人来哈达河，深入当地群众，宣传革命道理，用革命思想武装群众。

中共密山区委。1932年1月，中共饶河中心县委决定在哈达河建立中共密山区委，金刚天任书记。7月，绥宁中心县委决定在哈达河成立中共密山区委，朴凤南为书记。这时，在哈达河同时出现了分别由中共饶河中心县委、中共绥宁中心县委建立的两个区委，为了解决密山县党组织的领导关系问题，8、9月间，朴凤南和崔石泉同志一起到中共满洲省委，请示密山党组织的隶属关系问题。因密山区委距饶河较远，交通又不方便，不便领导，因此，经满洲省委决定，将饶河中心县委创建的密山区委交给绥宁中心县委，并成立统一的中共密山区委，朴凤南任书记，李太俊任组织部长，金刚天任宣传部长。

中共密山县委。1932年11月，绥宁中心县委为了加强对密山地区党组织的领导，在哈达河张老畲菜营（哈达河水库附近的狍子沟不远处，两山之间有一块簸箕形的小山窝地。簸箕地附近山高林密，山泉奔涌，溪水四季长流，是中共吉东地区抗联第四军红色国际秘密交通中转站）召开会议，决定将中共密山区委改建为密山县委，这是当时鸡西地区成立最早的地方党委。会议决定，朴凤南任书记，张墨林任副书记兼组织部长，李成林（金大伦）任宣传部长，委员有李根淑、黄玉清、李春根、金佰万、朱德海，县委机关设在哈达河头段（今东海镇长兴村）金炳奎家。

密山县委成立后，朴凤南同志带领李根淑、黄玉清、金佰万、金镇浩、金根、南老头、李春根、崔玉仑等人在哈达河一边劳动一边组织群众和发展党员工作。在哈达河、白泡子、西大林子等地建立了6个党支部。

哈达河党支部：书记池若俊、党员金昌敛、金昌然、金大伦等；一撮毛党支部：书记金炳龙，党员金炳龙爱人、蔡基范、金刚天、奇斗星等；柞木台党支部：书记金真大，党员安日山、崔洪基、郑燮、韩守根等；当壁镇党支部：书记池昌根，党员李基龙、池大根等；白泡子党支部：书记黄玉清，党员金根、朴春河；西大林子党支部：书记崔龙俊，党员朱德海、吴福、尹洛凡、李宗根。

在县委之下支部之上还划分了四个区并组织了区委，即东区，白泡子；西区，平阳镇；哈达区，哈达河；勃利区。密山县委的建立进一步加强了党对抗日斗争的领导。

（二）哈达河党组织领导的抗日斗争

哈达河党组织建立后，积极深入群众，宣传党的抗日主张，宣传抗日救国道理，发动群众、组织群众、武装群众，发挥了党在抗日斗争中的领导核心作用。

成立哈达河密山反日总会。在中共密山县委的领导下，密山人民反日活动蓬勃发展起来，普遍建立起反日会、妇女会和儿童团等群众反日组织。1933年3月6日，密山县委领导张墨林、阚玉坤、金大伦(李成林)、林贵春、大老朴等8名同志在哈达河二段梁玉坤家召开骨干会议，在会上成立了密山反日总会，李成林任会长（之后，张墨林、刘署华先后接任会长），张墨林、阚玉坤任副会长，阚玉坤任组织部长，田中齐任宣传部长，李雅艳任妇女主任，王丕年任儿童团长，反日总会机关设在哈达河头段（今东海镇长兴村），下设哈达河、哈达岗、西大林子、柞木台子等分会。反日总会的口号是打倒日本帝国主义、不当亡国奴、实现民族独立。反日总会是在密山区委领导下的群众性外围组织，成员主要是党团员和群众中的积极分子。反日总会的建立，为我党广泛地发动和团结群众共同抗日、建立抗日统一战线搭起了一座桥梁，为我党开展全民族的抗日救国斗争奠定了坚实的群众基础。

联合山林队共同抗日。1933年6月下旬，李延禄率领的抗日救国游击军数百人到达平阳镇地区，和军部第一批开赴密山来的先遣部队杨太和团胜利会师。这是当时党直接领导的鸡西地区最早的抗日队伍。抗日游击军的到来，壮大了密山的抗日武装力量，扩大了党的影响，推动了密山的抗日救国斗争。7月下旬，根据中共吉东局的提议，为了便于联合其他部队共同抗日，将救国游击军改称为东北人民抗日革命军。

当时，密山一带有许多山林队。为了团结一切抗日力量，军党委研究决定，在军部驻地郝家屯召开各山林队首脑联席会议，以便逐步地改造山林队，促使他们起来抗日。参加郝家屯山林队首脑联席会议的，有小白龙、苏衍仁、赵队长、赵挑水、金山、友山、常山、清洋等人。在联席会议上，李延禄反复向山林队强调党的"联合起来共同抗日"的思想。大家一致表示，要保护抗日游击区贫苦农民，打击日寇、汉奸、走狗，从敌伪手中夺取粮食和武器，抗日到底。会后，山林队和革命军的关系有很大改善，为联合抗日打下了良好基础。

建立密山抗日游击队。经请示满洲省委和吉东局同意，1934年3月20日，中共密山县委在张老畲菜营开会，决定在宁安工农义勇队的基础上，吸收哈达河反日会的青年骨干，正式建立密山抗日游击队（始称民众抗日军，又称北山游击队）。张宝山任队长，金佰万任副队长，金根任参谋，金昌德、梁怀中为分队长。游击队共有队员34人，党员10名，团员4名，朝鲜族战士12名，长短枪34支，党支部书记由金佰万担任。游击队队旗为粉红色，上写着"民众抗日军"五个大字，这是当时密山县委直接领导下的抗日游击队。

组建抗日同盟军第四军。1934年9月，在张老畜菜营，中共满洲省委巡视员吴平主持县委扩大会议。会议贯彻党的反日统一战线方针，联合各种力量共同对敌。会议决定将抗日游击队与李延禄领导的东北人民革命军合并组成"抗日同盟军第四军"。李延禄任军长，何忠国任政治部主任，胡志敏任参谋长。全军共231人，设一个师，师下设三个团，一个独立营、一个卫队连，县游击队改编为第二团。县委扩大会议坚持党指挥枪原则，决定抗日同盟军由县委领导，抽调朴凤南、李根淑、李春根、黄玉清、金根、金镇浩等一批党员充实到四军加强党的工作。抗日同盟军第四军的建立进一步壮大了鸡密地区的抗日队伍。

1934年10月，中共密山县委在哈达河二段召开了县委扩大会议，四军的主要领导同志都参加了会议，中共驻国际代表团派吴平同志以满洲省委巡视员的身份参加了会议。会上传达了我党以宋庆龄等爱国人士名义发表的抗日爱国六大纲领，介绍了满洲省委的新领导，总结了密山县委和四军的工作，提出了要求。在吴平同志的参加下，密山县委书记朴凤南同志检讨了过去工作中一些左的错误，原山林队赵挑水部队改编为抗联第四军第二支队。

这次会议还就县委和四军的领导进行了调整。为了便于工作，决定县委书记朴凤南同志任四军组织部长、县委宣传部长李太俊调四军政治部任宣传部长，县委委员李根淑调四军任妇委会主任，县委委员金根调四军任参谋处长，胡伦任参谋长。县委原副书记张墨林同志任密山县委书记。

1935年6月，四军的军部及卫队连前往依兰、方正一带开展新的游击活动，其他三个团继续在密山、勃利一带活动。1936年3月，根据吉东特委指示和《东北抗日联军统一军队建制宣言》，将东北抗日同盟军第四军正式改编为"东北抗日联军第四军"，李延禄任军长，黄玉清任政治部主任、胡伦任参谋长，下辖三个师。1938年7月，抗联第四军与抗联第五军一起参加西征。

哈达河党组织领导的抗日队伍积极抗击日本侵略者。据不完全统计，他们与境内日伪军进行了大大小小上百次战斗，沉重打击了日寇的嚣张气焰，其中较著名的战斗有杨树河子战斗、二段山伏击战、锅盔山战斗、哈达河战斗、攻打密山县城等，极大地鼓舞了军民的抗日士气。

领导地下交通线斗争。抗战期间，为了抗日斗争的需要，在哈达河党组织的领导下，鸡东境内建起三条交通线。一条是北线，即《红灯记》中所说的"铁路"交通线。西起鸡西，东至密山县黑台镇。一条是南线，西起鸡西的梨树镇，经至鸡东县永和镇的大小石头河、夹信子（今平阳镇）、半截河（今向阳镇）、密山县二人班乡。一条是鸡东半截河、密山当壁镇通往苏联远东地区的国际交通线。形成地下交通网络。在这三条地下交通线上（中国工农红军长征后，交通线与中央失去了联系，东北抗日斗争由共产国际领导），地下交通员们机智勇敢，百折不挠，前仆后继，不怕牺牲，留下了许许多多如傅文忱、王明生、王山东、佟双庆、王志诚、桑元庆等人的传奇故事，为《红灯记》的创作提供了大量有价值的素材。

坚持抗日的密山县委。四军军部转移后，中共密山县委继续领导当地的抗日斗争。当时的县委书记张墨林在工作中没有认真执行上级决定，还把筹集的子弹卖掉，被省委撤了县委书记职务，暂时由一个姓孟的代理工作。

1935年初，满洲省委和吉东特委派曾经在苏联学习过的刘曙华同志到密山担任县委书记。8月4日，刘曙华同志在哈达河二段被敌人发现被捕。敌人对其施用各种酷刑，但他始终坚贞不屈。由于他的掩护，密山县党组织，抗日群众组织，没有遭到破坏。阴险的敌人为了进一步搞到情报，破坏密山县的党组织和抗日组织，对他实行假释，安排在旅店治伤，派特务暗中监视，抗联军地下党员冯丕证同志，秘密将他营救出来。刘曙华同志伤愈后到抗联工作，留任抗联五军二师政治部主任、抗联八军政治部主任、中共吉东省委执委委员职务，1938年8月被叛徒杀害于勃利县通天沟，年仅26岁。

1935年8月，刘曙华被捕后，省委派褚志远同志接任县委书记，褚志远同志以记者身份在密山工作一段时间后，被派到铁路工作。吉东特委让倪景阳暂代理一个月密山县委书记。

1935年12月，中共满洲省委派曾经在哈尔滨工作过的王学尧同志到密山任县委副书记。王学尧同志到密山后，积极工作，组织伪军哗变，组织群众为抗联筹集、运送物资。1936年春，他因家事回到哈尔滨，在哈被叛徒告密被捕入狱，在狱中王学尧同志坚贞不屈，保卫了党的机密，组织难友同敌人斗争，1936年10月被害于哈尔滨，年仅26岁。

1937年1月，密山县委按照上级党委"关于发挥党员独立性工作能力"的指示精神，为了保存革命力量，将地方党组织分散各地隐蔽斗争，等待时机配合部队消灭日寇，县委终止了活动直到1945年八一五解放。

1938年7月31日，中共吉东省委书记宋一夫投敌叛变，供出吉东地区党组织和领导人，哈达河党组织又遭到一次严重破坏，鸡东地区党组织直到东北解放后才恢复，但仍有少数党员以各种身份做掩护坚持革命活动。

（三）哈达河抗日斗争与《红灯记》故事

　　综上所述，鸡东密山地区的抗日斗争，无论是密山反日总会、密山抗日游击队、抗日同盟军第四军，还是国际地下交通线，始终都是在哈达河党组织的领导下进行的，哈达河可以说是鸡密地区的抗日中心、革命的摇篮，哈达河党组织无疑是鸡密地区的抗日领导核心、指挥中心。满洲省委、吉东局、饶河中心县委、绥宁中心县委等对哈达河党组织的指示都要由地下交通员负责传递，哪里离哈达河最近、最方便呢？东海火车站无疑是最近、最理想的。那时，林密铁路是交通员传递情报最便捷的交通工具，这与红灯记故事中的地下交通员跳下火车，将密电码交给李玉和的情节相吻合。

　　更重要的是李玉和作为普通的铁路工人、中共地下党员，他的身份非常适合掩护自己，在扳道工的岗位上完成情报的传递工作；同时，他的职业也不允许他像杨松（吴平）、张松（李范五）、傅文忱等交通员那样，可以随时随地离开岗位、离开居住地，只能是在工作岗位上与日伪军斗智斗勇，宫兴禄老人提供的关于李玉和的档案也充分证明了这一点。当年，红灯记作者在虎林创作时，在鸡西地区听到的关于交通员的传奇故事，包括傅文忱同志做的事迹报告，收集查阅的相关资料，都离不开哈达河的党组织，离不开哈达河党组织领导的抗日斗争，东海镇的哈达河作为红灯记故事的发生地有着充分的历史依据。

（鸡东县委党校常务副校长　付玉龙）

二、抗联第四军在鸡东哈达河成立

　　本文所说哈达河，并不是指穆棱河支流的哈达河，而曾是一个村屯名（今鸡东县新华村）。1962年设兴隆公社，1967年因"兴隆"与"兴农"谐音，故改为新华公社(乡)，该村随之改称为新华村。然后又撤乡现归属东海镇管辖。这名不见经传的哈达河，却蕴藏着一段鲜为人知的红色历史，这里曾是抗联烽火的燎原地——东北抗日同盟军第四军（抗联第四军）诞生在此。

鸡东哈达河村，已有百余年历史，因靠近哈达河而得名，早年归属密山管辖。这地方不算大，坐落在丛山密林中的一个山村小镇。清澈明亮的哈达河水从镇中流过。河东岸住有几十户人家，加上周围的一些小村子的零散户，都统称为哈达河村。

1912年，密山府改密山县后，来此垦荒的农民增多。听哈达河村里人说，早在民国初，村里就有人居住，曾建有一座道教庙宇，现在还能找到西大庙址。据《鸡东县志》记载：1916年，在哈达河修建了西大庙，道士姓杨。这是鸡东境内创建的第一庙宇。特别是自中东（东清）铁路建成通车后，许多关内居民迁入，人口逐增，相继形成了夹信子（今平阳镇）、半截河（今向阳镇）、哈达河等集镇。

日本侵略者占领鸡西后，为了侵略与经济掠夺，不仅修建了林密铁路，而且还修筑了城子河至密山的道路。这条路西起城子河，经由哈达河、四人班、小锅盔（今永安乡）直至密山。这条路（方虎路前身）与林密铁路并行，是穆棱河北岸的重要道路。

1933年7月，日本侵略者为了巩固其统治，公布《暂行保甲法》。密山全县19个保，149个甲，1 856个牌，统归警察署管制。其中哈达河保辖：大锅盔、孙家沟、四人班、新安村、保庆村、太平村、良善村。1940年，又做调整，哈达河辖炮手沟子、双牙子、北头段。

1941年9月，伪满洲国皇帝赦令22号，在东安省设置鸡宁县，置3街9村，改鸡西街为鸡宁街。其中鸡宁街哈达河村辖哈达河屯、肖家街、裕民街、安善屯、头段屯、太平、东海、四人班、孙家沟、韩志福屯、兴草沟、曹家大院、河深通。

在新华村保留的一本《哈达河村史档案》上，记载了日伪时期的敌伪机关，有驻哈达河伪军26团、18团、15团。伪满时鸡东一带流传"15

团乐官民谣"："15团住在哈达河子，那些官儿真有乐子，一连连长是个长脖子，二连连长是王大驼子，三连连长是崔歪嘴子，副营长是大烟壳子，一打仗都乱钻树棵子。"档案中记有驻哈达河警察署、守备队和村公所机构人员编制、职务，以及妓女院、大烟馆等场所资料。其中还有一张日伪时期哈达河贯穿东西的街道图，有上述日伪机关分布，更多的还有庆丰达、东来胜、仁义号、林家馆子、李家油坊、刘煎饼铺、天义堂药铺和理发部、澡堂子等商号买卖排列街道两边。从中可看出，当年这里也是一个比较繁华的小集镇。

日本侵略者为改变东北的人口构成，使东北成为殖民地化和继续扩大侵略的基地，实行了由日本向东北农村武装移民的政策。1936年3月，第四批日本移民458户982人出发，分别到达密山县城子河和哈达河地区，建立开拓团，掠夺农民土地，奴役残害农民。《哈达河村史档案》记载了哈达河村公所及开拓团组织机构人员表，团长是贝沼洋二。城子河和哈达河地区，是鸡西一带主要粮食区，它南临穆棱河，北接完达山脉，有肥沃的耕种土地，有充足的水利资源，是我们的人民用血汗开发出来的。由于日本开拓团的入侵，它竟成了日本帝国主义的海外基地。

哪里有压迫，哪里就有反抗。密山沦陷后，人民不屈不挠，抗日救国运动蓬勃兴起。哈达河北部是山区，便于隐藏，又有许多爱国群众的支持，中共密山党组织曾在这里得到恢复与发展。

1932年10月，中共绥宁中心县委根据满洲省委的指示，派金镇浩、金佰万到密山哈达河等地建立了密山县党组织之后，分别向绥宁中心县委和满洲省委做了汇报。11月，日军向吉东地区（含密山）大举进攻，绥宁中心县委面对这种紧迫形势，决定派中共党委党员朴凤南、李春根、黄玉清、李根淑（朴凤南爱人）、金佰万、金镇浩等10余人组成假家庭，到哈达河定居，一边劳动，一边工作。任命朴凤南为中共密山区委书记。同年12月，经满洲省委决定，饶河中心县委所属3个支部划归绥宁中心县委领导。新的密山区委由朴凤南任区委书记。密山区委共辖6个支部。其中哈达河支部，书记池若俊，有党员10余人。当时区委机关设在哈达河二段（今兴隆村）。1933年10月，吉东局决定撤销中共绥宁中心县委，改密山区委为密山县委，书记朴凤南。

1933年冬，由于日伪实行"三光政策"，经常在哈达河一带扫荡、烧房子，对敌斗争条件十分艰苦，密山县委将办公地点建在一个很不知名的、位于哈达河北部山区的炮手沟张老畲菜营。这张老畲的房子是两间小草房，房子四周长满了高大的柞树和桦树，从远处很难发现，只有走到近前才能看到房子。张老畲当年三十多岁，由于他是唐山人，当地人称他为"老畲"。他居住的地方，也被人们习惯地称为张老畲菜营。当时密山县委书记朴凤南的家，就在张老畲菜营的西面，两家隔一个山冈。由于相邻，两家常来常往。在朴凤南的熏陶、引导、教育下，张老畲接受了革命思想，积极为革命做了一些工作。朴凤南经过一段时间考察，看到张老畲踏实可靠，张老畲菜营又隐蔽、又安全，便把密山县委设在这里。为了与上级党组织联系，密山县委先后选拔哈达河抗日积极分子、中共党员王山东（张哈）、佟双庆（杨坤）担任密山县委机要交通员。由于工作出色，后来两人都成为吉东特委交通员，他们对党忠诚，九死一生，多次独立完成了党交给的情报传递和许多重大机要交通任务。他们具有传奇色彩的地下交通员故事至今还在流传。

当年，张老畲菜营成为密山一带（含鸡西、鸡东、虎林、勃利等地）的政治中心和军事中心。从此，密山县委在张老畲菜营指挥密山一带的抗日战争。先是派人发传单，发动群众，让人们明白"日寇不除，国无宁日"的道理。建立哈达河密山抗日总会，为筹建密山游击队打下了思想基础和组织基础。据鸡西地区唯一健在的抗联第四军老战士张玉君（今年101周岁，居住在鸡东现东海镇长山村）曾回忆说，他16岁就参加了抗日会儿童团组织，每当抗日组织开会时，儿童团员负责站岗、放哨、送信等工作。抗日会先后在哈达河、平阳镇、半截河等地发展会员300多人。主要任务是宣传抗日，张贴标语，散发传单，绣"抗日到底""决心抗日"等字样的手帕送给抗日战士。到群众中募捐筹集粮物，收缴反动武装枪支，为抗日武装提供经费和军需。抗日会发给每一个会员一块印有"吉林省抗日会密山分会"的布，最初印章是椭圆形的，后改为菱形。抗日会会员每家交会费，记账时怕被敌人发现，就写上菜、粮钱欠款，这些会费全部支援抗日队伍使用。

1934年3月20日，中共密山县委在张老奤菜营举行地方人民武装——"密山抗日游击队"成立大会。这天傍晚，游击队员从四面八方会集到张老奤菜营。晚上7点多钟，县委书记朴凤南宣布密山抗日游击队（当时称"民众抗日军"）成立。密山抗日游击队是以宁安工农义勇队为基础，吸收哈达河抗日总会的青年骨干组成的。首任队长为张宝山（后叛逃），副队长金佰万、参谋长金根。密山抗日游击队建队时共有34人，队旗是粉红色的，旗上写有"民众抗日军"五个大字。其中中共党员10名，青年团员4名。武器有长短枪34支、手榴弹8枚。哈达河妇女抗日会员还购买了望远镜送给游击队。游击队以张老奤菜营为密营，抗日游击队伍逐步发展壮大。密山抗日游击队的建立揭开了鸡西地区抗日斗争史新的一页。密山游击队成立不久，就参加了杨树河子战斗，尔后又组织了哈达河二段山战斗、铲除汉奸地主张老四、配合东北人民革命军攻克密山县城等战斗，给予敌伪势力以有力打击，牵制了日军侵略扩张，取得了辉煌战绩。密山游击队是全省地方抗日武装成立较早的，也称为北山游击队，远近闻名，故事颇有传奇色彩，被剧作家写成经典作品《自有后来人》和《红灯记》，影响教育了几代人。

1934年9月，中共驻共产国际代表团派吴平（化名，原名吴绍镒，又名杨松）到东北工作，以中共满洲省委巡视员名义到吉东工作。吴平根据代表团指示，首先到达密山，他对中共密山县委工作、该地区的抗日部队和抗日斗争情况进行了深入了解。9月25日，吴平在哈达河北山沟里密山县委驻地，主持召开了密山县委扩大会议。吴平传达了共产国际策略方针的转变和中共驻共产国际代表团对东北抗日斗争新的指示精神。会议肯定了县委过去在组织群众、发展反日会组织和领导密山游击队斗争等方面的成绩，同时，也批评了过去存在的"左"的失误，总结了经验教训。

　　会议在讨论军队工作时，讨论了吴平关于部队名称的意见。吴平认为东北人民抗日革命军的称号不利于更广泛地团结各阶层的群众。经会议讨论决定，取消东北人民抗日革命军称号，成立东北抗日同盟军总司令部，任命李延禄为总司令，同时决定密山游击队编为东北抗日同盟军第二团。会议明确规定，东北抗日同盟军受中共密山县委直接领导。

　　密山县委扩大会议之后，吴平即到密山游击队和人民革命军巡视，同李延禄具体研究部队改编问题。根据中共代表团的指示和密山县委扩大会议决议，并按照满洲省委关于东北统一建军的提议，鉴于南满与东满已建立东北人民革命军第一军、第二军，珠河的哈东支队即将建立第三军，决定将东北抗日同盟军按序编为第四军，东北抗日同盟军第四军由李延禄任军长，胡伦任参谋长。该军建制暂编第一师，辖三个团，一个独立营，另设卫队连。全军共231人，内有骑兵137人。

　　1935年8月，为适应勃利地区抗日武装斗争需要，中共吉东特委改组勃利区委为勃利县委，县委书记由原勃利区委书记李成林担任，由于第四军活动中心由密山北移到勃利、方正一带，吉东特委将领导第四军的任务从密山县委转到勃利县委。1936年3月15日，李延禄率部前往勃利县大青沟参加勃利县委召集的会议。会上，勃利县委书记李成林传达了吉东特委转达的指示，将东北抗日同盟军第四军正式改编为东北抗日联军第四军，第四军由李延禄任军长。同时宣布共产国际代表团让李延禄赴莫斯科汇报工作，由李延平代理第四军军长。

抗联第四军前身就是游击军（后改为东北人民抗日革命军），在来密山前，是它的发展期；东北抗日同盟军第四军（抗联第四军）建军一年时间里，是它的壮大期。在吉东特委、密山县委、勃利区委（后改为勃利县委）的重视帮助下，部队认真贯彻执行党的统一战线政策，联合多支反日武装积极开展抗日游击斗争，已发展到七个团、两个独立旅和军部卫队连，共计1 800余人，游击地区也扩大到穆棱、林口、密山、勃利、依兰、方正、饶河、虎林等吉东、北满广大地区。抗联第四军在鸡西地区的主要战斗有：游击战老道沟、攻克密山县城、夜袭滴道火车站、与抗联第三军联合智取伪军二十六团等战斗。

在东北抗日联军序列中第四军成立较早，是东北抗日联军的主力部队，1936年11月，第四军二师扩编为东北抗日联军第七军。在敌人的"围剿"下，第四军克服了重重困难，坚持抗日游击战争达六年之久，消灭了大量日伪军警，沉重地打击了日寇，为东北抗日做出了巨大的贡献。配合了全国的抗战，功不可没。第四军指战员用生命与鲜血，演绎了可歌可泣的抗联精神，是东北抗联英雄群体中的一个缩影。

（韩照源）

三、张老奋菜营

抗联第四军军部、密山中心县委机关所在地，密山抗日游击队成立地，中共吉东地区抗联第四军红色国际秘密交通中转站。

在距现哈达河水库西北约20公里的狍子沟不远处，两山之间有一块簸箕形的小山窝地。小山窝附近山高林密，山泉奔涌，溪水四季长流。当年，有个以采木耳为生的河北唐山姓张的中年汉子（人们对唐山人戏称"老奋"）相中了这个地方，便盖起了一栋木墙草盖的房子。房子盖成后，张老奋在房东屋西开了二十亩半镐头地，房西种庄稼，房东种蔬菜，张老奋菜营的名字便由此而来。

这个环境幽深、交通十分不便的深山沟能成为当年鸡东抗日救国的组织领导中心、革命摇篮，原因有三：一是由于日军将哈达河作为"清剿"重点，日伪军经常在哈达河一带扫荡、烧房子，县委机关已无法正常在哈达河头段开展活动。二是虽然张老畜菜营地处深山沟里，但是却是南通哈达河、北通勃利县、中通抗日武装密营的"咽喉"之地。三是当年县委书记朴凤南家就住在岗西。出于工作需要，朴凤南经常过岗同张老畜攀谈交心。由于张老畜出身贫寒，苦大仇深，所以很快接受了革命思想教育，表示愿意为抗日救国出把力。因此县委决定将办公地点远迁至此。迁址意见形成后，为了慎重稳妥，县委又派李根淑委员以采山菜为名进山活动。一来二去，李根淑认了张老畜干亲，并秘密发展张为抗日会会员。就这样，县委机关移驻到张老畜菜营，有了栖身之地。党员干部们穿梭于密林，跋涉于阡陌，为实现自己的理想，为完成县委另一项重要任务——组织我党自己的抗日武装而不分昼夜地奋斗。要组织抗日武装，必须要有武器。为筹集武器，区委做出决定，要求大家不惜一切代价从敌人手中夺取武器弹药武装自己。决定一出，党员干部们纷纷响应，一场筹枪之战就此打响。

1933年4月，区委派党员金佰万、金镇浩、洪春洙和一名团员打入自卫军26旅二营三连当兵，以哗变形式从伪军手中夺取四支步枪。从此，区委第一次有了自己的武器。1933年7月中旬，党员金佰万、李春根等五人，伏击大地主崔老四，缴匣枪两支。1933年9月，党员金佰万、金瑞铉二人打入马鞍山大排队，利用大排队队长回家过年机会将大排队队员灌醉，夺取步枪十四支。1933年11月，党员李春根、金昌德等十余人袭击河南自卫团，缴得步枪两支。1934年2月，金佰万在去勃利取枪返回途中顺手牵羊，缴获马鹿沟大排队步枪六支。在从敌人手中夺取武器的同时，党员干部还口挪肚省筹款买枪、买子弹。1933年冬，县委书记朴凤南及党员李春根、金镇浩、金昌德等十余人，将辛勤耕种的水稻和套的野鸡卖了，买回一支撸子（手枪）和三十发子弹。至此，县委筹到长枪二十六支，短枪两支，筹枪目标基本实现，组织县抗日游击队的条件基本成熟。

1934年3月20日，是鸡东抗日斗争史上值得记忆的日子。这一天，中共密山县委在张老菴菜营开会，正式成立"密山抗日游击队"（史称民众抗日军），张宝山任队长，金佰万任副队长，金根任参谋，金昌德、梁怀中为分队长。游击队共有队员三十四人，长短枪三十四支，党员十名，团员四名，党支部书记由金佰万担任。游击队队旗为粉红色，上写着"民众抗日军"五个大字。县游击队的成立受到党内外民众的衷心拥护。哈达河抗日会女会员们特购买一架望远镜送给游击队。

县游击队成立不久，张老菴菜营又传喜讯。1934年9月，中共满洲省委巡视员吴平主持县委扩大会议。会议贯彻党的反日统一战线方针，联合各种力量共同对敌。会议决定县抗日游击队与李延禄领导的人民革命军合并组成"抗日同盟第四军"，李延禄任军长，何忠国任政治部主任，胡志敏任参谋长。全军共二百三十一人，设一个师，师下设三个团，一个独立营、一个卫队连，县游击队改编为第二团。县委扩大会议坚持党指挥枪原则，决定抗日同盟军由县委领导，抽调朴凤南、李淑根、李春根、黄玉清、金根、金镇浩等一批党员充实到第四军，加强党的工作。抗日同盟军根据党中央《八一宣言》的精神，于1936年更名为"东北抗日联军第四军"。

（潘艳敏　李　铁）

四、三军攻打哈达河

抗日战争期间，哈达河这里成为密山一带的政治、军事中心。从1931年开始，伪满政府就派出伪军加强对这里的防卫，最早从一个班到1934年的一个团。第一期驻防哈达河的是伪军的26团，前任团长是李光年，现任团长是苏树堂。伪军26团进驻哈达河后，镇压广大群众，打击革命力量，严重干扰抗日游击队的活动。1935年12月抗联三军根据满洲省委"开辟新的游击区队伍，扩大队伍"及"与抗联第四军和饶河游击队打通联络"的指示，三军派郝贵林率领四师开进哈达河。

1936年1月，郝贵林率四师到哈达河经休整后，于5月将部队开到哈达河二段的密林中活动。郝贵林为消灭26团，两次派侦察员到哈达河了解敌人情况，侦察员回来反映说："伪军26团在哈达河街基周围，构筑了大量的军事工程，四周挖了五尺宽、八尺深的城壕，堤岸上还拉了铁丝网，四门都有重兵把守，严格盘查过路行人。要想得到一点真实的内部消息，实在是太难了。"

一天夜里，郝师长在思考作战计划，这时听见有人敲门，开门一看是三连指导员王生，郝师长说："你还没睡。"王生说："你不也没睡吗，听说哈达河街基的消息封锁得十分严密，防御工事修筑得又那么好，这仗不好打呀。战士们为这都睡不着觉，方才我们连的战士讨论了整整大半宿，大家纷纷献计献策，最后让我来代表大家，说说我们连的想法。""好啊，老王快说吧，我的好同志。"王生憨厚地笑着说："只有两个字，打入……"郝师长高兴地说："我们想到一块去了。"王生提出一个请求，就是只身深入虎穴，郝师长考虑再三，最后说："等等，再让我好好想想，开个会研究研究再说吧。"王生紧接着说："师长你是信不过我吗？我……"王生有点着急了。郝师长不是信不过王生，因他是贫苦农民出身，参加抗联后始终在郝师长的部下，他父母为抗日先后牺牲在战场，郝师长是看着他长大的，郝师长说："你走了，连队能行吗？"师长，我是代表我们连来请战的，师长不信，请看我们的这份请战书。"郝师长看着三连这份用毛笔工工整整写出来的请战书，看完后对王生说："好！就这么定了。"

第二天，王生又来到师部，郝师长对他说："你今天可以走了，我这里给你准备一套农民衣服，你要打扮成一个普通农民的模样。进城后，要先找到刘清林老大爷，他自有安排。"这天下午郝师长将王生送出山林，傍晚时王生来到刘老汉家。刘老汉为人耿直、老实厚道，是密山县委最早发展的一名党员，他多次冒着生命危险做党的地下工作。刘老汉早年丧妻，身旁只有一个16岁的女儿，日子过得很清贫。王生向刘老汉说明了来意，刘老汉沉思良久，最后下决心说："为了掩护你工作，我只有招'贤婿'了。"王生听后说什么也不肯，刘老汉解释说："这有什么呢，又不是真让你们成亲，你就说你是来岳父家串亲属的。也只有这样才不能引起别人的怀疑，你才能站得住脚，若不然，一旦让敌人看出破绽，我们丢了性命是小事，主要是坏了党交给的大事。从今天起，你和我姑娘小花就以兄妹相称。"当晚，小花精心做了四盘菜招待客人，夜里刘老汉和王生细细地盘算着如何打进敌营，刘老汉最后说："有一个差事不知你干过没有？"王生问："什么活？"刘老汉说："喂马。前天团部派人来找我，非要让我去给他们喂马，我没干，他们还好不愿意，并且说，三天内找不到人还让我顶差，你来得正好，我就说把我姑爷子找来了，顶我的差事，他们准能相信。"王生听后答应下来。

王生来敌人军营里干活处处小心，一举一动都要看主人的脸色，经过一段时间后苏团长看他勤恳能干，又和大家相处得很好，把他提升为后勤处司务长，这样他和别人接触多了，有更多的机会了解各连队的思想状况。他了解到26团三连和四连是兄弟连，关系极为密切，他们对苏团长都有不满情绪，早有反正想法，只觉得势单力孤不敢轻举妄动，通过这个情况王生有了主攻方向，与这两个连队的主要人员交上了朋友。转眼一个月过去后，王生接到郝师长的密信，同意伪军反正，等时机成熟配合我军作战。一天傍晚接到王生的密信："郝师长，反正已成，速做准备，适时攻城，等候。"郝师长当即向副师长和参谋长转达了王生的信，副师长说："哈达河这个钉子不拔，没有宁日，伪军26团是个流氓集团，进驻哈达河后，强奸妇女，偷鸡摸鸭，什么都干，可把群众坑苦了。我们打他是个得民心、顺民意的事。"参谋长也说："听说最近26团要抽出一部分兵力去平阳镇、半截河增援，王生是不是要我们把握住这个时机来消灭他们？"过几天后王生感觉到26团突然紧张起来，苏团长来兵营的次数多了，重要道口又增加了岗哨，巡逻马队昼夜不停地满城跑，全团戒备森严。一个漆黑的夜晚，郝师长接到王生的紧急情报："师长，情况有变，明夜速战，联络信号，胜利，6月22日。"

　　1936年6月23日夜里，郝师长带领四师的战士们从二段山里沿着崎岖的山路，摸黑向哈达河街基悄悄摸来。这时伪军26团的头头们正在苏团长的家里开秘密会议，大伙向苏团长述说三、四连有反正迹象，苏团长听后表示明天要对三、四连的兄弟动手。在深夜11点多钟，郝师长率战士们摸到了哈达河街基的城墙外，他命令战士按原计划埋伏在自己负责攻城的位置上待命，先派出以侦察排长刘海林为首的四名侦察员进城，以枪声为号发起总攻。当刘海林带4人快摸到26团营地，刚要接近岗哨时，没承想后面上来六七个人，原来这几个人是刚从苏团长家开会回来的那几个伪军官，他们散会后往回走，突然听到后面有脚步声，他们就藏在路边观察，原以为是本团外出游玩的兄弟，没想到这几个人到大门口没有直接进院，而且还做出隐蔽动作，显然要偷袭岗哨，伪军官看见这个情况后没有马上动手，等4名侦察员向岗哨动手时，这几个伪军官也一哄而上与侦察员撕打起来。刘海林一看中了埋伏，不得已只好鸣枪发出信号。郝师长听到枪声以为是侦察成功，命令我军从四面八方向哈达河街基包抄过来，越过城壕，翻过城墙，直奔26团兵营以及兵器库和被服厂。这时王生正在炕上抽烟，心里想队伍怎么还没来呢，突然听到门外有枪声，他一跃下炕，端起枪朝窗外打了一梭子，这是与反正两个连队的联络信号，三、四连听到信号后马上按计划投入战斗，与抗联四师里应外合，协同作战，不到半个小时战斗就结束了。这次战斗共缴获枪支150余支，子弹几万发，俘虏了26团的大部分伪军，当时有40多名伪军自愿加入抗联四师，与此同时，我军的另一支部队包围了苏团长的住宅，苏团长和小老婆刚要睡觉，就听见一阵急促的脚步声，接着是"咣当"的一声门被踢开，闯进来五六个抗联战士，用枪逼住苏团长，他的小老婆见此情景吓得"妈呀"一声钻到床下，苏团长急忙去摸枪，我军战士手疾眼快，飞起一脚将枪踢飞，苏团长只好束手就擒。

将苏团长押送到团部时，团部的战斗刚结束，我军队伍还没集合，院内的人很乱，苏团长这个老奸巨猾的东西趁着天黑人乱之机，一下钻进人群向背街跑去，几个战士奋力追赶，无奈因天黑追不了几步就看不见了。原来他跑出去20米远，听见后面追赶的人喊："站住，不站住就开枪了。"他害怕子弹没长眼睛穿他的脑袋，急忙抱住了路边的一棵大树，追赶的战士噼里啪啦乱着脚步从他身边擦过，谁也没想到树后还贴着一个人呢，他见战士们漫无目的地开枪往前追去，他又掉头往回跑，一口气跑出了村子。这时天已放亮，苏团长看看自己这身打扮和狼狈相，心想白天是跑不出去了，不如先找个地方隐蔽一天，到晚上再跑，于是又返回村里，因不能回家只好就近找个柴草垛像猪一样藏了起来。

天亮以后郝师长和大家召开战役的总结会，虽然这次战斗打垮了伪军的26团，但是跑了团长苏树堂，战斗没有圆满成功。这时一个老汉来报告说，他家的一只小黄狗，打一清早老是围着柴草垛咬，请长官去看看是不是里面藏了坏人。郝师长心里猜想，是不是苏树堂这小子钻进去了？于是让侦察排长刘海林带一个班前去搜索。到那里搜出一看，果然是26团的团长苏树堂，当天就把他押到了平阳镇，我三军四师完全彻底取得了战斗的胜利，郝师长率队返回哈达河山中的密营。

（潘艳敏　李　铁）

五、侵华日军半截河要塞揭秘

20世纪三四十年代，侵华日军在我国东北中苏边境上修筑了14处军事要塞，这是第二次世界大战中的一个重要的历史事件。位于鸡东县境内的半截河要塞在诸要塞中占有重要的战略地位。

日本军国主义为实现占领东北、侵占中华、称霸世界的狼子野心，把东北作为达到上述目的的重要军事基地。为防御和伺机向苏联发动进攻，自1933年起，日本关东军在极其秘密的状态下，沿伪满洲国与苏联边境修筑了14处军事要塞群，绵延国境线近5 000公里，要塞群总长度约1 700公里，号称"东方马其诺防线"。

1933年初，日本陆军参谋总部指挥作战部长铃木率道大佐组成以工兵专家为主的考察队伍，赴满苏国境进行"国境筑城"秘密踏查，搜集地理资料，选择战略要地，为进一步有针对性地设计具有攻防性的筑垒阵地做前期准备。

1934年，关东军司令官菱刈大将亲自签发了"关作命第589号"《关东军关于在国境地带东宁、绥芬河、平阳镇、海拉尔附近修筑阵地的命令》。于是关东军在中国东北中苏边境第一批要塞工程实施正式全面启动。工程一直实施到1945年日军战败为止。

侵华日军满洲国境军事要塞群的修建，主要目的是想永久占有中国东北的富饶资源和领土；另一个方面它也借此获得对苏联作战的一个基地，依靠国境筑城及满洲国内的要塞筑城，并用来抵抗苏军的侵入，消耗苏军战斗力。

军事要塞群的筑成，是用中国百万劳工的尸骨堆积的，修筑军事要塞群征集了中国百万劳工，在各地下要塞工程竣工时，灭绝人性的日军采取各种秘密手段，杀人灭口。可以说，日军的要塞是用中国被俘军人和被俘劳工白骨堆砌而成的，是侵华日军在中国犯下诸多滔天罪行的又一铁证。

日本关东军把国境筑垒建筑标准分为5等，以混凝土浇筑厚度和钢筋规格来加以确定。甲等工事混凝土浇筑厚度3~5米，16~18毫米钢筋网双层被覆；乙等工事混凝土浇筑厚度1~2米，16~18毫米钢筋网单层被覆；丙等工事混凝土浇筑厚度0.5米，钢筋排列单层被覆；最后一等是指土、木结构工事。半截河要塞属于乙等筑垒标准。

然而，壁垒再坚固也难阻正义炮火的轰击，日军苦心经营十多年的千里筑垒魔域，在反法西斯战士面前终究成为日寇的坟墓。

半截河要塞位于鸡东县向阳镇南6公里向阳山中，与虎头要塞呼应，共同构筑起关东军东部正面核心阵地，兼具攻防功能。

在半截河要塞遗址，稍一留意就不难发现，硝烟散尽的土地上，战争痕迹历历在目：一座座坍塌的炮座、淤塞的反坦克壕、四通八达的战壕、交通壕，以及地下、半地下隐蔽式建筑工事设施水泥构件等随处可见。其中战壕、交通壕纵横交错，非常密集，互相连通。专家介绍说：根据史料记载，在该地区还有仓库、医院、兵舍、营房等设施遗址。在4个多小时的探寻中，还发现了日本侵略军遗留的破碎原造酒瓶、细铁线、弹壳等。从坍塌的要塞残垣中，除感受到当年筑垒的坚固，同时还感受到当年日军地下要塞的狰狞和恐怖。

半截河要塞建有永久性阵地3处，13个重要部位都是混凝土结构。要塞驻扎关东军第三国境守备队，守备队配有5个步兵中队（机关枪最少12挺，连队"四一式山炮"4门），2个炮兵中队（九零式野炮、塔式10榴各4门、10厘米口径迫击炮8门），1个工兵中队，兵力150人。

日军在东北国境阵地的构筑从1934年6月开始，一直实施到日本帝国主义战败为止，可分为3个时期：

第一期：1934年至1940年是基本建成国境阵地、配备国境守备队的时期。半截河要塞开工日期为1934年6月，到1937年末完工，构筑永久阵地3个。国境守备队的官兵主要从驻满洲的各师团及其在日本国内的留守部队、独立守备队、炮兵、工兵各队中抽调而成。

第二期：1940年至1944年，任务是进一步扩充已建成的国境要塞并填充其空隙，另一方面又在西正面大兴安岭乌诺尔开始了新的大规模筑城工程，使国境地区要塞设施更加密集，其工程量远比第一期大得多。第二期首先实施的是增强和扩充第一期设施工程，即增设掩蔽部、弹药库、粮食库、蓄水库等。在构筑平阳正面阵地时，把南天门至石头河子东方高地作为右翼，贯通小鹿台、四排、半截河、二人班等阵地。

第三期：1945年，关东军国境要塞进入了第三期，这一期的修建要求是"不仅要使国境要塞化，而且要使全满洲国要塞化"，主要在通化建筑第二道军事防线，即构筑双重阵地。

所以这些工事的特点，跟一般的国境工事不太一样，表现在它是一种进攻性的工事。一般防御性工事都是从纵深配置，有第一道防线、第二道防线、第三道防线，而且不能紧贴着边境线，需有一定的纵深；而日军修筑的这些工事却与此大不相同，它们基本上都是一线配置，而且恰恰是配置在最靠国境线的地方。半截河要塞属攻守兼备型，以防御为主的综合性军事要塞群，在东部战场上，伺机对苏联发动进攻。

为了揭开半截河要塞的神秘面纱，向阳镇政府请来了当地一些古稀老人，用回忆还原半截河要塞的历史真相。

74岁的张宏国老人说，当时日本驻军部队，分为东大营和西大营，有马队、步兵，镇里设有警察署、协和会、交通部、财政部、看乡团。日军、伪政权虎视眈眈，平民百姓谁也不敢乱说乱动，居民中常有半夜失踪的。朱玉老人的叔叔就是在夜里被日军抓到山上，修了五六年地洞，后来说是调到新疆，其实是失踪了。

77岁的朱玉老人，12岁曾给日军当过5年杂役。看过狗圈，给日军当过店中，给在热河抓来的游击队俘虏送过半年饭，看过仓库。朱玉老人说，当年日军养了68条狗，由他喂养；在给俘虏送饭时，要经过六道岗哨，通过要有日语口令，进出极为恐怖，给日本人干活，稍有不慎，就有可能丧命。

栗奇亮老人，67岁。他听到得多，见过得少，由于好奇，没有事就往山上跑，几乎天天在山上，现在整个山都跑遍了。他说在密山北大营的日军军服被人点着了，当时着了三天三夜，向阳山上也应有日军隐藏的粮食和军事物资。

陈德纯老人，76岁。他说山上隐蔽部队特别多，事变后，他曾在隐蔽部队附近捡过狗套、弹壳等。山上曾通过小火车，还有一段水泥路。

吴宝纯老人，78岁。他曾看到过四五回日军把抓到的苏军和八路军俘虏押到日军军营。是俘虏们自己扛着枪，大栓让日军卸下来，由日军拿着。中国老百姓是不能随便到日军兵营附近的，但日军经常是在半夜下山来抓劳工，到山上为他们挖地洞。

87岁的贺仁老人是向阳村村民，1944年10月22日来到半截河种地。据贺仁老人回忆，为了防止泄露军事机密，除了给日军做工的、种菜的、劳工等带上袖标可以进去，从不让中国人靠近要塞。当时要塞驻有部队，设有官舍、兵舍、医院等。在日本兵撤退时，让附近老百姓出车把白面、大米等粮食都拉到永安，整整拉了有半个月时间，当苏联红军打过来时，这些粮食来不及运走，但还是把大炮等武器撤走了。

半截河要塞遗址，既是日本侵略者侵华的罪证，也是中华民族屈辱历史的见证。它是一部侵华战争史，一部劳工血泪史，一部人类文明被践踏史。日军遗留的军事要塞是进行爱国主义教育、近代史教育的实物教材，对警惕日本右翼势力，维护亚洲乃至世界和平，具有重大的现实意义和深远的历史意义。因此，应把现有侵华日军要塞遗址遗迹作为人类战争遗产加以保护、开发和利用。

（黄　涵　滕忠顺　韩枢海　刘国辉）

六、《红灯记》与鸡东抗日交通站（线）

经典革命京剧《红灯记》是根据电影《自有后来人》的母本改编而成的。故事以北满抗日为背景，重点突出了我党北满地下交通站（员）可歌可泣的英雄事迹，感染教育了几代人。鲜为人知的是，鸡东抗战时期的地下交通站竟与《红灯记》有着千丝万缕的联系。

（一）《红灯记》原型"东海"说点亮鸡东的"红灯"

鸡西矿务局退休干部宫兴禄老人，于2007年5月31日，在《鸡西晚报》上发表了《〈红灯记〉的故事发生在鸡西》一文，这一爆炸性新闻，在省内外引起了很大反响。宫老说，《红灯记》是发生于鸡东东海车站的故事，主人公李玉和（原名张玉和）是鸡西人。他还认为，《红灯记》开场李玉和唱道"手提红灯四下看，北满派人到龙潭……"这唱词的开头一句，交代职业是铁路工人的信号，而后一句中的"龙潭"是隐讳的"故事发生地"。由此可以推测，龙潭作为地名也许出自《西游记》。看过《西游记》的人，会记得孙悟空为寻找得心应手的武器，来到东海，下到龙潭，进入水晶宫找龙王借武器……"这时如果反问一句：'龙潭在哪里？'对方会不假思索脱口而出：'龙潭在东海！''那么，东海在哪里？''鸡西有个东海镇！'"

7月15日《生活报》记者王萌发表署名文章《〈红灯记〉故事原型在我省发现——研究者称其发生在鸡西》。为破解《红灯记》故事发生地的谜团，近日我省一位老人公开了他所掌握的绝密档案。根据这些资料，研究证实《红灯记》的故事有可能发生在我省鸡西，具体地点为鸡西市下属的鸡东县东海镇车站。剧本的主人公李玉和在历史上确有其人，他曾参加过"二七大罢工"，受我党的委派来到东北，曾多次被捕，最终有可能被日军杀害。

宫兴禄回忆说："这是一份在当时很常见的外调材料，提供了50多个人的名字，这些人许多从事过地下工作，有的有投降经历，后来下落不明。"其中一张摘抄卡片上写着:"李玉和,原名张玉和,失踪时38岁,八路军情报员,参加过'二七大罢工'(郑州京汉铁路大罢工),1938年被派到鸡西与党组织失去联系。"这个李玉和就是宫兴禄后来经过研究认定的《红灯记》故事的人物原型。

黑龙江省艺术研究所专家、国家一级编剧王晓明认为,从材料和证据上看,宫老先生提出的新说法反而更有说服力,可以作为一家之言。而且,在已知的范围内,这类学术性质的研究目前在国内还没有人搞过,对于提升《红灯记》作品本身的价值、增加作品人物的可信度,都具有不可忽视的作用。

宫老的《红灯记》人物原型在鸡东东海之说,在国内各大网站均有转载介绍,特别是引起了山东电视台的关注和认同。2014年8月上旬,山东电视台《金声玉振——电影传奇》节目组一行4人,慕名来到《红灯记》故事发生地鸡西采访拍摄,采访组首先到中共鸡西市委宣传部了解鸡西《红灯记》故事发生地有关情况,并拿到了笔者编著的《红灯记原创在鸡西》之书的样稿。他们看了很惊讶,书中所列大量事实,证明鸡西是《红灯记》故事发生地。之后,寻找采访鸡西市第一次撰写《〈红灯记〉的故事发生在鸡西》引起反响的作者宫兴禄老先生。而此时,宫老早已搬迁外地,没有找到他。节目组还采访了当年编发宫老这一稿件的《鸡西日报》记者杨景春。因我对鸡西《红灯记》故事发生地有点研究,他们还来到我家看到当年《鸡西晚报》发表宫老《〈红灯记〉的故事发生在鸡西》的这张报纸,立即引起来访记者的极大兴趣,并进行了采访拍摄。8月21日,山东电视台卫视在《金声玉振——电影传奇》节目中,播出了有关《红灯记》故事发生在鸡西的"东海",以及北满东海车站地下交通员李玉和的相关内容。

宫老的《红灯记》原型故事"东海"说,铁路交通员也叫"李玉和"(原名也是张玉和)与《红灯记》剧中人物高度吻合。有一句经典之言"如有雷同，纯属巧合"，笔者认为，这也是一个"纯属巧合"的范例，使《红灯记》故事充满了神奇的色彩，更加"提升了《红灯记》作品的本身价值"。

提及鸡东铁路交通员，在《李范五回忆录》和《韩福英和战友们》两书中均有记载。1936年春节过后，中共密山县委书记褚志远、密山县委妇女干部韩福英夫妇，在半截河镇居仁村佟双庆家，向中共吉东特委负责人李范五汇报工作，以及商务会会长谷炳和被捕的事。接着李范五也说明了由于罗英、张常德的叛变，吉东特委遭到部分破坏的情况，并提醒褚志远夫妇要提高警惕，转移别处。然后，李范五对褚志远说，"日本鬼子正在修林口至密山的铁路，你可以到铁路沿线去，组织发动工人抗日"。又问："志远，铁路上有熟人吗？"褚志远说："有，我表兄沙成库在林密铁路线工作，可以找他。"

宫老的《红灯记》原型"东海"说，既点亮了鸡东的"红灯"，又引起了人们对鸡西地域红色交通站的关注。"东海车站"的张玉和、褚志远的表兄林密铁路的沙成库等地下交通员，都是我们要寻找研究的对象。

（二）半截河国际交通站是《红灯记》的重要背景史实

1934年，根据中共中央驻共产国际代表团的指示，组建了中共满洲省委吉东特别委员会（简称吉东特委），杨松任中共满洲省委吉东特委书记（1935年9月下旬，杨松奉中共中央驻共产国际代表团之召去莫斯科汇报工作。因工作需要，杨松留在中共中央驻共产国际代表团驻地工作，任命李范五代理中共满洲省委吉东特委书记）。吉东特委独立开辟了共产国际—满洲省委—中共中央秘密交通线。在杨松的安排下，吉东特委建立了牡丹江德发客栈、新立屯邸家豆腐坊、磨刀石车站、林口石印局、密山平阳镇东窑地五处交通联络站，还在密山半截河裕成当铺建立了国际交通站。

中共吉东特委既特殊又特别，并非一般性的满洲省委直属的地区级党组织领导机构。在组织上接替已被破坏的中共吉东局对这个地区的领导。吉东是东北的一个大游击区，东边背靠苏联，南边、西边、北边连接抗联第二、三军和汤原三个大游击区，把白山黑水之间的抗日游击区连成一大片，有着重要的战略意义。

1934年10月初，长征开始，中共吉东特委与党中央失去了联系。东北抗联在找不到党组织的情况下，利用密山半截河国际交通站，与中共驻共产国际海参崴联络站接上关系，间接与党中央保持联系，接受党的领导。

鸡东县向阳镇（原名为半截河镇，当时归密山县管辖）位于鸡东县的最东部，距县城35公里，东与密山二人班接壤，西与下亮子乡毗邻，北与明德朝鲜族乡交界，南与苏联搭界。"半截河"地名距今已有百年历史，因村东2.5公里处有条从双叶山发源的河流，下游没有河床，河水漫延流至穆棱河，故起名半截河。后建村时，以河名为半截河村。1936年日伪统治时期，这里设有宪兵队、警察署、特务机关，日本驻军50部队和村公所，下设几个甲。民国和伪满时期，这里是较大的集镇。镇内有20多家商号和店铺，还有"裕记火磨"。

中共党组织在半截河镇开展革命活动的历史比较早。1917年苏联十月革命以后，苏联远东红军部队在与中国进行商贸活动中，就物色会俄语的商人和知识分子，在半截河建立了情报网，定期为苏联红军提供日本、中华民国的军事、经济情报。这里较早成为东北地区中共党组织与共产国际联系的国际交通线之一。商人谷炳和、张万珍等人都会俄语，在去海参崴、庙街、双城子、当壁镇经商时，就与苏联官员、苏联红军联系，提供情报。以后就在南山边境线上定期与苏联边防军联系，利用树洞、大石头下定点交换情报和指示。

半截河国际交通站站长王志诚是大连人，他从日本留学回国后在大连工厂加入中国共产党，有着丰富的对敌斗争经验，是一个机智勇敢的同志。由于他有留学日本的特殊经历，中共吉东特委主要负责人李范五选派他到密山半截河工作。临行前李范五交给他两项任务：一是利用合法身份搜集半截河一带日伪军事情报；二是在那里建立一个国际交通站。王志诚到半截河后，经托人介绍，很快被日本人录用，打入半截河日本守备队当翻译。不久，王志诚与半截河的中共地下党员合伙开了个当铺，字号叫"裕成"当铺，作为交通站的联络点。他长期担任半截河国际交通站站长，一直没有暴露身份，这个交通站的工作一直坚持到抗战胜利。他为苏联红军、抗日联军搜集了许多军事、政治、经济等方面情报，暗中保护抗日军政人员。他后来去向不明，也许隐姓埋名，辽宁党史、大连党史均没有记载反映他的情况，但他对抗日斗争所做的贡献永远值得我们纪念和颂扬。

在哈尔滨市京剧团排演的京剧《革命自有后来人》剧本中，就有吉东特委交通员为抗联部队传递上级指示的情节：

在演员表中第七位标明："罗铁基——北满特委交通员"，由此判定，此人就是扮演"吉东特委交通员"角色。

在《革命自有后来人》剧本第二场中有：

"罗铁基：喏！（从鞋底内取出文件）这是上级党委给北山抗联的一份重要指示。（把文件交给李玉和）玉和同志，为了配合全国抗战，牵制日本关东军南进，我军正在部署一个全面的作战计划。北山部队均已集中待命，等候这份指示，以便统一行动。一两天内北山派人来取，接头地点在东大桥，时间晚六点，暗号不变。"此情节，与下述吉东特委传递党中央指示情节相吻合。

据《杨松传》一书记载：1935年7月初的一个傍晚，吉东特委交通员从密山半截河回到了牡丹江，把一个旧暖瓶迅速转给了杨松，拆开暖瓶的夹层，里面是一封中共驻共产国际代表团负责人以王明、康生的名义发出的《给东北负责同志的秘密信》，具体日期注明是1935年6月3日。信上附言责成吉东特委迅速、安全地转发给东北各党组织，这就是著名的"六三指示信"。当晚，杨松叫李范五把信复写了六份，第二天，派交通员张发将一封信送往中共满洲省委；派交通员张哈把其余五份分送到各县及四军、五军党委。时隔不久，海参崴工作站又把以中共中央和中华苏维埃名义发出的《八一宣言》传送到吉东特委，特委又及时传送到各地。

半截河国际交通站为我党我军传送重要文件做出了重要贡献。在东北抗联斗争史上有着重要指导意义的"一·二六指示信""六三指示信"、《八一宣言》都是经海参崴转到半截河国际交通站，再由吉东特委送到各地党组织和抗联部队。除此之外，交通站还负责传递我党在巴黎创办的《救国时报》，以及抗日刊物、党内文件、汇报等。

半截河交通站安全中转接送至二人班交通站、出境到苏联的大批我党我军人员。接送中共驻共产国际代表团巡视员吴平（杨松）、护送中共满洲省委书记杨光华和宣传部长谭国甫去莫斯科向中共驻共产国际代表团汇报工作。接送抗联高级干部李延禄、李延平、刘曙华（密山县委书记、抗联八军政委）、刘汉兴（陈龙）、富振声夫妇、朱德海、李成林、张奎、李范五等赴苏联学习。护送密山县委和抗联第四军年轻干部褚志远、王珉、李德山、方虎山、傅文忱、林冲、李发、张发、张哈、佟双庆等人赴苏联学习军事。这些幸存的同志新中国成立后都成为中朝两国的高级干部，为革命事业培养了骨干。

（三）二人班国际交通站傅文忱与鸡东交通线

二人班乡位于密山市区东南45公里处，东与当壁镇为邻，南与俄罗斯接壤，西与鸡东县向阳镇相连，北与黑台镇隔穆棱河相望。二人班是当年密山国际交通站的一个重要联络站。1927年10月，受中共党组织委派，苏子元从苏联学习回国，做共产国际交通员工作，并以教员身份在密山活动，在王栖真的协助下，建立了二人班这个密山国际交通站。

密山二人班国际交通站站长为傅文忱（曾用名宋志远）。傅文忱是一位智勇双全的红色交通员，他常以猎人的身份为掩护，担任中共与共产国际联系的重要交通线——密山二人班国际交通站的秘密交通员。中共的各种文件（"一·二六指示信"等）、共产国际的指示及中共派往苏联学习培训的干部大都经过这条交通线。有百余人通过此线（站）赴莫斯科学习，后回国到革命圣地延安担任重要工作。

当时交通站的线路是平阳镇—半截河—二人班—密山县城—（知一镇）徐道悟家—白泡子赵家大院—当壁镇。据傅文忱回忆：自己跑的密山国际交通站的线路是永安火车站（旧属密山，现为鸡东县辖区）—平阳镇（旧属密山，现为鸡东县辖区）—半截河（旧属密山，现为鸡东县辖区）—二人班—苏联。

在二人班乡尚志村有一个"徐家馆子"（北满交通站旧址），主人就是傅文忱家的后人，是近两年才开张的，室内挂满了密山国际交通站、傅文忱及相关图片和史料。20世纪三四十年代，这里就有"徐家馆子"，是傅文忱的亲属开的买卖，规模较大，挂两个幌子。由于饭店人来人往，便于掩护，傅文忱经常在这里停留，与我党领导人在此接头，并把他们护送到苏联与内地。从这里走出去的我党领导人有原公安部副部长陈龙、黑龙江省长李范五、延边自治州州委书记朱德海等一大批高级领导干部。傅文忱多次出色地完成了这项艰巨性、危险性、秘密性极强的工作。

傅文忱传奇的家庭组合，说明了我党的秘密交通员经历的万分危险与付出的巨大牺牲。1935年，吉东特委准备派傅文忱到莫斯科学习，可不久后吉东特委遭到破坏，许多同志牺牲、被捕。危急时刻，傅文忱没有退缩，他冒着生命危险，机智地把李范五（张松）等最后一批吉东特委领导安全地送过国境，然后才回家准备去苏联。临行，自知此行凶多吉少，他抚摸着6岁的女儿，告诉妻子："你等我6年，如果我没回来，也没音讯，你就别等我了，改嫁吧。"

1938年2月，中共中央组织部决定让傅文忱取道新疆回国。到延安后，傅文忱担任"抗大"学员、教官、中央情报部科长、西安八路军办事处机要科科长，还曾担任过毛主席的警卫员，当过朱德、彭德怀的中尉副官，中共"七大"持枪保卫班班长等职。傅文忱再次回到故乡时，已是十年后的1946年，他的身份是密山县第一任民主政府县长，站在父母、妻子、儿女面前，他悲喜交加。母亲抱着他的头说："你这些年跑到哪儿去了，怎么不给家里来个信，妈把眼泪都哭干了。"当时，家里人都以为他死了，妻子已经在母亲做主之下，改嫁到他当年的把兄弟赵兽医家，又生养了两个孩子。而傅文忱也因为保密工作的需要，又组建了家庭，同样生养了孩子。在述说家史时，傅文忱笑称"自己如今是一家三窝人，不是亲人胜似亲人"。

曾经于1964年夏到虎林宝东中学采访过罗国士的丁继松在《中国文化报》三版（2010年10月31日）发表《〈红灯记〉的前尘往事》的文中提到："原来在伪满时期，中共中央为了保持与共产国际的联系，先后开通了三条国际交通线，其中一条是经黑龙江境内密山县（现为密山市）的平阳镇、密山、白泡（泡）子、当壁镇（现为兴凯湖边一旅游胜地），最后出境于苏联的图里洛格。跑这条线的人叫傅文忱……罗国士与沈默君从这里获得最原始的素材。"

傅文忱家"三窝人"的传奇故事也是由特殊的斗争环境造成的。1960年，傅文忱回乡探亲时，应邀到密山铁道兵农垦局做革命传统教育报告，他担任北满国际交通员的革命经历，深深打动了在场的所有人。被打成右派下放北大荒的剧作家沈默君（曾在八五〇农场宝东中学教学）听完傅文忱的报告激动不已，发誓要写出一本优秀的剧作品。傅文忱的传奇革命经历，被沈默君与罗国士写进《红灯记》的母本《自有后来人》剧本中，成为李玉和的原型，演绎成一家三代人不是亲人胜似亲人的感人故事，影响教育了几代人。

半截河和二人班这两个国际交通站曾是吉东特委极其重要和可靠的交通站。我们可从中看出傅文忱跑的交通线路跨越鸡东的半截河、平阳镇等地，可见当时地下交通网络"我中有你，你中有我"，这对于我们研究《红灯记》原型人物与鸡东，有着可信的延伸依据。

（四）褚志远和韩福英夫妇与鸡东交通站

中共吉东特委独立开辟了共产国际——满洲省委——中共中央秘密交通线。建立了牡丹江德发客栈、新立屯邸家豆腐坊、磨刀石车站、林口石印局、密山平阳镇东窑地五处交通联络站。平阳镇（当时归属密山）交通联络站鲜为人知。当年，抗日地下工作者褚志远、韩福英夫妇奉命赴密山工作，他们首先就到平阳镇东窑地交通站进行联络。

1931年九一八事变，日本侵略者占领了东北。中共宁安县委派出大批共产党员到各地发动群众抗日，到东京城来的是县委共青团书记李光林。他见青年褚志远思想进步，拥护抗日，便介绍他加入了共青团。褚志远在校是高才生，擅长各种文艺活动。他联络一批同学，到处讲演、演节目，发动群众起来抗日。后来他自筹资金开了一个小铺，卖些香烟、糖果、水果和日用杂货，以此掩护自己的身份。后来他担任共青团东京城区委书记和党的地下交通员。后又结识了进步女青年，积极抗日的韩福英。褚志远看她工作积极，思想坚定，介绍她加入了共青团。一天，李范五想把褚志远和韩福英调往外地工作，提议他们二人成婚，以便于掩护和开展工作。可是韩福英想，褚志远的妻子刚死3个月，自己去了是填房，便犹豫起来。但她后来想通了，褚志远像大哥哥一样对待自己，他又有文化，又有能力，而且和他结婚是工作需要，便对李范五表态同意了。可韩福英的父亲坚决不同意这门婚事，认为褚志远是个没出息的人。他有文化，放着教员不去当，却在家里守着他那个破小铺。

母亲也不同意女儿去续弦当二房。由于女儿韩福英的脾气倔强，只要自己看准的事，决不回头。她哭闹起来，父母没办法，只好同意他们结婚，但提出一个条件：褚家必须给100元钱的礼金。

1935年，褚志远由共青团员转为中共党员。这年，李范五调任吉东特委组织部长，张中华继任宁安县委书记，由他直接领导褚志远夫妇。当年7月，张中华来褚家说："组织上决定调你们夫妇二人去外地工作，具体工作地点到牡丹江找李范五分配。"

韩福英回家向父母告别，说是要到梨树镇做买卖，父母知道挽留不住，便同女儿挥泪作别。他们到牡丹江德发客栈东邻的一个面包房（吉东特委机关）找到李范五，李范五分配褚志远到密山担任团县委书记，韩福英协助工作。

褚志远、韩福英夫妇乘火车经牡丹江、下城子，到梨树镇下车（当时林密铁路还未通车），打听找到了褚志远的舅舅家，住了几天。褚志远领着韩福英逛街时，遇见了吉林四中（宁安中学）的同学陶崇厚，陶崇厚是密山平阳镇石印局的刻字匠，来办事的。褚志远正好向他打听到了去平阳镇的道路，褚志远、韩福英夫妇辞别舅舅，与陶崇厚结伴坐一辆大卡车到平阳镇。褚志远、韩福英先住在一家小客栈里，褚志远去接头。

褚志远找到平阳镇东窑地瓜窝棚，在地头，就看到瓜窝棚已倒塌了，没有人在。他连去了几天，也没找到姓石的接头人。他们带的钱不多，为了省钱，就托陶崇厚同学在平阳镇南街的赵家租一铺小土炕住。褚志远就用化名写信给李范五，说明情况，希望快点帮助接上关系，找到党组织。收信地址为牡丹江惠存厚药店，收信人是李福德（李范五）。

在等回信期间，褚志远就到石印局去闲谈，了解情况。石印局的掌柜是个基督教徒，做买卖不太热心，经常外出传教。他雇的四名工人都是青年人，有陶崇厚、于忠友、丁宝殿、潘××。褚志远和韩福英与石印局的工友混熟了后，陶崇厚领着工友到褚家来做客，也常议论时局和街面上日寇欺压老百姓的事情。

褚志远和韩福英以石印局和附近邻居为活动点，宣传抗日道理，发展抗日会员。于忠友等人都成了抗日会员。褚志远和韩福英在平阳镇住了两个多月，没有接上关系，吉东特委也没有回信。由于生活拮据，韩福英只好卖掉出嫁时父母给的一副银手镯，买点儿米。天冷了，一个姓张的抗日会员，给他们送来一床旧棉被和几斤小米，暂解了燃眉之急。褚志远重回牡丹江找李范五，李范五说密山县委遭到破坏，县委书记老曹被捕，让他先回平阳镇等候，过些日子有人去接头。不多天，李范五的妻姐田仲樵来到平阳镇褚志远处。田仲樵原是宁安县委的妇女工作干部，和褚、韩等十分熟悉。田仲樵告诉他们，过两天有人来具体安排，李范五怕他们着急，让她先来通知。田仲樵见他们生活十分窘迫，把自己的一件棉袍和一双高跟鞋留给了韩福英。

过了几天，来了一名老侯同志，他是吉东特委的交通员，他传达吉东特委的指示：褚志远化名为赵贵元。由老侯带领到半截河（现为鸡东县的向阳镇）去接关系。半截河镇在平阳镇东部，相距此处40多里。由于是老侯带路，很顺利地找到了半截河镇东门外二里多地的居仁村（现为鸡东县向阳镇红星村），在佟双庆家接上了关系。佟双庆是农民身份，夏天种地，冬天就做几十盘夹子，到山里打野兔、野鸡，以此来维持生活，掩护抗日革命活动。他的家就是吉东特委密山县的交通站，负责与苏联、共产国际的情报任务。老侯向佟双庆了解中共党员、日军守备队翻译官王志诚的情况，佟双庆说他没有暴露，工作很好，新开"裕成"当铺做联络点。老侯和褚志远去"裕成"当铺，见到了以翻译的身份做掩护从事地下工作的王志诚。

老侯给王志诚交代任务——赵贵元夫妇要来半截河一起做抗日地下

工作。王志诚给他们租了一处房子住。租好房子后，由佟双庆去平阳镇把他们接来。

褚志远回到平阳镇后，一边工作，一边等待赴新的工作地点。老侯第二次来平阳镇，向褚志远传达吉东特委指示：一是平阳镇石印局的抗日组织由吉东特委直接领导；二是褚志远担任中共密山县委书记，兼做团县委书记工作；三是尽快恢复密山县委党团组织活动；四是与王志诚协同搞情报工作。

褚志远和韩福英在密山半截河镇，除领导工作任务以外，还搞情报、做交通员、给部队募捐、筹集物资装备等。在佟双庆和王志诚的帮助下，褚志远和原密山县委一些没暴露身份的党员建立了联系，又发展了一些党、团员和反日会员。褚志远的书法好，他亲自写传单、标语，由韩福英四处散发，配合得十分默契。

一次，韩福英自己赶着马爬犁送信件，回来时马爬犁翻到路下，她这时正是怀孕期，到家时小腹剧烈疼痛，流产了，接生婆在身旁守候三天三夜，她才将死婴生下。这时的韩福英身体极度虚弱，命在旦夕，家里棺材都准备好了。经医生多方抢救，褚志远日夜在身旁喂药喂饭，方才保住性命，她身体康复后仍照常工作。

1936年4月下旬，中共上级党组织通知褚志远、韩福英夫妻二人赴苏联学习。地下党交通员佟双庆把褚志远和韩福英夫妇从半截河领到东南20多里的二人班老戴家，老戴头（戴云峰）当年40岁左右，是佟双庆的叔丈人（岳父弟），他也是国际交通员。老戴头领着褚志远和韩福英夫妇从二人班出境去了苏联，到莫斯科东方大学学习。

东方大学设有夫妻间，褚志远和韩福英同住在一起，生活上能互相照顾。他夫妻二人从事地下工作期间，精神高度紧张，晚上不能睡安稳觉。而这时精神得到了放松，这四年是他们夫妻二人生活最安逸的四年。褚志远擅长文化活动，经常办墙报，演出文艺节目，非常活跃。在苏联期间，韩福英生了两个男孩，都送往了国际幼儿园。1940年新年期间，正在苏联治病的周恩来和邓颖超同志来看望同学，大家深受感动，褚志远向周恩来提出要回国工作，周恩来答应了。

1940年5月的一天，校方通知包括褚志远夫妻二人在内的7名同学回国。他俩赶忙到国际幼儿园看望两个孩子，因两个孩子长期住在幼儿园，对父母很怯生，韩福英含泪吻别了孩子。共产国际给每人发了15美金的生活费。夫妻二人在苏学习，增长了知识和才干，如今又是"夫妻双双把家还"，真是高兴极了。可是他们做梦也没想到，等待他们的是"分离"。

他们从莫斯科出发，到阿拉木图转乘飞机回到迪化，陈潭秋到机场迎接。在迪化期间，陈潭秋向他们介绍了国内的形势，陈潭秋还说："党急需外汇，请你们把美金留下。"这些人二话没说，把美金交给了党，地下党员们对党就是这样忠诚。这时在迪化有一批因张国焘错误路线西征而被俘的红四方面军的同志，经党中央交涉，组成40多人的"归队排"，即将返回延安。褚志远急于回延安，要求随"归队排"同行，陈潭秋批准了。因"归队排"中没有女同志，韩福英又怀孕在身，便暂留迪化。1940年11月，韩福英生了一个女孩儿，取名秀灵。

褚志远一到延安，立即去中央书记处任弼时同志处报到，被分配到延安青年救国联合会任宣传部长。褚志远在延安等候韩福英，可是等了3年，音信全无。后来才知道，新疆督办盛世才将在迪化的中共人员全部抓进了监狱，又听说陈潭秋、毛泽民等许多同志被盛世才杀害了。褚志远身边的一些同志推测韩福英肯定也被杀害了，劝他找个对象结婚。当时组织上有规定，夫妻分别3年没有音信，便可再婚。这时有个女青年肖梦爱上了褚志远，经中央组织部批准，二人结婚了。

褚志远离开迪化后，新疆的政治形势急转直下。1941年，蒋介石发动第二次反共高潮，爆发了皖南事变，接着苏德战争爆发，德国进攻苏联。盛世才由原来的联苏、联共转为反苏、反共，分期、分批逮捕了在新疆的所有中共人员，其中除从苏联回国的人员外，还有八路军驻新疆办事处的人员、八路军派往新疆学习飞行的人员。一时间迪化的监狱人满为患，在押的全是共产党人。此后，盛世才杀害了陈潭秋、毛泽民等中共高级领导人，陈潭秋的孩子刚出生两个月也被杀害了。

韩福英在新疆没有暴露自己的真实身份，只说是从苏联回国的延安人员家属，并化名为肖云。和韩福英关押在一起的有广州起义领导人苏兆征的夫人、瞿秋白的夫人、陈潭秋的夫人、李荆璞的父亲和继母，还有5名残疾军人，另有19名妇女和25名孩子，孩子中包括毛远新、邵华、刘思齐等。他们在狱中遭受了非人的待遇，吃的是发霉的粮食，没有任何蔬菜。党中央曾多次要求国民党释放这些人员，但毫无结果。一直到1945年冬，张治中即将出任新疆主席时，在重庆的周恩来、邓颖超去拜会张治中，请他去新疆后释放这批人员。张治中到新疆后，才向蒋介石发电报，要求释放这批人员。这时国共两党正在进行和谈，全国人民也都要求释放所有政治犯，蒋介石迫于形势，在1946年5月批复释放。张治中接见在押人员的代表时说："现在局势紧张，内战一触即发，请你们赶快上路，晚了会出麻烦。"张治中调用了10台军用大卡车，配备一个排的兵力保护，派新疆少将、交通处长刘亚哲亲自护送。刘亚哲是一位进步人士，拥护、同情共产党，一路上悉心照顾。1946年7月11日，130名被押人员胜利到达延安，朱德、林伯渠、康生等领导同志亲自到延安城外的七里铺迎接，同志们激动得全都流下泪来。这时全面内战已经爆发了，晚走几天，可能就回不了延安。

康生见到韩福英，对她说："褚志远已经去了东北，他已经结婚了，并有了一个男孩儿。"

韩福英听了这话，好像头顶响了一个炸雷，只觉得天旋地转，当即晕倒在地，同志们把她送进了医院抢救。

第二天早晨，毛泽东同志亲自到释放人员住地，向每个同志握手问候。7月16日，党中央举行宴会，欢迎这批人员。韩福英一直住在医院里，没能参加任何活动。身旁6岁的孩子秀灵不住地问："妈妈，你不是说到延安就能看到爸爸吗？爸爸在哪里呀？他怎么还不来看我们？"这话问得韩福英心如刀绞，放声大哭起来。她想："我历经千辛万苦、百般磨难，回到了延安来看你，想不到你却结了婚！"

她痛苦极了，同归的同志们都来看望她，安慰她，她只好自己安慰自己，往宽心处想：这不是褚志远抛弃自己，是该死的乱世才造成的。自己不是为褚志远而活着，是为了党的事业。要振作精神，重新投入到火热的革命斗争中去。她终于从"破镜难圆"的痛苦中解脱出来。

回延安后，韩福英由共青团员转为中共正式党员。后经同志们的撮合，她和秦化龙结了婚。秦化龙也是少年参加革命，曾任平江县少共县委书记、湘鄂赣分区政委等，因去苏治病，回国时在新疆被扣押，同韩福英一起回了延安。1946年10月，中央分配他二人到东北工作，中途因交通受阻，去了山东。秦化龙任渤海一分区政治部主任，韩福英任卫生三室副指导员。后来，夫妻二人参加了济南战役、淮海战役、渡江战役。新中国成立后，秦化龙任上海警备区第二政委，韩福英任警备区政治部协理员。这期间，她写信给东京城区政府请求帮助联系家人，老母亲本以为女儿早已不在人世了，突然接到来信和照片，全家人高兴极了。韩福英听说褚志远在牡丹江工作，想要写信问问情况，但提起笔来，想到二人的现实情况，不知信中应写什么为好，只好作罢。

褚志远在牡丹江工作期间，韩福英的兄嫂听说了，以为韩福英也回来了，到牡丹江来看望，褚志远只好向他们说明了情况，并让肖梦给老岳母买了许多东西，准备了酒饭款待韩家兄嫂。韩家兄嫂对褚志远和韩福英的分手很不理解，饭也没吃，一件东西也没拿就回了东京城。

1952年，韩福英领着女儿坐卧铺车去平江县秦化龙的老家探亲，褚志远这时调任辽宁省化学石油厅副厅长，他由上海转乘去长沙开会，也在这节卧铺车上。褚志远突然发现了韩福英，叫了一声"福英"，韩福英抬头一看是褚志远，不由得也叫了一声"志远"，言毕就哭得说不出话来。女儿不知怎么回事，吓得也哭了起来。韩福英强忍着悲痛，对女儿说："这是我家乡的老战友，是你的褚叔叔。"韩福英对褚志远说："这就是我在新疆生下的女儿秀灵。"褚志远多么想让孩子叫他一声爸爸，可是不能呀，那会给孩子造成心灵上的创伤，他只能把孩子抱在怀里抚摸着。

他两人都诉说了分离后及现在的情况。褚志远觉得很对不起韩福英，一再赔礼道歉，他说："我们都离婚，重新结合吧。"韩福英想了想说："不行呀，那又会造成两个家庭的破裂，又增加另外两个人的痛苦，我们只好面对现实了。"两人在车上一边说一边哭，一直到长沙分手。

1952年冬，组织上把韩福英留在苏联的两个男孩子接回送到上海，但他们一句中国话也不会说，秦化龙对他们像自己的亲生孩子一样看待。后来，韩福英把两个孩子送到哈尔滨的由抗联三军政委时任松江省主席冯仲云主办的抗联子女学校学习汉语。也是这一年，韩福英回到了离别18年的东京城，老母亲去世了，兄嫂也都老了，他们一起去坟地看望了二位老人。韩福英和秦化龙婚后生了3个孩子，一家人相处和睦。

"文化大革命"中，韩福英、褚志远、秦化龙都被打成了"苏修特务"，韩福英、秦化龙还背上了"新疆集体叛变"的罪名，都被关进了监狱。粉碎"四人帮"后，他们都平了反，重新走上了工作岗位。

褚志远病重弥留之际，托人通知韩福英，想和她见上一面，而这时秦化龙也重病卧床，她怕引起秦化龙的误解，没有去。她通知了几个孩子，要他们自行决定是否去看。孩子们对褚志远的感情淡漠，而且对他和妈妈的分手始终不谅解，谁也没去看望，褚志远最后含着遗憾去世了。

褚志远和韩福英两位地下工作者，战斗在吉东地区抗日斗争的险恶环境里，时刻都要保持高度警惕，用他们的话说，"晚上睡觉也要睁着一只眼睛"。为抗日联军搜集、传送情报，筹措物资。为了抗日，他们舍生忘死地战斗在隐蔽战线。他们只是在婚姻上遇到了坎坷，人生的结局还较为圆满。褚志远和韩福英夫妻的"欢悲合离"，也演绎了像傅文忧一样"一家三窝人，不是亲人胜似亲人"的真实故事。

《红灯记》成功塑造了北满地下交通员李玉和的形象，在李玉和身上也有褚志远的影子。褚志远和韩福英夫妇工作战斗过的平阳镇、半截河，都留下了他们的抗日工作业绩，值得我们挖掘与研究。

（五）北山游击队故事写进经典剧目《红灯记》

密山抗日游击队（抗联第四军二团前身）在鸡东哈达河北山成立，因此，密山游击队亦称北山游击队。在中共党组织的领导下，密山游击队奋起抗战，与日本侵略者进行了殊死的斗争，两任密山游击队队长光荣牺牲。秘密交通员与北山游击队演绎的抗日传奇故事，被剧作家写进电影《自有后来人》和京剧《红灯记》剧本中，引人入胜。1965年《红旗》杂志第2期刊载的现代京剧《红灯记》剧本中曾提到"北山游击队"：

第二场"接受任务"中，交通员交待任务时的一句台词："我是……北满……派来的交通员，这是一份……密电码，快……快把它转送北山游击队……"

京剧《红灯记》是根据电影剧本《自有后来人》母本改编的。1962年《电影文学》第9期刊登了《自有后来人》的剧本，其中清楚而又明确地交代了"这密电码是送给北山游击队的"。

《自有后来人》剧本的第一场"红灯"第五景：

日本宪兵队长鸠山放下电话，缓缓地说："这个跳车人，是共产党北满机关的交通员!他身上有一本非常重要的密电码。""这密电码是送给北山游击队的，游击队有了电台，就等着这本密电码。""哈尔滨司令部要我们劫住这本密电码。我们当然不能让这份密电码落到游击队手中。"

"北山游击队"是电影《自有后来人》和京剧《红灯记》（1968年演出本）剧情的重要元素之一。而在1970年《红灯记》演出本中的"北山游击队"被改为"柏山游击队"，其实"柏山"二字谐音还是"北山"之意。而鸡东哈达河北山，当年也曾是密山抗日游击队（亦称北山游击队）的密营地。

吉东特委国际交通员佟双庆（杨坤），他把自己家作为一个联络处，曾多次出色地完成情报传递和转送由苏联来往的过境人员等重要任务。他曾在《鸡东抗日烽火》的《风雪千里交通线》一文中回忆：

1934年冬的一天，时任中共吉东特委书记的杨松让佟双庆去哈达河北山送一封急信。杨松说："光看到任务重大，有完成任务的决心还不行，还要有克服困难的思想准备。这里离'北山密营'有一二百里路，过去同游击队联系，要通过几个联络点，才能取得联系。这次鬼子封山比过去严，任务又紧迫，所以，派你直接送进去。你是第一次去，肯定是有困难的。第一，你要爬高山穿密林，不能进村，不能找联络点；第二，要注意敌人的封山巡逻队和一些冒充游击队的土匪胡子。如果到附近不好找，可以策略地打听一下'菜营子'的人。游击队经常和他们有来往。"佟双庆走夜路、穿密林，克服了饥饿与寒冷等困难，终于找到了"菜营子"，在一位老人的指引下，终于把密信送到北山游击队。

还有，当年担任国际交通线的中共密山县委机要交通员、中共吉东局交通员张哈（绰号王山东），负责传递党的重要文件，接送各级干部，掩护同志样样都做得很出色。由于从事党的工作，身份暴露，被坏人告密，敌人将他的妻子和两个儿子抓去，妄图以此为诱饵捉到他，但张哈没有上钩，敌人气急败坏，残忍地杀害了他的妻子和两个孩子，并把他的家烧为灰烬。但是，日寇的暴行并没有动摇他的抗日意志，反而使他更加坚定地为党做秘密交通工作，几次往返北山中共密山县委、游击队驻地送情报。他的地下交通事迹被载入黑龙江邮政博物馆。

从以上可看出，我党地下交通员不畏艰险，传送情报。甚至日寇残忍杀害自己的亲人，都没有动摇他们坚定的抗日信念，坚决完成党的秘密交通任务。这与《红灯记》剧情中交通员往北山游击队送密电码（情报）的情节，是一脉相承的。

（六）平阳镇交通员桑元庆被日军731部队残害致死

1956年4月，在审判被追究战争责任的日本战犯、原四平宪兵队长上坪铁一中佐时，他供述了自己于1944年11月至1945年7月期间，在担任鸡宁宪兵队队长、东安（密山）宪兵队队长时，根据在勃利县抓获的一名中国地下抗日情报组织成员李东升的口供，下令在平阳镇地区先后逮捕了以桑元庆为代表的中国抗日地下工作人员100余人，并于1945年将李东岱、桑元庆、张玉环等22人送往哈尔滨日军731细菌部队虐杀。

虽然桑元庆被"特别移送"到哈尔滨日军731细菌部队做了细菌实验惨遭杀害。但是，由于上坪铁一在被审讯当时并未说出有关桑元庆的住址，当年沈阳军事法庭派出的调查员曾到鸡西地区寻找桑家的人也无功而返。

2000年10月20日，黑龙江省社会科学院的杨玉林、刁乃莉等人到黑龙江省密山市寻找"特别移送"调查线索时，拜访当时的密山市文化局局长陈兴良。在说明来意之后，陈局长说："我们文化局就有一个人的父亲被日本人做了细菌试验了，而且有很多证据能证明。我们文化局所属密山电影院有一位退休女职工桑桂芳，她父亲的名字就叫桑元庆。桑桂芳亲眼看见日本宪兵队将自己的父亲抓走。"第二天，省社科院的同志又直接采访了住在密山市的桑桂芳本人。经核对，桑桂芳的讲述与诸位证人的证词基本吻合。桑元庆的隐秘历史和被捕遇害的经过就此大白于天下。

桑桂芳老人介绍说："我是1935年7月16日出生在密山县平阳镇的，我父亲叫桑元庆，不是密山本地人，只记得常听母亲说，父亲老家在山西，县名有个'榆'字。山西省带'榆'字的县名只有榆次和榆社。我父亲大概出生在1905年，是在20多岁，东北还没沦陷时孤身一人来到黑龙江省中苏边境线附近的密山县平阳镇，就是现在的鸡东县平阳镇。父亲来到平阳镇时举目无亲，孤身一人工作了很多年才结婚成家，我姥爷家当时在平阳镇开小买卖。我父亲也就是在1934年的时候和我母亲赵福元结的婚，他比我母亲大两岁，他们结婚时年龄都很大了。我母亲是1987年去世的，终年81虚岁。我父亲最初是在平阳镇里一个叫孙福庭的人开设的'复兴东'油米厂当'年轻的'（就是学徒伙计）。九一八事变日军侵占密山以后，孙福庭介绍我父亲到平阳站（现鸡东县城）一家由日本人开设的'共益稻米'当'先生'（会计），也就是给出粮进粮记个账什么的，直到他被捕。"

在桑桂芳的记忆中，父亲写得一手漂亮的毛笔字，画得一手好画，还会说一口流利的俄语。她说："我父亲在平阳镇一带挺有名的，一提桑元庆一般人都知道。平日总穿着整齐干净的呢子大衣，头戴小貂帽，是一个慈祥而又与人为善的人，就连日本人也很尊敬他。我们家住在平阳镇的'姜家烧锅'大院里，是一个大杂院，左邻右舍住的都是日本当官的家属，他们与我们家经常来往。那时候我们家算是上流的，吃穿都不愁。我父亲平时住在平阳站的稻米所里，一个礼拜回一次家，来回都是坐日本人的汽车。有一次，我父亲带我到平阳站去玩，回来时坐日本人的汽车，那些日本人好像很尊敬我父亲，他不来汽车就不开，我们上了车以后车才开。那时日本官儿都带家属，我们院里住的日本人都是日本当官的家属。那些家属妇女们跟我们都很熟，常送给我们一些甜食等东西。每到春节，我父亲也总让我母亲多包些饺子，煮好后给几家日本邻居送去。看见我有些疑惑，我父亲总是笑着对我说：'他们也喜欢吃饺子。'有一次，父亲下班回到家对我母亲和我说：'不用等我吃饭了。'说完就急匆匆地走了，我透过窗户，看见我父亲上了停在路边的一辆汽车，而车上坐的全是日本人。现在我才明白，父亲和日本人交朋友是他的任务，是为了从他们那里得知一些日军活动的情报，然后把情报传给抗联组织。

　　"我父亲被捕那年是1945年的1月份，是白天在平阳站稻米所被捕的，晚上日本宪兵队带着他回到平阳镇来抄的家。我那时已经快10岁了，记得比较清楚。我记得天还挺冷，晚上十点多钟了，我父亲没有像往常一样按时回家。我和母亲正在着急，突然，我家的大门被撞开，我和我妈惊恐地看着日本人把五花大绑的父亲从汽车上拉下来，押进我们家院子。我父亲当时已经被打得身上到处是伤，浑身是血，脸肿得都变形了，但我也一眼就认出是我父亲。两个日本兵把我父亲带到墙角让他蹲下，并摆手不让我们母女靠近。我和我妈吓得直哭，一个日本鬼子还打了我好几个嘴巴。日本人又把我和我妈关进一个屋里不许动，然后继续拷打我父亲。他们翻箱倒柜，似乎在找什么，后来又开始砸墙扒炕，日本人把我家屋里所有的东西都翻了一遍，连墙和炕都刨开了，什么东西也没找到。我父亲只是默默地站在外屋任凭拷打，两眼紧闭一言不发。他们就是要找什么东西，管我父亲要电台什么的，实际上电台没在我家，是在孙福庭家。我父亲是被叛徒出卖的，这个叛徒还是领导，他供出了很多人。日本人还逼着我，让我领着他们到孙福庭家，嫌我走得慢，一个日本兵还把我背起来走。在孙福庭家的一个棚子里，他们起出了一个用麻袋装着的长方形的东西，据说是发报机。日本人把我父亲和孙福庭一起抓走了。

"我一辈子也忘不了我父亲被日本兵抓走时的情景：几个日本兵推着我父亲向屋外走去，我几次想向父亲奔去，都被我母亲死死地抱住。就在父亲的脚迈出家门的那一刻，他转过虚弱的头对我说了最后一句话，他对我说：'姑娘，天冷了，出去别忘了穿棉袍。'因为那时他就我这么一个女儿，特别疼爱我，当时日本人不让说话，所以，父亲别的话什么也没说，就说这一句话，还挨了一顿打。我永远也忘不了父亲被押走时回头凝望着我那牵挂的眼神，没想到这句充满慈爱的话竟成了我们父女的永别。"说到这里，满头白发的桑桂芳老人又忍不住哭了起来。

当问起孙福庭的情况，桑桂芳老人说："孙福庭是和我父亲一块被抓走的，但他没死，他为什么能活下来呢？是因为我父亲把全部责任都揽到自己一个人身上了。据后来孙福庭在证言上说，他们被抓走后，日本宪兵队先把他们押送到勃利县的监狱4个多月，后来又把他们分开了。我父亲在被捕前就告诉过孙福庭：'要是被日本人抓住，你什么也别说，就说都是桑元庆让你干的，你自己啥也不知道。'实际上就是豁出去一个人，别人还有可能活着出去。我父亲被日本鬼子抓走时我母亲正怀着孕，那时我父亲已经有了我这个女儿，所以，他非常盼望我母亲能给他生个儿子。我父亲对孙福庭说：'我媳妇要是生个男孩就拜托你帮我养活大，给我留条根。'我11月22日去哈尔滨侵华日军731部队罪证陈列馆祭奠我父亲和取认定书时，又联系上了孙福庭住在哈尔滨的三女儿孙淑琴。她在电话里跟我说，孙福庭从监狱逃出来后对他们家人说，他和我父亲刚被抓到勃利县监狱时，开始是被关在一个屋里，日本鬼子对他们都用了酷刑。因为当时都不让、也不敢说话，我父亲就趁晚上天黑没灯抓住孙福庭的手，用手指在他的手心上一个字一个字地写：'打死你也别承认。'孙福庭牢记我父亲的嘱咐，任凭鬼子怎么毒打，就是不承认。就这样，我父亲成了'要犯'，被送到哈尔滨日军731部队用细菌实验害死，而孙福庭是'从犯'被判了'无期徒刑'，送到滴道康生院。1945年以后他从那里逃了出来，回来以后他就到了我家，我母亲当时也看了他身上被打的伤痕。他也兑现承诺，对我们家非常好，给米、面、油、钱等，多方面照顾我们母女。但一年以后开始搞土改，因为孙福庭在伪满时曾在日本特务机关干过事，听说政府要抓他，给我家留下点钱（2 000元苏联红军票）就跑了。

　　"孙福庭走了以后，我们家的生活可就更难了，那时正赶上平阳镇一带打土匪谢文东，局势很乱。我弟弟偏偏又在这时得了肺炎，一是没有钱，二又没处找大夫，可怜我弟弟只在人间活了1年多就死了。我弟弟死后，我妈实在没有办法，只好走道（改嫁）了，要不然不能走。我那时脾气挺倔强，坚决不跟我母亲走，就住在我姥姥家里。

　　"自从我父亲被抓走以后，就再也没有一点他的消息。新中国成立以后，有时听人说：'某某被日军抓走后现在回来了。'我和我母亲也盼望着我父亲也能回来，就经常到车站去接，一直也没接到。后来又听说在20世纪50年代初，国家有关部门曾经派人来鸡东县，寻找曾在此工作的地下情报人员，其中就有我父亲，但是由于我和我母亲已搬到密山离开了鸡东，而了解我们家情况的人又太少而失之交臂。"

　　平阳镇交通站交通员桑元庆等人被日军731细菌部队残害致死，在王景坤的回忆中也有确认，这不仅是《红灯记》创作的素材史实之一，而且交通员的家中还有发报机和密电码，与《红灯记》剧中的密电码故事情节吻合。这是我们研究《红灯记》与鸡东，不能忽视的一个背景史实。

（七）抗联第四军交通员戴文章、李氏然夫妇在鸡东

我们都看过有关反映我党地下工作者常常传递着用米汤在纸上写下的密信（情报），接收人只要在纸上涂上一些碘酒即能清晰地显现出文字的电影情节，但这些地下工作的情节，大都反映的是南方的一些地方。殊不知，早在抗战初期密山哈达河（现归属鸡东）的抗日队伍，联络时就曾使用过类似传递情报的方法。

据中华民国史资料丛稿（日文译稿）《关于东北抗日联军的资料》（第二分册）记载，昭和十年（1935年）11月7日，在滨江省公署警务厅，密山抗日会李明学供述："联络都是使用暗号或者暗语来进行，尽量避免使用书信联络，主要是用口头传达。在不得不使用书信时，为了避免暴露其内容，首先在正面写成普通的书信，在背面用米汤写上联络的文字，发信和收信人全用假名，寄到邮局待领。收信人接到信件后，在信的背面涂上碘酒（药店出售，为红棕色的澄清液体，用于皮肤感染和消毒），则清晰地呈现茶褐色的文字。在达到目的之后，即行烧掉。"

以上可见，密山抗日会的李明学被捕后叛变，向日军供述了当时我党抗日情报工作的机密。《黑龙江抗日战争时期地下交通》一书，向我们讲述了抗联第四军交通员李氏然在鸡东传递情报的故事：

1933年，李氏然（女）参加了密山哈达河沟里的抗联武装，在周保中和负责地下交通李相连同志的领导下做地下交通员工作。1934年加入中国共产党（28岁）。1935年组织决定她负责从山上到哈达河街里这一段的情报通信工作。

有一回，中共党的地下组织，配合山里的部队打哈达河街里的日本守备队，要破坏公路和电话线的重要情报就是李氏然亲自传送出去的。

1936年的夏天，庄稼长得很高了，组织决定，由李氏然传递消灭哈达河日本守备队的情报。她找了一个挎筐，里边装上了几个煮熟的鸡蛋，腰扎一小围巾，用向日葵花秆做了一个挂棍儿，把里面的瓢子掏出去装上密信，然后用泥抹上，使人一看就是破棍。然后再把另一个密信放在狗皮膏药里，用一小块油布把密信包好，放膏药中间，贴在腰上，治腰痛。这一段封锁线较多，当她走在一个山坡下，就见有几个鬼子骑马向她走来，她急忙把那个棍子扔到草里，用小树做记号，就又往前走。鬼子下马问："你那边干什么去！"李氏然装着害怕的样子说："我父亲有病，瘫在炕上，想鸡蛋吃，去看他。"鬼子搜了身，只见筐里有几个鸡蛋，她便乘机说："老总请你吃几个鸡蛋吧。"于是，鬼子吃了几个就走了。她又返回到小树附近拿起棍子上路了。就这样在傍晚时分，到哈达河街里，找到地下党组织，完成了任务。第二天半夜，抗联部队和县游击队里应外合，把鬼子小队全部消灭掉，还缴获了不少战利品。

李氏然丈夫戴文章是专做地下交通、破坏宪兵电话线、公路工作的。同时，还担任抗联第四军与苏联的交通联络员。一个月从当壁镇（密山国际交通线）到苏联图里洛格往返一次。1937年一个晚上，她丈夫从苏联回来，穿一件黑布上衣，里面穿一件白布衬衣，他说："情报都在这白布衬衣上。"但她什么也找不到。四军有两名同志专做翻印字的，他们把衬衣放在"水里"拿出来就出现了文字，翻印完情报，把衣服就毁掉了。

1938年，这一带抗联活动处在困难时期，部分抗日力量转移到苏联。戴文章和他哥哥全家也都随同转移到了苏联，后来一直无音讯。李氏然因身边有两个小孩便留下了。1948年李氏然又重新入党，并在鸡西市被服厂任厂长：某街道委员会党支部委员，曾被评为鸡西市社会主义建设积极分子。

以上抗联第四军交通员戴文章、李氏然夫妇的地下情报故事，为我们讲述了他们当年传送地下情报工作的艰险与智慧，同时也是我们研究《红灯记》与鸡东抗日交通站不可缺少的内容。

（八）对鸡东《红灯记》文化的发展几点建议

1. 我们研究《红灯记》与鸡东抗日交通站，要与当时的背景相结合。九一八事变后，东北地区各抗日队伍与党组织出现了失联状态，中共满洲省委与中央的沟通艰难并逐渐失去了联系，形势万分危急。中共吉东特委负责人杨松肩负使命和重任，在极其复杂的环境和在被日寇层层封锁阻隔的情况下，恢复并接续了国际交通线和情报网。安全掩护了众多往来于中苏两国的共产党和共产国际的领导人，将东北抗联的各支部队连接到一起，传递了大量的马列主义图书及党的重要文献、情报等，对东北乃至全中国革命斗争的胜利做出了不可磨灭的贡献。

2. 我们研究《红灯记》与鸡东抗日交通站，离不开革命老村哈达河。哈达河村（后改为新华村）蕴藏着一段鲜为人知的红色历史，这里抗日斗争群众基础好，北山"张老菜营"既隐蔽又安全，曾是中共密山县委所在地和抗日游击根据地，成为我党在密山的政治和军事中心，为创建密山抗日游击队（北山游击队），以及抗联第四军的诞生都打下了良好的基础。这里也是交通员送情报、传达党的指示的大本营。所以，建议"新华村"恢复"哈达河"村原名，并开发利用北山"张老菜营"游击根据地，打造"哈达河"红色旅游文化品牌。

3. 调研勘查鸡东境内的国际交通站址和线路，整理在鸡东地域战斗工作过的交通员的事迹。例如：半截河国际交通站(裕成当铺)的地点，平阳镇东窑地交通线位置，还有党的秘密联络点平阳镇石印局、通往北山"张老菜营"游击根据地和密山二人班国际交通站的线路等，并经论证后挂牌或立碑，开发国际交通站红色旅游线路，让人知晓国际交通站的红色历史文化。

4. 树立《红灯记》故事发生地意识，筹建鸡东《红灯记》文化广场、抗日交通站（《红灯记》）纪念馆，完善《抗联第四军纪念馆》，修建抗联将士和《红灯记》雕塑，用抗联烈士和交通员命名的广场或街路。对人们进行爱国主义和革命传统教育，把"忠贞不渝、坚忍不拔、不畏强敌、英勇不屈"的抗联精神，一代一代地传承下去。

5. 充分挖掘鸡东《红灯记》历史文化资源。向抗联将士及交通员的后代征集文物及资料，取得他们的支持与捐助。组织撰写《鸡东红色交通历史》一书，制作鸡东红色历史文化宣传片。借鉴成功编剧演出《烽火搜救孤》京剧剧本的经验，编写《红灯记》的续集故事剧本。编写校本教材，普及国粹京剧知识，开展"学铁梅、演《红灯记》——做人要做这样的人，敢于担当听党话、跟党走"的进校园活动，在青少年中播下《红灯记》文化的种子。

6. 充分利用各种网络媒体大力宣传鸡东的《红灯记》文化。明年是电影《自有后来人》上映55周年纪念，也革命现代京剧《红灯记》诞生55华诞，届时可开展系列文化活动，在红灯记广场放映《自有后来人》电影，演出京剧《红灯记》。举办《红灯记》文化书画展览、征文、报告会，邀请收藏家展出《红灯记》文化收藏品等活动，开展红色交通线旅游，邀请抗联及交通员的后代参加纪念等活动。尤其在映山红盛开时节，组成抗联阵容和《红灯记》文化元素队伍融入其中，彰显鸡东红色历史文化。

参考文献

1.《红灯记》,《红旗》杂志,1962年第9期。

2.《红灯记》（京剧）,1968年演出本。

3.《红灯记》（京剧）,1970年演出本。

4.《革命自有后来人》（京剧）,中国戏剧出版社,1964年版。

5.《鸡西抗日战争文史资料》,鸡西文史资料第十辑,2015年。

6.《中共密山历史》,第一卷,2011年。

7.《密山旅游资源》,密山文史资料第四辑,2011年。

8.《鸡东抗日烽火》,1993年。

9.梁文玺:《黑龙江抗日战争时期地下交通》,哈尔滨工业大学出版社,1992年版。

10.张蕴英、韩永亮:《韩福英和她的战友们》,天马图书有限公司。

11.李范五:《李范五回忆录》,中央文献出版社,2014年版。

12.陈光旭:《杨松传》,河南文艺出版社,2003年版。

13.《从共产国际走来——杨松与代表抗战史实揭秘》,北方文学杂志社。

14.韩照源:《红灯记原创在鸡西》,中国文化出版社,2014年版。

15.刘景艳:《黑土英魂》,鸡西市档案局等,2015年。

16.《关于东北抗日联军的资料》（第二分册）,李铸等译,中华书局,1982年版。

17.《鸡西晚报》,2017年5月31日。

18.《生活报》,2017年7月15日。

19.《鸡东县志》,1989年。

（鸡西市地域文化研究会副会长、鸡西市老科协研究员　韩照源）

七、日本开拓团进入鸡东

据《鸡西文史材料》第四辑记载：在鸡西地区的日本开拓团，分集团开拓团和分散小型开拓团两种。第一批集团开拓团于1937年进入鸡西。据1940年《满洲年鉴》记载：迁入城子河地区的有251户，并带有家属445人。以城子河为中心，分居七个部落，每个部落都改为日本地名，什么东山形、西山形、向阳、新日本、北上、镜泊、大道等名称，即现在的城子河、新兴、红卫、丰安、永红、永丰、东北段，一太保、红光等地，定名为城子河开拓团。

据《鸡西市志》记载：1935—1945年，三批移入鸡西地区的日本"开拓团"705户，3 090人，分别在城子河、哈达河、永庆、兰岭、共荣、钏路、凤山、碱场8个点，以强制手段，低价收买土地（每公顷伪满币4.2元）3 458.6公顷（其中开荒61公顷），每户平均占有4.9公顷，日本开拓团以低劳金雇佣失去土地的农民做苦力，失去土地的农民"反满抗日"情绪很大。移入城子河的日本开拓团团长佐藤修在《农业与经济》一书中写道："强占土地是最伤脑筋的一件麻烦事，特别是涉及房子的事情，把当地人移到边远的地方去，弄不好就要出乱子。"

沦陷时期，鸡宁县（今鸡西）耕地面积29 574.4公顷。其中被日本开拓团强占去3 458.6公顷，占11.7%；日本"满拓"霸占19 576.9公顷，占66.2%。

据《鸡东文史资料》第六辑记载：

（一）永安日本开拓团

永安日本开拓团是1938年由日本北海道札幌市和秋田县等地迁来的，管家人（团长）由千叶县和青森县选拔的人担任。

开拓团统一服装，都穿马裤。

1939年又陆续进入东海、哈达、兴农、太平、黑台、新中等地。到

1943年又深入裴德、兴凯、杨岗等地。1944停止移民。

开拓团的移民工作归伪满洲国开拓株式会社管理。

永安开拓团的本部设在永久村。

本部设有团长（管家人），下设部落长（小区长）。各部落的户数不等，均在20至30户之间。

永安镇的开拓团共进驻了8个村子。这8个村子均用日本名命名。

永安镇原永东四队叫"上官村"，三队叫"青森村"，一、二队叫"东福岛村"，永平村叫"西福岛村"，永丰四、五队叫"群马村"，永新村叫"霞成村"，永政一、六队叫"坂木村"，永宁三队叫"山形村"，永红一、二、三队叫"若草村"。每村为一牌，设牌长一人。

日本开拓团设立卫生、教育、文化、武装等整套机构。

永安镇开拓团的设施：

1. 设立医院一所，共有大夫、护士、工作人员十余人，专为日本患者治病，偶尔也为中国患者治病。

2. 建立学校一所，取名"在满学校"。该校有校长、教员共八九人，是专供日本人女子读书的地方。

3. 设立了邮政代办所一处（在永安街道），有邮递员2人，负责收发报刊信函等事宜。

4. 有武装队2个班，与本部一起办公，负责维护治安，保护日本移民的安全。

5. 兴建了酱油厂和制酒厂。

6. 建立殡仪馆一处，专门火化日本死者。

7. 建立靖国神社一处（设在小锅盔山南坡上），神社有日本神道师一人。参拜、祭奠的日子有以下几种：一是死亡者火化后，将骨灰盒送到神社，举行追悼会仪式；二是重大节日，如陆军节，为战亡兵默哀祈祷；三是日本天皇的生日，到神社参拜致敬，默祷祝愿；四是祈谷祭，每年谷雨这一天，所有日本人都要到神社前跪拜，祈祷今年的农业大丰收。

1938年开拓团进入永安镇以后，把铁路以北的大片土地强行收买过去，一律归日本人所有，名曰收买，实则强占。一垧封过大租的熟地仅付10元钱，没封过大租的生荒地，每垧只给2元钱。这样，中国农民失去了赖以生存的土地，无生活来源，只好给日本人打短工。农民朱永贵说："我给西福岛村的日本人打短工，什么累活、脏活他都叫你干，还不给现钱，只给2垧地种，就算给工钱了，食宿还得自理，日本人是从来不管饭的。"

（二）哈达河日本开拓团

哈达河开拓团迁入166户，带来家属370户。哈达河开拓团除本部外，还有10个部落，开拓团团长叫贝沼洋二。开拓团设有农业指导员、畜牧指导员、警备指导员，并设有学校、医院、商店、粮油加工厂等专为开拓团员服务的机构。他们廉价雇佣大批中国人，供他们在这块土地上自成系统，不归伪政权基础组织管辖。

哈达河地区是鸡西一带主要的产粮区，它南临穆棱河，北接完达山山脉，东西走向，地势向南倾斜，有肥沃的耕种土地、充足的水利资源，是我中华民族用血汗开发出来的。由于日本开拓团的入侵，变成了日本的海外基地。

哈达河村吴玉发老人，曾给开拓团的十几户日本人赶车种地，干了七八年，到头来连个老婆也没娶上，打了半辈子的光棍，新中国成立后才成家立业。在哈达河居住的佟双臣，原来家里有四五垧地，日本人实行归乡并屯时，硬把他家的土地以每垧3元地价强行收买，把他的房子也给烧掉了。没有办法，他只得租日本人高桥家的地种，每垧地收成二石，要用一石交地租。曾经在哈达河居住的李奎恒说，日本人熊人的办法可多了，租他们的地，除了要地租，还得给他们干零活，年节还得送礼，不然来年就不租给你地种。他们也放高利贷，出租马车。农忙时用人工换马工，他们要多少就得给多少。

据1940年4月"满拓公社"公布的移民团耕种土地的总面积，哈达河开拓团土地每年增加如下：1936年为216.00町步（1町步等于99.20公亩），1937年为584.00町步，1938年为1 047.00町步，1939年为1 256.20町步。

据1937年11月18日《北满农业移民情报》公布的哈达河地区年收获量如下：水稻2 734.00石，大豆2 746.00石，大麦1 363.00石，小麦594.91石，高粱230.20石，玉米92.40石。以此为基数，从1936年到1945年，以8年计，哈达河开拓团从这块土地上掠走水稻21 872石，大豆21 968石，大麦10 904石，小麦4 759.3石，高粱1 841.6石，玉米739.2石，总计62 084.1石，这还不包括逐年增加的耕种面积所产的粮食数。

（韩照源）

八、苏军攻克半截河要塞

在1945年8月9日零时日苏开战后，驻庙岭、半截河的日军第5军135师团和126师团的主力部队按照关东军的命令，先后向牡丹江以东的掖河、穆棱方向撤退，在庙岭、半截河要塞的阵地上只有前沿阵地驻守日军与苏军进行了战斗。

1945年8月8日晚9时左右，数架苏军飞机穿过半截河要塞岩高山阵地（位于半截河西约200米处）的上空向平阳镇方向飞去。苏军飞机的出现使驻守在筒子沟监视哨（位于岩高山阵地南8公里处）的日军高岛队长十分惊恐，他立即下令让所有士兵进入阵地，准备应付可能发生的战斗。筒子沟监视哨是由日军步兵第278联队第2大队第6中队第1小队在筒子沟村建立的，以高岛为队长共49名监视哨兵在此地监视苏军动向。日军士兵在阵地上戒备，到凌晨2时左右，并未发现任何情况，于是高岛就下令解除警备，让士兵们回营房睡觉，只派一等兵鬼塚一人放哨。

8月9日零时，苏军远东第1方面军红旗第1集团军先遣部队正冒着大雨和雷电越过中苏边境，分7路穿越森林，从西和北方向朝密山县推进。

8月9日凌晨4时左右，筒子沟监视哨前一声响动，吸引了鬼塚的目光，他定眼一看，见许多苏军武装士兵正向阵地方向移动，他吓得喘不出气来以致不能出声，片刻，他才惊魂未定地高呼："敌袭、敌袭！"喊声未落就被苏军投来的手榴弹炸死。喊声和爆炸声惊醒了日军其他士兵，他们慌乱地摸起武器进行抵抗。这时的苏军以密集的枪弹和手榴弹向顽抗的日军发射、投掷，并使用了火焰喷射器，将日军的兵营烧成了一片火海。顽抗的日军拒不投降，纷纷冲出兵营向苏军冲击。经过2个小时的激战，筒子沟监视哨的日军几乎被全歼，只有几个残兵侥幸逃向第6中队主力防守的岩高山阵地。

与此同时，位于日军川上山阵地前沿的鹰山监视哨阵地也被苏军突破，驻守在监视哨的日军残部退守到川上山阵地，准备在此还击苏军。川上山阵地（也称63号阵地）位于岩高山阵地约12公里处，距离半截河阵地约3公里。由日军步兵第278联队第4中队驻守，负责正面12公里宽的警戒和守备任务。共有日军200余人，配备的武器有"九九"式轻机枪2挺、掷弹筒2个、步枪160支。8月9日黎明时分，第4中队长（见习士官）就对士兵做出了战斗部署，加强戒备。川上山主阵地由1个分队守备，主阵地东600米处的辅助阵地由中队长带1小队守备，主阵地东500米处的辅助阵地由2个分队守备，主阵地后方的第二道防线由1个小队守备，主阵地左翼的坦克入口处由2个分队守备。

8月9日上午，筒子沟监视哨阵地被苏军占领后，驻守在岩高山阵地的日军第278联队第2大队第6中队主力在中队长的命令下，立即进入了构筑的工事和野战阵地内，准备抗击苏军的进攻。而苏军只派出小股部队向岩高山阵地发起进攻，主力部队已向平阳镇进发。向阵地攻击的苏军在坦克和炮火的掩护下发起猛烈的进攻，日军也凭借坚固的工事进行抵抗。面对苏军坦克进行贴身攻击，双方战斗异常激烈，当天苏军未能攻克岩高山阵地。

8月9日下午4时左右，苏军远东第1方面红旗第1集团军所属部队从正面开始向川上山主阵地的日军发起冲锋。在苏军猛烈的炮火轰击下，阵地内的工事、堑壕及交通壕均遭到严重损毁。随后苏军的步兵在坦克的掩护下向阵地发起集群式攻击，但日军利用反坦克壕来阻碍坦克的进攻，并利用"肉弹"炸毁苏军的坦克，战斗场面异常惨烈，苏军的坦克始终无法穿过阵地前沿的反坦克壕。战斗持续到日落时分，苏军随机改变了部署，放弃了对川上山阵地的进攻，部队随坦克及装甲车向东北面的半截河方向驶去，阵地上的守备日军暂时得以喘息。

8月10日拂晓，苏军红旗第1集团军所属部队向大顶子山日军抵抗枢纽部发起猛烈的进攻。在实边村的战斗中，苏军第112团筑垒工兵连22岁的上等兵、共青团员瓦西里·科列斯尼克为攻克村后高地上的日军火力支撑点，建立了不朽的功勋。实边村位于庙岭要塞的主阵地大顶子山阵地的西南部，日军在村后的无名高地上构筑了坚固的火力支撑点，并在附近埋设了地雷、设置了铁刺网。

在苏军向大顶子山日军抵抗枢纽部发起冲锋的前夜，苏军指挥员派出由瓦西里·科列尼斯克等士兵组成的先遣小组，在日军设置的地雷场和铁刺网中为苏军开辟出来一条通道。通道开辟后，苏军于拂晓时分向日军发起了冲锋，日军依靠火力支撑点疯狂抵抗，瓦西里·科列尼斯克也随着散兵线前进，战斗越来越激烈。忽然，日军举起了白旗。指导员按照团长的命令派出了中尉排长胡桑诺夫上士为军使，向日军阵地走去，当他们刚一接近日军阵地时，日军突然向他们开枪射击。党小组长萨姆索诺夫上士受了致命的重伤，在临牺牲前他要求战友们为他和牺牲的战友们报仇。瓦西里·科列尼斯克在党小组长身边听完遗言后，便下定了决心。此时，日军的火力支撑点还在继续吐着火舌。随后瓦西里·科列尼斯克翻身带着集束手榴弹向日军火力点爬去。他动作灵活，准确而快速地接近了日军火力点，他微微抬起身体，将集束手榴弹准确投进了火力点的射击孔内，日军的机枪顿时哑了，但过了一会儿，日军机枪又重新扫射起来。这时的瓦西里·科列尼斯克已经没有手榴弹了，面对吐着火舌的日军射击孔，他毅然地扑上去，用胸膛堵住了日军的枪口。此时全连战士从地上一跃而起，向日军阵地发起冲锋，并最终摧毁了日军设置在这里的火力支撑点。为了表彰这一功绩，瓦西里·科列尼斯克被授予苏联英雄的崇高称号。

8月10号下午5时，驻守在青狐岭庙阵地的日军第1中队受到了在10余辆坦克掩护下的苏军步兵集群式的猛烈进攻。在苏军强大火力和步兵自动武器的打击下，日军坚固的地面工事被猛烈的炮火接连摧毁，守备日军也被苏联军步兵的自动武器连连击毙，日军伤亡惨重，双方经过2个小时的激战，日军被击溃，青狐岭庙阵地被苏军占领，逃离阵地的日军残部三五成群、不成建制地向梨树镇方向逃去。

当天，红旗第1集团军第451团迫击炮兵、第1630团反坦克炮兵，合力支援苏军步兵对庙岭、半截河要塞群阵地展开强攻，并占领了要山监视阵地。下午，苏军第409机枪营从大顶子山和柞木台两阵地侧翼通过，经过巷战占领了二人班镇。

守备在川上山阵地的日军第278联队第4中队的中队长得知以上情况后，下令将营房烧毁，全部士兵进入阵地坚守。同时，一等兵大崎船津也跑来传达了花岛大队长在半截河下达的命令，要求各部队死守阵地。

8月11日，苏军步兵在坦克和大炮的掩护下，分多路猛攻半截河要塞阵地，此时的半截河阵地上到处是爆炸的声浪，工事的碎块、残缺的尸体四处飞扬，剧烈的爆炸声震得整个阵地在颤抖。经过苏联步兵的多次冲锋，苏军终于占领了半截河阵地。

8月12日，岩高山阵地的守备日军经过与苏军的3天激战，士兵死伤惨重，粮弹也已耗尽，毫无士气的日军只好放弃了阵地向平阳镇联队驻地败退。此时溃逃的日军如惊弓之鸟，并时有发生两股部队自相残杀的误会，平添了许多死亡。当历经周折退至平阳镇附近时，中队长派出的侦察兵回来报告说，联队已经撤往牡丹江方向，平阳镇已被苏军占领，这股败兵又翻山越岭向八面通方向撤退。8月17日拂晓，溃不成军的这股日军疲惫地爬上了一座山坡，在晨曦中看到了朦胧的梨树镇。此时派出的侦察兵将苏军要攻打八面通的情报向中队长做了汇报。中队长听后立即召集这股残兵，高喊要用"肉弹"攻击苏军，不惜生命消灭苏军的口号。他命令士兵隐藏在道路两侧，士兵们端起上了刺刀的步枪，紧张得大气都不敢喘，像死人一样在草地上伏卧着。紧张安静的气氛中，苏军皮靴踢踏石子和说笑的声音越来越近，毫无戒备的苏军士兵们或倒背着手或横跨着冲锋枪从日军士兵眼前走过。一声清脆的枪响打破了寂静，随着枪响一名苏军士兵倒下了。随后埋伏在路旁的日军枪声骤起，苏军士兵接二连三地倒下，但随即苏军开始向日军扫射。经过短暂的战斗，苏军以强大的优势几乎全歼了包括中队长和川本见习官在内的这股日军。

要塞群被摧毁后，仍有小股日军藏匿在地下工事里，另有一部分逃进山林里。他们组织"特攻队"，袭击苏军后续部队。9月2—3日，苏军经过围捕，将山林里的"特攻队"歼灭。9月5日，日军各小股部队组成150人的"特攻队"，偷袭平阳镇苏军卫戍司令部，被就地全歼。

9月12日上午9时，苏军向仍然顽守在川上山阵地的日军发起了全面进攻，将阵地的日军团团包围，苏军动用了大量的火炮和坦克对日军发起了强大的毁灭性攻势，战场上烟尘滚滚，弹雨如注，地动山摇。苏军的重炮准确地将阵地内的工事摧毁，步兵的冲锋枪也一起射向顽抗的日军。苏军以武器和兵力的绝对优势将川上山的日军彻底歼灭，占领了该阵地。

（摘自《鸡西抗日战争文史资料》）

九、平阳镇喋血

20世纪30年代初，鸡东的抗日救亡活动十分活跃。1932年，田宝贵、杨太和、冷寿山及苏怀田等一批共产党人及爱国人士在民族危难之际挺身而出，积极组织抗日武装，共同举起了抗日救国的旗帜。田宝贵出身贫苦农民家庭，当过皮铺学徒，由于亲缘关系（他是李延禄内弟），所以较早地接受了革命教育，1931年加入中国共产党。后来，他同杨太和、冷寿山一起暗中学习《共产党宣言》，一起商讨抗日救国大事，在荒岗缴获了缉私队的10支长枪，拉起了100多人的抗日队伍。苏怀田出身农民家庭，当过保董，性情刚直，讲义气。他不堪忍受日伪反动势力的欺凌，率领全家进南山，在老金沟、大翁山一带"拉杆子"，队伍一度发展到过百人。为扩大抗日武装力量，田宝贵等一起进山找苏怀田谈抗日救国大义，做苏的思想工作。在大义感召之下，苏怀田率队投身抗日爱国斗争，同田宝贵等领导的抗日武装合兵一处，队伍一度发展到200多人，成为当时鸡东地区规模最大的一支抗日武装。为了使这支新生的抗日武装名正言顺地开展活动，经李延禄工作、王德林同意，队伍被收编为"抗日救国军补充二团"。收编后的补充二团，由苏怀田任团长，李延平任政委，田宝贵任副团长，杨太和等分别任营长。补充二团组建不久，便奉命收缴穆棱矿白俄反动矿主谢杰斯的财产及矿警武器。为了攻其不备，补充二团绕道东行，开到现鸡东县永和镇大石河一带备战。已经暗中勾结日本帝国主义的护路军总司令丁超以补充二团侵占了他们地盘为由，派护路军驻平阳镇王孝之团、车子久团连夜从平阳镇赶到石头河子，第二天拂晓便对补充二团实施包围。王、车团利用有利地形展开偷袭，可不等靠近补充二团驻地便被哨兵发现。哨兵鸣枪报警，双方发生了激烈的枪战，王、车军团见偷袭被发现并受阻，便心生诡计，由一名姓陆的营长出面喊话，要求停火。补充二团二营营长聂海山见此情景亦对天鸣枪，要求自己的部属停止射击。双方枪战停止后，姓陆的营长一个劲儿地说抱歉、误会，又说是奉总司令丁超之命，请各位到平阳镇谈谈。这陆营长又是要"插草为香"，又是"对天盟誓"，把这个苏怀田团长说动心了。

苏怀田是个耿直人，说话办事很爽快。他见来人毕恭毕敬，又听说要请他们去谈收缴穆棱矿白俄矿主武装及抗日的事，所以就答应率全团士兵赴平阳镇"前去谈谈"。

对苏怀田的这一决定，杨太和首先表示反对。杨太和当着陆营长的面一针见血地揭露道："哪有先兵后礼的道理？这一定有阴谋！"他冲着苏怀田说道："请团长老兄恕我有令不从，一营不能去！"

田宝贵副团长十分为难。他明明知道平阳镇那边摆的是"鸿门宴"，也明明知道杨太和有政治头脑，判断不会错。可为了保护苏团长，为了不使这支好不容易组织起来的抗日武装由此分裂，所以不得不去！就这样，王、车团靠这个陆营长的三寸不烂之舌，最终把苏怀田及补充二团的部分官兵骗到了平阳镇。

苏怀田、田宝贵他们率官兵来到平阳镇后，王孝之、车子久二人开始假惺惺地亲自出团部迎接。他俩让苏怀田等排以上军官到团部小叙，让二团其他士兵进八角楼（戏院）暂歇。官兵分割，鱼水分离。还不等田宝贵他们表示反对，就被事先埋伏好的王团几十名荷枪实弹的士兵缴了枪械，捆上了绳索。进八角戏楼的士兵也同飞鸟入笼，不等他们醒过神来，也都被一一缴械。

1932年7月28日，是鸡东人民永远不会忘记的日子。这一天，王孝之、车子久这伙民族败类，背信弃义，将苏怀田、田宝贵等六名排以上的军官，以高粱秫秸帘子裹身，用铡刀铡死在平阳北大壕——现平阳客运站北山前。据当时百姓回忆，临刑时，苏怀田走在最前面，他走一步骂一句。他大骂"王孝之、车子久是汉奸，是走狗，来世不得好死"！田宝贵没有骂。他抬起头来，用眼睛环视了一下周围的百姓和持枪的王团士兵，又看了远处的松林和满地的庄稼。他突然昂起头来大喊道："有良心的中国人团结起来，打倒日本帝国主义！不当汉奸亡国奴！"刽子手们一听毛了，慌忙往田宝贵他们身上缠秫秸帘子。田宝贵一脚踢开了秫秸帘子，大步向沾满补充二团将士鲜血的铡刀走去……随着接二连三的铡刀声，抗日救国军补充二团6名排长以上的军官全部殉难。30名无人赎领的士兵也死在了车、王民族败类的枪口之下。这些正准备与日本侵略者血战到底的勇士，将鲜血永远地洒在了鸡东这块古老与多舛的土地上……

他们走了，走得如此匆忙，如此壮烈。他们没有战死在抗击日本侵略者的沙场上，却死在了披着"抗日"外衣、暗通日本侵略者的汉奸走狗的陷阱之中。他们走得太早，苏怀田牺牲时刚40多岁，田宝贵副团长仅27岁。6名军官牺牲后，6人的头颅被挂在东城门示众。田宝贵的妻子像发疯似的趁夜黑将自己丈夫的头颅从城门取下，与身子缝在一起，才使烈士有个完整的身躯长眠于鸡东大地。他们是无产者，牺牲前没有什么，牺牲后却拥有了鸡东人民为他们树起的一座被鲜花与青松簇拥的丰碑。

苏怀田、田宝贵等牺牲后，杨太和、李延平等愤怒不已。他们掩埋好同伴的遗体，擦干悲痛的眼泪，重整抗日救国军补充二团队伍，长期坚持在大石河一带打游击。从此，鸡东的抗日烽火以哈达河为基地，以穆棱河为轴线，形成了南北对应的掎角之势。

（王效明）

十、吉东特委半截河国际交通站

1934年，根据中共中央驻共产国际代表团的指示，组建了中共满洲省委吉东委员会（简称中共吉东特委），杨松任中共满洲省委吉东特委书记。1935年9月下旬，杨松奉中共中央驻共产国际代表团之召去莫斯科汇报工作。不久，杨松给李范五写信，告知因工作需要，他留在中共中央驻共产国际代表团驻地工作，任命李范五代理中共满洲省委吉东特委书记。中共吉东特委既特殊又特别，并非一般性的满洲省直属的地区级党组织领导机构。吉东特委独立开辟建立了共产国际——满洲省委——中共中央秘密交通线。1934年，在杨松的安排下，吉东特委建立了牡丹江德发客栈、新立屯邸家豆腐坊、磨刀石车站、林口石印局、密山平阳镇东窑地五处交通联络站，还在密山半截河裕成当铺建立了国际交通站。

李范五（1912—1986），黑龙江穆棱县人。早在北平大学读书时就参加了革命。在担任吉东特委代理书记期间，在密山二人班领导吉东地区抗联工作。1934年10月初，长征开始，中共吉东特委与党中央失去了联系。北方抗联在找不到党组织的情况下，利用密山半截河国际交通站，与中共驻共产国际海参崴联络站接上关系，间接与党中央保持联系，接受党的领导。

鸡东县向阳镇（原名为半截河镇，当时归密山县管辖）位于鸡东县最东部，距县城35公里，东与密山接壤，西与综合乡毗邻，北与明德朝鲜族乡交界，南与俄罗斯搭界。"半截河"这个地名距今已有百年历史，因村东2.5公里处有条从双叶山发源的河流，下游没有河床，河水蔓延流汇穆棱河，故起名半截河。后建村时，以河为名，就叫半截河村。1936年日伪统治时期，这里设有宪兵队、警察署、特务机关，日本驻军50部队和村公所，下设几个甲。民国和伪满时期，这里是较大的集，镇内有20多家商号和店铺，还有"裕记火磨"。

王志诚，大连人。从日本留学回国后在大连工厂加入中国共产党，有着丰富的对敌斗争经验，是一个机智勇敢的同志。由于他有留学的特殊经历，中共吉东特委主要负责人李范五选派他到密山半截河工作。临行前李范五交给他两项任务：一是利用合法身份搜集半截河一带日伪军事情报；二是在那里建立一个国际交通站。王志诚到半截河后，经托人介绍，很快被日本人录用，打入半截河日本守备队当翻译。不久，王志诚与半截河地下党员合伙开了个当铺，名字叫"裕成当铺"，作为交通站的联络点。

在哈尔滨市京剧院排演的《革命自有后来人》剧本中，就有吉东特委交通员为抗联部队传递上级指示的情节：

在演员表中第七位表明："罗铁基——北满特委交通员"，由此判定，此人就是扮演"吉东特委交通员"角色。

在《革命自有后来人》剧本中第二场中有：

"罗铁基，从鞋底内取出文件，这是上级党委给北山抗联的一份重要指示。（把文件交给李玉和）玉和同志，为了配合全国抗战，牵制日本关东军南进，我军正在部署一个大的作战计划，北山部队均已集中待命，等候这份指示，以便统一行动。一两天内北山派人来取，接头地点在东大桥，时间晚六点，暗号不变。"

此情节，与下述吉东特委传递党中央指示的情节相吻合。

1935年7月初的一个傍晚，吉东特委交通员从密山半截河回到牡丹江，把一个旧暖瓶迅速转给了杨松，拆开暖瓶的夹层，里面是一封中共驻共产国际代表团负责人以王明、康生的名义发出的《给东北负责同志的秘密信》，具体日期注明是1935年6月3日，信上附言责成吉东特委迅速、安全地转发给东北各党组织，这就是著名的《"六三"指示信》。当晚，杨松叫李范五把信复写了6份。第二天，派张发将一封信送往中共满洲省委；派张哈把其余5份送到各县及第四、第五军党委。时隔不久，海参崴工作站又把以中共中央和中华苏维埃名义发出的《"八一"宣言》传送到吉东特委，特委又及时传送到各地。担任国际交通员的有密山县中共党员张发、李发、张哈、傅文忱、魏绍武、佟双庆、老戴头、林冲等十几人。王志诚长期担任半截河国际交通站站长，一直没有暴露身份，这个交通站的工作一直坚持到抗战胜利。

交通站为党传送重要文件做出了重要贡献。在东北抗联斗争史上有着重要指导意义的《"一·二六"指示信》《"六三"指示信》《"八一"宣言》都是经海参崴转到半截河国际交通站，再由吉东特委送往各地党组织和抗联部队。除此之外，交通站还负责传递《巴黎救国时报》、各种抗日刊物及党内文件、汇报等。

交通站安全接送了大批党的领导干部。一是接送中共驻共产国际代表团巡视员吴平（杨松）到吉东地区指导抗联工作。他为吉东地区党的建立、抗联部队的发展做出了重要贡献，后回延安担任党中央宣传部副部长兼秘书长，创办《解放日报》任总编辑。二是护送中共满洲省委书记杨光华和宣传部长谭国甫去莫斯科向中共驻共产国际代表团汇报工作。三是接送抗联高级干部李延禄、李延平、刘曙华（密山县委书记、抗联八军政委）、刘汉兴（陈龙）、富振声夫妇、朱德海、李成林、张奎、李范五、田孟君等赴苏联学习或回国工作。四是护送密山县委和抗联第四军年轻干部赴苏联学习军事。有褚志远、王琏、李德山、方虎山、傅文忱、林冲、李发、张发、张哈、佟双庆等人。在接送的干部中，幸存的同志在新中国成立后都成为中朝两国高级干部，为革命事业培养了骨干。

（摘自《鸡西抗日战争文史资料》）

十一、鸡东百姓心中的李延禄及抗联

讲鸡东抗日史话，人们会自然联想到我党直接领导的抗联武装，想

到抗日名将李延禄及他所领导的抗联第四军。抗联的不朽功业永远载入鸡东人民驱除外侮争取解放的光辉史册；李延禄及诸多抗日志士将与鸡东的山河共辉。

"咔嚓咔嚓拉枪栓，只溜障根儿不进院。不是自卫军，不是自卫团。开门一看，哈哈，是抗联！"一首距今70多年几乎被人们忘记的民歌，再现了当年老百姓欢迎抗联的情景，也从一个侧面反映出抗联队伍在老百姓心中的位置。在百姓心中——

他们是希望之星。九一八事变后，蒋介石消极抗日，积极反共。几十万东北军执行蒋介石的不抵抗政策，弃土离乡撤到山海关内，将东北的大好河山拱手让给了日本帝国主义。日本帝国主义对我东北领土早就垂涎三尺，所以侵占的速度如突袭的寒潮快得惊人。抗日的怒潮席卷全国。但一些开始举着抗日救国旗帜的抗日武装队伍（如李杜领导的抗日自卫军、王德林领导的抗日救国军、丁超领导的护路军等），在"你方唱罢我登场"之后，最终都没经住日寇的疯狂军事打击和高官厚禄诱惑，有的越过边界撤至苏联境内，如李杜、王德林（李杜1933年1月9日经虎林入苏联；王德林同年同月13日经东宁入苏联）；有的投进日寇怀抱，当了汉奸，如丁超。丁超一月上旬乘坐日军专机去长春当上了满洲国内务大臣。在民族危亡、家乡父老危难的关键时刻，一批中国共产党人背负着民族的重托和人民的希望逆风而上，"明知山有虎，偏向虎山行"，李延禄将军就是其中的杰出代表。李延禄早期投身中国革命事业，原为王德林领导的抗日救国军参谋长，1931年入党，是我党的优秀党员。

受侵华日军疯狂打击，抗日救国军的头头"跑掉的跑掉，当胡子的当胡子"（李延禄语）。在民族危难之际，李延禄却以民族大业为重，旗帜鲜明地高举起抗日救国大旗。1933年1月，日军占领密山全境，鸡东地区抗日斗争形势更加残酷。而李延禄却于当年3月派出游击队支队长李延平率领游击支队，赶到石头河子与杨太和联络会合。他本人于1933年6月，率抗日救国游击军四百余人，开拔到鸡东石头河子一带与杨太和部（即以"平阳镇惨案"抗日救国军补充二团涅槃后的幸存者为基础组成的抗日武装）会师。当抗日救国游击军在郝家屯、二人班二仗受挫（郝家屯战斗，我方牺牲了16名连以下官兵；二人班遭袭，牺牲了35名连以下官兵，一百余战士负伤），二团团长王毓峰、骑兵营长冯守臣率部返回宁安之时，李延禄将军危难见铮骨，"我自岿然不动"。他旗帜鲜明地贯彻党的抗日民族统一战线政策，积极争取地方党组织领导，联合各反日武装共同抗日，组成广泛的抗日民族统一战线。1934年9月，中共驻共产国际代表团委派吴平以满洲省委巡视员身份视察吉东，来密山后与李延禄等领导共同研究，又将"东北人民抗日革命军"更名为"抗日同盟军第四军"。"抗日同盟军第四军"的组建，不仅空前壮大了抗日武装力量，也使在暗夜中饱受煎熬的鸡东人民盼到了救星，看到了希望，领略到了李延禄将军的气魄与胆识。

他们是力量之神。李延禄、杨太和等领导的抗日武装，由于队伍规模较大，将士们长期经受党的教育和实战洗礼，所以有着优良的军风军纪和顽强的战斗力。他们所到之处，敌寇闻风丧胆，百姓拍手欢迎。据史料记载，李延禄所领导的抗联队伍（抗日救国游击军、东北人民抗日革命军、东北抗日同盟军第四军、东北抗联第四军），在鸡东地区进行的打击日伪反动势力的大大小小战斗上百次，虽然经受过磨难挫折，但总体战果是令人欢欣鼓舞的。

——1932年7月，杨太和领导的补充二团余部，集中优势兵力，于一夜间对驻半截河日伪军进行了突然包抄袭击。仅用一个多小时时间就消灭了驻半截河的全部日寇守备军。然后又乘胜北上，攻打盘踞在永安火车站的日军。游击队切断了佐藤师团与鸡宁守备军的联系，给日本侵略者以沉重的打击。

——1933年3月，杨太和率一团一百余名战士转战在小石河一带开展抗日游击活动。他们靠不畏艰难、不怕牺牲的精神和灵活机动的战略战术，缴获了伪自卫团全部枪械弹药及给养物资，给驻扎在小石河一带的日伪反动势力以毁灭性打击。

——1933年8月，李延禄率领抗日救国军王毓峰团、冯守臣骑兵营400多人与大石河杨太和团会师，与日寇展开数次游击战，击毙数十名日伪军，缴获了一批武器弹药和物资，使日伪军损失惨重。

——1936年5月，抗联第四军满景堂团同抗联三军郝桂林四师联合攻打伪军驻哈达河第26团。击溃全部伪军，活捉该团团长苏树堂，缴获迫击炮连、机枪连和三个步兵连的全部武器弹药。

除以上战例外，李延禄还亲自领导和指挥过攻打平阳镇、锅盔山等战斗，使抗日游击区由小石河、黄泥河一带扩展到郝家屯、平阳镇、哈达河、哈达岗，抗日的烽火燃遍了鸡东大地。抗联武装及李延禄、杨太和等抗日将领，成为敌人的克星、人民的救星，成为抗日救国、打击侵略者的力量之神。

他们是镇妖之剑。在外敌入侵、兵荒马乱的特定历史条件下，鸡东广袤的山地林区养育着穷苦百姓，也滋生了历史的怪胎——山林队。这些人有过抗日的历史，也为百姓们做过好事。但由于他们聚众举事是以满足个人及小团伙的物质利益为目的的，所以与党领导的以实现民族解放和广大人民群众根本利益为目的的抗日武装有着本质区别。他们具有两重性：能射善骑，引导得好会成为抗日武装力量的一部分；不加引导或引导得不好有可能成为打家劫舍、祸害百姓的胡子、土匪（哈达河的两次暴动都因山林队的动摇而失利；谢文东开始抗日，后来蜕变成土匪就是明证）。由于大部分山林队奉行"有枪就是王""有奶就是娘"的信条，所以常常是善恶不辨，我行我素。因此，整肃山林队风纪就成为抗联武装打击日寇、保护人民群众的重要职责和任务。李延禄等领导的抗日武装开赴鸡东活动后，曾多次召集山林队头头开会，强调军风军纪，动员共同抗日。1933年7月初，李延禄等抗联领导在郝家屯召开抗日游击队和山林队联席会议。会上，李延禄反复向山林队头目宣传党的"联合起来，共同抗日"的主张，使大部分山林队头目觉醒。他们纷纷表示愿意接受共产党和抗联领导的主张：保护抗日游击区的贫苦百姓，打击日寇、汉奸、走狗，从敌伪手中夺取粮食和武器，抗日到底。根据山林队的表现和群众的揭发，李延禄代表军部军法处对劫掠百姓、严重殃祸社会的"清洋"山林队头目清洋宣判了死刑，并立即执行枪决。消息传开，百姓奔走相告。半截河等地的百姓杀整猪慰劳李延禄所领导的抗日队伍。5个山林队400余人被收编进抗联队伍，使我党领导的抗日武装力量得到进一步壮大。

山河铭记抗联，人民怀念抗联。2014年，在纪念中国人民抗日战争胜利69周年之际，中共鸡东县委、鸡东县人民政府在抗联第四军诞生地立碣铭文，缅怀革命先烈，彰显抗联丰功伟绩。抗联精神永垂不朽！

（王效明）

十二、鸡东抗战的光辉历程

鸡东是我省的革命老区，它有着厚重的红色历史，《红灯记》的故事就发生在鸡东这片红色的土地上。《红灯记》是"文化大革命"中著名的八个样板戏之一，它产生的社会影响之大、流传之广、时间之长，成为中国文艺舞台上的经典剧目。《红灯记》故事产生的历史背景，就是伟大的东北游击抗战。东北抗战是全国抗战的组成部分，全国抗战是世界第二次反法西斯战争的重要组成部分。

1932年时，家住密山杨木的杨太和为了组建抗日队伍，不惜卖掉家中的四头牛和两张爬犁，购买了八支连珠枪和两支手枪，他用这十支枪带领堂兄杨太贵和四弟杨太昌等人组织起一支抗日小队伍。这是鸡西地区建立的第一支民间抗日武装，是鸡西地区树立的第一面抗日旗帜，它为鸡西的抗战拉开了序幕，吹响了武装抗日的号角。杨太和又带队来到平阳镇，与田宝贵、冷寿山领导的抗日队伍联合，使队伍扩大到150余人。抗日之火燃起后火势越烧越大，他三人联合后为继续扩大队伍，决定去平阳镇南的小石头河子（现鸡东县永和镇新和村），找到当地保董兼自卫团长的苏怀田，与他继续联合。三股小溪汇聚成一支强有力的抗日洪流，在鸡东大地掀起了波澜，这股洪流成为密山当时最大的民间抗日武装。

　　1932年5月，李杜的自卫军和丁超的护路军后撤到梨树和密山一带，密山境内的驻军在增多的情况下，各部因防区给养等问题经常发生矛盾和摩擦。在他们的势力范围内，杨太和这支没有合法名义的民间队伍受到排挤，活动范围也受到限制。这时田宝贵建议，把队伍带到穆棱的兴源镇去找他的亲属李延禄，大家同意后到兴源镇找到在王德林抗日国民救国军中当参谋长的共产党员李延禄。当时征得王德林同意后将他们的队伍编为救国军补充二团。大家推举苏怀田任团长，田宝贵任副团长，杨太和、冷寿山和聂海山分任营长，队伍留在泉眼河休整。从此他们这支民众小队伍汇入滚滚的抗日大洪流中，成为正规的抗日军队，并且与中共党组织取得联系。此后不久，杨太和在李延禄和田宝贵两位共产党员的帮助下加入了中国共产党，第二补充团也成为由我党所指挥的队伍，为日后李延禄成立党所领导的抗日队伍奠定了良好的组织基础。

　　1933年初，中共密山县委带领广大民众积极开展抗日斗争，首先于3月16日在哈达河沟里的县委驻地成立密山抗日总会，李成林任会长，张墨林、阚玉坤任副会长，梁玉坤任组织部长，李雅艳任妇女部长，王丕年任儿童团长。总会机关设在哈达河，下设哈达河、哈达岗、柞木台子、西大林子四个分会。1934年夏初由张墨林任会长，1935年4月由刘曙华任会长，同年11月由褚志远任会长，1936年4月因敌人破坏停止活动。

密山抗日总会在县委领导下，主要开展以下几方面工作：一是为巩固和扩大抗日游击根据地而斗争，为成立游击队提供后备力量。二是协助党组织推行民族抗日统一战线工作。三是开展拥军支前活动。四是配合抗日队伍打击敌人。五是掩护党的组织，抚养抗联战士的子女。

1934年3月20日，密山县委在哈达河沟里的张老畲菜营正式成立"密山抗日游击队"（又称民众抗日军）。队员有48人，张宝山任队长、金佰万任副队长，金根为参谋，金昌德和梁怀中任两个分队长。1934年5月，吉东局调宁安县委书记朱守一来密山任游击队队长。在5月末时，朱守一带队在五间房的张家大院与日军守备队的战斗中不幸牺牲。游击队成立后进行了杨树河子战斗、二段山战斗和张家大院等战斗。

1933年1月，李延禄率领抗日救国军的一团和二团三营的人员从王德林的队伍中独立出来，在中共宁安县委的领导下成立了由中国共产党领导的抗日游击总队，杨太和任一团团长，后不久总队来到宁安的孟寡妇屯，将队伍改编为东北抗日救国游击军，李延禄任军长，杨太和任一团团长。1933年3月，李延禄军长根据中共吉东局关于开辟新的抗日游击区的指示，派杨太和率一团来到密山（鸡东）的平阳镇，来到后他的内兄伪县长刘相南，强迫杨太和的妻子抱着女儿到一团驻地的小石头河去劝降，并以30垧地和"自卫团总"的官衔作为条件，杨太和对此感到十分愤慨。他面对诱惑不为所动，大义凛然，与其划清界限，并予以严词拒绝，并坚决表示：想让我不抗日，那是绝对办不到的，不赶走日本鬼子决不罢休。在他坚定的抗日态度感召下和说服教育下，杨太和不但说服妻子留在了部队驻地，不久后还动员他的堂兄杨太贵、四弟杨太昌和妹夫陈兴一都参加了抗日队伍，走上了抗日战场。杨太贵在攻打密山县城的战斗中牺牲，杨太昌和陈兴一也都先后为民族解放事业献出了宝贵的生命。

1934年春，杨太和率队将小石头河子的伪自卫团全部缴械，在打击了当地反动势力的同时也壮大了自己。同年3月李延禄去上海寻求援助，由杨太和代理军长，带领第四军坚持抗战。同年5月李延禄带领抗日救国游击军来到这里，先后在小石头河子、郝家屯、平阳镇、半截河等一带活动。1934年6月中共吉东局吴赤峰来到密山，将抗日救国游击军改编为东北人民抗日革命军，杨太和任一团团长。1934年9月中共驻共产国际代表团委派杨松，以中共满洲省委巡视员的身份到密山巡视工作，9月25日杨松在密山哈达河沟里首先召开了吉东地区第一次县委扩大会议，贯彻党的民族抗日统一战线的指示精神，指导密山县委和整个吉东地区的抗日斗争。在这次会议上为贯彻抗日统一战线的指示精神，将抗日革命军改编成抗日同盟军第四军，这支队伍从此有了军序，同时将密山游击队并入第四军编为第二团。

1934年9月下旬，李延禄军长得到消息：密山县城内的伪军骑兵团开赴饶河，城内兵力空虚，第四军为有效打击牵制敌人，解决部队武器冬服和给养问题，经与中共密山县委研究决定，制订了一个假攻向阳镇实取密山城的作战计划，这样既可打击敌人解决给养，减少对密山的后顾之忧，又能牵制敌人对虎绕地区的压力，真可谓是一箭三雕。此战李延禄军长任命杨太和为作战总指挥，杨太和率一团为主力主攻东门，杨太贵率一营的50人主攻西门，赵挑水的反日山林队主攻南门，张奎率密山游击队主攻北门。10月6日夜里12点，杨太和下达总攻命令，顿时枪声四起，喊声震天。杨太和率一团首先攻打东门，攻城时为能顺利打开城门，展开了政治攻势，向守门的敌人喊话："中国人不打中国人，缴枪留命！"守门的民团张保董见大势已去，弃门而逃。东门攻下后三门也相继攻下，此战共进行了三个多小时，消灭了城内的日伪军，还没收很多敌伪资产，并将城内工商界为第四军筹备的300多布匹及棉花运出，不仅解决了部队的过冬物资，还缴获步枪134支，短枪4支，子弹万余发。战斗结束后，队伍在城内开展贴标语、张贴告伪军士兵书、街头演讲等宣传活动。此战是鸡西地区抗战时期最大的一次战斗，使党所领导的抗日武装在密山地区的广大人民群众中产生很大影响，在东北抗联第四军的军史上也是一次意义重大影响深远的战斗。

为了抗战的需要，中共吉东特委在平阳镇和半截河设立国际交通站，主要人员有傅文忱、张哈、佟双庆等人。与此同时中共密山县委在密山知一和当璧镇设立了兴凯湖国际交通站，主要人员有徐道吾、李东光等人。这样，鸡东的抗战背景和社会基础为《红灯记》的艺术创作和人物塑造提供了充实可靠的土壤和素材。

革命的红灯光彩照人，抗战的精神世代永存。我们要传承优秀传统，弘扬红色精神，进一步挖掘抗战历史，丰富和拓展抗联第四军纪念馆的内容，通过各种形式宣传鸡东的红色历史，开展好爱国主义和革命传统教育，展示鸡东风彩，唱响中国梦的时代主旋律，为当前的经济建设做贡献。

（鸡西市地域文化研究会副会长　马光普）

第三部分

《红灯记》的人物是鸡东抗日战场上群像的缩影

编者导读

典型人物是指通过鲜明独特的个性，能充分地表现一定阶级、阶层、集团或社会生活某些本质方面的共性人物形象。

安顺福1934年参加抗联第四军，曾任被服厂厂长，丈夫朴德水是抗联第四军政委，1938年在战斗中牺牲。她化悲痛为力量，为了行军打仗方便，她把心爱的孩子送给密山抗日救国会的老乡抚养，被称为"弃子救国的女英雄"。1938年10月，为掩护大部队突围，她和其他七名女战士，演绎了一幕"八女投江"的英雄壮举。乌斯浑河畔牡丹江岸，有纪念碑和展览馆为烈女标芳。

张哈，原名王凤林，祖籍山东，后闯关东迁到密山哈达河（现鸡东县东海镇新华村）。在党的教育培养下走上革命道路。王凤林是哈达河抗日救国会的发起人，是吉东特委重要的"双料"（国内国际）地下交通员。虽然张哈十分注意斗争策略，但最终还是引起了鬼子及汉奸的注意，敌人曾到处堵截搜捕他，都因张哈的机智勇敢而摆脱。敌人将张哈的妻子和两个孩子抓去，妄图以此为诱饵迫使张哈脱离党组织交出情报，变节投敌，停止反满抗日活动。张哈是个坚定的爱国主义者，把爱国抗日看得比什么都重要。日伪最终穷凶极恶地将伴随张哈15年的妻子和十几岁的两个孩子全部残忍杀害。他对着亲人的新坟痛快地大哭一场，然后擦干眼泪，又踏上抗日救国的战场。

宫兴禄老人的口述史证明，他在"文化大革命"中接触敌伪档案中真实地记载着李玉和三次被捕的经历："第一次被捕的李玉和，原名张玉和，职业东海车站苦力，华北八路军情报员，参加过'二七大罢工'，被密侦告密，在东海车站被捕；第二次被捕的李玉和，原名张玉和，梨树镇铁路工人，华北八路军情报员，被密侦告密，在梨树镇被捕；第三次被捕的李玉和，华北八路军情报员，在东海镇八铺炕被捕。"从身份和名字看，三次被捕的李玉和与《红灯记》中的李玉和名字相同，革命经历也相似。

1960年傅文忱回忆在密山担任北满国际交通站交通员时，曾谈到1944年由于叛徒出卖，以桑元庆为代表的22位交通员被捕，其中电台、发电机、密码被日本宪兵队队长上坪铁一缴获。上坪铁一，1944年8月9日任鸡宁县宪兵队队长，1944年10月以后任东安日本宪兵队队长，日军侵华期间，他干尽了坏事，丧尽天良。他逮捕的22位交通员已查到姓名的有李东升、宫发德、桑元庆、张玉环等人，上坪铁一对他们施以灌凉水、过电装入麻袋撞、木棒打、火钩子烫等残忍酷刑，最后将李东升、桑元庆、张玉环三人"特别输送"到731细菌部队做活体细菌实验被杀害，刘清洋、田丰久等19人下落不明。

据平阳镇西贤村会计曹修利口述史证明，《红灯记》中叛徒王连举的生活原型就是王国延，在南八甲屯，一开始住在"热闹街"，这个小屯子原址在现在的西贤村东北角。伪满并屯，他当了日伪特务。他领着日本宪兵队到处抓捕地下工作者和抗联积极分子，那时把抗日积极分子叫通苏。李玉和被王连举出卖是真实的。当年南八甲的赵文财和儿子赵殿福到南山干活，发现了从苏联送情报归国、身负重伤的赵货郎子（张玉和），因为早就认识，所以父子俩当时把张玉和藏起来，到了晚上，把他用担架抬到了平阳镇的张家馒头店，之后父子俩又和张家人一起秘密为张玉和买药疗伤。时隔不久，在镇里警察署当副署长的王国延知道了赵家父子救了一位陌生人，便把此事告诉了驻镇的日本宪兵队，随后张玉和与赵家父子都被宪兵队抓捕到宪兵队。日本投降后，王国延放火烧了日本宪兵队的监狱，里面260多名囚犯无一生还。后来他装扮成要饭的报名参加了抗联部队，因表现积极差点被发展成党员，后被老乡张少明认出揭发，被清除出抗联队伍并被判刑。

我们从以上这两组人物的介绍中可以看出他们每个人都有鲜明的个性，安顺福的勇敢坚强，张哈的坚定信仰，张玉和的百折不挠，上坪铁一的残暴凶恶，王国延的钻奸取巧。同时，他们又代表了两个阶级、两个阶层、两个集团的不同价值观和利益冲突。在安顺福、张哈、张玉和身上，都充分体现出抗联精神——忠贞报国，勇赴国难的爱国主义精神；勇敢顽强，前赴后继的英勇战斗精神；坚贞不屈，勇于献身的不畏牺牲精神；不畏艰苦，百折不挠的艰苦奋斗精神；休戚与共，团结御侮的国际主义精神。在上坪铁一身上看到的是日本军国主义对中国人民的、灭绝人性的凶残；在王国延身上看到的是汉奸的卖国求荣，出卖同胞的不择手段。上坪铁一和王国延都代表着腐朽没落的罪恶旧势力，必然要遭到历史的惩罚。

这就是发生在我们家乡鸡东这块热土上的慷慨悲歌，由无数知名的和不知名的英雄所组成的一幅幅丰富的、感人的、立体的、难以磨灭的历史画卷。没有英雄的民族是可悲的，英雄是一个民族弥足珍贵的精神食粮、精神财富。我们任何时候都不应该遗忘、疏远和抛弃。这是我们振兴发展、实现中国梦的强大精神动力。

我们鸡东有产生李玉和、李奶奶、李铁梅这些平民英雄的深厚沃土、历史背景和红色文化基因。因此，我们可以完全自豪地说：《红灯记》的故事就发生在鸡东。

一、穆棱河畔的抗日英雄

为了挫败日寇的嚣张气焰，有效打击敌人，1934年5月，密山县委及时总结第一次暴动的教训，以密山游击队为骨干力量，组织200多人，计划举行哈达河第二次暴动。暴动的目的是拔掉日寇哈达河街基据点，打开穆棱河以北抗日斗争新局面，整个斗争由县委领导。为了统一组织和指挥这次暴动，大家公推游击队队长朱守一担任总指挥。朱守一，原名周子岐，祖籍辽宁奉化，毕业于哈尔滨工业大学，共产党员。为了加强抗日游击队工作，于1934年4月，被中共吉东局派往密山担任县游击队队长。

5月27日，参加暴动的各支队伍先后在哈达河头段沟里集合，隐蔽待命。28日清晨，担任主攻任务的县游击队由朱守一队长率领，进入预定出发地——哈达河二段山（现东海煤矿南长兴村附近）。这时，侦察人员送来情报，说哈达河的日军"讨伐"小队已经出动，正向头段山方向行进。朱守一队长和大家一起分析敌情，认为敌人虽可能听到了这是暴动的风声，但还尚未发现整个活动的详细情况。所以当即决定：由游击队正面迎接敌人，"大鸣字"山林队骑兵堵住敌人退路，其余人员在沟里待命——待消灭这伙鬼子之后，再发起总攻，一举拿下哈达河街基鬼子据点。

上午8时许，日军"讨伐"小队来到二段山下，进入我游击队伏击圈。朱守一队长一声令下，二段山前一时枪声大作，数名日军顷刻毙命，"讨伐"队小队长黑田也一命鸣呼。鬼子一时乱了阵脚，慌忙撤退。朱守一队长见此情景，高兴地站起来挥舞红旗叫好，鼓舞士气。正当游击队员准备奋起追击时，朱守一队长不幸被一颗流弹击中头部后壮烈牺牲。他就这样将自己的身躯永远献给了抗日救国伟大事业，长眠于鸡东这片热土。时年仅29岁。

朱守一同志的牺牲，激起了游击队员们的极大愤慨。游击队员奋起直追，鬼子余寇落荒而逃。正当日寇无路可逃时，反动地主张老四令家丁打开后大门，一边让进溃不成军的日军，一边让炮手对着进攻的游击队员开炮。游击队进攻严重受阻，"大鸣字"山林队骑兵见此情景扭头撤兵。我游击队只好撤出战斗。面对为虎作伥的张老四一家，游击队员一个个恨得咬牙切齿：不除汉奸已属天理不容！

仇恨入心要发芽。二段山之战朱守一队长牺牲后，张奎同志被任命为县游击队队长。张奎同志上任想做的第一件事就是：铲除张家大院反动武装，严惩汉奸地主张老四，打掉日伪及投降派嚣张气焰，为死难烈士报仇。

游击队在群众中散发传单。传单列举反动地主张老四认贼作父的种种罪行，揭露他投靠日本侵略者当汉奸的丑恶嘴脸。传单一散发，哈达河地区的老百姓对地主张老四所犯的罪行无不切齿痛恨，而张老四及其全家则做贼心虚，惶惶不可终日。

狡猾的张老四自觉心中有愧，所以处处小心行事。他白天不出屋，夜间不出院，因此，游击队几次捉拿都未成功。

视财如命的张老四把麦子看得比自己的命还要重，到了麦收时节他亲自下地监工收麦子。得知这一消息，张奎队长立即采取行动。他从队中挑选了12名精明强干的游击队员组成突击队。在经过一番简短动员后，游击队员趁着夜色潜入张家麦地，藏身于麦垛之中。

游击队员吃惯了辛苦，任凭热乎乎湿漉漉的麦捆一夜缠身。到第二天太阳刚要出山的时候，张家大院收麦子的"伙计"陆陆续续来到麦田。只见一个身背盒子炮、衣着青纱绸衫的中年男子也同时出现在人群之中，并对着收麦子的人群比比画画。游击队员看准目标，张奎队长一声大喊，12名游击队员纷纷踢开麦垛扑向张老四。张老四被这突如其来的情势吓蒙了，慌忙掏出手枪欲夺路逃走。没等张老四跑出多远，人称"神枪手"的张奎队长挥手就是一枪，正好击中张老四右臂，其手中的盒子炮砰然落地，游击队员一拥而上，将呻吟中的汉奸张老四生擒活捉。

生擒张老四后，游击队员们又喜又恨，出于纪律约束，没人动手教训，当天将他押解到北山游击队密营。

开始几天，张老四表现的态度还算"老实"， 他再三检讨不该敞开大门让鬼子进院。同时又辩解打开大门是出于无奈，若不然，怕事后日本人报复。张老四的辩解使游击队员多少消了点闷气，同时也多少放松了对他的警惕。这天夜半时分，张老四向看守人员谎称要撒尿，将看守人员诓走后，趁机钻出看守地逃走。听到张老四逃跑的信息，张奎队长二话没说，带领三名队员连夜火速下山追赶。大家沿着去张家的方向追，追到张家大院的谷地时，张奎队长等隐约听到谷地里有沙沙的响动。凭着多年的斗争经验，张队长判断谷地里肯定有人活动。张奎队长下令进行谷地搜索。当大家正要走进谷地时，就见由谷地里忽然蹿出一个黑影。继而，黑影如同一条硕大的黑狗，沿着垄沟拼命逃窜。张奎大声命令"站住"，黑影不但不听警告，反而跑得更快。此时，张队长"神枪手"的功夫又派上了用场，他对准黑影就是一枪。就听"扑通"一声，黑影倒卧在夜幕之中。大家走近细看，中枪毙命的不是别人，正是汉奸张老四！附近百姓听到张老四被击毙的消息，无不拍手称快。

张老四被击毙后，为解除张家大院的全部反动武装，游击队贴出告示：张老四已被我游击军抓获。如张家要保张老四一条活命，必须交出家藏的30条钢枪，否则，将把张老四枭首示众！

张家为保张老四这根"顶梁柱"活命，第二天便按游击队的要求将枪支送交到指定地点。趁张家交枪的良好战机，埋伏在张家大院附近的游击队员乘势冲进张家大院。游击队拆除了张家的炮台，收缴了张家的土炮，又将张家20多口人集中在一起，进行了一番爱国主义的思想教育。游击队宣布：张家全部武器弹药、部分财产没收充作军资军饷。就这样，为虎作伥、与人民为敌的张家大院宣告覆灭。朱守一烈士的忠魂也在九泉之下得以告慰。

（王效明）

二、揭秘《红灯记》故事原型在鸡东

京剧《红灯记》对于我们每一个人来说都不陌生，作为"文化大革命"时期的革命样板戏之一，至今仍传唱不衰。然而，人们对其创作背景却知之甚少，特别是当年化名迟雨写作剧本的沈默君还是右派身份，少有走上前台说话的机会，这使得《红灯记》的创作背景和故事原型成了一个谜。

研究者"文化大革命"时接触过绝密档案

鸡西矿务局（现为鸡西矿业集团）退休干部宫兴禄发现，《红灯记》的故事原型发生在鸡东县东海镇，剧本的主人公李玉和在历史上确有其人。

在"文革"期间，宫兴禄被调入鸡西市革委会清查办公室。由于工作关系，1970年，他接到一份特殊的档案材料，上面提供了50多人的名字，这些人许多从事过地下工作，有的有投降经历，后来下落不明。其中一张摘抄卡片上写着："李玉和，原名张玉和，失踪时38岁，八路军情报员，参加过（二七大罢工）（郑州京汉铁路大罢工），1938年被派到鸡西与党组织失去联系。"这个李玉和就是宫兴禄经过研究认定的《红灯记》故事的原型。

宫兴禄告诉记者，战争时期的情况非常复杂，有些人迫于生计在伪满政府做事或者是为日本人服务，本身并没有血债；还有一些是热血青年，投身抗日地下活动，被日本人抓住后，为了迷惑敌人，假意投降，表面上应付敌人，暗中仍然为地下组织提供抗日情报。对于这两种身份的所谓汉奸，清查办的工作人员多抱有同情的态度，查到相关的档案材料工作人员尽量采取"不上报、不声张"的办法压下来，避免一些人受到不必要的冲击。当时的东北，以这样的公开身份从事抗日活动的人不在少数。历史上的李玉和即是这样一种情况。

但是，李玉和的资料并未保存在鸡西的敌伪档案中。

1970年前后，正在清查办帮忙的宫兴禄接到了一份特殊的档案材料。此时，经由电影《自有后来人》改编的沪剧和京剧《红灯记》已经红遍了大江南北，在这份由吉林档案馆转过来的手抄摘录的档案中，他发现了李玉和的名字。

宫兴禄回忆说："这是一份在当时很常见的外调材料，提供了50多人的名字，这些人许多从事过地下工作，有的有投降经历，后来下落不明。"其中一张摘抄卡片上写着："李玉和，原名张玉和，失踪时38岁，八路军情报员，参加过'二七'大罢工（郑州京汉铁路大罢工），1938年被派到鸡西与党组织失去联系。"这个李玉和就是宫兴禄后来经过研究认定的《红灯记》故事里李玉和的原型。

宫兴禄说："李玉和的经历在当时非常典型，曾被捕，表面上与日本人互相利用，实际上暗中为地下组织提供材料。"在另一份敌伪档案中摘抄的卡片显示：李玉和（张玉和），某年某日在鸡宁（现鸡西）东海区（现东海镇）被捕，多次被"处理"，后被"严重处置"。宫兴禄说："'严重处置'有可能是被处决，有可能是日本人发现李玉和不受利用，所以将其杀害。"

当年，掌握了绝密档案的宫兴禄已经意识到这个李玉和就是《红灯记》中李玉和的原型，但出于保护当事人的心理，如果李玉和碰巧未被处决，仍然健在，有可能给他带来灭顶之灾，所以，他将这份手抄档案压了下来，在档案柜的最底层。1972年，宫兴禄调回鸡西矿务局从事业务工作，这份李玉和档案无人再提及。

宫兴禄老人今年71岁，身患帕金森氏症，行动不便。7月3日，记者来到老人位于鸡西的家中对其进行了采访。谈到他对李玉和身世进行研究的动机时，老人激动地说："这些材料在我的心里已经埋藏几十年了，我现在公开它，不为别的，就想教育后人，不要忘记那场民族的灾难，在民族危亡的时刻，确实有一些革命先烈不计个人的得失，抛头颅洒热血，电影和戏剧中的情节不是空洞的说教，在历史上确有其人的。"

宫兴禄说，他已经将掌握的情况和材料转给了鸡西市史志办，并受到当地政府部门的重视。

破解龙潭

翻开《红灯记》的剧本可以看到故事发生在"中国北方（长辛店以北）的一个山东小火车站的工人生活区"的字样。

宫兴禄认为，他研究认定《红灯记》故事发生在鸡西的说法与作者对于剧情的这个描述相符。

宫兴禄认为，《红灯记》开场李玉和唱道："手提红灯四下看，北满派人到龙潭……"这唱词的开头一句，交代职业是铁路工人的信号。而后一句中的"龙潭"是隐讳的"故事发生地"。

可以推测，龙潭作为地名也许出自《西游记》。看过《西游记》的人，会记得孙悟空为寻找得心应手的武器，来到东海，下到龙潭，进入水晶宫找到龙王借武器……"这时如果反问一句：'龙潭在哪里？'对方不假思索脱口而出：'龙潭在东海！''那么，东海在哪里？''鸡西有个东海镇！'"

据他介绍，现在东海镇地界为今鸡西所辖，车站位于1935年修筑的牡丹江、林口、鸡西至虎林的铁路线上，为防备抗日武装的袭击，日伪将东海、永安等直至虎林沿途各小站建设成碉堡式的"票房子"。大一些的车站筑有炮台，东海车站在20世纪70年代末期还保留着只能售票、无地候车的狭窄"票房子"，这与剧本描述相近。

敌伪档案中的李玉和

京剧"红灯记"中的李奶奶对李铁梅述说家史:"爹不是你的亲爹,奶奶也不是你的亲奶奶,咱们祖孙三代本不是一家人,你姓陈,我姓李,你爹他姓张,原名叫张玉和。"这段唱词,与敌伪档案的记录极为相似。

在关于鸡西的敌伪档案中,记载着五十几个被抓捕的八路军情报员中,曾发生三起李玉和被抓捕的案件。除李玉和之外,没有二次被抓捕的人员,有人仅发生一次就有去无回,杳无音信。而李玉和不然,竟三次被捕,下面的往事,就真实地记载了李玉和的经历。

第一次抓捕的李玉和:"原名张玉和,职业东海车站苦力,华北八路军情报员,参加过'二七'大罢工,被密侦告密,在东海车站被捕"。

第二次被捕的李玉和:"原名张玉和,梨树镇铁路工人,华北八路军情报员,被密侦告密,在梨树镇车站被捕"。

第三次被捕的李玉和:"华北八路军情报员,在东海车站北部八铺炕被捕"。

从身份和名字上看,三次被捕的李玉和是同一个人。《红灯记》中的李玉和原名也叫张玉和,与档案中的李玉和相同,而且革命经历相似,天下没有这么巧合的事情。

剧中李玉和有假投降的经历

《红灯记》中的李玉和在最后一次被捕临行前唱道:"临行喝妈一碗酒,浑身是胆雄赳赳,鸠山设宴和我交朋友,千杯万盏会应酬……"表明他昔日与鸠山有交情,明请暗抓,鸠山还得用酒宴招待他。

宫兴禄认为,这段唱可证明剧中李玉和也有假投降的经历。

在历史上,"日本鸡宁宪兵队和梨树镇宪兵分遣队"的资料记载里，未发现有鸠山宪兵队长或宪兵。

而在另一份日本宪兵队的资料记载中却有"鹫山"，这个鹫山是日本宪兵队的高级军官，剧本与现实中有两个日本军官的名字，字不同音相近，也不能仅仅是巧合。

宫兴禄介绍，李玉和第三次被捕，是与梨树镇旅馆掌柜密侦梁某告密有关系。而有意思的是，根据档案透露的情况分析，现实中的鹫山竟然有同情中国人的倾向，他为不暴露他的政治倾向，如有密侦告密，该抓的抓，该判的判，显得积极效忠天皇，但也做一些保护中国人的事情。李玉和在北部八铺炕被捕，判决后把人带走，就带着鹫山的名片，李玉和被放走了，带上他的名片，见名片如见本人，畅通无阻，这一切全是鹫山安排的。

背景研究提升作品价值

黑龙江艺术研究所专家、国家一级编剧王晓明赞同《红灯记》故事发生在龙镇的说法。

王晓明曾为二胡演奏员，20世纪60年代中后期在原哈尔滨京剧院工作。

在他的记忆中，当年电影《自有后来人》的编剧在一次接受新华社记者采访时，曾提到过故事发生在龙镇。后来，剧院正是遵照原著作者提供的创作背景，特意到龙镇寻找原型。

那么是不是就能由此认定宫兴禄的研究结果有误呢？王晓明认为也不尽然，因为原作者的故事也是经其他人转述的，具体发生在哪，作者自己可能都说不清楚，而且有关《红灯记》故事发生地的说法一直就众说纷纭，除了龙镇说之外，还有发生在虎林铁路上的"辉崔"小站（黑龙江省虎林市境内）等其他说法。

据介绍，《红灯记》的故事是剧作家沈默君在北大荒时期，听到一位老抗联转述的地下交通员的真实经历改编的，在此基础上借鉴传统戏曲《赵氏孤儿》中的具体情节，最后形成三代人《红灯记》的剧本。
"存在这样一种可能性，即原作者根据转述故事写出了剧本，而宫老先生找到了转述的故事的真实原型。这种事情经常会发生，符合文学创作和学术研究的客观规律，两者并不冲突。"王晓明认为，从材料和证据上看，宫老先生提出的新说法反而更有说服力，可以作为一家之言。而且，在已知的范围内，这类学术性质的研究目前在国内还没有人搞过，对于提升《红灯记》作品本身的价值、增加作品人物的可信度，都具有不可忽视的作用。

（王　萌）

三、我的抗联一家

我叫王选财，今年72岁，老家吉林省西安县（现吉林省东辽县），1928年举家迁到密山县金家屯，即现在的鸡东县哈达镇山河村，是烈士王明生的侄子。

九一八事变后，日寇占领密山。我的一家同广大苦难的东北同胞一样历经磨难。后来在一些有见识人的影响和带动下，奋起投入反抗日本侵略者的斗争中，一家人为抗日救亡事业做出了贡献与牺牲。

二叔是我家的大英雄，最先走上抗日路

听大人说，在我未出生之前，家乡哈达河一带的抗日救亡活动十分活跃，最先走上抗日道路的是我二叔王明生。在家人眼里，二叔是我家的大英雄。

二叔王明生于1916年3月8日在吉林省出生，9个自家兄弟姐妹中排行老二。二叔自幼聪明伶俐，深得我爷爷、奶奶喜欢。我们家由吉林搬到密山后，他先在哈达岗国民完小读书，后又考进了平阳镇国民优级读书。毕业后，由于聪明伶俐手脚勤快，在伪村公所里当上了一名小职员。1933年前后，抗日的烽火燃遍了吉东大地，二叔受抗日环境的影响，经常秘密参加哈达岗一带的抗日救亡活动。在这年夏天的一个晚上，二叔认识了时任中共区委副书记的张墨林。张墨林副书记经常向我二叔讲解"只有把日本鬼子赶出中国去，中国人才能过上好日子"的革命道理。后来经张墨林副书记介绍，二叔秘密加入了抗日救国会，并担任了地下交通员，任务是负责为抗联部队筹集物资和传递情报。由于斗争需要，二叔经常外出，很少回家。为了开展工作，二叔起了别名叫王振达，并经张墨林、金佰万介绍，于1934年3月，加入中国共产党。

虽然二叔的行动十分隐秘，但最终还是让日伪特务们发现并盯上了他。日伪当局以二叔从事反满抗日活动为由头几次到家搜捕，但都被机智勇敢的二叔躲过，他在敌人的眼皮子底下逃跑后不知去向。

带队护送李军长

1933年10月，东北人民革命军与密山县委联席召开会议，会议批准李延禄军长赴上海找党中央汇报工作。会议还决定由交通员王明生带领十几名保安连战士，护送李军长一行到穆棱坐火车南下。

趁着天黑，二叔王明生带领保安连战士一行出发。出发前，李延禄军长留了又黑又浓的"沿口"（短胡髭），化装成卖烟卷的商贩，头带猫皮三耳帽，身穿布棉袍，脚下换了双棉鞋，外带一条灰毛毯。当李军长他们路过金家村时，二叔领着李延禄一行人迅速潜入我们家中。二叔告诉我爷爷、奶奶及我爸我妈说："这位是抗联队伍的军长李延禄。"并让我妈赶紧准备点吃的，说"吃饱我们就出发"。妈妈和家人听了，喜出望外，一个个都忙碌着做饭做菜。趁着家中人做饭菜的时间，李延禄军长便向我爷爷奶奶讲述"我们要团结一致、树立信心，听从中国共产党的指挥，共同走抗日救国之路，只有把日本侵略者赶出中国去，我们才能过上好日子"等道理。我爷爷当时对李延禄说："请领导放心吧，我们全家人都听从上级领导的话，一定要走抗日救国之路。相信共产党一定能打败日本鬼子，把日本鬼子赶走。"

妈妈刘玉芬很快做好手擀面条，并在面条里下了几个荷包鸡蛋。李延禄军长也不客气，领着战士迅速吃饱了，决定马上出发。临行时李延禄军长对我爷爷说："请你们放心，中国共产党一定能把日本鬼子打败，一定能把小日本赶出中国去！到那时，中国人民一定有好日子过。我希望你们全家都要为抗日救国多做一些工作，做更大的贡献，为赶走日本鬼子而奋斗！"

趁着天黑，二叔带领保安连战士护送着李延禄一行四人出发了。根据二叔所掌握的路线和敌伪情况，躲过日伪的封锁区。走了一夜，天亮时安全到达穆棱。首长安全到达目的地，我二叔他们才算完成任务。二叔他们依依不舍地看着李延禄军长上了火车，等火车徐徐开出站后才领着保安连的战士返回哈达河。

探家遇歹人

二叔特殊的工作，让爷爷奶奶及家里人既担心又想念，可二叔不是不想家，而是有家难归。

1935年夏季的一天，二叔接到密山县委的指示，就扩大抗日武装问题去牡丹江向吉东特委汇报工作。他从哈达河沟里县委机关所在地出发，经过金家村时想到家看看。没想到，他随身别在腰间的匣子枪穗露在衣服外面，被金家人发现。金家人迅速跑到屯长金大狗家，报告他看到王明生带枪回来的消息。金大狗已投靠到鸡宁特务头子陈子彦麾下，听到消息如获珍宝，马上备马追捕。可机警的二叔已发现那人跑向金大狗家，知道情况不好，立即逃避。他放弃回家的念头，转身快步跑出村子，钻进松树林，藏好手枪，撒腿向穆棱河沿跑去。等金大狗赶到，二叔已不知去向。可金大狗坚决不放过抓捕二叔的机会，他急着想抓住二叔送到特务机关请赏。金大狗得知二叔不知去向，立即骑马紧追。二叔眼疾腿快，转眼又钻进柳树林子。金大狗边追边骂："王明生你这个小兔崽子，看你往哪跑！"二叔不加理会，只是不顾一切地跑。当跑到穆棱河时，也顾不上水深流急，脱掉衣服，把衣服用腰带扎在一起，跳入水中向对岸游去。二叔凭着年轻力壮水性好，便很快游到对岸。他刚要穿衣服，金大狗骑马也赶到穆棱河北岸。二叔穿好衣服钻进柳树林，向平阳站（现鸡东车站）方向跑去。他仗着地形熟，专往树趟里和草甸子里钻。金大狗骑在马上边骂边追，可那马不能钻树，只能走草甸子，紧跑慢跑就是跑不起来。当二叔跑到平阳站时，正赶上一辆载满货物的火车刚刚启动，二叔一个箭步抓住火车把手爬上了火车。等金大狗骑马追到站台上，火车已喷着滚滚浓烟西去。看着渐渐加速的火车，看到坐在火车上的二叔王明生，金大狗气得破口大骂："王明生你这个小兔崽子，等我抓着你，非把你整死不可！"

列车缓缓离开平阳站西行至牡丹江，二叔也算平安到达。他通过关系迅速找到吉东特委，向特委书记吴平和组织部长李范五汇报了抗联第四军与密山县委因是否收编山林队问题产生分歧的情况。吴平写信给密山县委书记朴凤南，向他讲解"团结一切力量共同打击日本侵略者"的重要性，要求他所领导的县委全体同志"与抗联第四军、第三军四师减少一些分歧，团结一切能团结的各山林队，走共同打击日寇的道路，直至打败日本帝国主义"。县委领导认真听取了吉东领导的意见，从此密山县委与抗联第四军、第三军配合得更加默契。

母亲奉命撒传单

二叔王明生的活动早已被我机敏的母亲刘玉芬看在眼里，记在心上。此时的母亲刘玉芬经过抗日救国会人员的多次宣传，懂得不少抗日救国道理。看到小叔子王明生起早贪黑、东奔西跑，还神神秘秘的，她就猜到二叔干的是抗日工作。有一次，二叔王明生领张墨林回到家中，母亲偷偷地问二叔："老二，你是不是参加了共产党和抗日组织了？"看到大嫂猜出自己的身份，二叔只好对母亲说："我参加抗联的事千万别跟爸妈说，免得他们担心。对外千万保密，有事我们要秘密联系。"

接着，二叔又交代给我母亲一项任务："要注意观察这里日伪特务的活动情况，有什么重大情况及时转送联络站，地点是哈达河二段（现东海镇）梁玉坤家。千万千万要绝对保密。"母亲刘玉芬向二叔他们表示："请你们放心，我一定完成任务！"张墨林书记还告诉我母亲：王明生已经入党了，他是1934年3月成为中国共产党正式党员的。

1933年，共产党员金刚天、蔡基范由东区委（白泡子）在向区委机关所在地哈达河送宣传品途中被日军抓住并杀害。为再度揭露敌人暴行，区委机关领导又及时赶写了一批宣传品分别发往各地。1934年初的一个晚间，二叔王明生带领两个人回到我们家中。这两人都是刚刚建立的中共密山县委领导：一个是县委书记朴凤南，另一个高个子就是经常来这里做群众工作的县委副书记张墨林。二叔对我母亲说："这两位是县委的主要领导。现在是抗日的关键时期，需要发动广大人民共同参加抗日。县委又制作了一些传单，你要在两天内全发出去。"二叔最后嘱咐母亲："一定要秘密行动，千万不能叫敌人发现。"朴凤南书记对我母亲说："事关抗日救国大事，一点也不能马虎大意。要见机行事，确保任务完成。"我母亲当即向领导表示："请领导放心，为了抗日救国，把日本鬼子打出中国去，我一定完成任务。"县委副书记张墨林当时还向我母亲说明传单内容：一、号召广大中国人民团结起来，利用各种形式打击日本侵略者；二、号召广大民众为抗日出把力，有钱出钱，有力出力，有物出物，有枪出枪，共同抗日；三、日本鬼子从中国滚出去！

第二天，母亲穿戴整齐，挎上小筐。小筐里装上点鸡蛋，把传单装到内衣里围腰绑捆住，便向邻村出发。她先到保山村（现保国村）各条街道挨着走。发现没人，就把传单夹在各户大门上。如果发现有人，她就叫喊："卖鸡蛋喽！"在保山村撒完之后，她又去哈达岗。

哈达岗是村公所的所在地，还有地主沈子君的大烧锅（酒坊）。

沈子君的大烧锅房四面有高墙，四角有岗楼，还有站岗的，可谓戒备森严。站岗的发现一个挎筐卖鸡蛋的，又听到喊"卖鸡蛋"，有点不在乎。就在沈家人员不注意的空当，母亲迅速拿出传单放到墙边，用小石块压住后撤离。沈家大烧锅撒完了，然后又到各户去发。最后她来到附近的大荒地村（现哈达镇先锋村）挨家挨户地撒，直到最后把传单撒完，才返回家。母亲这回胜利地完成了党组织交给的任务，而且没出任何差错，母亲感到心里特别舒畅。她为自己也能为抗日出力而十分高兴，也为能得到中共密山县委领导的信任而自豪。

王家同走抗日路

金大狗没抓住二叔王明生，气急败坏地跑到鸡宁街（现鸡西市鸡冠区）特务机关，把二叔王明生是抗联的事报告给大特务头子陈子彦。陈子彦听了报告，认为立功请赏的时候到了，便秘密制定抓捕王明生的计划。

1936年农历六月初二，天刚蒙蒙亮，金大狗领着几个特务来到我们家。他们气势汹汹、骂骂咧咧地威胁我爷爷和奶奶说："告诉你老王头、老王婆子，你家王明生、王明德都参加抗联了。限你三天时间把他们俩找回来！你不把参加抗联的两个儿子交出来，就不客气了，日本皇军就要'杀窝子'（杀全家）了！把你们全家都抓去砍头，一个也别想活着回来！"

金大狗领着特务们走后，爷爷和奶奶连气带吓，饭都吃不下了，老两口坐在炕上直发愁。想到日本鬼子要"杀窝子"，全家人的性命难保，老两口难受得直抹眼泪。我妈见到眼前这情景，便想起二叔和张墨林曾经告诉过她的话：遇到重大情况速到哈达河二段（现东海镇）梁玉坤家找密山县委领导汇报。于是她安慰了公婆几句，便决定去找县委汇报。

六月初三一大早，我母亲刘玉芬打扮成走亲戚的模样，挎个小筐，小筐里装上几个鸡蛋，向县委所在地哈达河头段赶。母亲蹚过齐腰深的河水，穿过长满洋草和塔头墩子的大草甸子和柳树林子，一路打听道走，直到中午才赶到兴隆屯金炳奎家。

当时县委领导在二段活动，不在金炳奎家。金炳奎认为情况重要，马上赶往二段向领导汇报。听到金炳奎的汇报，县委领导连夜召开紧急会议，研究如何安排王家一家及其他抗日人员撤离金家屯事宜。（当时县委已迁至沟里张老奤菜营，由于保密原因，可能笔者不了解真实情况——编者注）

六月初四一大早，中共密山县委派人来到金家屯，通知我家立即向北山抗联密营转移。见到我们一家难舍难离的样子，县委的同志安慰我们：现在保命要紧，等到抗战胜利，一切都会有的。

1936年农历六月初四（县委通知的当天），王家人在白天各自秘密地做了些准备，到深夜十点多钟，等村里人都熄灯睡下了，爷爷王兆金套上牛车，装上随身的衣物和少量的粮食、干粮，领着妻子王于氏，三个女儿王秀清（13岁）、王秀珍（12岁）、王秀琴（5岁），大儿子王明武，儿媳刘玉芬及他的两个孙子王顶子（9岁）、王选发（4岁），还有范长富、高成阁、韩玉廷、韩春有几个抗日人员，躲过汉奸特务的监视，悄悄地启程了。看着撇下的房子和其他家产、地里长着的旺盛庄稼和已经柳黄的麦田，爷爷王兆金流下了心疼的眼泪。他跪在地上朝着家的方向磕了个头说："再见了我的家。将来我一定会回来的！"说完便含着泪领着全家人向山里走去。边走还边心疼地念叨："白瞎了快要到手的小麦！白瞎了这么好的大豆、高粱！"

投进密营大家庭

老王一家人同几个抗日村民赶着老牛车，背着小孩子领着大孩子，爬山涉水，过沟蹚河，经过了九九八十一难，才到达目的地——小茄子河抗联密营。抗联领导热情地接待我们王家一家及几位抗日村民。

县委派来带路的高凤天把王家遭遇的情况一一向抗联领导做了汇报。抗联领导陈文生说："欢迎你们到这里来参加抗日队伍。县委的同志已做了明确交代，希望你们安心在这里工作和生活，一切都由陆团长和我给你们安排，希望你们要很好地听从。"

接着，陈文生主任谈了安排意见。他说："能行风的行风，能行雨的行雨。只要用心干，什么事都能做好，什么困难都能克服。凡是有工作能力的都要做事，为抗日出力。你们都是老实巴交的农民，我们信得过。"当时安排爷爷王兆金、爸爸王明武为抗联种菜，传送情报；安排奶奶王于氏、妈妈刘玉芬、四姑王秀清到被服厂工作；安排高成阁、范长富、韩玉廷、韩春有等几个村民到三军四师当战士，还给他们每人发了一支步枪。

密营被服厂是抗联第四军的。大朴（被服厂厂长李德俊的爱人）每天做裁剪，还教四姑王秀清怎样使用缝纫机。我奶奶和我妈负责絮棉花、锁扣眼、钉纽扣。大伙整天忙着做军衣。当时密营里存放的都是白布，被服厂的同志还得把布染上颜色做成军衣。他们靠扒黄菠萝树皮染成黄色的，采些野花骨朵染成紫色的。尽管环境艰苦，但是最能磨炼人，这里的人谁也不叫苦叫累，贪黑起早忙个不停，满怀信心地盼望着胜利的那一天早日到来。

爷爷和我爸王明武负责为抗联种粮食和蔬菜，他们种大豆、土豆、白菜、萝卜等。爷爷还经常鼓励我爸："咱得好好干，等把日本鬼子赶出中国去，到那时再回去过幸福日子"。父子俩干得很起劲。爸爸不光种粮种菜，还给抗联送情报。有一次，领导派爸爸王明武去七道嘎子送情报，还遇上黑瞎子（狗熊）追咬。他快速爬上棵大柞树，等黑瞎子离去后，才爬下树把情报送到七道嘎子密营。

我奶奶王于氏虽然年纪大，但纯朴善良，是过日子的能手。来到密营，她不但做饭，看孩子，还要义务给抗联伺候伤员。记得有位名叫周家仁的，因作战腿被打断，就住在我家里养伤。我奶奶在粮、油、菜极端困难的情况下，天天给他做好吃的饭，还给他端屎尿，洗衣服，精心照料，直到这位伤员恢复到能下地行走生活自理，才离开回部队。另外，还有一位高个儿的青年伤员（名字不详），也是在我们家养好伤才回部队去的。

二叔打鬼子去了

来到抗联密营，就如同来到了温暖的新家。唯独让人不尽意的是未见到二叔。

陆团长很体谅我们一家的心情，当着在场所有人说："王明生是抗联第三军的连长，是一名英勇善战的指挥员，已带队去宝清打日本鬼子去了！"陆团长还详细地介绍了二叔的情况。说他经常深入敌占区日伪军据点附近搜集情报，然后把他所掌握的日军情况，及时向李延禄军长汇报，为军部制订作战计划提供参考，从而对日本侵略者进行有力的打击。陆团长还介绍说，1934年上半年，二叔亲自参加的密山地区与日军作战就达50余次，毙敌百余人。由于二叔的情报工作卓有成效，伪军、伪警察纷纷哗变，大大增强了抗日武装力量。由于二叔王明生工作认真，积极肯干，密山县委于1935年初将他调到抗联第三军第四师担任保安连长，仍兼任秘密交通员。这期间他带领30名抗联战士袭击四人班（现东海镇永远村）烧锅，缴获大量物资、粮食供部队用。他还于1935年12月率部袭击了小八站，击毙15名押运木材的伪警察，缴获一批枪支弹药，充实了部队武器装备。

艰苦的斗争环境，已使二叔成为抗联第三军第四师的一名优秀的指挥员兼交通员。在多次参加激烈战斗的同时，仍兢兢业业地干他的老本行——当好秘密交通员。他利用自己的智慧和熟悉地理环境等有利条件，经常穿梭于城市乡村山林江河之间，冒着各种危险，同形形色色的敌人巧妙周旋，成功地完成了为部队传送情报、筹集物资等任务。

二叔不仅工作任务完成得出色，而且十分注意带动亲属朋友一起参加革命。在他的影响下，我三叔王明德、好友朱云岫也被他带进抗联队伍，都成了出色的抗联战士。不久，二叔随部队经郝家屯退入到苏联整训。经过一段时间的学习培训后，又根据组织的安排，秘密潜回国内。回国后，根据抗联领导的指示，又返回密山一带搜集日伪军的驻军、各交通网、三个机场和鸡宁电厂的建设情况，然后将搜集的情报及时送到海参崴（符拉迪沃斯托克）中共驻苏联共产国际代表团处。工作中，二叔王明生和好友朱云岫一起多次从二人班及郝家屯过界去苏联。当时的二人班没有固定的秘密联络站，他们是根据掌握的通行路线出入境的。他俩都有一个小红本，小红本上面印有斯大林的头像，过往中苏边境时，拿出小红本就能畅通无阻。

鬼子围剿茄子河密营

王家人来到抗联密营后，全家有工作能力的都努力地工作。爷爷王兆金和爸爸王明武为抗联种了许多菜。到入秋后天气渐冷，爷俩就忙着挖菜窖，为抗联队伍准备越冬蔬菜。父子俩经过近一个月的努力，一个十多米长的大菜窖挖好了。挖好菜窖，趁天不太冷，将土豆、萝卜、白菜下到窖里。冬季大雪封山，气候寒冷，气温降到零下30多摄氏度，我爷爷和我爸爸就将菜窖铺上豆秸放上行李，一边住宿，一边看菜。

就在王家一家人在抗联密营里辛勤地工作和生活之时，日本特务的狗鼻子已经嗅到了密营的大概。他们经常派人进山侦察，掌握了很多密营的情况。当时抗联主力已出征打击日本侵略者，密营里只有家属及被服厂坚持活动。

腊月十六刚吃完早饭，王家大人都去被服厂上班，孩子们便跑到屋外玩耍。他们蹦蹦跳跳唱着儿歌："拍打拍打腚，日本鬼子死溜净……"玩得正高兴，忽然，听到远处马鞭响和"咳儿咳儿"的马的嘶鸣声。孩子们慌了神，立刻跑到被服厂向大人报信。

　　大朴很有斗争经验。他一听到孩子的报告便说："不好，日本鬼子来了！赶快把机器埋到雪地里。"于是母亲和大姑抬着机器往外跑，把机器埋在远处的深雪里。大朴领着孩子抬着手摇缝纫机朝后山跑去。马的嘶叫声越来越近，孩子惊吓得都蜷缩在大人怀里直打哆嗦。不一会儿，鬼子坐着36张马爬犁来到密营附近。见没有抗联队伍抵抗，他们便手持大刀，端着机枪，下了马爬犁，气势汹汹闯进了密营，将密营包围住。鬼子架上机枪、小钢炮，大喊着："统统地出来！不出来死了死了的有！"有个老韩头没有及时出来，当场被鬼子用大刀将脑袋砍了下来示众。家属们都被手持大刀的日本鬼子赶到了户外的雪地上站成一排。一个日本鬼子官哇哇一阵，一个日本翻译就对家属们说："这回可找到抗联地窖子了！你们说，抗联的哪边去了？不说就砍头，死了死了的有！"鬼子架起机枪，一个个手中端着上着明晃晃刺刀的"三八"大盖枪，让家属们排好队用照相机照了相，哇哇叫个不停。翻译大声对抗属说："你们快说出抗联部队哪里去了。你们不说，就把你们统统打死！"抗联家属吓得不敢吱声。关键时刻还是我母亲吃硬，她站出来对那个日本翻译说："我们都是勃利县的老百姓，到这里种地来了。你没看见我们都是妇女和孩子，什么武器都没有吗？你也是中国人，你替日本鬼子卖命，你有中国人的良心吗？你能让鬼子开枪杀害俺这些无辜的老百姓吗？我们都是来种地的，不知道啥是抗联。"母亲义正词严的一番话说得大伙镇静了不少，其他家属也异口同声跟着说。

　　也许是听了我母亲的话他有些醒悟，或是他自己良心有了新发现，那翻译官的态度软了很多。他转身对日本军官说："他们都是勃利县的农民，来这里种地的，把他们赶回勃利县吧。"鬼子军官听罢，向那些日本兵嘟噜几句。于是鬼子兵开始行动起来。他们先把被服厂的米面倒上汽油点着，又把地窖子里的锅、碗、瓢、盆砸个稀巴烂。砸完了，开始放火烧地窖子。顿时，密营大火烧起来，房盖被烧得火光冲天。仇恨在心的家属们眼看着这帮残忍的日本鬼子的暴行，大人站在寒冷的天气和雪地里一动不动；孩子们被冻得直打哆嗦。烧完了，鬼子官把手一挥大喊："开路开路的！"听到喊声，日本鬼子兵端着钢枪驱赶着家属们出山，比画着往勃利县方向走。家属们扶老携幼，踏着没膝盖深的大雪，深一脚浅一脚地向前走。鬼子兵端着钢枪盯着家属们走出密营。见大家走出密营，鬼子这才叽哩呱啦疯狂地上了那36张马爬犁，打马扬鞭朝宝清方向去了。被赶出地窨子的家属们衣服单薄，有的还穿着单鞋，没走多远，双脚就灌满了雪，瞬间鞋和脚冻成个冰疙瘩。

落难鬼子集中营

离开小茄子河抗联密营的路上，又刮起了呼啸的西北风，风雪刮到脸上刺骨地痛。奶奶和年仅12岁的五姑王秀珍当时脚上穿的是单布鞋，没走多远，连饿带冻，走不动了，渐渐地落在人群后面。等好心人套上爬犁来接她们时，见她俩抱在一起，头上蒙着一件单衣，一动不动，已经不省人事了。妈妈和姓苏的好心人将母女俩抬到爬犁上，盖上棉被，拉回到苏家地窝棚里，进行抢救。人们往她俩头上喷凉水，进行人工呼吸，又用凉水泡脚，过了好长时间，娘俩才慢慢地苏醒过来。人是救过来了，可是她俩的双脚却冻得红肿，脚趾肿得像胡萝卜似的。五姑王秀珍疼得抱着慢慢发紫、发黑、流血水的脚哭。没有药治，只能硬挺着。后来，她的十个脚趾都活活地全部烂掉了，只剩下一双脚掌，走起路来噗嗒噗嗒的。奶奶的两只小脚也烂掉了一大块，成了残疾。

在苏家窝棚待了几天，又到了韩墨正家的地窝棚，在好心人韩墨正的地窝棚里凑合了几天，我家又流荡到了抗联的第二个密营——七道嘎子密营。

来到七道嘎子密营没多久，鬼子又发疯似的追到了抗联七道嘎子密营清剿搜山。此时，抗联的队伍已经出征，家属们老的老小的小，只能任凭鬼子折磨。鬼子是拉着大板车来的。他们把抗联家属赶出地窨子，并用刺刀逼着人们上车。日本鬼子挨个山搜，凡不愿走的，格杀勿论。当他们搜到高家菜营子时，高家一家不愿意走，结果一家六口都被鬼子用刺刀挑死了。还有姓刘的一家，三个老头是在那里种大烟的，鬼子叫他们上车，他们还想着地下埋着的几瓶大烟，都不愿意离去，结果这三个老头也都被鬼子用刺刀挑死。韩墨正死得更惨。鬼子见他不愿走，便把他吊在树上，用刺刀把肚子挑开，肠子淌出一堆，不一会儿就死了。抗联家属们把这些惨不忍睹的情景看在眼里，记在心里。为了活命，只好按鬼子的要求上了大板车，被拉到勃利县小五站一个叫西北隅的地方。这里是鬼子的集中营，在集中营生活的中国人生不如死，日军把家属们推下大板车，扬长而去。

在集中营，爷爷和我爸靠给地主打短工维持生活。11岁的顶子哥给地主放牛，吃不饱，穿不暖，还经常挨打受骂。有一次因丢了一头牛，被地主打得死去活来。由于经常挨打受骂，再加上营养不良，不久便在饥饿中病死了。父亲王明武由于在密营种菜时长时间睡在菜窖里，得了腰腿痛病，已经不能干重活了，只得靠我妈领着我们这些孩子要饭度日。

短暂的团圆

1939年秋天，饱受集中营折磨的爷爷王兆金躲过鬼子的监控领着妻子和三个女儿偷偷地搬回金家屯。发现自家的房子和土地都被有钱有势的村长、特务霸占去了，心如刀剜。但也不敢追索，只能忍气吞声，租了别人的一间小房住下来。过了一段时间，爷爷一看没啥大事，便又把我们一家三口从勃利找了回来。为了一大家老小活命，爷爷带领全家人脱大坯、打洋草、锯木头，盖起三间草房。又抡起大镐开荒，一家人又开始了新的生活。由于刚从勃利集中营回到金家屯，没有任何经济来源，吃的用的都是由我二叔的未婚妻金玉珍家帮忙解决的。

离开鬼子的魔掌，一家能稍稍过上安定的生活，这使我们老王一家人十分高兴。更让人惊喜的是1940年秋天，多年失去音信的二叔王明生回家了！

二叔的回家，使我们老王一家就像久旱盼来场雷阵雨——又惊又喜。爷爷奶奶一向愁苦的脸上挂了几分笑容，我爸我妈和我姑姑他们说话也有了笑声。我虽然不懂事，但也身前身后偷偷地问这问那，二叔只是微微笑笑不吱声。最高兴的要数我未过门的二婶金玉珍及她们一家。二婶16岁同我二叔订婚，一等就是4年，这回该女大当嫁了。

我二叔对全家及金家的一番好意似乎不领情。他吃饭不抬头看人，问话也不回音，心里总好像有什么心事。后来才知道，我二叔这次回家不是为了养闲猫冬，也不是为了要娶妻生子，而是另有玄机。

1938年冬至1940年春，日军加紧实施"三光"政策。在敌人的疯狂围剿下，面对数倍甚至数十倍的日本侵略者，东北境内的抗联部队死伤严重，遭到重大挫折。大部分被日寇杀戮击溃，剩余的小部分人员被迫撤退到苏联境内。只有在靠近中苏边境的山区，才有小部分抗联队伍坚持斗争。

但野火烧不尽。退入苏联境内的抗联部队经常派人回国，搜集日军的各种情报，及时转送给苏联方面，为以后对日军展开大反攻做准备。二叔王明生在抗联低潮时期仍坚持斗争。他靠自己的机智勇敢和坚定的意志，在抗日最困难的时期仍然干着最危险的工作。他经常来往于中苏边境，活动在鸡东密山一带。

爷爷王兆金早就想给二叔办喜事。他认为只要给儿子完了婚，就一定会拴住儿子的心。金家态度更为主动。由于他们家开粉房有点钱，所以就主动给姑娘置买嫁妆，张罗为姑娘完婚。在金王两家的共同张罗撮合下，二叔结婚了。结婚后，二叔和二婶两人十分恩爱，王家一家人心中的一块石头也算落了地。可没承想二人结婚不到一个月，二叔又走了，而且同谁都没打声招呼，这一走就再也没有回来。

无奈的期盼

二叔离家出走杳无音信，我们一家苦等苦盼毫无结果。这期间有人传言我二叔被日本人"扔狗圈"了。我们全家人并不完全相信二叔被"扔狗圈"的说法，仍然盼望会有奇迹出现的那一天，二叔能活着回来。奶奶因为想二叔哭坏了一只眼睛，爷爷临终前喊着二叔的乳名要见二叔一面。最让人揪心的是我二婶。她不哭也不闹，只是一声不响地等。每天晚上铺炕，一天不落地给丈夫放好枕头，七年如一日。一家人盼到1945年东北解放，仍未盼回来二叔。但意外的惊喜是把三叔王明德盼回来了。三叔王明德参加抗联打鬼子受伤，拖着一条腿坚持斗争。抗联队伍被打散，三叔隐姓埋名逃到吉林省老家养伤。伤好些后，躲到辽源煤矿当了名矿工。待到东北解放、日本鬼子投降他才跑回吉东山河老家。三叔拖着一条伤腿，走路一瘸一拐的。因为身体一直不好，所以终生未能娶上媳妇。他1953年因患肺结核病离世，未留下后人。

未留下后人的不仅仅只有我三叔，二叔王明生也是如此。二叔同我二婶结婚后，二婶曾怀过身孕。但在1940年冬天（那时我二叔又已出走）因救火滑倒在冰上导致流产，所以未能为二叔留下一男半女。未能为王家生个一男半女留下后人，是我二婶一生的遗憾。到60年后的2000年，记者去采访她，八旬老人的她老泪纵横，一再说："我们俩有个孩子，可惜流产了，没保住啊！"二叔失踪后，二婶金玉珍在王家等了七年。直到东北解放看到二叔肯定回不来了，才改嫁给邻村的一个叫刘广玉的木匠。

岁月有情

岁月对我们老王一家来说，终究是有情的。2000年11月，黑龙江省社会科学院的研究员辛培林颇费周折来到山河村我们家，对烈士王明生的生平进行调查。辛研究员的到来使我们一家拨云见晴天，二叔王明生的去向死因最终大白于天下。辛培林研究员带来了黑龙江省档案馆馆藏的当年《日军"特别输送"档案》，《日寇东安宪兵分队审讯王明生记录档案》（均为复印件）。透过敌伪档案泛黄的记录，二叔的死因得以确定，二叔战斗的光辉的一生才得以重现。

关于当年二叔王明生撇下新婚的妻子金玉珍最后离家出走的去向，我们在当年侵华日军审讯王明生的原始档案复印件中找到了答案。档案第63页记载："查该人1940年8月被密山县（现鸡西市）黄泥河子恒山煤矿工作的苏谍报部谍报员万信（伏罗希罗夫）发展为谍报员。此后，两次从二人班宋家屯（现密山市二人班边疆村）正面入苏，在浦拉特诺夫卡国境警备队谍报部，王振达（王明生）接受了上级维奥德中尉关于调查密山境内日军的阵地、兵力配置、交通状况等情况的指令，开始从事活动。"这就是王明生和新婚妻子金玉珍结婚不到一个月就不辞而别的答案和事实真相。从中，我们可以看出二叔王明生的组织纪律有多强，革命意志有多么坚定。

关于二叔王明生的死因，敌伪档案记录得也十分详细。省档案馆馆藏日军"特别输送"档案中记载："原恒山煤矿劳务系佣人王振达，别名王明生，现年25岁，工作名满炭，原籍、出生地：奉天省西安县炮手堆子，现住址东安省密山县城子河村宝山屯。扣留时间、地点：1941年5月3日于密山县东安街长明区。据密报，王振达有苏谍嫌疑，3月10日以来一直对其侦察。后发现该人好像觉察到了我方的侦察，企图外逃，故于（1941年）5月3日将其秘密扣留审讯。"档案还记载二叔王明生遭秘扣后的5月5日，日军东安宪兵分队长迁本信一以"东安宪高第164号文"向东安宪兵队长白滨重夫报告审讯情况，并附上二叔王明生全身正面和侧面照片。迁本信一报告中称："该人性格狡猾，思想亦无悔改之意，无逆用价值，故认为应该特殊输送。"收到迁本信一的报告，白滨重夫批示："同意分队长意见，拟将其特殊输送。请关宪司（即关东军宪兵司令部，撰者注）指示。关东军宪兵司令官很快下达了将王振达"特殊输送"的指令。就这样，日本强盗在煞有介事地搞完了公文游戏之后，将我二叔王明生最终押送到日军731细菌部队，作为活体解剖标本杀害。

尾　声

岁月的风雨，终于洗刷掉了蒙在我们一家尤其我二叔王明生身上的浮尘，还了历史的真实面目，大红的"烈士证"映红了我们一家的青砖红瓦。党和政府十分关心我们一家，当地新闻宣传部门也多次宣传报道我们一家满门忠烈的事迹，尤其二叔王明生舍生救国的壮举。我与我的后人们也为二叔王明生筑坟立碑。虽然是座空坟，但也可稍稍抚平我们心中的创伤，寄托我们后人对先辈的缅怀之情。岁月无情人有情，我们一家人对二叔王明生及无数抗联先烈的怀念，随着岁月的增长与时俱增而且历久弥坚。岁月永久洗刷不掉烙在我们心灵深处的对先烈的思念，也洗刷不掉中华儿女对日本帝国主义发动的那场侵略战争所犯的滔天罪行的记忆！

（刘景艳）

四、抗联第四军的交通员

在我很小的时候，我爷爷就经常向家人讲起他为抗联当交通员的事情。我听爷爷讲，我太爷邱荣昌那一辈共哥们儿四个，1931年从山东省"闯关东"来到东北，在逃荒的路上哥儿四个走散，我太爷邱荣昌带着我爷爷和我姥爷来到辽宁，后又到黑龙江的尚志一面坡，在那待了一段时间后，最后来到城子河东北段（现鸡西城子河区长青乡新阳村）的这个小山村，在这里开始定居务农。我听前辈们讲，我太爷高个魁梧，但有点驼背。在1931年九一八事变后，我太爷与我党的地下交通员张哈相识，受他们的影响逐渐开始参加抗日活动。我太爷会变戏法和算卦，他经常利用这样的身份做掩护，走村串屯为抗联第四军收集情报并传送文件。我太爷在1934年的冬天，因天气太冷在为抗联送情报时冻死在深山里，抗联第四军将他找到后，埋在哈达河沟里一个小地名叫"阴阳鱼"的山里。

我太爷去世后，我爷爷和我姥爷接替太爷继续给抗联当交通员，我爷爷说他在哈达河沟里的炮手沟建了一个地窝棚，以捡木耳、采蘑菇、种菜为名，设立地下交通站，外人管这里叫"邱家菜营"。我爷爷通过这里给抗联送粮送盐等生活用品，还在这里为抗联看护伤员。他说只记得有一个姓白的朝鲜族女战士，其他人记不得姓名了。有一年冬天，日伪军"讨伐队"进山清剿，将炮手沟的菜营包围，我爷爷发现日本鬼子来了，就把地窝棚里的文件材料烧掉，敌人进来后发现有烧剩的纸灰，就把我爷爷绑上押走了，在天快黑时，走到一个破草屋前，敌人因天冷都进屋暖和去了，就把我爷爷绑在屋外一个破马车架子上。夜里，他挣脱绳子逃跑，在天快亮时才回到炮手沟的菜营。后来有一年，敌人又来搜山，抗联第四军李延禄军长在交通站来不及躲避，我爷爷让他藏在水缸里，嘴里叼着小芦苇细管来喘气，这样才使李军长得救。

新中国成立后，李延禄军长来鸡西召开座谈会，还把我爷爷和抗联第四军杨太和师长的妹妹杨义等人找去接见，还赠送给我爷爷一面印有"发扬革命传统、争取更大光荣"题词的镜子。我现在年龄也大了，把前辈的抗联事迹说出来留下来传给后人，作为对抗联的回忆。

（王选财）

五、抗日救国明大义　舍生取义无所惧

记者在调查鸡西地区抗联志士被侵华日军用细菌实验杀害的情况时得知：1956年4月25日，中华人民共和国第一届全国人民代表大会常务

委员会第34次会议通过了《关于处理在押日本侵略中国战争中战争犯罪分子的决定》（以下简称《决定》），并任命了审判人员。中华人民共和国最高人民法院根据《决定》，在沈阳组成了特别军事审判庭。在审判被追究战争责任的细菌战犯、原四平宪兵队长上坪铁一中佐时，他供述了自己于1944年11月至1945年7月期间，在担任鸡宁宪兵队队长、东安宪兵队队长时，根据在勃利县抓获的一名中国地下抗日情报组织成员李东升的口供，下令在平阳镇地区先后逮捕了以桑元庆为代表的中国抗日地下工作人员100余人，并于1945年将其中的李东岱、桑元庆、张玉环等22人送往哈尔滨731细菌部队虐杀的罪行。

　　虽然桑元庆被"特别移送"哈尔滨731细菌部队做了细菌实验惨遭杀害。但是，由于上坪铁一在被审讯当时并未说出有关桑元庆的住址，当年沈阳军事法庭派出的调查员曾到鸡西地区寻找桑家的人也无功而返。

　　2000年10月20日，黑龙江省社会科学院的杨玉林、刁乃莉等人到黑龙江省密山市寻找"特别移送"调查线索时，拜访当时的密山市文化局局长陈兴良。在说明来意之后，陈局长说："我们文化局就有一个人的父亲被日本人做细菌实验了，而且有很多证据。我们文化局所属密山电影院有一位退休女职工桑桂芳，她父亲的名字就叫桑元庆。桑桂芳目睹了日本宪兵队将自己的父亲抓走。而且密山市有关部门曾在20世纪六七十年代对桑桂芳的家庭历史问题进行过广泛的调查取证，并已有了比较清楚的结论。"陈兴良局长还热情地向他们提供了桑桂芳个人档案的复印件，内有各次调查收集的十余个桑元庆历史见证人的调查笔录。第二天，省社科院的同志又直接采访了住在密山市的桑桂芳本人。经核对：桑桂芳的讲述与诸位证人的证词基本吻合。桑元庆的隐秘历史和被捕遇害的经过就此大白于天下。

　　得知桑元庆也被送往哈尔滨日军731细菌部队做了细菌实验而壮烈

牺牲，而他的女儿还健在的情况，他的女儿桑桂芳也就成了记者要采访的一个非常重要的人。就在记者因为和桑桂芳联系不上而着急的时候，有幸同现已居住在北京的、原密山市文化局局长陈兴良接通了电话，陈局长在电话中除证实了桑元庆的情况是属实的外，还告诉了记者桑桂芳的联系电话。记者急忙通过电话和桑桂芳老人取得了联系，记者向桑桂芳老人介绍了在追踪和撰写当年鸡西地区的一些抗联志士被侵华日军抓捕后，被送到哈尔滨731细菌部队做细菌实验残害致死方面的书，需要向她了解她父亲的一些情况时，已经78岁的桑桂芳老人爽快地答应了。可是，当记者问到，是否还知道当年她父亲舍生忘死掩护下来的孙福庭（孙相）的情况时，桑桂芳老人遗憾地说："不知道，已经失去联系几十年了。"

那些为了民族的解放，抛头颅洒热血，舍生忘死为我们打下江山，让我们过上今天这样幸福好生活的革命先烈们流血牺牲的事迹，应该得到后人的纪念和尊重，这段厚重的历史也是我们鸡西的宝贵财富。

就在记者和桑桂芳老人刚联系上，也为找不到孙相的后人着急的时候，说来也巧，一位好朋友带记者去饭店赴宴。请客的孙香兰女士一下子认出记者来。原来，她弟弟1998年结婚时是记者给主持的婚礼。当时，他们家对记者的主持非常满意，所以印象也就非常深刻。席间，孙香兰问记者："刘姨，还在忙什么？"记者说："在写抗战时期被日本宪兵队送到哈尔滨731细菌部队做细菌实验而惨死的鸡西地区抗日英烈们事迹的书。"接着，记者就向在座的讲述了记者刚了解到的原鸡东县平阳站抗日地下情报站领导人桑元庆被叛徒出卖的事。桑元庆遭日本宪兵队逮捕后，惨遭毒刑拷打宁死不屈，并把一切责任全部揽到自己身上，掩护了同是抗日地下情报站的战友孙福庭，使他免遭杀害。1945年东北解放后，孙福庭出狱回家。孙福庭遵守承诺，对桑元庆的妻子儿女3人关心备至，柴米油盐全部负责。可惜好景不长，

1946年土改开始后，孙福庭因曾在日本特务机关干过事，听说民主政府要追究，便给桑家母子留下2 000元红军票后，改名"孙相"，跑到哈尔滨去了等情况。

当记者说到这里的时候，孙香兰立刻打断记者的话，急切地问："你说那个被桑元庆保护下来的人改名叫什么？"记者说："叫孙相。"孙香兰马上就说："哎呀，孙相就是我的太爷爷，他老人家活着的时候就经常给我们讲抗日时候的故事，也多次讲过他因参加抗日地下情报活动被日本宪兵抓去，桑元庆如何把一切事情都承担下来，掩护了自己没被日本宪兵队枪毙，才能够活到现在的事情。我太爷爷每次谈起这件事，都特别感激桑元庆。但遗憾的是，和桑家失去联系已经几十年了。"孙香兰还告诉记者说："我太爷爷到哈尔滨后，在1966年'文化大革命'时，我太爷爷又因日伪时期曾在日本特务机关干过事，被打成了历史反革命被批斗，他的子孙们也都受到了牵连，就连他的大儿子——我的爷爷也被从市公安部门下放到小恒山矿工作。后来，哈尔滨的调查组来到密山找到桑元庆的妻子，桑元庆的妻子给打证言，证实我太爷爷当年是地下抗日人员，我太爷爷的冤案这才得以平反，他的子孙们也都得到了解脱，桑家是两次救了我们全家。"

记者告诉孙香兰："我也刚刚得到桑元庆的女儿——今年已经78岁的桑桂芳的电话号码，并已经和她取得了联系，准备去密山采访。"孙香兰急不可待地让我给桑桂芳老人打电话。当我在电话里告诉桑桂芳老人"我已找到孙相的重孙女，她现在就在我身边"时，电话那一边的桑桂芳老人也急切地说："快让她接电话。"当孙香兰接过电话刚说到"桑奶奶，我是孙相的重孙女，我太爷爷和我们全家都感谢你们，你们老桑家两次救了我们全家"时，眼泪顺着她的脸颊止不住地流了下来，当时所有在座的人也都被感动得热泪盈眶。

"真是踏破铁鞋无觅处，得来全不费工夫。"真没想到，失去了几十年联系、并互相惦念的桑、孙两家竟是在这样的情况下又联系上了。孙香兰和桑桂芳老人在电话中交谈了一会儿，彼此定好找时间去密山相见。不巧的是，孙香兰因婆婆患病去外地治疗没能成行。

2012年10月22日，我去距鸡西200多里地的密山市采访，在市文化局李局长办公室见到了早已等候在这里的桑桂芳老人。虽然我们是第一次见面，但我一进屋，满头白发的桑桂芳老人便像见到亲人一样，立刻把我紧紧地拥抱在怀里，并忍不住地哭了起来。待桑桂芳老人平静了一会儿，我们便和文化局的领导谈起调查了解桑桂芳的父亲桑元庆从事抗日地下情报工作、被日本宪兵队抓走，送到哈尔滨731部队做了细菌实验惨烈牺牲的情况。桑桂芳老人说，有关她父亲从事抗日地下情报工作和牺牲的历史情况证明材料都在她的档案里。遗憾的是，管理档案的人员出差没在家，文化局的领导答应等这个人回来后，把有关材料复印后给我捎来。于是，我便和桑桂芳老人谈起她所知道的有关她父亲的一些情况。但由于时间仓促，一次采访达不到圆满，好在有现代化的网络，我和桑桂芳老人又多次通过网上视频进行交流，有关她父亲桑元庆的一些情况得到了补充。

桑桂芳老人介绍说："我是1935年7月16日出生在鸡东县平阳镇，我父亲叫桑元庆，不是密山本地人，只记得常听母亲说，父亲老家在山西，县名有个'榆'字。山西省带'榆'字的县名只有榆次和榆社。我父亲大概出生在1905年，是在20多岁时，东北还没沦陷时孤身一个人来到黑龙江省中苏边境线附近的密山县平阳镇，就是现在的鸡东县平阳镇。我父亲来到平阳镇时举目无亲，孤身一人工作了很多年才结婚成家，我姥爷家当时在平阳镇开小买卖。我父亲也就是在1934年的时候和我母亲赵福元结的婚，他比我母亲大两岁，他们结婚时年龄都很大了。我母亲是1987年去世的，终年81虚岁。我父亲最初是在平阳镇里一个叫孙福庭的人开设的'复兴东'油米厂当'年轻的'，就是学徒伙计。

九一八事变日军侵占密山以后，孙福庭介绍我父亲到平阳站（现鸡东县城）的一家由日本人开设的'共益稻米'当'先生'（会计），也就是给出粮进粮记个账什么的，直到他被捕。"

在桑桂芳的记忆中，父亲写得一手漂亮的毛笔字，画得一手好画，还会说一口流利的俄语。她说："我父亲在平阳镇一带挺有名的，一提桑元庆一般人都知道。平日总穿着整齐干净的呢子大衣，头戴小貂帽，是一个慈祥而又与人为善的人，就连日本人也都很尊敬他。我们家住在平阳镇的'姜家烧锅'大院里，是一个大杂院，左邻右舍住的都是日本当官的家属，他们与我们家经常来往。那时候我们家算是上流的，吃穿都不愁。我父亲平时住在平阳站的稻米所里，一个礼拜回一次家，来回都是坐日本人的汽车。有一次，我父亲带我到平阳站去玩，回来时坐日本人的汽车，那些日本人好像很尊敬我父亲，他不来汽车就不开，我们上了车以后车才开。那时日本官都带家属，我们院里住的日本人都是日本当官的家属。那些日本家属妇女们跟我们都很熟，常送给我们一些甜食等东西。每到春节，我父亲也总让我母亲多包些饺子，煮好后给几家日本邻居送去。看见我有些疑惑，我父亲总是笑着对我说：'他们也喜欢吃饺子。'有一次，父亲下班回到家对我母亲和我说：'不用等我吃饭了。'说完就急匆匆地走了，我透过窗户，看见我父亲上了停在路边的一辆汽车上，而车上坐的全是日本人。现在我才明白，父亲和日本人交朋友是他的任务，是为了从他们那里得知一些日军活动的情报，然后把情报传给抗联组织。

"我父亲被捕是1945年的1月份，是白天在平阳站稻米所被捕的，晚上日本宪兵队带着他回到平阳镇来抄的家。我那时已经8岁了，记得比较清楚。我记得天还挺冷，晚上十点多钟了，我父亲没有像往常一样按时回家，我和母亲正在着急，突然，我家的大门被撞开，我和我妈惊恐地看着日本人把五花大绑的父亲从汽车上拉下来，押进我们家院子。

我父亲当时已经被打得身上到处是伤，浑身是血，脸肿得都变形了，但我还是一眼就认出是我父亲。两个日本兵把我父亲带到墙脚让他蹲下，并摆手不让我们母女靠近。我和我妈吓得直哭，一个日本鬼子还打了我好几个嘴巴。日本人又把我和我妈关进一个屋里不许动，然后继续拷打我父亲，他们翻箱倒柜，似乎在找什么，后来又开始砸墙扒炕，日本人把我家屋里所有的东西都翻了一遍，连墙和炕都刨开了，什么东西也没找到。我父亲只是默默地站在外屋任凭拷打，两眼紧闭一言不发。他们就是要找什么东西，管我父亲要电台什么的，实际上电台没在我家，是在孙福庭家。由于我父亲是被叛徒出卖的，这个叛徒还是领导，他供出了很多人。日本人还逼着我，让我领着他们到孙福庭家，嫌我走得慢，一个日本兵还把我背起来走。在孙福庭家的一个棚子里他们起出了一个用麻袋装着的长方形的东西，据说是发报机。日本人把我父亲和孙福庭一起抓走了。

　　"我一辈子也忘不了父亲被日本兵抓走时的情景：几个日本兵推着我父亲向屋外走去，我几次想向父亲奔去，都被我母亲死死地抱住。就在父亲的脚迈出家门的那一刻，他转过虚弱的头对我说了最后一句话，他对我说：'姑娘，天冷了，出去别忘了穿棉袍。'因为那时他就我这么一个女儿，特别疼爱我，当时日本人不让说话，所以，父亲别的话什么也没说，就说这一句话，还挨了一顿打。我永远也忘不了父亲被押走时回头凝望我的牵挂的眼神，没想到这句充满慈爱的话竟成了我们父女的永别。"说到这里，满头白发的桑桂芳老人又忍不住哭了起来。我也被桑桂芳老人对父亲的一片深情所打动，同情的泪水也情不自禁地流了下来。

　　过了好一会儿，桑桂芳老人平静了一些，又接着跟我说："打那以后，我和母亲每天都是在惊恐中度过的，日本人几乎是天天上我家来，不是问我妈就是打我妈，有时也打我，打得我妈头上一个大包又一个大包。再不就是一遍又一遍地翻东西，把我父亲的照片什么的都拿走了，还问我们要这要那，我们娘俩儿啥也不知道，打也不知道啊。每次去都是日本人带着朝鲜人，打我和我母亲的往往是那些朝鲜人，他们根本不管我母亲正怀着孕，就往头上打。这样折腾得我母亲精神都不太好了，那时我真恨死他们了。直到解放前一个月，他们一直都没断了上我们家来，弄得亲戚朋友、左邻右舍谁也不敢到我们家来。我姥姥家人扒着大墙往里看也不敢进。我妈告诉我哪儿也别去，到你姥姥家去他们就得受牵连啊。还有，日本人带走我父亲之后对我们家邻居老江家说："刨的墙你得给我抹上，扒的炕给我砌上。这娘俩儿就交给你们管了，她俩得上你们家热炕头，你得把这两个人给我看好，出了事就拿你家是问。"把老江家人吓得战战兢兢，屋子真是他们家人给收拾好的。后来，为了安全，我母亲领着我来到了密山我姥姥家。

"我父亲被捕的时候，我妈妈正怀着9个月的身孕，不久生下一个男孩，我们娘三个的生活立刻陷入了困境，后来，我小弟弟因患肺炎没钱医治只活了1岁多就死了，那时候我们真可怜啊，真是叫天不应，叫地不灵啊，想起来心里就难受。"说到这里，桑桂芳老人又难过地哭起来说不下去了。

"孙福庭后来跑到哈尔滨，改名叫孙相。'文化大革命'时，我单位组织上派搞外调的同志闫维君等人在哈尔滨找到了他。闫维君回来告诉我说：'你要找的那个孙福庭改名了，现在叫孙相，他就是和你父亲在一起的那个人。'别的什么也没告诉我。这以后孙相的情况我就不知道了。这不，前几天你在电话里告诉我，你找到了孙相在鸡西工作的重孙女了，我在电话里跟她说了几句话，当时我激动得都哭了，我可高兴了。"

在陪同桑桂芳老人到哈尔滨侵华日军第731部队陈列馆祭奠他父亲桑元庆时，通过孙相（孙福庭）在鸡西的重孙女儿孙香兰，又同居住在哈尔滨的孙相（孙福庭）的三女儿、现已74岁的孙淑琴取得了联系。老人家在电话里听我说桑元庆的女儿桑桂芳来到了哈尔滨祭奠她父亲桑元庆时特别高兴。我立即把电话给了桑桂芳，两位老人高兴地唠起了家常。孙淑琴说，因为患了比较严重的心脏病，已经很长时间不能下楼了。70年没见面了，她热情地邀请桑桂芳到她家去，再把也居住在哈尔滨的二姐孙淑娇也接来，姐几个好好唠唠。但是由于我们还有很多事情需要办所以没能成行。

回鸡西以后，记者又多次通过电话向孙淑琴了解了当年的一些情况，孙淑琴告诉记者说："那时，孙桑两家关系非常好，桑桂芳也经常到我家来玩。日本鬼子抓走桑元庆和我父亲时，我那时才5岁，还不太懂事。二姐孙淑娇已经9岁，发生的事情记得很清楚了。当时，日本鬼子来我们家后，让我们全家人都跪在地上，也把我们家翻得乱七八糟，墙和炕也都给刨开了，最后翻出了发报机，连我父亲孙福庭也一起抓走了。后来听我母亲多次说，当时，我母亲刚生我小妹妹孙淑娥才12天，我妹妹是腊月十七生的。过了春节，日本宪兵队又把我母亲和我小妹妹一起抓走了，因为我小妹妹才一个多月，还在吃奶。把她们抓到了鸡宁县（现鸡西市），关在一个民房里。然后就拷问我母亲，问我母亲都有谁上我家去了，都有谁和我父亲联系。我母亲不说，他们就把小竹棍用绳子连上（就是拶子，旧时夹手指的刑具），夹我母亲的手指，夹得手指直流血，骨头都要折了，疼得我母亲死去活来。给孩子喂奶时都不能用手掀开衣襟，只好用牙咬。过了几天，日本鬼子又来审问，我母亲还是不说。审问我母亲的日本鬼子说，要给我母亲上大刑。我母亲一想到那难熬的酷刑，决定：我还是干脆死了算了。晚上，她趁看管的鬼子不注意，就把裤带解下来，一头挂在墙上的衣挂上，另一头套在自己脖子上要吊死。可是，后来墙上的衣挂掉了，把我母亲也摔了下来，我母亲半夜又醒了过来没死了。我母亲又第二次寻死。她在抽屉里找到一把剪子，但是剪子没有尖，她就把剪子掰开，往自己的肚子上穿，穿出血了也没死，后来肚皮上还落个疤痕。第三次寻死，我母亲把我妹妹包好了，用脚把她踹到炕梢里，她自己服了8个大烟泡，又用大烟灰冲水喝。第二天早上天刚蒙蒙亮，我母亲就开始哇哇地吐起来，也没死了，命大。后来日本鬼子一看也审问不出什么，才把我母亲放了。

日本鬼子把我父母都抓走后，就派兵在我们家安岗放哨，日本兵端着枪在我家守候，我和我二姐也不敢回家，邻居们谁也不敢收留我们，挺冷的天，我二姐就领着我藏在平阳镇的一个桥洞子里，遭老罪了。

我父亲是一个特别善良的人，在平阳镇人缘特别好。他看到日本鬼子杀中国人就特别气得慌，所以当桑元庆把自己的身份告诉他，并让他也帮助探听情报，我父亲就毫不犹豫地答应了。我父亲当时负责查看平阳火车站又来了多少火车，运来了多少武器等，然后报告给桑元庆，桑元庆再通过发报机报告给苏联。桑元庆和苏联的暗号'人至平安，桑元庆的班'我父亲也知道。只要对上这个暗号，苏联那边就让说暗号的人入境。

桑元庆用来给苏联发电报的那个发报机坏了放在我们家，开始是藏在炉灰堆里，我家雇的工人往外拉炉灰时给挖了出来，当时他们也不知道是什么东西，我父亲只好又藏在一个棚子里。日本鬼子来我家抓我父亲时，问我父亲有没有发报机，我父亲说有，就从棚子里拿出来了，日本鬼子就审问我父亲发报机是从哪里来的？我父亲开始时说是他到桑元庆那取的，也不知道是什么东西，就让放在我家。但是日本鬼子在审问桑元庆时，桑元庆说是他自己送去的，这样和我父亲的口供就对不上茬了。鬼子就毒打我父亲，把我父亲的衣服全脱光了，就在裤裆那有块布。用竹皮子打，竹子上的毛刺全打到肉里去了。新中国成立以后我父亲回到家，我们还给他从后背上往外挑刺呢，打得便血也便了很长时间。当时日本鬼子把我父亲打得都钻到桌子底下了，后来实在受不了了，我父亲就对日本鬼子用手在自己的脖子上比画说："我死了死了的吧。"审讯的日本鬼子最后问："到底是送的，还是取的？"我父亲灵机一动说："是送的。"这才和桑元庆的口供对上茬了。后来，日本鬼子把桑元庆送到了哈尔滨731细菌部队做细菌实验杀害了。

新中国成立以后我父亲回到家，他无数次地向我们家人讲了桑元庆如何把责任揽到自己身上，才使他没被日本鬼子杀掉的事。虽然遭了不少罪，受了不少苦，但毕竟还活着，并又有了我的弟弟。我父亲是1989年去世的，活了83岁，我母亲张翠芬是1983年去世的，活了76岁。桑元庆是我们老孙家的大恩人。后来我听说桑元庆被日本鬼子用细菌实验害死了，死得非常惨，我们心里也很难受。这些仇恨应该记在日本鬼子的账上。"

桑桂芳老人对记者说："我母亲改嫁以后，我一直住在姥姥家，有时也到我母亲家去，他们家里的人对我也都挺好。我小学快毕业时，组织上曾让我去念电影学校，可我母亲说啥也不让我去。说："你别走，你要真走，我就不活了。"因为我弟弟死了以后，我妈妈就剩我这一个女儿相依为命，不愿意让我离开她。我一说要走，我妈就哭。我只好听了母亲的话，继续上学。我在平阳镇小学毕业后考上了密山中学，毕业后组织上安排我到文化局电影院担任放映员工作，一直到退休。"

（刘景艳）

六、神人张哈

张哈不姓张，姓王，本名王凤林，祖籍山东诸城，后来闯关东来到密山哈达河（现鸡东县东海镇新华村）。在党的教育培养下走上了革命道路。王凤林是哈达河抗日会的发起人，是吉东特委重要的"双料"（国内、国际）地下交通员。

张哈其人

王凤林改名张哈主要是由他的性格和工作决定的。张哈这人，工作起来热情乐观，不知疲倦，不辞辛苦，总是那么嘻嘻哈哈的。在乡亲和同志们眼里，再难的事也难不倒他，再险的事也挡不住他。他有时喝二两酒装成一个嘻嘻哈哈疯疯癫癫的酒鬼，有时又装成穿着一件"开花"的破棉袄，拄着脏兮兮的打狗棍，挎着少底缺帮要饭筐的要饭花子。可不管形象怎么改变，他那大大咧咧、嘻嘻哈哈的样子却没有改变。因此大伙都不再叫他的本姓本名，总愿叫他张哈。另外，张哈担任的是我党地下交通员，在日本法西斯统治的严酷形势下开展工作，改名换姓是革命者常有的事。为了更好地开展对敌斗争，王凤林把"真名实姓"也放弃了。

血泪家仇

虽然张哈十分注意斗争策略，但最终还是引起了鬼子及汉奸的注意。敌人曾到处堵截搜捕他，都因张哈的机智勇敢而摆脱。最终，由于坏人告密，敌人知道了张哈的家庭住址，因此迁怒于张哈一家妻小。敌人将张哈的妻子和两个孩子抓去，妄图以此为诱饵迫使张哈脱离组织、交出情报、变节投敌、停止反满抗日活动。敌人扬言，若张哈不识抬举，就把他的一家"斩草除根"。张哈是个坚定的爱国主义者，把爱国抗日看得比什么都重要。因此日寇以杀死张哈妻小为要挟逼降的阴谋始终未能得逞。敌人见逼降无果，便灭绝人性，最终穷凶极恶地将伴随了张哈十五年的妻子和十几岁的两个孩子全部残忍杀害。

事发后，张哈秘密回到家中。面对心爱的妻子和可爱的两个孩子的尸体，张哈欲哭无泪。他强压悲痛，竟把自己的嘴唇都咬破了。亲人们帮张哈埋葬妻子和两个儿子的那一天，张哈一把一把地攥碎了地上的土块，又一捧一捧将攥碎的细土撒在了三位亲人的新坟上。他对着亲人的新坟痛痛快快大哭了一场，然后擦干眼泪，又踏上了抗日救国的革命征途。

组织上曾做张哈的思想工作，让他"忍痛节哀"。张哈苦笑一声说："化悲痛为力量那是指定的了！这样也好，今后可以无牵无挂地跟小鬼子干了！"国仇家恨使他更加坚强。不久，人们看到张哈嘻嘻哈哈的形象又回来了。

虎口运枪

抗日武装因缺少武器弹药，战斗力大打折扣。为此党组织号召全体共产党员、抗日会员、游击队战士，千方百计、不惜一切代价从敌人手中搞枪。

那时，打入半截河日军守备队、以翻译身份为掩护的优秀共产党员王志诚，冒着生命危险从敌人手中搞到了一批枪支弹药。可因为敌人岗卡查得太紧而运不到镇外游击队手中。党组织根据这一情况，便决定让张哈同志唱主角、其他同志协助，一起去完成虎穴运枪的任务。

张哈同志接受任务后，连夜赶到游击队驻地。他让四名游击队员化装成乡下农民的样子，又用两块木板搭成了一副简易的担架。临行前，张哈找了把黄粉土往脸上一抹，嘱咐了四名游击队员几句，大家便一起径直向半截河奔去。

半截河城门外，门岗伪军对进出城的百姓检查得十分严格。到太阳一竿子多高的时候，就见四个乡下人用一副担架抬着个"病人"急匆匆地直奔城门岗卡而来。当担架来到城门时，岗卡的伪军厉声让其停放接受检查。伪军走近检查，只见担架上的"病人"，四肢抽搐面如黄蜡。卡子口的俩伪军忙问："这人怎么啦？"抬担架的四个人异口同声地说："王大爷昨晚突然得了'黄肿乱'，不到一个时辰便成了这副模样。因此要到镇里去'看先生'。"当地百姓都晓得，"黄肿乱"就是常说的传染性很强的黄疸性肝炎。俩伪军一听是传染病，连忙用一只手捂起鼻子，另一只手像扇扇子似的扇着，催促"病人"赶紧离开。就这样，张哈等一行五人略施小计便顺利地通过岗卡赶进镇里。

到了下晌，城门卡子口的两名伪军还没到换岗时间，又见从镇子那边，四个人抬着一口棺材，急急匆匆哭哭咧咧地直奔卡子口而来。到了卡子口，两伪军叱令停棺检查。俩伪军让众人掀开棺材盖一看，见到上午进镇"看先生"的那个"病人"双目紧闭满脸蜡黄，四肢直挺，已经气绝身亡。不等四个抬棺材的人再说什么，俩伪军便如同撵瘟神一样，叱令抬棺材的一伙人赶紧抬"死人"离开。就这样，青天白日，在敌人的眼皮子底下，张哈和同志们一道胜利完成了一项重要的任务。

其实，张哈的棺材分两层：上层是"死人"，下面是枪。我们的虎胆英雄就是这样在敌人的眼皮子底下，冒着随时都可能牺牲的风险，将抗日武装奇缺的枪支弹药巧妙地运出镇外，运送到游击队战士手中。

事后，人们问起张哈"气绝身亡"的秘诀所在。他嘻嘻哈哈地对大伙解释：那天他是用上了"鲤鱼打挺"的功夫。在敌人"开棺验尸"的那一瞬间，他长达四五分钟未出一口气。他还说他的这一"绝活"是小时候在山东老家洗澡时"扎猛子"练出来的，今天用在了抗日救国这一节骨眼儿上。

12支钢枪500发子弹运到北山游击队，张奎队长高兴得当晚多喝了一碗"小烧锅"，还给张哈满满地敬了一大碗。

不辱使命

1934年5月，经吉东局领导李范五同志提议，张哈担任了中共吉东局国际机要交通员，孤身一人的"家"，也由哈达河街基搬到半截河。让张哈来半截河，党组织主要考虑到以下几方面的原因：一是半截河地理位置重要。半截河镇北是一望无际的林海，镇南是连绵起伏的群山，中苏边境线长达百里。半截河镇南五十里481高地山口不远处，是我党及抗日武装同苏联边防军联络的接头地点即国际交通站，许多重要情报都要通过这里转达。二是半截河对敌斗争形势复杂。半截河是日寇在我吉东地区的军事要地，驻有一个守备队中队、一个团（1 500人）的"国防军"及伪满洲国第三警察署。为了构筑所谓的"东方马其诺防线"，实现长期霸占我东北的罪恶目的，日寇加紧构筑沿中苏边境地下地上军事工事，随时都可能产生对我党及苏联方面很有价值的军事情报。三是贴近红色游击区。半截河西南五十里处是郝家屯，是当时李延禄将军领导的抗联第四军（时称抗日游击军）军部所在地，向西南走二十几里的大翁山，是我党领导的抗日救国军补充二团的根据地和中心活动区。吉东局领导考虑到以上几方面的原因，所以调"神人"张哈来半截河工作。

张哈来到半截河后，首先加强了吉东党组织与中共驻苏联共产国际代表团的联系。由于当时中共中央领导机关已随中国工农红军第一方面军长征撤离中央苏区，所以东北党的组织与党中央一时失去了直接联系，东北地区党组织直接受中共驻莫斯科共产国际代表团领导。作为国际交通员，张哈往返于海参崴与牡丹江之间，跋涉奔波于481高地南北荒山密林之中。夏日任凭蚊虫叮咬，冬日横遭野兽袭击，几番迎接中共驻苏联共产国际代表来吉东地区巡视工作，多次护送我党及军队骨干前往苏联学习培训。在日伪反动势力重兵把守的重灾区，靠着一双磨不穿的铁脚板儿，一件穿不烂的粗布衣和一颗宁死改变不了的中国心，出生入死，历尽艰难险阻，出色地完成了党组织交给的护送领导、传送信件、获取情报等许多重大国际机要交通任务，受到吉东特委书记吴平（杨松）和组织部长李范五同志的一致赞扬。

哈达河、半截河抗日救亡斗争血与火的洗礼使张哈迅速成长为一名出色的共产主义战士。离开鸡东的日子里，张哈赴苏联莫斯科东方大学第十三研究院学习。学成后回到延安，成为中央社会部一名优秀的保密员。他是党的"七大"会议的见证者和重要文件的保管者，是延安"大生产运动"劳动模范称号获得者。在反击国民党反动派进攻延安的斗争中，他奉命保护党中央、中央军委文件档案由延安向安塞的转移，以出色的表现，胜利完成了任务。

（王效明）

七、赤诚的情怀 无悔的人生——访东北抗联老战士张玉君

2012年11月23日，在鸡西市委党史研究室主任宋丽萍的带领下，一辆白色面包车疾驰在鸡西至鸡东县东海镇的乡村公路上。带着一份景仰和期望，车里所有人员都热切期盼着见到95岁高龄、鸡西市唯一健在的抗联老战士——张玉君老人。

汽车在东海镇长山村一间宽敞明亮的民房前停了下来。迎接我们的是张玉君老人的儿媳，主人热情地邀请我们走进了新盖的房子。在新房子的东屋，我们见到了年已近百却精神饱满的张玉君老人。老人家听力不好，但却十分健谈。

在我们看望老人的过程中，他始终在翻看着一本《东北抗日联军名录》。很破旧的一本书，上面贴满了许许多多的透明胶布，书侧面留下了明显被长年翻过的痕迹。提起当年的往事，老人脸色凝重，陷入了深深的回忆之中……

张玉君，小名大生子。1916年生于辽宁省宽甸县。1926年随父迁到密山县哈达岗，即现在的鸡东县东海镇长山村。为了生活，年仅10岁的张玉君就给地主刘仲和家放猪，每天风里来雨里去，日子仍过得十分艰难。

1931年9月，日本帝国主义侵占了东北，使东北人民陷入了苦难的深渊。不甘当亡国奴的中国人民在中国共产党的领导下，展开了顽强驱逐日本侵略者的斗争。

1933年春天，山上的冰雪开始融化，满山盛开着沁人心肺的达子香。此时，中共绥宁中心县委派共产党员朴凤南等同志来到哈达河沟里，组建起了反日会。反日会的主要领导人有：李成林、朴凤南、阚玉

坤（外号阚麻子）、李春根（外号"大老朴"）、金长德、李太俊、李发、李根淑（女）。会员有张继明（张玉君父亲）、孙福林、戴云峰、戴云章、戴云亭、王维邦（王庆云之父）、佟双庆、张哈（外号王山东）、李宝文、王清、梁玉坤等。妇女会的领导人是李根淑。张玉君的母亲参加了反日妇女会。而时年17岁的张玉君与儿时的伙伴何福全、王庆云、戴清云、陈忠堂等参加了儿童团组织。儿童团的主要任务是为反日会运送物资、站岗放哨、传递信件和学唱革命歌曲。

老人家说到这，情不自禁地唱起了当年的抗日歌曲，"用我们的枪炮开自己的路，勇敢向前，稳住脚步……"老人慷慨的表情、洪亮的声音深深地感染了在场的每个人。

抗日会成立后，朴凤南组织大家捐款买了第一支手枪，随后又从伪满甲长"于秧子"手中缴获了一支。用这两支手枪，抗日会去勃利县搞掉了一个城防所，缴获20多支长短枪，以此组建起了密山县抗日游击队，地点在哈达张老畚菜营，队长张宝山，参谋长金根，分队长梁怀忠，事务长徐光新。

1934年3月，张玉君参加游击队当战士。不久游击队队长张宝山叛变，带走了几名队员，给抗日力量造成了不小的损失。4月初，地方党组织朴凤南派张继明、佟双庆去勃利县茄子河取枪，交到了新任游击队队长朱守一手中，并于同年5月27日参加了哈达河暴动。附近勃利、杨木岗、密山的山林队共1 000多人联合起来攻打哈达河守备队的日军和伪军。战斗进行得异常激烈，在强大的火力攻击下，敌人退缩到大地主张老四的张家大院内负隅顽抗。战斗中，朝鲜族战士金长哲连续打倒了3个日本鬼子，队长朱守一兴奋地站了起来为之叫好，不幸被一颗子弹击中当场牺牲。

朱守一牺牲后，上级又派来张奎任游击队长，经过一年多的斗争，队伍不断壮大。先后瓦解了伪军骑兵第四旅机枪连，处决了大地主张老四，为朱守一烈士报了仇，击溃了锅盔山的日军，还经历了智取沈家大院失利的教训。

1935年6月，密山县抗日游击队正式编入东北抗联第四军第二团，张玉君成为时任二团团长张奎的警卫员。

在此后多年抗日斗争中，张玉君由一名普通的儿童团员、地下交通员，逐渐成长为一名坚强的抗日联军战士，经历过大小数百次战役。为军部送密信、护送抗联将士、处决叛徒、巧降伪军、智夺日军给养等，都留下了他瘦小却机敏矫健的身影。在东北一带，抗联第四军同二军、三军、五军、六军、七军、八军协同作战的事例比比皆是。这支部队在军长李延禄的带领下，不屈不挠，英勇顽强，在极端艰苦的环境下给日军以沉重的打击，有力地拖住了日军进一步侵占我内陆的脚步。

1938年春，抗日战争进入艰苦卓绝的境地。面对日寇更加疯狂的"大扫荡"，抗联第四军在军长李延平（李延禄弟弟）的带领下，开始了悲壮的西征之路。

出山后，抗联第四军第二团主要在富锦、宝清一带活动，部队采取了保存实力、袭扰敌人的策略，不断消耗日寇的实力和精力。

1938年5月初，西征部队到达勃利，住在一个叫"偏脸子"的地方。1935年第二团团长杨太和就牺牲在这里。在偏脸子与卧凤河交界的地方，西征部队被伪军19团800多人跟上了。此时，西征部队不到300人，面对敌众我寡的局面，抗联将士沉着应战，迅速阻击来犯之敌。

时任第三连二排排长的张玉君带领全排战士与100多敌人展开了激战。正当战斗进行到最激烈的时候，团里及时调来机枪班增援。这时一颗流弹飞来，击中了张玉君斜挎在身上的子弹袋。子弹袋的带子断了，子弹在他胸前爆炸。他浑身一震，匣子枪从手中甩出老远，鲜血顺着炸烂的衣服淌了出来，但张玉君却丝毫不为所动。三班班长武成文说："排长，你挂彩了。"

"我挂什么彩？"

武成文说："你身子右边出血了。"

"别虚唬，我枪呢？"

"枪让我捡起来了！"

战斗持续到天黑，我方负伤三四人，牺牲七八位同志，而敌军死伤三十多人。

西征部队转战到五常县，敌人的"围剿"更加疯狂，部队同敌人展开了"拉锯战"，指战员的鞋都跑烂了。从1938年初到9月间，共打了48次仗。原在牡丹江出发时的一千多人，西征途中时有伤亡，到五常时还有五六百人。此时部队已被打散，军长李延平所带的一部分队伍只剩不到三十人。

1938年9月下旬，部队驻扎在冲和河西，张玉君同军部人员住在一起。极度的疲倦使他倒头便睡。半夜，一股敌人又摸了上来，形成了三面包围，只在西南留下一道豁口，抗联战士在李军长的带领下冲出去一部分，而张玉君和剩下的八九名战士因猝不及防被敌人俘虏。当晚被送到冲河街警察大队。押了三天又被送到五常监狱，戴上了手铐脚镣。在这里，张玉君看到了四师师长、团长，还有四名女战士。在五常监禁不到一个月又转到哈尔滨马家沟。一个月后，日寇把他们押解到鞍山做苦工，干了两年，张玉君趁机逃出来回到老家宽甸。日本鬼子投降后，才回到现在住的鸡东县新华乡长山村。几十年来默默地生活在偏僻的小山村，从事着农业生产劳动，他常常抚摸着胸部的伤口，独自沉浸在那抗日烽火的硝烟中……

谈到现在的生活状况，老人家动情地说："过去同我一起出生入死的战友都不在了，我有幸能活到现在，赶上了好年代呀！同过去所吃的苦受的罪相比，同我患难的战友相比，我知足啊！"

听了老人深情的讲述，我们心中充满了无尽的敬佩。看到老人坚毅的目光，我们似乎领略了这其中的不屈和坚毅！

是啊！我们的民族正是有了一代又一代的有识之士和这些看似普通、平凡却又伟大的爱国志士，才使得我们的国家巍然屹立于世界之林。

前事不忘，后事之师。在我们国家不断走向复兴之路的今天，缅怀老一代所走过的艰辛历程，对国家的发展、全民族素质的提升具有极大的现实意义和深远的历史意义。"以史鉴今，资政育人"是我们党史研究工作的一项最根本的任务。道路决定命运。正如总书记习近平所说的"每个人的前途命运都与国家和民族的前途命运紧密相连。国家好，民族好，大家才会好。实现中华民族伟大复兴是一项光荣而艰巨的事业，需要一代又一代中国人共同为之努力。"

（李建勋）

八、巾帼英雄宁死不屈

安顺福（1915—1938），原名张福顺，女，朝鲜族，出生于穆棱县穆棱镇新安村（原名新安屯）的一个贫苦农家。她家靠种水稻为生，父母兄弟姊妹勤劳正直。她身体瘦弱矮小，瓜子脸，小眼睛，前额稍凸起，有点"瓦门楼"，举止稳重，被大家称为"安大姐"。

1931年九一八事变后，新安屯成立了党支部和抗日救国先锋队组织，发动群众参加抗日斗争。安顺福从小就受到革命思想的熏陶，跟随父兄参加革命活动。她16岁就成为屯里一名抗日儿童团团员，和屯子里儿童团员一起站岗、放哨、抓坏人、贴标语，工作积极。

1933年1月，因新安屯党支部书记张汉弼叛变投降日寇，对新安屯进行了告密，敌人对于新安屯进行了疯狂的大搜捕，有30多名共产党员和爱国志士被捕入狱，有7人被日本鬼子当场活埋在新安屯外，这其中就有安顺福的父亲和弟弟。新安屯也被鬼子烧毁。民族恨，家乡仇，使安顺福更加坚强。

1934年，安顺福毅然离乡参加了抗联第四军，分配在四军被服厂工作，后任被服厂厂长，同年加入中国共产党。丈夫朴德山是抗联第四军四团政委、四师政治部主任，1938年夏在依兰县的大哈塘战斗中英勇牺牲。她化悲痛为力量，在西征途中，帮助冷云做队员们的思想工作。她们成了亲密战友。

1934年10月，为了更好地参加抗日斗争和行军打仗方便，安顺福、许贤淑（黄玉清夫人）等4名抗联女战士，为了革命事业，依依不舍地把心爱的9个孩子送与密山抗日会老乡抚养。安顺福与另三位母亲义无反顾地走上了抗日的征程。娄景明等当地百姓深受感动，流着眼泪称赞她们是"弃子救国的女英雄"。

1938年4月，安顺福所在的四军向宝清集中，5月从宝清出发开始西征；这时安顺福和其他女同志编入第五军妇女团，随军西征。西征途中，她和妇女团的同志像男同志一样跋山涉水、翻岗越岭，穿行在鸟兽集居、人迹罕见的深山老林。一路风餐露宿，野菜野果充饥，极端困苦。她们经受了严酷的锻炼和考验，表现出了顽强的意志和革命乐观主义，不愧为中华民族的优秀女儿。

1938年10月，由于日本帝国主义的铁血禁锢政策，使东北抗日联军进入了最艰苦的阶段。为了冲出敌人的封锁，抗联第五军一师转到了牡丹江支流乌斯浑河下游，柞木岗山和大小关门嘴子山之间的峡谷之中（现林口县刁翎镇三家子村东北四公里处）。这时，五军一师妇女团只剩下冷云等八位女同志。由于特务告密，部队被1 000多日伪军包围，冷云等八位女同志主动突围。与日伪军熊谷部队激战，她们击退了敌人一次又一次的猛烈进攻，为大部队安全转移赢得了宝贵的时间。最后，她们的子弹和手榴弹都用光了，面前是蜂拥而至的敌人，身后就是汹涌的乌斯浑河，她们不会游泳，又有伤员，加上几个月转战的极度疲劳，已经不能渡河突围。为了不做敌人的俘虏，她们八个人互相搀扶着，毅然地向汹涌的乌斯浑河走去，壮烈牺牲。她们表现了中华民族同敌人血战到底的英雄气概，在人民群众中广为传颂。

是年11月，抗联第二路军总指挥周保中将军闻讯，在日记写道："乌斯浑河畔牡丹江岸，将来应有烈女标芳。"1982年10月中，乌斯浑河畔东岸小关门嘴子山坡上，建起了八女投江纪念碑，碑文正面刻着黑龙江省省长陈雷的手书："八女英魂，光照千秋"。

2009年9月14日，安顺福等"八女投江"烈士被评为100位为新中国成立做出贡献的英雄模范。

2014年9月1日，经党中央、国务院批准，民政部公布了首批抗日战争为国捐躯的300名著名抗日英烈和英雄群体名录，冷云、胡秀芝、杨贵珍、安顺福、郭桂琴、黄桂清、王惠民、李凤善8名女战士名列其中。在密山战斗或其他战斗中牺牲后安葬密山烈士陵园的共有5位，其中就有抗联第四军被服厂厂长安顺福。

（韩照源整理）

九、李根淑

李根淑，原名李槿淑，女，朝鲜族。1913年生于朝鲜庆尚道礼川郡，1914年随家迁到黑龙江宁安县东京城的南大庙居住，1923年她在东京城读书，1929年11月加入中国共青团。

1931年九一八事变后，她在当地参加反日会，并协助地下党员朴凤南开展地下工作。1932年6月，她和朴凤南假扮夫妻，由宁安转到穆棱开展地下工作，7月加入中国共产党，同时任中共绥宁县委委员。12月，党组织派她和朴凤南等人到密山组建中共密山区委，来到哈达河头段（现属鸡东县东海镇长兴村）开展工作。在中共密山区委成立时任区委委员和妇救会主任。1933年2月任中共密山县委妇运部部长，不久后与任密山县委书记的朴凤南结婚。1934年10月调入抗日同盟军第四军任军部妇女主任兼四军的宣传处长。1935年11

月，她受军长李延禄的委托，率慰问团去第五营驻地做劝阻投敌的政治宣传工作，使多数士兵认清了形势，开始拥护第四军，听从她的劝阻回到第四军。1936年7月她到苏联莫斯科东方大学学习，1939年7月毕业回国，因当时第四军转移，她与部队失去了联系，来到宁安东京城做地下妇救工作。1940年夏因吉东省委书记宋一夫的叛变遭日军逮捕，1941年4月的一天深夜，在宁安县的沙兰镇被日军宪兵队杀害，时年28岁。

1961年抗联第四军李延禄军长，以纪念九一八事变30周年之际为她题诗一首：《李根淑同志千古》。

雏凤凌云破樊篱，振臂高挥反帝旗。

万马军中声浪起，士气轩昂歼劲敌。

囚门难锁英雄志，倭奴妄图诱军机。

宁为玉碎非全瓦，血染黄沙志不移。

（马光谱　李　铁整理）

十、巾帼英雄王玉环

1916年秋季的一个傍晚，王玉环出生在一个贫困荒凉的山村——现鸡东县东海镇兴隆村。

王玉环的出生，使一家人欢喜和不安。迎接她到来的将是怎样的命运呢？王玉环来到人世的时候，正是中国处在全国性的反袁风暴中。由于袁世凯恢复帝制失败后，帝国主义列强各自寻找和扶植一派军阀充当自己的工具。北洋军阀分裂几派，各派之间互相倾轧，军阀混乱，民不聊生，人民处在水深火热之中。当时，王德清老人（王玉环父亲）靠给地主扛活养活一家老小。由于名目繁多的各种苛捐杂税，加租、加押、水灾、旱灾、虫灾，真是灾情纷纷而至，使这个穷苦的家庭过着吃不饱、穿不暖的苦难生活。

在王玉环6岁的时候，即1922年，母亲因积劳成疾，无钱医治，带着一身的病痛，在这荒凉小村里一个漆黑的夜晚离开了人世。年仅6岁的王玉环哭着喊着不让母亲的遗体离开自己的身边，因为在这个混乱黑暗的社会，清苦的家庭里，唯一带给王玉环幸福和欢乐的，那便是母爱。

母亲病逝不久，7岁的王玉环为生活所迫，便到本村张家做了童养媳。洗衣，做饭，放羊，样样都伸手去干。尤其是放猪，更是她又害怕又担心的事情。当时新华村一带人烟稀少，岭多林密，狐狸偷鸡，狼赶猪是这里的常事。所以王玉环每当去放猪便提心吊胆，怕遭意外。回到家里还得服侍很讲封建礼教的婆婆和一个既语迟又发呆的小男人。尽管如此，她也得不到一点同情和安慰。相反，她的婆婆还有意出些难题给她难堪。有一次，王玉环的婆婆让她数正在圈内乱跑的猪崽子，她数了这头跑那头，这对没有读过一天书的、一个农村七八岁的女孩子是够难为的了。她虽然数得满头是汗，最后也难说准是几头。这样，她便遭到"无用""白痴"等不堪入耳的训斥。特定的生活环境，使她从小就养成了倔强的脾气，婆婆无端的挖苦训斥，她也不掉一滴眼泪，只是默默地忍受着。有时这种童养媳的生活使王玉环实在无法忍受，便偷偷地逃回祖父家里，向亲人们哭诉着内心的痛苦，并再也不想回婆家去。但是，当时的中国还是一个半殖民地半封建的社会，要想摆脱这股封建思想谈何容易。王玉环虽然一次次地逃了出来，但又带着未干的泪水被一次次地找了回去。

年复一年，王玉环渐渐地长大了，在她这颗受到莫大创伤的心灵里，慢慢地萌生了要冲破封建势力、砸碎这个封建枷锁的反抗意识。

1931年，九一八事变后，日本帝国主义侵占了我东北三省，在我国东北成立"满洲国"，进行殖民统治。日寇在伪军的配合下，经常到各地疯狂地进行烧、杀、抢、掠，实行惨无人道的"三光"政策，使成千上万个村庄被烧毁，成千上万无辜的中国人民被杀害。

除野蛮的军事统治外，日本侵略者还不择手段地进行敲骨吸髓的经济掠夺。尤其对农村的掠夺更为残酷，采取暴力进行"武装移民"，霸占了大量土地，大量农产品被直接抢走。

日本侵略者进行血腥军事镇压和残酷经济掠夺的同时，还无耻地推行奴化教育，他们强令东北不准挂中国地图，不得用"中华"二字，还实施"日语化"教育，把日语列为各级学校里的必修课程，把中国语文课改称"满语"课等，来奴役东北人。当时王玉环的家乡也同样遭到日本帝国主义的残暴军事镇压、政治控制、经济掠夺和奴化教育。

国难深重，民不聊生。东北各阶层人民，同日本侵略者展开了各种形式不屈不挠的斗争，给予敌人打击最惨重的是中国共产党领导下的抗日军队。活跃在王玉环家乡一带（现今东海镇兴隆村）给予王玉环最大启迪的主要抗日力量，是由密山党的地下组织领导的密山游击队，也叫赤色游击队，后与李延禄领导的东北抗日同盟军第四军汇合。共产党为了巩固和发展壮大这支抗日军队，积极深入各阶层和农村宣传抗日救亡活动，为抗日队伍输送新生力量和抗日救援物资。

1934年夏季的一天，王玉环带着对封建势力和日本侵略者的仇恨逃出了婆婆家，这年她已18岁，就在这年夏天，王玉环认识了一位经常到三姑奶家开展抗日活动的姓赵的女同志。赵同志经常对王玉环讲："国难当头，匹夫有责，要国富民强，只有赶走日本帝国主义。"王玉环听了觉得很新鲜。在赵同志的影响下，王玉环逐渐认识到，只有在中国共产党的领导下，开展广泛深入持久的武装斗争，才能求得民族的解放和自身的解放。

那是值得王玉环回忆的夜晚，天是那样的晴，星是那样的亮，夜是那样的静，可王玉环的心情却像那大海，波涛汹涌，也就在这个夜晚，她在那位可亲可敬的赵大姐的帮助下，毅然地走上了革命的道路。参加了由中国共产党领导的东北抗日联军，时年18岁。

1955年秋季，高粱已晒红了米，也就在这样一个凉爽的夜晚，王玉环突然回到了家。当已断音信21载的她出现在全家人面前时，大家又惊又喜。老父亲一声声呼唤王玉环的乳名，王玉环哭着扑在祖父的怀里，相抱哭泣，诉说离别之情。全家人见王玉环回来，放下一桩心事而流着幸福的热泪。王玉环与家人和老亲故友交谈中，人们才知道她离别家乡后，便参加了由中国共产党领导的东北抗日联军，并经历过莲花泡战役、石碰子阻击战等大小几十次战斗。在硝烟弥漫的战斗中，同崔庸健结为夫妇（崔庸健回国后，任朝鲜民主主义人民共和国委员长）。后随崔庸健一同去朝鲜，在朝鲜民主主义人民共和国女性同盟会工作，任女性同盟会副委员长。

（潘艳敏　李　铁收集整理）

十一、信仰坚定　坚韧不拔的女英雄

蒲秋潮同志生在四川省广安县。青年时在北京女子师范大学读书时，就接受了马克思主义思想，参加了"五卅"革命运动，被选为全国学生女生代表，1926年加入了中国共产党。为了培养妇女干部，党将蒲秋潮同志派往莫斯科东方大学深造，毕业回国后，任中共河北省委秘书长。

1929年，中共中央将蒲秋潮同志及爱人胡伦同志一起派往东北从事党的工作。1930年，中共满洲省委遭到破坏，在沈阳大逮捕时，夫妇二人相继被捕入狱。入狱后任敌人百般折磨，威胁利诱他们始终未暴露实情。由于共产党员的坚定意志，终于保全了党的组织和力量。敌人无法定罪，只好在囚禁两年后，释放了他们。在狱中他们利用一切机会和敌人做斗争，抓紧时间向群众宣传教育，教育群众并唤起民族的觉悟，增强同狱人们的爱国心和斗争的信心。

狱中有一位叫郭宝山的蒙古族人，因蒙汉民族纠纷打架被投进监

狱。他见胡伦同志很能联系人，谈起话来有条有理，便请胡文替他写状子申冤，郭甚感满意，从此二人结下友情。胡伦同志有意识地做郭宝山的工作，谈到爱人蒲秋潮和自己一样因找生活出路被捕之事，郭深表同情。胡伦便从国内谈到世界，从经济谈到政治，启发教育郭的爱国之心，争取郭宝山在出狱后对革命工作能有些帮助，从此郭便把胡伦当作他的良师益友。

九一八事变后，日本帝国主义为分化中国各民族的团结，拉拢人心，收买鹰犬。假仁慈地把原被东北军逮捕的大部分人释放出狱，蒲秋潮、胡伦及郭宝山也同时被释放出狱。蒲秋潮出狱后，向党汇报了狱中情况，郭出狱后便被日军委任为密山县伪警备骑兵旅旅长，由于胡、郭狱中的交情，党即派蒲秋潮、胡伦二人进入伪警备旅搞秘密工作。当时胡伦同志找到了郭宝山，郭因同情蒲、胡生活的遭遇，又有狱中的交情，便委任胡伦（化名胡志敏）担任旅机枪连连长，并聘请蒲秋潮任家庭教师，教育其两个女儿。在教课时，郭夫妇二人常来听课，蒲秋潮同志利用这样机会有意识地向孩子们讲爱国主义、民族团结、中国历史、世界知识等。还帮助郭家做一些家务。蒲秋潮同志的知识渊博，为人正直，性情温雅，深得郭宝山夫妇的赞赏和全家的尊敬。天长日久，便成为郭家的知己朋友了，有事也不回避她。蒲、胡二人也就利用了这一有利条件，机智勇敢地为党收集了不少有价值的情报，为抗日联军第四军提供了不少物资，并协助地下党做了瓦解敌军的工作。蒲秋潮同志除直接从郭宝山处弄到情报外，还可以从郭夫人及其两个女儿的口中得知伪警备旅何时清剿抗联部队，敌人兵力配备等军事情报，然后由蒲秋潮同志单枪匹马，冒着风险利用家庭教师上街方便的机会，将情报交给地下党的联系人，告知第四军，使第四军及时准确地掌握敌人的行动计划，制定了我们自己的作战方案。对小股兵力则采取伏击，如半截河（现鸡东县向阳镇）一战，就是在得到情报之后，趁半截河五团长带兵去打虎林县，造成半截河空虚之机，我军组织兵力进攻了半截河取得了胜利，而虎林县的我饶河游击队也伏击了敌人打死了伪五团长。对大股兵力，我们则避其锐气，减少了损失。如在密山黑瞎子沟驻扎时，得到敌人要来围剿的情报后，我们就迅速地转移了，使敌人的大部队人马扑了空。蒲秋潮同志还常常借去看胡伦同志的机会，利用家庭教师讲授知识的方便，给连队士兵讲中外历史，说古论今，使士兵认识到自己是中国人，不是满洲国人，唤起了他们的爱国之心。蒲则利用这种关系，把连队每次打仗回来剩下的子弹暗地买下，积少成多，然后交给地下党。

1934年上半年，胡伦同志接到中共密山县委的指示，要他们将警备骑兵旅中的机关枪连策反出来，参加抗联第四军，由于蒲秋潮、胡伦同志在敌营和士兵交往过程中，随时就进行爱国主义教育，启发他们的爱国主义思想，并且秘密发展了一批积极分子，当蒲、胡接到县委指示后，他们做了一番周密的安排，终于把机关枪连两个排策反出来了。蒲秋潮、胡伦同志各持手枪一支，带领60名机关枪手及步枪手，轻机枪6挺，步枪50支，弹药万余发，马64匹，离开虎穴，由地下党组织派往抗联第四军，蒲秋潮同志任四军办公室主任，胡伦同志任四军参谋长。从此和抗日联军第四军辗转战场，与敌斗争。

蒲秋潮同志呕心沥血，献身于东北的抗日运动，积劳成疾，患了严重的肺结核，不幸于1935年病故于哈尔滨，时年30岁。蒲秋潮同志为东北革命妇女做出了光辉榜样，她的英雄事迹将永远铭记在人们的心中，流芳千古。

（吴宝林）

十二、从夹信子走出的田二丫

在中国人民的抗日救国斗争史上，东北抗联第四军军长李延禄的名字，几乎家喻户晓，但对他的妻子田佐民人们却很少了解。这位为中国人民的抗日斗争事业流鲜血、献青春的杰出女性，虽然沿历史长河远离我们而去，但她留下的真实感人的故事却永远铭记在后人心中。田佐民是由鸡东平阳走出的，鸡东是田佐民的"娘家"，所以鸡东人民倍加怀念她。

千里寻夫

田佐民自幼无名，由于在姊妹中排行老二，所以家里家外的人都叫她二丫头。田佐民祖籍吉林延吉，15岁嫁给李延禄，由于李延禄在弟兄中也是排行老二，所以公婆邻里都称她老二媳妇。这老二媳妇虽然年纪不大，但知情达理，勤劳俭朴，而且对人温柔体贴，很得公婆及家族邻里的尊重和喜爱。

九一八事变改变了东北人民的命运，战火很快烧到了松花江畔。那时，田佐民已是两个孩子的妈妈。为了抗日救国，丈夫李延禄毅然弃商从戎，离家出走，在完达山下、牡丹江畔，领导抗日武装开展着艰苦卓绝的抗日爱国武装斗争。丈夫的壮举，深深打动了田佐民，丈夫出走后，她一人担起了抚养儿女、侍奉公婆的重担，想以此为丈夫分担些忧虑，为抗日救国做些贡献。每到夜深人静，一家老小睡熟之时，丈夫离别时的话就在她耳畔萦绕："没有国，哪有家；国家兴亡，匹夫有责。"田佐民想到了丈夫，也想到自己，她觉得：打鬼子救中国不应该只是男人的事，女子也该尽一分力量。巾帼英雄古来就有，巾帼不让须眉的事古来就多。她越想越不能安睡，她想去找丈夫，想去直接参加抗日斗争。第二天一大早，她就把自己的想法同公婆说了，公婆通情达理，通晓大义，对儿媳的想法由衷支持。就这样，田佐民在一个寒风刺骨的傍晚，告别了侍奉多年的公婆，摆脱了坏人的监视，带儿携女，套上马车，踏上了千里寻夫的路途。

当时正值我党直接领导的抗日救国军补充一团发起的"镜泊湖连环战役"结束不久。由700名工农子弟组成的抗日救国军第一补充团在李延禄的直接指挥下，先聚歼日本关东军精锐部队4 000有余，又在松乙沟"火烧连营"歼灭鬼子2 600多人。李延禄成了日伪当局悬赏十万大洋缉拿的"巨匪"。田佐民对于这一切虽然知道得不多，但也略有耳闻。因此一路上，她丝毫不敢显露是李延禄的亲眷，只说是到密山夹信子娘家串门儿。那时，田家已由吉林延吉迁到了东安省密山夹信子（现平阳镇）北八甲。回娘家串门儿属常规常理，谁人都无权干涉了，所以一路上避免了不少的麻烦。母子三人，饿了嚼口冷馍馍，渴了含口冰块块。千辛万苦，几经周折，终于在第八天头上赶到了田家。

　　铁蹄下的密山同样兵荒马乱。中共密山区委对李延禄眷属的到来十分关切，采取严密的外围措施保护田家。他们妥善安排李参谋长（李延禄时任抗日救国军参谋长）妻子儿女的衣食住行，生怕出个一差二错。田宝贵对姐姐外甥的到来十分高兴，一有空就围在姐姐身旁问寒问暖，多次要求姐姐常住娘家。尽管大家热情得像盆炭火，但田佐民寻夫心切，在娘家未住几天就想去队伍找李延禄。密山区委同志见再三挽留不见效果，最后只好同意了田大姐的要求。考虑到她们母子的安全和抗日救国军的负担，区委让李延禄的女儿李万新、儿子李万杰姐弟二人暂留姥家居住；田大姐本人由抗日救国军来平阳联络工作的副官李德胜陪同，去往抗日救国军当时的中心活动区——宁安。

　　田佐民到了宁安进入抗日救国军营区，简直如同到了另一个世界：心胸和眼界一下子开阔了许多。面对高高低低的山峦，层层叠叠的树林，活活脱脱的抗日勇士——如同进入梦境一般。她如鱼得水，如火临风，新生活使她对新人生有了新感觉。从此有了可心的名字——田佐民，田佐民的名字是丈夫李延禄起的。李延禄觉得"田二丫"名字不雅，既是要辅佐丈夫为民族的解放事业斗争，大名叫"田佐民"为好。从此，田佐民跟随丈夫领导的抗日队伍，朝进山，夜进城，神出鬼没地打击日本侵略者。在艰难困苦的战争环境，随时照料丈夫李延禄的饮食起居，并为战士们洗衣服、补鞋袜、烧姜汤、包药渣，伺候伤病员。她多次化装成山里农家妇女的样子下山购买部队急需的油盐酱醋，到百姓家中化缘农家瓜果蔬菜为队伍办理伙食，因此深得战士们的尊重。战士们都十分敬她爱她，一个个都亲切地称她为"田妈妈"。

危难受命

田佐民来到宁安，正值抗日救国军抓住日寇围剿间隙，在八道河子一带休整期间，部队最大的困难是给养问题。由于国民党反动派对抗日爱国武装力量"明烧香暗拆庙"，抗日武装队伍的给养根本谈不上政府的接济，所以抗日救国军的给养极度困难。再加上抗日救国军补充一团是中国共产党领导的抗日武装，按照党的规定，队伍不能在地方上"下大牌"搞摊派，更不准到老百姓家硬要明抢，所以救国军解决给养问题唯一的途径是向敌人要给养，向日伪反动派要给养，向土豪劣绅要给养。

时值春夏之交，茫茫北国，山不长瓜菜，地不长粮食。面对近千人的吃饭问题，李延禄几天双眉紧锁，不思水饭。他曾想派出小股部队下山武装征集粮款，可面对日寇的武装封锁，又怕寡不敌众，"烧香引来恶鬼"。在派男同志下山不便的情况下，李延禄便把主意打在了妻子田佐民身上。

"想派你下山一趟——"李延禄对妻子说。

"行！"没等丈夫把话说完，田佐民便对丈夫要交代的事猜出个八九不离十。因为这几天，她同部队的战士一样忍饥挨饿，也同自己丈夫一样为部队的给养困难冥思苦想。所以对丈夫要交代自己做的事早有思想准备，就这样，田佐民奉命下山筹集粮款。

八道河子位于宁安县东部山区，离宁安县城一百多里。沿途，不是陡峭的山路，就是泥泞的沼泽地。未化透的水道壕、草甸子，早晨行走是冰，午间行走是泥。可田佐民顾不得这些了，她同副官李德胜双双打扮成山里人的模样，三更露头动身，鸡叫三遍出山。一路上，口不进水，腹不进饭，经过一天的艰难苦奔，终于在当天傍黑前摸进了宁安县城。

当时宁安日伪反动势力的军事控制很严。宁安城不仅常驻着一个伪军警备旅，还驻有日本关东军一个旅团。伊田少将亲自坐镇宁安，把个宁安镇搅得人心惶惶，鸡犬不宁，田佐民、李德胜二人生命随时都会受到严重威胁。

田佐民同李德胜婶侄相称，二人机智地应对沿途日伪反动势力的盘查，顺利地通过了几道岗卡，在中共宁安县委的帮助下同开明士绅、宁安县商会会长范玉明接上了关系。

范玉明是宁安县很有名气的爱国士绅。他爱国之心强烈，鄙夷日伪反动势力及汉奸走狗，对中国共产党领导的抗日爱国武装斗争寄予厚望。当他听说田佐民婶侄是李延禄派来的"使者"后，十分敬重和高兴。他很快召来了宁安城一些殷商富贾，共同商量为救国军筹集粮款一事。在他的带动和感召下，开明殷商富贾们大多数都表示自愿出钱出物，为抗日救国斗争尽微薄之力。也有的虽不太情愿，但慑于救国军的威力，怕得罪了"烧火的"以后"没熟饭吃"，所以，也不敢怠慢，因此田佐民他们用了不到两天的时间就筹集到五千元金票和近两马车大米、白面。

范玉明帮田佐民他们雇了一辆马车，让田佐民改扮成乡下富人家"大奶奶"的模样，让李德胜改扮成"管家"的模样，二人套好马车，太阳刚冒嘴时起程，月亮要露脸儿时进山，一马车给养算是顺顺当当运回了山里救国军驻地。

这一马车大米白面到了抗日救国军营地，战士们乐开了花——几天未响的胡琴又拽起来了，几天未唱的"蹦蹦"又唱起来了。随着"田妈妈、田妈妈"一声声亲切的呼唤声，田佐民的一双眼角挂满晶莹的泪珠，露出了久未有过的笑容。

二进县城

一进宁安城，田佐民她们收获很大，不仅为队伍搞到了一笔救急的粮款，自己也受到了实际的历练。田佐民为能当上队伍的编外军需、能为抗日救国斗争尽份责任感到由衷的高兴。没过几天，她主动找丈夫李延禄说："上次去宁安城的时间太急促，一些口头答应为队伍捐款捐物的大户还未兑现行动，还有一些粮食没有运回来。"

"你打算怎么办？"李延禄问妻子。

"我想同德胜再去一趟。"田佐民建议。

田佐民同丈夫谈话虽然表面看上去很平淡，但内心态度却十分坚决。李延禄眼望着这位几乎是从小丫头长成的妻子，又是爱又是疼。妻子的为人他是知道的，不仅明事理而且还特别能吃苦。最让他没想到的是，妻子的政治觉悟能在这么短时间提高这么快，所以使他由衷感到高兴。

"有把握吗？"丈夫问。

"行！"面对丈夫半是关切半是怀疑的问话，田佐民的回话让丈夫李延禄感到毋庸置疑。

"早去早回！"愿意长话短说的李延禄没再说什么，末了说了句半是企盼半是命令的话。

这时的李德胜更显得踌躇满志。自打从宁安城回来，他的热情更加高涨。当战友们一边吃着喷香的大米饭一边伸出大拇指夸自己时，他更觉得自己工作"伟大"。他听说要二进县城，便连蹦连跳来到田佐民跟前，二人简单地重复了上次的扮相，便准备起程。起程前，副官处的同志私下找到田佐民说：骑兵营的马匹早就该换新掌了，如方便，望给骑兵营买两百副新马掌。

不知是革命热情的冲动，还是一回生两回熟的缘故，田佐民他们这次进城，腿脚觉得特别轻松，心情觉得特别爽快，不到天擦黑，二人就赶进了宁安城。进城后，有了上次的基础，所以有关事项办理得十分顺当：不仅筹集到十七袋白面、四千元金票，还筹集到四百多斤鲜猪肉。买新马掌虽花费了点时间，但也如愿以偿，两百副，一副不少。等一宗宗物品装上大车，天已接近晌午，范会长怕田佐民他们路上出事，一再挽留说"明日一早再走"。可田佐民归心似箭，她一心想让这四百斤鲜活活的猪肉早点吃到战士们口中，所以执意马上动身。范会长拗不过，只好多叮嘱了车老板儿几句，便同意田佐民一行上路，范会长生怕大车出事，跟在大车后面一个劲儿地走，一个劲儿地送，久久不愿离去，直到将马车送出宁安县城。

车出宁安县城，老板儿快马加鞭，开始是顺风顺水，可到了黄旗屯，出事了！

宁死不屈

黄旗屯离宁安县城八里多路，住着清一色的朝鲜族。有汉奸组织的"自卫队"，人称"二鬼子"。就在田佐民他们的马车将要通过屯中间时，就见从一间大房子里呼拉拉拥出一帮人来，这帮人操着叽里咕噜的朝鲜话一拥而上，吆五喝六地挡住了马车的去路。

拦车的足有十五六个人；高个的虎背熊腰，矮个的尖嘴猴腮，搭眼一看，就知道不是一伙正经东西。领头的四十挂零年纪，不说话先露出半口黄灿灿的大金牙，不等车停稳，"大金牙"就操着半生不熟的汉话上前盘问。

"什么的干活？"大金牙问。

"进城办事儿的。"田佐民回答。

"办啥事？"大金牙又问。

"侄子办喜事儿，我给他置办点东西。"对大金牙的盘问，田佐民不卑不亢对答如流，不失大户人家"大奶奶"的风度。

可野狗寻不到猎物是绝不会善罢甘休的，尽管田佐民的回答未露任何破绽，那大金牙还是给屁股后的伪自卫队员们使了个眼色，"小喽啰"们心领神会闻风而动，搜查开始了！

装猪肉的麻袋首先露了出来。

看到了一扇一扇的猪肉样子，大金牙顿时面露悦色，盘查的劲头更足。

"乡下人办喜事儿还要进城买猪肉？"大金牙话里有话地诘问田佐民。

"年猪刚杀，圈里的壳郎猪膘不够。"田佐民抱着一线希望进行辩解，尽管她已经预感到了什么。尽管田佐民对答如流，但这伙混蛋发现了猪肉样子就如同猎犬嗅到了猎物一样，越发穷翻不舍，两百副崭新的马掌终于被翻腾出来。一麻袋马掌一露面儿，对于一心要找到山里游击队的"二鬼子"来说，手中有了"真凭实据"，田佐民她们说啥也没用了。

抓到了证据，自卫队一伙神气十足，他们一口咬定田佐民等是游击队的人，连推带搡地把她们推进了队部。

伪自卫队员给田佐民他们扒掉棉衣强行搜身检查，四千元金票被搜了出来。见了金票，这帮歹徒如同蚊子见到血，高兴得大金牙把满口的黄牙全露了出来："年刚过就有人将这多金票送上门儿来！"大金牙一心想从田佐民身上再榨些什么，指示手下一面叱问是不是抗日游击队的人，一面用木棒劈头盖脸地殴打田佐民他们，不大一会儿，田佐民、李德胜两人脸上鲜血直流。

任凭敌人怎样拷打，田佐民他们连哼也不哼一声。敌人急了，便把田佐民二人脚冲上头朝下，反剪着双手吊在马棚房梁上。田佐民自觉鼻腔火烤的一样难受，鲜血从她的鼻孔中、口中滴滴答答地往下滴，不一会儿，地下就滴了两大摊血。

　　面对歹徒的残酷折磨，田佐民烈火烧膛。她再也按捺不住心中的怒火，大声吼道："老娘确是抗日游击军的太太！要杀要剐随你们的便！"田佐民看着李德胜受罪的样子，大声说道："我侄儿是帮我办事，我的事与他无关，不准你们这帮畜生再折磨我侄儿！"

　　说来也怪，这帮口口声声要"捉拿抗日游击队"的"二鬼子"，听到田佐民昂然承认自己是抗日游击军的太太，非但不怒，反而一时成了霜打的茄子，蔫了下来。一个个张口结舌，竟一时不知所措，他们纷纷扔下手中的木棒，缩头乌龟似地躲回队部。

　　趁敌人离去的空当，田佐民用力咳出一口血，小声叮嘱李德胜："万事有我，你千万不能承认自己是游击军的人。等出去见到李军长，务必派人将捐来的粮款夺回山里！"

　　不等李德胜回话，歹徒们又回来了。大金牙半是疑惑半是询问地凑近田佐民：

　　"你、你真是游击军的？"

　　"知道了你还装什么糊涂！"

　　"马掌到底干什么用？"

　　"骑兵营！"

　　"你认识李延禄？"

　　"她是李军长的太太，咋就不认识李军长！"李德胜再也憋不住一肚子的怨恨，大声地吼了一句。

　　听了田佐民她们的回话，大金牙打了个寒战。他知道惹怒了李延禄领导的游击军，自己会是什么下场。他连忙向手下递了个眼色，让那帮吆五喝六大打出手的喽啰们为田佐民她们解开绳索。绳索一解，田佐民扑通一声栽在地上，她自觉眼前一阵发黑，失去了知觉……

血里还魂

　　当田佐民苏醒过来的时候，自觉浑身发紧、寒气袭人。睁眼一看，眼前漆黑一片，什么也看不见，只有好远好远的上空跳动着几颗星星。一阵寒风吹来，阴森森冷嗖嗖的。她用力活动了一下身子，发现自己还活着，只是左腿疼痛钻心，一点也不敢动弹。昏迷中田佐民回想：狠心的歹徒在盘问时，曾狠劲用木棒打自己的腿，可能腿骨已经折断，若不然就不会疼痛到这种地步。这次行动糟透了，给队伍丢了一大马车给养不说，自己还搭上一条腿。如果真的落个残疾，自己遭罪不说，以后会给队伍和丈夫带来多大麻烦！田佐民伸手向身边触摸，发现四周不是荒蒿就是野草——这一定是敌人把他们折磨够了，扔在了荒郊野外！

又一阵寒风吹来，田佐民自觉浑身颤抖。她惦记那车给养，惦记同她一起出生入死的李德胜。"德胜！德胜！"田佐民使劲地呼唤着李德胜的名字。

"田妈妈，我在这里！"伴着一阵风声，李德胜的回音让田佐民又惊又喜。这回声，随着一阵一阵沙沙响动的草木声离田佐民越来越近。"田妈妈！我还活着！"

原来，自卫队的这帮歹徒，在认定田佐民等是游击军人员之后，一没敢向日本宪兵队报告，二没敢将田佐民他们置于死地。他们觉得，报告了宪兵队，日本人会把他们截获的金票等财物没收，到口的肥肉会让"老鹰"叼了去；若真把田佐民他们整死，"没有不透风的墙"，早晚得让李延禄游击军知道。游击军知道了，他们得吃不了兜着走，肯定没有好果子吃。李延禄非派兵端了他们的老窝、扒了他们的皮不可。所以，他们私匿了猪肉白面，私分了金票，然后将昏死中的田佐民、李德胜二人扔在了屯北大荒地。李德胜虽然伤势较田佐民轻些，但经过几番拷打和吊刑之后，自己也被折腾得人事不省。他也是靠着不屈的意志和自己年纪轻火力壮的倔劲儿较田佐民早苏醒过来一会儿，一醒过来就开始摸索着找田妈妈，直到听到了田佐民的呼唤声。

随着"德胜""田妈妈"一声声的呼唤，田佐民、李德胜双双用自己的肩肘支撑着身躯匍匐着向对方靠拢。随着越来越清晰的呼唤声，这对患难中的战友、婶侄，终于冲破漆黑的夜色，两只手紧紧握到了一起。

"德胜，咱俩现在是在什么地方？"握着李德胜的手，田佐民翕动着发麻的嘴唇悄声问李德胜。

"我估摸着这地方大概是北岗的坟茔地。"李德胜说。

李德胜判断得不错，这里确是黄旗屯北岗的坟茔地。大大小小的墓碑坟丘黑压压一片，远处还不时传来野兽的嗥叫声。

"德胜，你赶紧离开这个鬼地方，回山报告军部。"田佐民半是命令半是嘱咐地说。

"咱们俩一块儿走。"李德胜说。

"我的一条腿大概是被打断了，不听使唤。你自己快走！"田佐民的态度十分坚决。

"不！背，我也要把你背回军部去！"李德胜坚决不肯，说话的态度也咬钢嚼铁。

"傻孩子，净说傻话。自卫队这帮家伙反复无常，咱俩不赶紧离开，说不定会再次落入虎口！军部的领导一定等得十万火急，时间一拖，那车给养会全落在敌人手里。"田佐民的一番话说得李德胜不再坚持，他使劲儿地咬住下唇，慢慢松开了田佐民的手。

就这样，李德胜趁夜色掩护，一瘸一拐地赶回山里向军部汇报。田佐民就地隐蔽，等待军部派人接应。

李德胜离开不久，田佐民看到黑漆漆的天幕突然亮开了一道缝，接着是一片黄澄澄白蔚蔚的云霞。"天快亮了！"田佐民望着东方的晨曦，一拐肘一拐肘地匍匐着向丛林中爬去。

游击军得到李德胜的报告，迅速派出精干队伍下山解救。来到黄旗屯，自卫队见了游击军如同耗子见了猫，一个个吓得猫脸儿狗样东躲西藏不敢露面见人。李延禄军长遵照党的"建立抗日民族统一战线、中国人不打中国人"的指示，要求小分队只追回给养财物，不对自卫队施行其他惩罚。在丛林中，人们找到了奄奄一息的田佐民。这位一心要为中国的抗战事业做点事的普通女性，为抗日救国事业被折腾得遍体鳞伤，极度虚弱，因被打折了左腿，从此落下了终生残疾。

（王效明）

十三、抗联女交通员李氏然

1933年，李氏然（女）参加了密山哈达河沟里的抗联武装，在周保中和负责地下交通李相连同志的领导下做地下交通员工作。1934年加入中国共产党（28岁）。1935年组织决定，让她负责从山上到哈达河街里这一段的情报通信工作。

有一回，党的地下组织，配合山里的部队打哈达河街里的日本守备队，要破坏公路和电话线的重要情报就是李氏然亲自传送出去的。

1936年的夏天，庄稼长得很高了，组织决定，由李氏然完成传递消灭哈达河日本守备队的情报。她找了一个挎筐，里边装上了几个鸡蛋，腰扎一条小围巾，用向日葵花秆做了一个拄棍，把里面的瓤子掏出去装上密信，然后用泥抹上，使人一看就是破棍。然后再把另一个密信放在狗皮膏药里，用一小块油布把密信包好，放膏药中间，贴在腰上，治腰痛。这一段封锁线较多，当她走在一个山坡下，就见有几个鬼子骑马向她走来，她急忙把那个棍子扔到草里，用小树做记号，就又往前走。鬼子下马问："你那边干什么去！"李氏然装着害怕的样子说："我父亲有病，瘫在炕上，想鸡蛋吃，去看他。"鬼子搜了身，只见筐里有几个鸡蛋，她便乘机说："老总请你吃几个鸡蛋吧。"于是，鬼子吃了几个就走了，她又回到小树附近那儿取棍子上路了。就这样在傍晚时分，到哈达河街里，找到地下党组织，完成了任务。第二天半夜，山里部队和县游击队里应外合，把鬼子小队全部消灭掉，还获不少战利品。

李氏然丈夫戴文章是专做地下交通、破坏宪兵电话线、公路工作的。同时，还担任抗联第四军与苏联的交通联络。一个月从当壁镇（密山国际交通线）到苏联图里洛格往返一次。1937年一个晚上，她丈夫从苏联回来，穿一件黑布上衣，里面穿一件白布衬衣，他说："情报都在这白布衬衣上。"但她什么也找不到。当时有两名同志专做翻印字的，他们把衬衣放在"水里"拿出来就出现了文字，翻印完情报，把衣服就毁掉了。

1938年，这一带抗联活动处在困难时期，部分抗日力量转移到苏联。戴文章和他哥哥全家也都随同转移到了苏联，后来一直无音讯。李氏然因身边有两个小孩便留下了，1948年李又重新入党，并在鸡西市被服厂任厂长，某街道委员会党支部委员，曾被评为鸡西市社会主义建设积极分子。

（摘自《中共密山历史》）

十四、"李玉和"在平阳镇革命活动片段

李玉和是著名样板戏《红灯记》的主角人物，剧中故事情节和唱段家喻户晓人人皆知。剧作家沈默君当年创作《革命自有后来人》，是以东海火车站原来的扳道工张玉和为原型的。后来张玉和从东海车站辞职，以下乡当货郎卖货为生，逐渐认识了二人班的地下党员傅文忱，被发展成地下党员，担任国际交通线和密山县委及抗联第四军之间的交通员。经常活动在永安、平阳镇和半截河及中苏边境一带。日伪时期的平阳镇作为当时的军事和伪满政权重镇，是党的地下活动重点地区，张玉和在本镇留下过足迹和故事也就不足为奇了。

1934年春天，中共密山县委指示平阳镇的地下党员胡伦，要求他把驻守在平阳镇由郭宝山任旅长的密山警备司令部骑兵旅中的机枪连策反出来，参加抗联第四军。这其中，胡伦和密山县委之间的联络任务，就

是由张玉和完成的。张玉和当年以货郎的身份为掩护，到平阳镇后经常住在一户叫张家馒头店的地方，说是这户张氏户主的表弟。经过胡伦和地下党员蒲秋潮大胆细致的工作，再加上张玉和从外围积极配合，终于把机枪连中的两个排从平阳镇的驻守伪军中策反出来。起义战士六十二名，携带手枪两支，轻机枪六挺、步枪五十支，子弹一万多发，军马六十四匹，成为当时平阳镇的一条爆炸性新闻。《红灯记》中的北山，就是指的是鸡东县兴农一带的北部山区，北山游击队指的就是密山抗日游击队。

当年在南八甲（希贤村）屯子周围活动着好几伙胡子，人数最多的一支队伍叫刚义队，刚义队的大当家的叫刚义，二当家的名叫王开祥，官名叫水香，负责管理队伍内部的日常事务。三当家的名叫张元吉，官名叫字匠。此人的角色有点像军师和参谋，因为他有一些文化，每次出师前都要先为队伍算上一卦看看吉凶。刚义队有130多人，装备很好，有钱有势的人都怕这伙胡子，因为他们专门对付有钱有势的人家和官府。刚义队的活动范围东到密山，西到梨树镇和林口一带，他们的大本营在南八甲南山倒背岭东山张大个子菜营处。那时的日本军队经常围剿他们，后来张玉和由于从半截河到平阳镇跑交通经常走山里南线，逐渐认识了刚义，张玉和根据党的指示努力争取，化名赵货郎子经常出入刚义队，后来终于做通刚义的思想工作，使这伙人参加了抗联队伍。这支队伍在1941年从附近山区越过国境线，到苏联进行了休整改编。

1937年，南八甲的老豹头的弟弟赵文财和儿子赵殿福到南山里干活，意外发现从苏联共产国际交通站送完情报的张玉和。这时张玉和已身受重伤，据说是穿越国境时被日本国境监视队士兵用枪打伤，身上带着一份重要文件，这可能就是《红灯记》中密电码的由来。由于赵家父子认识张玉和，但不知真名，只知他外号叫赵货郎子，所以当时就把他藏了起来。到了晚上父子俩用担架把赵货郎子送到平阳镇张家馒头店，之后大家共同为赵货郎子（张玉和）秘密买药疗伤。不料这事被当时的日本特务王国延知道了，王国延当时是平阳镇警察署副署长，据说是《红灯记》中王连举的生活原型。王国延就把此事报告了日本宪兵队，日本宪兵就把赵家父子和张玉和一起抓到鸡宁宪兵队监狱。三人经多次严刑拷打，都没交代实情，之后三人各自判刑关进监狱。张玉和身上的重要文件已提前委托馒头店张家人，转交给了中共密山县委。这户张家有五口人，上有一位七十多岁老母亲，夫妻俩身下有一儿一女，女儿当年十七八岁。为了掩人耳目不引起别人的怀疑，他家是让老太太领着孙女以出门走亲戚名义把文件送出去的，这又和《红灯记》中的李奶奶和李铁梅极为相似。后来，被关押的三人被地下党组织和抗联部队营救出狱，赵家儿子随即参加了抗联队伍，赵文财回到了老家吉林，张玉和在出狱后被党组织派往另地工作。

（孙华玉根据土改时期老干部口述记录整理）

十五、平阳镇是"李铁梅"的出生地

著名样板戏《红灯记》红遍中国，人人耳熟能详，剧中有个主要人物李铁梅，由于京剧演员刘长瑜的演技超群，李铁梅这一形象更是被塑造得栩栩如生，人见人爱。现在说起李铁梅的生活原型，如果寻根溯源的话，其实这人就是出生在平阳镇的永发村车家屯。

20世纪的1920年前后，车家屯已有了二三十户人家。一户陈姓人家在一年冬天添了个女儿，取名陈玉梅，由于上无兄下无妹，她成为这户小家的独生女，被视为掌上明珠。陈玉梅的父亲原来是车姓地主的长工，后来不当长工，由别人介绍到南岔金场沟的金矿里当淘金工人。由于体壮能干，被矿上的"金把头"看中，就把他当作技术骨干抽到别处另开新矿，从此一去杳无音讯。迫于生活无奈，陈玉梅的母亲领着她改嫁给了平阳镇的一名姓张的人。这位男人名叫张俊鹏，比陈玉梅大两

岁，妻子两年前因痨病去世，给他扔下一个8岁的儿子。张俊鹏的父亲早已去世，上有一位健康的母亲，新的家庭共有五口人。为了体现陈玉梅的命硬抗磕打，张俊鹏为养女陈玉梅改名张铁梅。张家原来靠为别人打零工和种点薄地为生，日子过得清苦。后来张铁梅父母就卖掉旧房，又凑了点钱在街边买了两间草房，地址处于现在卫生院的西侧，在那里蒸馒头开起了馒头店。

张俊鹏有个表弟也姓张，名叫张玉和，一开始在东海煤矿当苦力，后当扳道工，以后又下乡卖货当货郎，对外说自己姓赵，所以不少人都叫他赵货郎子。张玉和当货郎游走四乡哪里都去，也到过密山二人班附近，逐渐认识了地下党员傅文忱，他也被发展成为地下党员，成了党的一位地下交通员。经常利用和张俊鹏的表兄弟关系，在张家馒头店落脚居住，此时张铁梅见了面称张玉和为表叔。

有一次张玉和从苏联共产国际交通站带一份重要文件归来时，被日伪国籍守备队用枪击伤，后被人营救并住在张家养伤。此间委托张俊鹏母亲领着孙女张铁梅把秘密文件（密电码）送出。后来张玉和与营救他的赵氏父子被希贤村的王国延举报遭受逮捕。而张家也未能幸免于难，王国延以张家私通共产党的名义，勾结平阳伪警察署，强行惩罚张家父子去外地出劳工，去后再无音讯。而王国延又垂涎张铁梅母亲的美貌，便把她抢回家强行奸污，同时让她成为家中用人。由于不忍经常遭到王国延的侮辱，后来张铁梅的母亲在屯前南山悬树自尽。

张俊鹏一家五口人只剩下奶奶和孙女，生活过得异常艰难。张玉和出狱后，前来张家探望，见祖孙二人无法生活，便把她们接到东海车站附近的自家，开始一起生活居住。三口人重新组成新的家庭。张俊鹏的母亲娘家姓李，名叫李秀英，所以人们都叫她李奶奶，张玉和此后改口称李秀英为妈妈，自己也改名李玉和，张铁梅也随奶奶的姓改叫李铁梅，把李玉和称父亲。从此，李姓、张姓、陈姓成为三代一家人。由于张玉和在被捕后一直没有暴露交通员身份，党组织仍安排他以货郎做掩护担任地下交通员。一家三代人，高擎红灯，曾经为抗日、剿匪等斗争传递过无数次情报，出色完成了无数次革命任务。

（孙华玉整理）

十六、叛徒"王连举"是平阳镇的当地人

京剧《红灯记》中有个重要的反面人物叫王连举，这人的生活原型其实就在平阳镇，他的真实名字叫王国延，是当时这个镇南八甲（希贤村）的人。

作为百年古镇和革命老区的平阳，出现过许多抗日英雄人物，但也同时也出现过汉奸叛徒等反面人物，只有这样才能体现真正的生活规律和历史原貌，并不有损于平阳镇作为革命老区的光荣，反而更加有力地证实了当年烽火硝烟的光辉革命历程。当年沈默君、罗国士创作的《革命自有后来人》，是他们在密山工作期间听了地下党交通员张玉和的故事后，以东海车站的张玉和的生活原型创作的，张玉和曾在平阳镇有过革命活动，这自然就牵出了"王连举"这个反面人物的出场。

张玉和原是东海车站的一名苦力工，负责往车皮上装卸货物，后来托人当了扳道工人，但因车站站长是一名心甘情愿为日伪政权卖力听命的人，他办的很多事张玉和都看不惯，后来就辞了工作当起了下乡卖日用小商品的货郎人。后来他在走村串巷时认识了密山二人班的傅文忱，被发展为中共地下党员，并当上来往于苏联共产国际联络站、抗联第四军和密山县委之间的交通员。

李玉和被王连举出卖是真实的。当年南八甲的赵文财和儿子赵殿福到南山干活，发现了从苏联送情报归国又身负重伤的赵货郎子（张玉和），因为早就相识，父子俩当时就把张玉和藏了起来，到了晚上把他用担架抬到了平阳镇的张家馒头店，之后父子俩与张家一起秘密为张玉和买药疗伤。此时张玉和身上有一份从苏联共产联络站带回的重要文件

（密电码），由于自己无能力亲自送出，便委托馒头店主老张七十多岁的母亲（李奶奶）和小女儿（李铁梅）化装出门走亲戚，把这份文件转交给中共密山县委车站设在东海车站附近的联络点，并告知了接头暗号。祖孙二人按照赵货郎子的交代走到东海车站附近，找到联络点的联络人，见面后这位联络人首先举起了一盏红灯，李铁梅随后按货郎叔的交代，对这位擎灯人说："叔叔，我们是卖木梳的。"擎灯人随后问："有桃木的吗？"李铁梅答道："有，要现钱。"和密山县委联络员接上头对上暗号后，李奶奶和李铁梅便把这份文件（密电码）交给了他。至此，赵货郎子也成功完成了这次出国和回国的交通员联络任务。时过不久，家住南八甲在平阳镇伪警察署当副署长的王国延知道了赵家父子救了一位陌生人，便把此事告诉了驻在平阳镇的日本宪兵队，随后张玉和与赵氏父子便被抓到鸡宁宪兵大队。三人虽经严刑拷打，仍未交代与共产党有联系的实情，后来以别的罪名被判刑关在鸡宁宪兵队监狱。之后被党组织和抗联第四军派人营救出狱。其实，"王连举"此时并不是地下党员，只是他此后提出过入党申请，差一点没有混进党内，这话将在后文交代。

这个"王连举"的生活原型王国延，在南八甲一开始住在热闹街，这个小屯原址在现在希贤村东北角一里多外处，伪满并屯他进入了大屯子，并当上了日伪特务。他领着日本宪兵到处捕抓地下党和抗日积极分子，那时也把抗日积极分子叫通苏。王国延这个人很坏，无恶不作，他的工作范围东到下亮子，西到郭家油坊（永胜村），北至张家街和李大房（永和村）。当年谁家的男青年结婚，如果新媳妇长得漂亮，都得先由他睡。他的父亲王振方和伯父王振刚，在1942年夏天见到了一个货郎到屯里卖货，就告诉了王国延，王国延就和他的手下用气管子往货郎肛门里打气，结果活活把货郎给胀死了。

日本人投降后，王国延放火烧了鸡宁宪兵队监狱，监狱里260多名囚犯无一生还，都被大火烧死了。之后，他化装成讨饭的到东北民主联军部队的征兵处报名参加了民主联军部队。打四平街的时候，王国延因为作战勇敢被部队记了二等功。部队随后的南下途中，他一直都表现很好，受到部队首长好评。后来他就写申请要求加入中国共产党。在即将被上级批准的时候，他的历史被一名叫张少明的人揭发出来。张少明是张家街的人，早就认识王国延，见他多次领着日本人到村里抓这个捕那个，是王国延干坏事的见证人。张少明1945年参加东北民主联军，和王国延是两个团的。在南下准备渡江作战前夕，张少明在训练时见到了王国延，便向部队报告了王国延的身份。随后把王国延交给了新成立的地方政府，地方又将他押回了鸡宁县。在对其进行审查处理时，因他当时在部队立过战功，就免除了他的死刑，另判了刑转到北安监狱服刑。1947年，南八甲开始斗争地主恶霸，王国延的父母和伯父因为平时仗势欺人，民愤很大，在斗争会现场被翻身群众用乱棍打死。

（孙华玉根据知情人提供的素材整理）

十七、"鸠山"的原型是鸡宁县日本宪兵队长上坪铁一

1959年王震将军指示垦区文化界发挥在"右派"的特长，剧作家沈默君当年是铁道兵密山农垦局（局址在密山北大营）所属农场的"右派"，他创作了电影剧本《革命自有后来人》，后被改编为京剧《红灯记》。

《红灯记》以北满抗联为背景，重点突出了北满国际交通站中的人物原型。

当时我党在密山地区设置的秘密国际交通站之一是徐道悟领导的满洲省委密山兴凯湖国际交通站，它的路线是平阳镇——半截河——二人班——密山县城（现只一镇）许道悟家——白泡子赵家大院——当壁

镇。交通站人员有时扮成商人，有时扮成樵夫，走在乡间的羊肠小路上。

这个交通站在抗日战争时期，有60多位我党和抗联的高级干部到苏联莫斯科东方大学学习，学成后大都回到革命圣地延安，新中国成立后许多同志担任了中国和朝鲜两党、两国、两军的重要职务。

这个交通站在抗日战争时期，为东北抗联传递党的指示和抗战信息，做出了卓越而不可磨灭的贡献。在中共中央长征后，东北抗联与党中央失去了联系，由中共驻共产国际代表团代为领导，《八一宣言》《一二·六指示信》《告东北同胞书》及遵义会议精神都是通过北满密山国际交通站传递的。

密山县第一任县长傅文忱当年是北满国际交通站的交通员。傅文忱，满族，密山二人班人，1933年在二人班参加革命工作，担任国际交通员，后到莫斯科东方大学学习情报侦察。到延安后，担任抗大学员、教官、中央情报部科长，八路军西安办事处党内机要交通科科长，曾担任过毛主席的警卫员、中共"七大"持枪保卫班班长。现代革命京剧《红灯记》中的李玉和身上有傅文忱与李范五的影子。

李范五，是黑龙江省穆棱县人。早在北京大学读书时就参加了革命，是东北抗联主要领导人之一。在担任吉东特委书记期间，在密山二人班等地区领导吉东地区抗日斗争。新中国成立后任黑龙江省省长，当年李范五领导了下城子、磨刀石修铁路的工人大罢工。傅文忱一家有6个孩子，是三个姓"又亲又不亲"的三窝孩子。傅文忱参加革命前有2个女儿，七年后老婆改嫁又生了2个孩子，老傅找个爱人又生了2个女孩，写剧本时受其启发，将"三窝人"描写成了"三代人"。

1960年傅文忱回忆在密山担任北满国际交通站交通员时曾谈到，1994年由于叛徒出卖以桑元庆为代表的22位国际交通员被捕，其中电台、发电机、密电码被日军宪兵队长上坪铁一缴获。

上坪铁一，1902年生于日本鹿儿岛县，1924年入伍，21岁时入日本陆军士官学校。1936年他被送到东京宪兵训练所受专门的宪兵训练，1944年8月9日任鸡宁县宪兵队长，1944年10月以后任东安日本宪兵队长，后任四平宪兵队长，日军侵华时期，他干尽了坏事，丧尽了天良。

1934年8月至10月20日前后他在担任鸡宁（鸡西）县日本宪兵队长时，命令绥阳宪兵分队长东条英次在同年8月逮捕了从事抗日救国活动的石文瑞等5人。

1944年上坪铁一任东安宪兵队长期间，由于叛徒的告密，以桑元庆为代表的22位国际交通站工作者被捕，其中电台、发电机，密电码被日本宪兵队长上坪铁一缴获。上坪铁一逮捕的22位交通员已查到姓名的有李泉岱（李东昇）、宫发德、桑元庆、张玉环等人。上坪铁一以灌凉水、过电、装入麻袋撞、木棒打、火钩子烫等各种残忍手段进行行刑、审讯后，将其中的李泉岱、桑元庆，张玉环3人送交哈尔滨日军第731细菌部队做细菌实验被杀害，刘清洋、曲丰久等19人自被捕后下落不明。

此项罪行为昭和20年（1945年）3月20日关宪战第128号《防谍日报》和昭和20年（1945年）3月29日关东宪兵队司令部《战务要报》第28号的记载，并有东安日本宪兵队宪补孙天生、勃利日本宪兵队分队宪补徐铁民、翻译孙福荣等人的证词和调查材料，上坪铁一本人也供认不讳。

因此，现代革命京剧《红灯记》中那个阴险狡诈的日本宪兵队长鸠山则应是曾任鸡宁县日本宪兵队长后任东安（密山）日本宪兵队队长的上坪铁一了。

1956年7月7日上午，在沈阳最高人民法院特别军事法庭调查时，上坪铁一对所犯罪行供认不讳。并哭诉道："证人所说都是我所做的事情。我不知道怎样谢罪才好，请法庭给我严重处分吧。"

　　中华人民共和国最高人民法院特别军事法庭于1956年7月20日，在沈阳对武部藏等28名日本战争犯罪分子进行宣判时，判处上坪铁一有期徒刑12年。被告人的刑期自判决之日算起，判决时关押的日数以一日抵徒刑一日。

（系鸡西市收藏家协会会长　韩基成）

第四部分

《红灯记》的姐妹篇《烽火搜救孤》

现代京剧《烽火搜救孤》剧本

编　剧：王效明

改　编：宋志辉

鸡西市人民艺术剧院京剧团演出

2014年1月5日

时　间：20世纪30年代中

地　点：东满，完达山鸡密一带

人　物：

刘百川：农民，四十多岁，抗日救国会会员

百川妻：农民，近四十岁，抗日救国会会员

大　山：十岁，刘百川的亲子

大　海：十岁，烈士遗孤，刘百川养子

老　李：四十多岁，中共地下县委书记

朱队长：三十多岁，抗日游击队队长

龟　田：近五十岁，日本宪兵队长

陆牤子：三十多岁，宪兵队特务

伪保长：五十岁，外号孙大头

儿童团员：甲、乙、丙、丁若干

游击队员：若干

群　众：若干

日本宪兵、伪警察若干

第一场

北方冬季小镇一角。（一家两张桌小酒馆，远处可见日军炮楼和哨卡；屋外人头攒动，不时有日本宪兵巡逻。酒馆内几人似有心事地向外张望。桌上的酒菜完好未动。突然，大街上一阵枪响，一片混乱。酒馆内几人猛然站起并下意识地掏出手枪，老李快速走到门前向外窥望。）

老　李：这帮强盗！

（唱）大东北遭侵占万民涂炭，

　　　　小日本烧杀抢恶贯盈满。

　　　　此时间要接线万般危险，

　　　　但愿得刘百川平安闯关。

刘百川：（内喊：卖炭、送炭！）（身背木炭筐上）

（唱）卖木炭做幌掩镇中接线，

　　　　为救亡顾不得个人危安。

　　　　因何故小镇中森严荒乱？

　　　　莫非是大老李身陷危难？

　　　　纷乱中需冷静仔细察看——

（一队宪兵和伪警察押着几个抱（领）小孩的妇女走过，后面跟着哭喊的老人）

刘百川：（白）奇怪了！

（接唱）宪兵队抓孩童所为哪般？！

（陆牤子打着铜锣和几个伪警察上，几个百姓围观）

陆牤子：大家都听着！皇军说了，最近有一批抗联的孽后流窜到了咱们镇上，听说还有几个孤儿是朝鲜抗联之后。皇军说了，他们的抗联老子都是一些罪大恶极十恶不赦的反满抗日分子，他们的老子虽然死了，但也绝不放过他们的后人。这叫父债子还，除恶务尽！皇军还说了，提供情报者赏！收留窝藏者斩！而且要诛九族！灭满门！

（汉奸和伪警察下，老李出门）

老　李：卖炭的！可把你盼来了！

刘百川：李掌柜！您着急了吧？

老　李：都等着木炭点炉起火呢！

刘百川：别急，别急。这炭，我不是平安地给您送来了嘛！

老　李：快进屋喝两口，暖暖身子。

刘百川：好嘞！（二人机敏地环视一下周边动静，迅速进屋。老李示意另一人出外放哨，那人拎起一只甲鱼下）

老李呀，你说这小日本不是作孽吗？

老　李：作孽？他们是作死！先不说这些。我给你介绍一下，这位是抗日游击队的朱队长。

刘百川：端炮楼、炸军车的朱队长，久仰大名啊！

朱队长：过奖了。

老　李：这就是我常跟您说起的西大林子抗日救国会会员、大名鼎鼎的硬汉刘百川。

朱队长：未见其人，早闻其名。为了抗日救亡，刘兄可是个大忙人啊！

刘百川：庄户人也干不了别的，出点傻力呗。老李，你急三火四地让我来，一定是有什么大事吧？

老　李：刚才外面发生的事，想必你都看见了。

刘百川：抗联之后！

朱队长：对。时间紧急，长话短说。上级把一批抗联烈士的遗孤交给了我们，让我们倾全力保护好他们，绝不能让他们落入小日本的魔掌。

老　李：起初，孩子们安排在镇上。不料，消息走漏，小日本开始四处抓人。为了安全起见，须将孤儿迅速转移到乡下。如今，大部分都已安全分散转移。

朱队长：现在还有一名朝鲜族孩子，因病重多日没能及时送出，所以，今天把你请来，你看——

刘百川：那还看什么？孩子的父辈为打日本鬼子命都没了，我们还活着的人怎能坐视不管，袖手旁观？这孩子就是我的了！

老　李：果然是条硬汉！

（唱）众英烈为抗日鲜血流干，

　　　　撇下了亲骨肉流徙颠连。

　　　　党把这烈士后托付于你，

　　　　但愿你胜大任护好英贤。

刘百川：老李！朱队长！

（唱）百川说话摸胸坎，

　　　　一片真心可对天。

　　　　抗日救国重泰山，

　　　　七尺男儿岂等闲？

　　　　任凭虎狼多凶残，

　　　　套狼自有套狼杆。

　　　　我认遗孤当亲子，

　　　　亲爹与儿命相连。

老　李：好兄弟！眼下虽是虎狼为虐，但咱们的斗争并不孤立。地下党组织和县游击队正准备与小鬼子打一场大仗。

刘百川：太好了！就盼着这天呢！

朱队长：烈士遗孤是革命的后代、这个孩子就拜托你了。

刘百川：孩子叫啥？现在何处？

老　李：孩子叫朴龙汉，现在后间库房。（外面放哨人喊："王八，王八！谁买王八？！"）不好，有人来了！

朱队长：孩子怎么办？

刘百川：孩子有他爹！（拿起炭筐急奔后间）

（朱和李速回座位喝酒。门外陆牤子带着几个日本宪兵直奔酒馆而来，放哨人忙上前搭讪）

放哨人：太君，王八的，要？（被宪兵推开，进门）

陆牤子：哟！掌柜的，今儿个咋不做买卖喝上酒了？

老　李：嗨，这不是没生意吗，陪着他——

陆牤子：他是谁？（指朱队长）我咋没见过？

老　李：啊，这是我小舅子二虎。二虎啊，叫陆哥。

朱队长：（抱拳礼）陆哥，一起喝点吧？

陆牤子：哪他妈有心思喝酒哇。

老　李：兄弟，太君们这是——？

陆牤子：啊，例行公事，挨家搜查抗联孽后。（小声地）有，你就麻溜交出来，免得招惹杀身之祸。

老　李：那咋敢？我是啥样人你还不知道吗？

陆牤子：没问题？

老　李：这你还信不过我吗？

陆牤子：咱俩谁跟谁呀！啊，太君，那咱们就——开搜！

宪　兵：搜！（宪兵们欲进后屋，朱、李正欲掏枪，突然，门外响

起枪声，宪兵和汉奸急忙冲出酒馆）

（刘百川背着炭筐急上）

刘百川："王八"走了？

老　李：差点出事。（放哨人进屋，微笑着比量一下手中的枪）

朱队长：（对放哨人）干得好！

老　李：说不定宪兵还要回来。事不宜迟，得马上将孩子转移。

朱队长：孩子怎么样了？

刘百川：烧得厉害，不能走路。我只好把他放在炭筐里，委屈孩子了。

老　李：情况危急，也只能如此了。来（从吧台后面拿出一个布包）这是龙汉换洗的衣服你带上。朱队长，看你的了！

朱队长：没说的，权当是为百川兄鸣枪壮行了！

李、刘：（抱拳礼）谢了！（朱队长二人出门，刘随后，李出门相送）

（枪声大作，小镇再次混乱中）

老　李：百川兄保重！

刘百川：（百川猛回头深情地抱拳）保重！（亮相）

　　　　　（收光）

第二场

日本宪兵队龟田寓所：

（大幕在日本"樱花"的音乐中徐徐拉开，几名日本歌伎舞蹈着，一侍者手下摇着唱盘机，龟田跪坐在地铺的平桌后，用手中的红酒杯透视着舞者，一侍女跪侍奉）

宪　兵：（轻声地）队长！

　龟　田：抓来的那个游击队员可曾开口讲话？

　宪　兵：队长，这个人是个顽固分子，不但不开口，还奋力反抗。

　龟　田：奋力反抗？（示意歌伎等退下、众下）

　宪　兵：队长，据内线报告，抗联第四军李延禄部撤离鸡密之前留下的抗联后代，已经由镇里转移到乡下。

　龟　田：转移到什么地方？

　宪　兵：完达山、穆棱河一带。

　龟　田：完达山、穆棱河——（为难状）

　宪　兵：队长，我马上带人去搜查。

　龟　田：幼稚！（起身）这么大个完达山，这么长条穆棱河，你到哪里去搜，哪里去查？

　宪　兵：队长，那个顽固分子……

　龟　田：杀了他，而且要斩首示众，让所有的人都知道，这就是抗日和窝藏抗联之后的下场。

　宪　兵：哈依。（下）

（电话铃响，龟田接电话）

　龟　田：我是龟田。我们已经得到情报，正在组织核实搜查。哈依，哈依！（放下电话，内喊：遭天杀的小日本儿，你们不得好死！随即响起一排枪声）

　龟　田：（唱）抗联军就如那落花生一垞，

　　　　　　　　秧生根根连苗果在地下活。

　　　　　　　　必须要拔根秧方能挖出果，

　　　　　　　　利用那抗联后捣毁抗联窝。

（陆牤子脖子上挂着猪头，背着大米上）

陆牤子：报告！

　龟　田：进来。

陆牤子：（气喘吁吁地）龟田队长，这是西大林子的保长孙大头孝敬你的上等大米和猪头、刚杀的队长。

龟　田：嗯？

陆牤子：啊不，是刚杀的猪。

龟　田：来人！（陆牤子紧张、气势汹汹进来两个宪兵）

陆牤子：（恐慌地）队长，这、这？

龟　田：哈哈哈，把这些东西（指大米和猪头）拿下去。

宪　兵：哈依。

陆牤子：哎，这活儿咋能让太君干呢，让我来。（欲抢被宪兵差点推倒，宪兵下）

龟　田：哈哈哈，陆队长，你和孙保长大大地好、大大地良民。

陆牤子：应该的，应该的。

龟　田：现在有个重要任务交给你。

陆牤子：陆某愿效犬马之劳。

龟　田：好！据可靠情报，当年的抗联之后已经由镇里转移到乡下，为了消灭抗联和游击队，我们要用抗联之后做诱饵，引蛇出洞。

陆牤子：高！队长，我的任务是……

龟　田：你的任务——撒下人马，把完达山、穆棱河一代的村屯全部搜遍，发现情况马上报告。

陆牤子：哈依！

龟　田：记住千万不要打草惊蛇误了我的大事，我要来个"落花生"计划。

陆牤子："落花生"计划？什么意思？

龟　田：斩草除根，一网打尽。（狞笑）

（收光）

第三场

时　间：数年后，仲秋，清晨。

地　点：瓜田。

（青山叠翠，稻谷泛波。瓜田、瓜棚，点缀着北国山乡一幅壮美的金秋图画。）

（幕后合唱）华夏大地烽火狼烟，众男童在刘百川的指教下习武练功。

　　　　时光流转又一年，

　　　　岁月无情人有情，

　　　　一诺千金刘百川。

（众男童时而群舞、时而对打、时而插花）

刘百川：（念）站，要挺胸收腹，

众男童：哈！

刘百川：蹲，要平视双眸！

众男童：哈！

刘百川：走，如行云流水！

众男童：哈！

刘百川：攻，要势如破竹！

众男童：哈！哈！哈！哈！哈！哈！

（伴唱）国破家亡山河悲壮，

　　　　抗日烽火越烧越旺，

　　　　不甘凌辱摩拳擦掌，

　　　　日寇定葬大海汪洋。（习武收式）

刘百川：好！孩子们练得非常好，进步也很大，只是我二儿子大海刚从山东老家回来，还没有完全跟上，大海呀，你可要努力呀！

大　海：爸，您放心，我一定会努力的！

刘百川：好！哎，大海呀！（将大海拉到身边），以后管我要叫爹不能叫爸，我是你亲爹，你是我的亲儿子，记住了吗？

大　海：记住了，爸，啊不！记住了，爹！

刘百川：哈哈哈，你个臭小子。

大　山：爹，您别太偏心了，心中只有你二儿子大海，我都嫉妒了。

大　海：大山哥，自从我来到咱这个家，爹娘把爱都给了我，吃穿都可着我，让大山哥受委屈了。

大　山：说啥呢？谁让你、谁让你是我的亲兄弟了！

刘百川：哈哈哈，好哇！孩子们，接下来该干啥了？

众男童：说书讲故事！

刘百川：今天想听啥？

男童甲：孙悟空三打白骨精！

男童乙：武松打虎！

男童丙：穆桂英大破天门阵！

刘百川：好！去掉前言和后语，咱们单刀直入奔主题！

（唱）先不讲开天辟地封神榜，

　　　　也不讲聊斋鬼狐读书郎，

　　　　讲几位铁骨铮铮的忠良将，

　　　　保家卫国美名扬，美名扬。

　　　　大宋朝杨家将忠心报国，

　　　　岳家军抗金兵还我山河，

　　　　戚继光御倭寇战功显赫，

　　　　众倭寇闻风逃滚回岛国。

八国联军残忍凶恶，

攻进了北京城烧杀掠夺。

八一三炮声响又起战火，

南京城大屠杀血流成河。

大东北铁骑踏山河破碎，

国耻家恨皆因国弱，

东亚病夫任人宰割。

孩子们呐！孩子们呐！

习武练功强体魄，咬住牙关拳紧握，

万众一心除恶魔，怒吼起来强中国！

（众合）怒吼起来强中国！

孙大头：（内喊：好！上）好大的胆啊，竟敢聚众谋反，我看你是活腻歪了吧？

刘百川：保长大人，我是给孩子们讲故事呢！保长大人驾到有何贵干哪？

孙大头：少贫嘴吧！你呀！少给我添点儿堵比啥都强。

刘百川：不敢，不敢。

孙大头：不敢？（拿起棍）不敢你这是干啥呢？聚众习武，想搞抗日义和团？

刘百川：保长，你看看，孩子们都瘦成啥样了？我只想让他们习武健身而已。

孙大头：行了，我说刘百川哪，这瘦总比死强吧？小日本可是啥屎都能拉出来呀！再说了，大老远的就听这哈哈的，你这是冲着小日本还是冲我？

刘百川：保长，这你可是多想了……

孙大头：百川啊，蔫了吧唧整就不行？非得哈哈地整出动静来？

刘百川：（抱拳）谢了！孩子们，听保长的，今儿先练到这，到瓜地下几个瓜，拿回家吃去吧！

众男童：（高兴地）下瓜喽！吃香瓜喽！噢——噢！（欲下）

孙大头：等等！谁都先别走。

刘百川：保长，你……？

孙大头：我差点忘了大事。

刘百川：（警觉地）大事？

孙大头：皇军有令，要在各村屯搜查抗联之后！这才是我来的主要目的。

刘百川：保长，你不是开玩笑吧？这些孩子哪个你不认识？老张家的狗剩子、老王家的二驴子、老李家的三秃子……

孙大头：你！（指大海）过来

刘百川；啊，他是我…

孙大头：你住嘴！让他说，（对大海）你叫啥？

大　海：刘大海。

孙大头：多大了？

大　海：八岁半。

刘百川：他是我二儿子。

孙大头：你二儿子？你从哪又冒出这么个二儿子来？

刘百川：山东老家。

孙大头：山东老家？

刘百川；我大哥没孩子，我就把我这个二儿子过继给我大哥了。

孙大头：怎么又回来了？

刘百川：大哥死了，嫂子也改了嫁，我只好把他接到东北来。

孙大头：别编了！刘百川，我从来也没听说你有什么二儿子，如今，日本人要抓抗联之后，你这就冒出个不清不白的秃小子。哎哟！这简直是要我的命啊！

　　刘百川：天大的笑话！我的儿子要你啥命？

　　孙大头：刘百川！实话告诉你，我儿子金宝一年前就跟我叨咕过，说你家来了个秃小子，一会儿管你叫爹，一会儿管你叫爸的，别以为我不知道。我可告诉你，这事要是让小日本儿知道了，那可要杀全家灭满门的！

　　大　海：爹！我不能……

　　刘百川：大海！保长大人，真的假不了，假的真不了，你愿意告就告去吧！

　　孙大头：刘百川！你也不用将我，我可是上有老下有小，这事我要是隐瞒不报，我的一大家子人就得陪着你们老刘家一起人头落地！

　　大　海：阿爸基！

　　刘百川；大海！你！

　　孙大头：告辞了！（急下）

　　众男童：大海！

　　大　海：爹——爹！（扑向刘百川，百川紧紧抱住大海和大山）

　　（收光）

第四场

　　时　间：接前场。

　　地　点：刘百川家院。（院中木板石凳等简单陈设，百川妻搂着大山和大海，刘百川欲说又止，来回踱步）

　　（幕后合唱）树欲宁静风不停，

　　　　　　　　才出洼地又落坑。

　　　　　　　　一心保护英烈后，

　　　　　　　不知前景吉和凶。

刘百川：（唱）心头恨贼日寇毫无人性，

　　　　　　　撒下网要追杀英烈后生。

　　　　　　　刘大头软骨头贪生怕死，

　　　　　　　实情露大海儿吉少多凶。

（伴唱）乌云浓，心沉重。

　　　　　　　如刀绞，似山崩。

刘百川：（接唱）是儿那就是爹的心头肉，

　　　　　　　绝不让龙汉落入魔掌中，

　　　　　　　马上把家人转移走，

　　　　　　　天塌地陷由我担承。

　　刘百川：春英（百川妻），刘大头知道了咱大海的事，他一定会向日本人报告，恐怕是凶多吉少哇！

　　百川妻：这个该死的刘大头，日本鬼子把他小老婆都给祸害了，他还认贼作父！咋地？他要是不告发，小日本儿还能追着屁股杀了他？

　　刘百川：一旦日本人知道他隐瞒不报，不但要杀了他，还要杀他的全家。

　　百川妻：小日本儿这一招真是阴险毒辣的。哎，当家的，如果小日本儿知道大海就是他们要抓的抗联的后人，那咱家会不会也要……

　　刘百川：满门抄杀！

　　百川妻：（惊恐地）啊！可、可大山还小哇……（搂住大山）

　　大　山：娘，我不怕！儿只恨自己人小体弱，没有能力杀鬼子！

　　刘百川：有种！是我的儿子！

　　大　海：不行！好汉做事好汉当，不能因为我，再连累你们了！

　　刘百川：傻孩子，什么你们我们的？自从一年前你进了这个门，你就像我亲生的骨肉一样，咱们早已将生死绑在一起了。

百川妻：当家的，那我们总不能坐在家里等死吧？

刘百川：你们现在就去收拾东西，多带点吃的，然后去后山我打猎的地窖子躲几天，到时候我会和你们联系。

百川妻：为什么我们不一起走？

刘百川：如果我没判断错的话，日本人应该是说到就到，我留下是为你们逃脱险境争取时间的。

海、山：不！要走我们一起走！

刘百川：不行！那样的话，咱们谁都走不了！

陆牤子：（内喊）说得好！（龟田一身商人打扮与陆同上）谁也不能走！（众惊）

刘百川：哟！这不是大名鼎鼎的陆队长吗？这位是？（指龟田）

陆牤子：我来介绍一下，这位是……

龟　田：龟田太次郎，小本经营的日本商人，这位是……（指刘百川）

刘百川：本乡本土的刘百川！

龟　田：你就是刘百川？哎呀！久仰久仰啊！

刘百川：龟先生……

龟　田：龟田。

刘百川：啊！龟田先生，我一个穷农民何处值得龟先生久仰啊？

龟　田：久闻你是个打猎的高手，而且挖山参、采山参无人能比。所以，今天特来拜访，一来交个朋友，二来做笔生意，不知意下如何？

刘百川：朋友嘛，就免了吧！我不敢高攀。做笔生意倒未尝不可。春英，我们这儿谈笔生意，你领孩子们先出玩玩。（妻等欲下）

陆牤子：慢着！百川啊，我忘记告诉你了，龟田先生特别喜欢孩子，所以，他们在场，龟田先生不会介意。（百川领悟）

刘百川：陆队长，你是不是跟日本人的时间久了，把中国人的礼数都忘了。

　　陆牤子：礼数？啥礼数？

　　刘百川：大人谈事，小孩回避。

　　龟　田：啊！不必，不必，实不相瞒，只因我结婚多年至今无后，所以……

　　刘百川：哎呀！这么说龟先生是断子绝孙呢？

　　陆牤子：刘百川！你这是怎么说话呢？

　　刘百川：实话呀！没有儿子何来孙子？我说错了吗？

　　龟　田：算了，算了，谈正事。

　　陆牤子：啊！对对，谈正事，我说百川呀！难得龟田先生这么有诚意，何不弄点酒菜咱们边喝边叙？

　　刘百川：这年头连饭都吃不上，哪有心思喝酒啊？

　　百川妻：当家的，难得有人上门谈生意，我领孩子们到集上买点去。（欲下）

　　陆牤子：等等！家里有啥吃啥，随意，随意。来个小鸡炖蘑菇不比啥都实在？！

　　刘百川：（一愣）那得先杀鸡。（犹豫）可我们家就一只大公鸡啊。

　　陆牤子：怎么？谈生意做买卖连一只公鸡都舍不得？

　　刘百川：那只公鸡可是我两个儿子的心肝宝贝啊！

　　山、海：（同时地）谁也不许动我们的大公鸡！

　　大　山：爹，你不是说大公鸡是咱们家的有功之臣嘛！

　　大　海：爹，你不是说穷死不杀大公鸡吗？（百川为难状）

　　大　山：（灵机一动）两位客大爹，那黄鼠狼才爱吃大公鸡呢，你们不爱吃，对吧？

　　大　海：两位客大爷，你们都不愿当黄鼠狼，对吧？

龟　田：（尴尬地向陆牤子一挥手）算了。

陆牤子：（顺水推舟）算了算了，听龟田先生的，家里有啥吃啥。

百川妻：如此怠慢了！

　　　　（唱）不素客进家来行变古怪。

刘百川：（唱）话语间藏玄机令人费猜。

龟　田：（唱）今得见小娃崽不虚此来。

百川妻：（唱）细观察严安排严防意外。

　　　　（白）当家的，饭菜简单，一会儿就好，你先把饭桌摆好。

　　　　（淡定地）大山、大海也帮着给客人端菜。

　　　　（刘百川、百川妻不时暗中交换眼色，刘百川熟练地摆放饭桌）

龟　田：（一直盯视着山、海）刘先生，这俩孩子都是你亲生的？

刘百川：向天保证，绝对正宗。

龟　田：他俩长得怎么不像啊？

刘百川：十指有长短，长像难相同。

大　山：（端菜上）拍黄瓜一碗。

龟　田：（趁大山放菜抓住大山的手）小朋友，多大了？

大　山：十岁。

龟　田：家里几口人啊？

大　山：四口，（流畅地）俺爹、俺娘、俺和俺弟。

龟　田：家里常来客人吧？

大　山：多着呢！

龟　田：（急切地）说说看！

大　山：大栓儿、狗蛋儿、铁头、木椴儿，都是我的好朋友。（天真地大笑）

（龟田失望地放手，大山进屋）

大　海：（端菜上）醋熘白菜一盘。

龟　田：（趁大海放菜抓住大海的手）小朋友，今年几岁啦？

大　海：八岁半。

龟　田：家里几口人啊？

大　海：四口。我爹、我娘、我和我哥。

龟　田：（阴沉地）你是高丽棒子？

大　海：（稍一犹豫）哈哈，你说对了一半！

龟　田：此话怎讲？（龟田、陆牤子一齐逼近）

大　海：我是山东棒子。（轻松地）两位客爷啊！我们老家人说话可逗啦。吃饭叫逮饭，拉屄叫上烂，喝酒叫哈酒，坏人叫——（龟田、陆牤子感兴趣地凑上前）混蛋！（天真地放声大笑）

（自龟田询问大山开始，两个孩子的境况一直牵动着刘百川夫妇的心）

龟　田：（失望晦气地）嗯，有意思，有意思，嘿嘿嘿嘿！

百川妻：（端两碟菜走近，对龟田）难得龟田先生这么喜欢孩子！（对大山大海）没大没小的东西，还不进屋去。当家的，过年你不是用高粱换了点酒？拿出来，你陪两位客人好好喝点。

刘百川：不说我倒忘了。（进屋）

龟　田：（对百川妻）你对我们大日本客人大大的忠诚。来，陪我们一起吃。（示意陆牤子让百川妻先吃菜）

陆牤子：大日本客人有个规矩，主人做的菜得由主人先吃。

百川妻：哦？还有这么一说？这怎么行呢？你们是客人我们是主人，哪有客人不吃，主人先吃的道理？

龟　田：你们中国人不是还有个讲究，客随主便嘛。

百川妻：这么个客随主便？噢，我明白了，你们是不是怕我这饭菜

里放进不干不净的东西啊？（龟田与陆牦子奸诈地对视一笑）

　　百川妻：你们多虑了。既然是这样，那我就不客气了。（大口地吃菜，边吃边自夸）

　　（刘百川端酒坛出屋）

　　刘百川：来，我先给二位倒一碗。（倒酒）我敬二位一口。

　　龟　田：不，让女主人敬。

　　刘百川：孩儿他妈不会喝酒。

　　龟　田：要不会喝酒的人在一起喝酒，这才有意思嘛。

　　百川妻：（发现龟田不怀好意）当家的，今天我豁出去了。我要让这两位客人看看，关东山的女人不光会叼大烟袋，还会喝大酒！来，满上。（刘百川倒酒，百川妻一饮而尽）

　　（龟田、陆牦子相对一笑）

　　百川妻：（唱）忍气吞下一碗酒，

　　刘百川：（唱）暗骂龟田恨心头。

　　龟　田：（唱）这一家大小不好斗，

　　百川妻：（唱）为保龙汉腹行舟。

　　陆牦子：（轻佻地）龟田先生这么看得起你，还不好好地陪陪龟田先生？

　　百川妻：（对陆牦子）我的酒量可不行。

　　　　　　（唱）再来带你的姐和妹，

　　　　　　　　我做饭菜让她们来陪酒。

　　　　　　（白）你们慢用，我整饭去。（进屋）

　　（龟田、陆牦子自知没趣地吃喝起来）

　　龟　田：好了好了。（对陆牦子）咱今天不是来喝酒的，不要节外生枝，刘先生咱们该谈正事了。

　　刘百川：正事？好哇！龟先生你是要人参、鹿茸还是要山货？（百

川妻端饭上）

　　龟　田：这些东西我全不要，我只想请你帮我找一个小孩。

　　刘百川：小孩？

　　龟　田：对！一个十来岁的小男孩。

　　刘百川：小男孩？

　　龟　田：这个小孩是一年前抗匪四军留给当地汉族百姓收养的高丽孤儿。

　　刘百川：高丽孤儿？在哪儿？

　　龟　田：就在你们的西大林子！

　　刘百川：西大林子？哪一家？

　　龟　田：远在天边近在眼前，就在你刘百川家！

　　刘百川：（镇静地放声大笑）龟田先生，你不是在开玩笑吧？我刘百川只会种地不会变戏法，哪能说变就能给你变出个十来岁的大活人呢？（对妻）孩儿他妈，咱家有这事儿吗？

　　百川妻：胡说八道！谁这么枉口巴舌地冤枉好人哪？

　　陆牤子：实话告诉你们，我们不是来收山货的，是来收小孩的！（指龟田）这是鸡西大日本帝国宪兵队龟田队长。

　　百川妻：噢！我明白了，怪不得你们见了我们的两个孩子像蚊子见了血似的，原来你们不是来烧香，敢情是来拆庙的！

　　龟　田：烧香也好，拆庙也罢，咱们打开窗户说亮话，我们是来执法抓人的。刘百川！

　　（唱）切莫再耍小聪明，

　　　　　　纱窗再厚也透风。

　　　　　　主动交代早觉醒，

　　　　　　窝藏匪后罪不轻！

　　刘百川：龟田先生！

（唱）雁过有声树有影，

　　　　说话办事讲凭证。

　　　　本是同胞亲哥俩，

　　　　哪有异族小弟兄？

百川妻：（唱）一家穷苦山里生，

　　　　　站得直来坐得正。

　　　　　亲生孩儿难活命，

　　　　　咋为抗匪养后生？

龟　田：（唱）今日有人将你告，

　　　　　白纸黑字写得清。

刘百川：（唱）身正不怕影子斜，

　　　　　敢到大堂做对证。

龟　田：（唱）我五刑俱全等你用，

百川妻：（唱）冤枉好人天不容。

龟　田：（唱）要讲要讲快快讲。

刘百川、百川妻：（唱）钢刀难动儿女情。

龟　田：（凶相毕露）刘百川！我已经做到仁至义尽！既然你们不识抬举，也就别怪我不讲义气。陆队长，传孙保长！（陆牤子对着院外喊："孙保长！"孙大头应声上）

孙大头：百川呀，你就别毛豆炖土豆——硬挺了，为了一个没有任何血缘关系的孩子，搭上一家子的性命，不值啊！

刘百川：孙大头！我和你有杀父之仇、夺妻之恨吗？（大山、大海出屋，走近孙大头）

孙大头：没、没有啊！

百川妻：我们抱你家孩子跳井了？

孙大头：也、也没有！

刘百川：那你为什么如此加害于我？

百川妻：为什么要将我们全家往死里整？

孙大头：这、这、我这不是……

刘百川：你是什么？你是保长，你身为保长，办事得讲究公道。孩子们打闹不记仇，你当大人的更不应该恨。哪能因为孩子们打仗就往死里咬我们是收养抗匪之后呢？

孙大头：这、这是哪儿跟哪儿呀？

龟　田：（对孙大头）滚！没有用的东西，（孙退后）刘先生，不管你和你的妇人如何狡辩，我敢断定，他俩当中一定有一个是我要找的人。不要着急，我给你一天的时间，你们可以好好商量商量，明日一早，我要带走其中的一个，至于带谁走，由你们自己决定。

刘百川：这是陷害！天理不容！（龟田用手势叫停）

龟　田：陆队长，通知外面的宪兵队和你部下，从现在开始严密封锁全屯。不准任何人擅自出入，违抗命令者，格杀勿论！

（收光）

第五场

时　间：接前场，当日晚。

地　点：刘家（屋内）

（里屋炕上，大山、大海并排卧睡，百川妻忧心忡忡地点亮了油灯。外屋，刘百川磨钐刀）

（幕后合唱）

风凄凄，夜蒙蒙，

油灯闪闪跳火萤。

情切切，泪涟涟，

叶落声声难入梦。

（内叱：干什么的？应："串门儿的。"叱声："皇军有令，夜间不许善自出入，违抗命令者，格杀勿论！"）

（百川妻端灯走近炕沿，借灯光深情地望着两个儿子，欲拂又止，外屋刘百川边磨刀边试刀）

百川妻：（唱）风凄凄，月朦朦，夜暗风冷，
　　　　　　　　宪兵搜，特务查，鸡犬不宁。

刘百川：（唱）贼龟田心歹毒机关算定，
　　　　　　　　要杀害英烈后灭我火种。

百川妻：（唱）两年来待养儿胜似亲生，
　　　　　　　　暑怕热冬怕冷夜怕受风。

刘百川：（唱）为养儿我一家口挪肚省，
　　　　　　　　我夫妻一两载衣着补丁。

百川妻：（唱）盼只盼大海儿长大才成，
　　　　　　　　学亲爹打鬼子陷阵冲锋。

刘百川：（唱）眼见得一家人难逃虎口，
　　　　　　　　我岂能无作为坐待毙命。

（幕后合唱）望养儿，看亲生，
　　　　　　骨肉亲，阶级情。
　　　　　　生死关头难抉择，
　　　　　　危难之时验真情。

百川妻：（唱）实难忍亲生骨肉遭伤害。

刘百川：（唱）又怎能背其大义顾亲生。

百川妻：（唱）如其全家坐等死，

刘百川：（唱）不如奋起站着生。

刘、妻：（唱）为有牺牲多壮志，

舍生取义斗顽凶。

（二人相对轻声地）当家的！春英！你，想好啦？

（大山，大海同时忽地坐起）

百川妻：你们都没睡？！

山、海：睡不着。

大　海：爹、娘，我想好了，等明早小日本一到，我就告诉他们，我就是你们要抓的抗联之后！我……

大　山：停！大海，照你的说法，我们就情愿等着小日本儿来抓我们杀我们了？

大　海：现在小日本儿把整个屯子都包围了，想跑也跑不了啊！

百川妻：（对刘百川）当家的，咱这个家，过去都是你当家，今天我要当一把。

刘百川：行！听你的。

百川妻：既然龟田给咱们家下了套，咱们也不能坐着等死。一会儿，趁着月色不明，我领大山从前门出去，将鬼子引走；你同大海趁机从后门上东山寻找抗日游击队！

刘百川：好主意！不过，把鬼子引走的事儿得由我来，轮不到你。我道路比你熟，身板比你壮，凭我这身武艺和这把大钐刀，十个八个鬼子都能对付！

百川妻：就因你条件比我好，我才把大海交给你！

大　海：不！阿爸基、阿妈妮，现在的一切都是因我而起，我、我不能让你们再受连累了（外面传来日本人的叫喊声：快快地！）

刘百川：不好！鬼子的行动提前了！（快快地！）

百川妻：大山！跟娘从前门冲出去，你赶快领着大海从后窗逃出去！（几束手电光伴着嘈杂声胡乱地扫了过来）

刘百川：不行！来不及了！（日军上）

百川妻：吹灯！（大山将油灯吹灭，同时将一个布包偷偷背在身上，龟田、陆牤子在前，孙大头跟在身后上）

陆牤子：刚才还有亮，怎么突然又黑了？

龟　田：搜！（陆带着几个宪兵冲进刘家，与此同时大山从后窗跳出，宪兵们将刘、妻、大海推出门外）

陆牤子：队长，少了一个！（此时一家人才发现少了大山，孙大头渺视着刘百川）

龟　田：刘先生，这就是你最后的选择？

刘百川：（气愤地）哼！那个兔崽子自己偷着跑了！

龟　田：没问题，我说过一个就够。

刘百川：（借题发挥）胆小鬼！你竟然忍心让我儿子当你的替罪羊，真给你祖宗丢人呐！

孙大头：百川呀，常言说得好，"人不为己天诛地灭呀"，也许这就是天意！

刘百川：滚！

龟　田：把小孩带走！（宪兵欲抓大海）

大　山：住手！（只见大山着一身鲜族装出现在众人面前，刘、妻、海惊呆），好汉做事好汉当，我才是你们要抓的抗联之后。

孙大头：刘百川，他、他、他他他他……

刘百川：孙大头！你再胡说八道小心你的狗头！

龟　田：孙保长，你来告诉我谁是真正的抗匪之后？

孙大头：（孙大头欲指大海，看到刘百川双目紧瞪便不情愿地指向大山）

龟　田：刘先生，我们还会见面的，（指大山）把他带走！

大　海：大山哥！（扑向大山，二人紧紧拥抱）

大　山：大海！（音乐口）别哭了，有爹娘多好啊？他们把你养这么大不容易，一定要好好孝敬他们啊？（转向父母）阿爸基、阿妈妮，我、我谢谢你们能收留我，你们的养育之恩……我一生都无以回报，孩儿、孩儿给你们叩头了！

龟　田：带走！开路！（众宪兵押大山下，大海哭喊着欲扑向大山被百川死死按住）

（伴唱）完达山高，

　　　　　穆棱河水长。

　　　　　舍生取义。

（喊白）黑土地的（唱）好儿郎！

（内喊：抗匪之后跑了！枪声。龟田内喊：不要开枪、抓活的！）

刘百川：春英，你马上带着大海上东山去找游击队，我去救咱儿子刘大山！

大　海：阿爸基，我跟你一块去！

刘百川：不行！快把孩子带走！

百川妻：当家的，你要多保重！

刘百川：快走！（将母子二人推下，转身到台口）

　　　　　儿子别怕！你爹来了！（亮相）

第六场

（音乐中）

1.大山在芦苇中奔跑，并不时高喊：小日本，你爷爷在这呢！（下）

2.龟田陆牡子与日本兵紧紧追赶，孙大头随后，并乘机躲藏。（下）

3.刘百川手持大刀片紧跟其后，并高喊：大山别怕！爹来了！（下）

4.众男童手持木棍奋力向前，高喊着：大山！大山！（下）

5.老李等和游击队在百川妻和大海的引导下奔腾向前。（下）

（以上各段均在芦苇中进行，随游击队亮相切光舞台后清空）（大开打）

1.大山被围、百川杀入、众男童介入、分下

2.游击队与鬼子交锋、分出几组。

3.百川与鬼子拼杀遇陆牦子开打，百川一刀砍死陆牦子。此时，暗处龟田正要对百川开枪……

大　山：爹小心！（用手将百川推开，大山中弹。百川顺手向龟田扔出大刀正中龟田）

（老李及游击队员乱枪射向龟田，龟田倒地。众男童举棍砸向龟田）

刘百川：大山！大山！

百川妻：儿子！

大　海：大山哥！

众男童：大山！

大　山：（大山慢慢睁开双眼、对百川）爹，儿子没给祖宗丢脸吧？

刘百川：没有！儿啊，你是爹心中顶天立地的男子汉！（大山用颤抖手为百川擦拭泪水，再欲擦时，手停住。大山的头和手垂了下去……）

众　人：大山！儿子！大山哥！

刘百川：（抱起大山悲壮地走着、众人悲壮地走着）

（合唱）领：日出东方天地明，

　　　　合：日出东方天地明，

　　　　领：黑土养育大爱情，

　　　　合：黑土养育大爱情。

　　　　领：爱国精神唱千古，

合：爱国精神唱千古，

世世代代永传承。

（全剧终）

作者简介

王效明：

王效明，男，汉族，中共党员。1944年生于山东省掖县（现莱州市）。鸡东县文化馆退休干部，副研究馆员，全国民间文学编撰先进工作者。曾任鸡东县文化馆长，民研协会主席，市民研协会副主席，省民研协会理事。

长期致力于文学艺术创作与编撰，作品歌词《腾飞吧，我心中的石墨矿》、论文《企业电视专题片创作谈》获全国企业歌曲征集、企业文化建设评比银奖；编撰出版民间文学集《大顶山的传说》、论文集《县域文化建设初探》、报告文学集《金鸡魂》；现代京剧剧本《烽火搜救孤》，该剧获黑龙江省优秀剧目展演优秀创作二等奖。

宋志辉：

宋志辉，鸡西市人民艺术剧院副院长、鸡西京剧团团长。

1958年2月15日生。1971年4月，初中未毕业即考入当时的鸡西市样板戏学习班（今市京剧团）从事表演的学习和实践工作。

1976年，鸡西市京剧团排演了《三打白骨精》《秦香莲》《金鞭记》《白蛇传》等一批传统剧目。宋志辉随团走遍了黑龙江省的许多市县、乡镇、农村、厂矿、军营、学校，他在一些剧目中扮演了"沙僧""包公""法海"等角色，受到业内人士和观众的好评。

80年代，在团领导的支持下，宋志辉主动与一些年纪较轻、在艺术上有所造诣和追求的同事，组成了现代题材或少儿题材剧目的创作、导演、演出"团队"。先后创作了新编历史儿童戏《甘罗拜相》、现代戏《为了光明》《秋雨夜案》《一月一》等。这些戏的上演，为当时的京剧团带来了勃勃生机，其中《甘罗拜相》上演场次达100余场，破了京剧团创作剧目演出场次的纪录。荣获省文化厅颁发的"剧目演出超百场"奖励。剧本在《黑龙江戏剧》上发表并被外地剧团采用。《为了光明》的创作、演出，首开了我市"文企联姻"的先河，剧中的背景单位——鸡西发电厂在纪念建厂50年的仪式上，通过此剧的演出，对全厂职工进行了一次别开生面的传统教育和主人翁意识的强化活动。小戏《一月一》反映的是一个家庭在赡养老人、处理婆媳之间关系问题上所发生的故事，至今仍作为京剧团的保留剧目，长演不衰。

剧情考证：

《烽火搜救孤》的原型故事发生在鸡西

　　2014年，在纪念中国人民抗日战争暨世界反法西斯战争胜利69周年之际，鸡西市人民艺术剧院京剧团创作了现代京剧《烽火搜救孤》并在鸡西文化娱乐中心公演。这是继革命现代京剧《红灯记》之后，第二部以鸡西抗日战争真实历史题材为原型创作的剧目。全剧共分六场，讲述以抗日救国会会员刘百川一家收养朝鲜族烈士遗孤史实为基本素材，以为保护革命后代，刘百川一家及地下党组织和抗日游击队同日伪宪警等反动势力进行殊死斗争为主线，再现了鸡西人民不屈不挠、抗日爱国的英雄壮举，展现了中华儿女舍生取义、不怕牺牲的博大情怀和大无畏精神。演出后引起很大反响，把人们带入了血与火的抗日斗争中，《烽火搜救孤》的原型故事就发生在鸡西。

　　一、"朱德海"与"西大林子"

　　《烽火搜救孤》全剧六场：

　　第一场：（20世纪30年代）鸡密地区某小镇。

　　第二场：（一年后）鸡宁县日本宪兵队，龟田寓所。

　　第三场：（两年后）西大林子瓜地，孩童习武处。

　　第四场：（黄昏）西大林子，刘百川家院中。

第五场：（深夜）西大林子，刘百川家中。

第六场：（黎明）西大林子东山下，芦苇荡。

在《烽火搜救孤》剧中游击队的"朱队长"原型，就是朱德海。

朱德海（1911—1972）原名吴基涉，曾用名吴永一、金道训、吴东元，朝鲜族，出生于俄罗斯东双城子道别河村的农民家庭。

1930年加入中国共产主义青年团，任团支部书记。1931年加入中国共产党。九一八事变后，积极参加反对日本帝国主义侵略的斗争。1932年任黑龙江省宁安县东京城于家屯共青团特别支部书记、密山柞木林子、西大林子党支部书记。1934年任东北抗日联军第四军第二团后方留守处党支部书记。

在《烽火搜救孤》的六场戏中，其中有四场戏中提到"西大林子"，事实上确有此地名。

据《密山县志》载：西大林子村建于1934年，建村之时划归虎林管辖，它分西大林子与东大林子。西大林子指现在密山市兴凯镇的东光、鲜民、鲜新（2010年与鲜民合并为鲜新）一带。1933年1月，日寇侵占密山，抗日的烽火也在西大林子燃烧起来。同年8月，朱德海（《烽火搜救孤》剧中朱队长原型）根据中共密山区委（当年10月改为县委）指示，到西大林子担任党支部书记，并开展抗日斗争。《烽火搜救孤》的真实故事就发生在这里。

二、西大林子抗日烽火

朱德海到西大林子后，住在娄景明家，依靠党组织和当地群众着手建立抗日会组织。朱德海和黄玉清组织青年张贴抗日标语，挨家挨户到农家宣传抗日道理，朝鲜族青年和汉族青年积极参加抗日会。1933年9月，在吴福家成立了西大林子抗日会。先后发展了吴福、哈甘奎、娄景明、娄景玉、卢胜才、滕思友、滕思德、刘世才、刘老疙瘩、于福礼等20多人加入了抗日会。黄玉清、朱德海任西大林子抗日分会负责人。会员分布在西大林子、杨树河子、杨岗等地。

西大林子有不少党员和团员，他们在开展反对朝鲜人民会（反动组织）的斗争中，暴露了身份。1933年10月末的一天早晨，正当他们忙于转移时，伪军的一个连，由特务杨世宦引路，闯入西大林子搜查，拿着名单拘捕共产党员。朱德海在徒步去河南的路上被捕，他被押回村子后，趁敌人的警戒松弛之机，从一个抗日会员那里得到吴东元这个名字上了黑名单。所以在敌人审问时，他说自己叫朱德海（朱德海原是他在一个说明书上用的假名，之后就一直起用了这个名字），并说自己是小商人，是来这个村子讨债的。当敌人把村子里的人都赶到场院，威胁要交出吴东元等共产党员时，大家虽然明知朱德海是吴东元，但都说不知道，保护朱德海脱了险，躲过了敌人的搜捕。另外3名共产党员尹洛范、太东植、李宗根和团员吴福在押往县城途中被枪杀。

第二天，朱德海及时将遇难同志的家属转移到安全地方，然后自己寄居在娄景明家中，继续从事抗日救国活动，坚持斗争。

经过朱德海艰苦细致的工作，西大林子抗日会迅速得以恢复和发展，第二年，抗日会又拥有20多名会员。后来，这个组织还发展到半拉城子穆棱河南岸一带。

西大林子抗日会一面侦察敌情，募集钱物支援游击队，一面对抗日山林队进行统一战线工作。山林队原是由少数贫苦破产农民自发组成的武装队伍，当地人民又称为"胡子队"。九一八事变后，他们中的多数曾经参加过抗日斗争。山林队员30多名。1933年10月，山林队首领冯佩华表示愿意与地方抗日会会长结成拜把子兄弟。抗日会会长朱德海答应了这一要求，他和娄景明一起进山，与冯佩华结成了把兄弟。经朱德海多方面的工作收编了这支山林队，使他们走上了抗日的道路。

三、八名朝鲜族孤儿与汉族养父母

1934年春，日伪军加紧了西大林子地区的搜捕和扫荡。为了对付敌人的搜捕、反扫荡，8月，朱德海组织一部分会员到杨岗沟密林中盖房子，将所有的家属和不懂汉语难以开展工作的会员，转移到杨岗沟山林中搭建的抗日密营里。

由于敌人严密封锁，长时间弄不到盐和粮食，密营中的大多数人得了严重的浮肿病。这时，城里的敌人要搜山。密山县委得到情报，决定将杨岗沟密营的人员，全部转移到抗联第四军第二团后方留守处，将带不走的八个孩子和腿脚受伤行走不便的妇女留在当地。朱德海因病无法继续工作，第四军党委安排他任二团留守处党支部书记（后安置在勃利县小西站水田村治病。1936年6月，朱德海按上级指示，赴莫斯科东方大学学习）。

为了保存实力发展队伍，县委决定密营里的抗日战士，跟随抗联第四军转移。当时，密营里有不少跟随部队的妇女和孩子，组织决定把不能跟随的留在当地老百姓家中。朱德海按照县委的指示，动员妇女把孩子送给当地可靠的汉族百姓家，把男孩当他们的儿子，女孩当他们的童养媳。这一动员撕破了妈妈的心，很多妈妈要宁愿和孩子们一起死，也不想送走孩子。

多年跟随丈夫参加革命的妇女们，是懂得这一革命道理的，为了游击队的生存和抗日斗争的胜利，尽管她们的心像刀割一样，但还是顾全大局下了狠心，同意把孩子送人。党支部一边做动员，做好将孩子送人前的准备工作，一边派人在西大林子做汉族抗日会员和可靠群众的工作，找到接收抚养孩子的对象。

孩子的妈妈在布条上写上孩子的名字和出生年月日，缝在孩子的衣服上，把孩子交给游击队。游击队领导安排专人送到事先联系好的西大林子汉族抗日会成员家中。朱德海握着收养孩子的汉族抗日会会员再三叮咛"最多不会超过15年，我们一定会回来的，哪怕是天大的事，务必把孩子抚养成人"。收养孩子的抗日会会员深受感动，流着热泪称赞他们的妈妈是"弃子救国的女英豪"。

当时，这些孩子最小的不满周岁，最大的才9岁。他们是：黄玉清（抗联第四军政治部主任，1940年2月20日牺牲）的妻子许贤淑（1938年随抗联部队西征时牺牲）的不满9岁的小姑娘；金汉植（抗日地下工作者，1938年牺牲）的妻子李范淑的不满5岁的小儿子；朴德山（抗联第四军四师政治部主任，1938年夏牺牲）的妻子安顺福（抗联第四军被服厂厂长，八女投江英烈之一）的小女儿；崔一伦的妻子金稻子的姑娘；吴福（游击队员，1933年牺牲）母亲的小女孩。共2个男孩，6个女孩。

收养这些孩子的是西大林子汉族抗日救国会会员，收养情况为：娄景玉收养了李范淑的5岁男孩；滕思友收养了许贤淑的9岁女孩；刘老疙瘩收养了3岁女孩；刘发子收养了一个男孩；关木匠收养了一个女孩；卢广新收养了一个女孩；姓薛的收养了一个女孩；还有一个小女孩收养人姓名不详。

《烽火搜救孤》京剧中刘百川的原型，就是以上8位收养革命后代的汉族抗日会会员。

四、烽火搜救孤

收养这些孩子的养父母们，为抚养和保护革命后代的生命，而付出了极大的代价。娄景玉家抚养的一个男孩穿的是朝鲜族服装，衣服上有一个布条，上面写有"姓名金贤哲"，1929年6月22日生。娄景玉是单身，与父母、弟弟娄景明住在一起。娄景玉的母亲给小男孩换了汉族服装，起名叫娄海廷，小名叫大喜，叫他不要说朝鲜话，学汉话。要是日本人知道他是抗日战士留下来的孩子，咱们全家都没命了。又告诉他，以后有人问姓什么？就说姓娄。问你爸爸是谁？就说爸爸叫娄景玉。有人问你妈哪去了？就说妈死了，没有妈。第三年，娄景明家生了一个儿子，起小名叫二喜。他家为了保护小贤哲，全家搬迁到人生地不熟的穆棱河南半拉城子居住。同时还有滕思友也搬到这个村里。

　　1939年冬，娄海廷10岁那年，一个日本人和一个姓鹿的汉奸背着猎枪，突然闯进娄家说要住几天。娄家不知什么情况，只好把他们安顿下来，天天做好吃的招待。这两个人打听娄家的情况，还指着娄海廷问他是谁的儿子。娄景玉母亲说，这孩子是大儿子娄景玉的孩子，大儿媳在宝清病死了，大儿子是单身汉。日本人告诉娄家人平时都不准外出，也不能上山打柴，如果和外人接触也要先请示。娄家为了避免怀疑，用好酒好菜好烟招待他们，又买大烟给汉奸抽。过了十几天，跟着日本人的汉奸说："我们是鸡西宪兵队派来的，这日本人是宪兵队小队长。我们到这儿是因前两年在鸡西枪毙一名游击队员，在死者供词中说，游击队离开密山时，有几个朝鲜族孩子留在当地百姓家中，地址姓名都不知道，所以，宪兵队派我们两人来找游击队留下来的朝鲜族小孩，想用这些孩子为线索找游击队。"日本人住十几天暗察全村，是否有人与娄家来往，看一看哪个像朝鲜族小孩。狡猾的日本宪兵队小队长跟娄景玉父亲娄凤阁说："听说你家抚养一个游击队朝鲜族小孩，你家是游击队的联络点。"娄凤阁当即坚定地说："我不知道什么叫游击队，我家孩子都是自己生的，没有外人家孩子，你们这些天看清楚没有，哪个孩子是外人家孩子？！"弄得日本人哑口无言。

　　娄家为谨慎起见，不急于上山打柴，不到野外放马，担水抱柴也请示，外来人串门也汇报，日本人没有发现蛛丝马迹。娄家暗地告诉滕思友家，不管发生什么事都要顶住，无论如何也不能暴露身份，花钱买平安，困难两家摊。

　　过了一个月，日本宪兵队小队长先回去，姓鹿的特务留在娄家。娄家一天三顿有酒有肉好伺候，大烟随便抽，零花钱不断。又过了一个月姓鹿的要走，又买许多烟土送给他。终于渡过了这个难关。老娄家、老滕家冒着生命危险捏了一把冷汗，经济上欠了一大笔债务。两家分摊后，娄家卖了一匹马、一辆马车。从此，娄家生活走下坡路，一年不如一年。

1943年夏天，伪警察张学礼把娄凤阁和滕思友叫到村公所，说两家都抚养了游击队的孩子，如果不承认就要上报宪兵队，让他们回去想好了再来。从村公所回来后，娄、滕两家通过中间人了解到张学礼没有掌握证据。根据这一情况，两家商量一要顶住坚决不承认；二要花钱送礼把嘴堵住。这样拿钱送礼，又在村上摆酒席请了头面人物吃喝，张学礼说了一声误会，又平安渡过了一关。

1945年8月初的一天下午，密山宪兵队的特务任玉苏把娄、滕两位叫到村公所说："你们两家抚养游击队的孩子是反满抗日行为，老实承认可以了结这件事，否则到宪兵队去讲理，回去想好了再来。"娄、滕两家一分析，这家伙也是没有根据来欺诈我们，只要不承认，到宪兵队也没事。现在两家生活都很困难，再也拿不出钱送礼，只能豁出一条命。过了几天特务任玉苏把娄、滕两家叫到村公所问想好了没有，两人齐声答道根本没有这种事。特务任玉苏一看态度很硬，从腰里拔出手枪说，老滕家姑娘、老娄家小子，是不是游击队的孩子，滕思友说我家姑娘是为儿子娶媳妇从远房亲戚家要来的；娄凤阁说我家好几个孩子哪一个不是亲生的，大的他（指娄海廷）妈死得早，他爹还是单身一人，不信到我们老家去问。特务任玉苏举起手枪对着二人说不承认就要开枪，二人说枪在你手中有啥法子，特务气急败坏地又让二人回去再好好想想。

特务一看，二位老人还是那样坚决，只好先软下来，说："你们不要硬气了，先不着急，你们再回去想几天，我还有事，再等你们几天……"

五、"金怀娄"不忘养父母养育之恩

1945年8月8日，苏联对日宣战，日本侵略者垮台的日子到了。由于想念亲人心切，娄家、滕家经常去看路过的苏联军队，希望意外地看到抗日的中国军队，看到孩子的父母。结果，没有看到。

1946年6月，密山解放。是年冬，共产党领导的土改工作队来到密山柳毛河。工作队在群众大会上讲了娄家冒生命危险抚养烈士孤儿的事迹，全村马上当成特大奇闻议论，人们都感到很吃惊。有的说，我们住在一起有十多年，一点没发现娄海廷是朝鲜族孩子。老娄家的保密工作做得真好，那时日本人、警察、特务都没看出漏洞。还有的说，老娄家对朝鲜族小孩和自己的孩子没有两种待遇，孩子之间又不打架，在那个时代要抚养一个游击队的孩子多么不容易啊！人们用尊敬的目光看娄家，被传为佳话。

不久，娄海廷报名参军，先是在密山知一区区中队当战士，后来给区委书记（后任密山县县长）侯凯当警卫员。有一次区委开会，区委书记侯凯找娄海廷商量改名字。娄海廷感到很惊奇。侯书记对娄海廷说："你父亲牺牲了，你母亲、哥哥死活还不知道，老金家可能没有后人了，现在娄家小孩挺多，所以你还是姓金好。"娄海廷说："要改了名，老娄家能同意吗？"他说："姓名改了，但和他们的关系不能变，照样和他们亲近，恩情永不能忘。另外，我们已经和老娄家商量好几次了，他们同意你改名字。他们说抚养你完全是为了打日本侵略者，为了革命后继有人。他们说把你交给革命队伍就放心了，将来你母亲来了，也对得起她。他们自己没有什么特殊要求。"娄海廷听到这些话后，内心感到热乎乎的，他们能有这样高的觉悟，为了完成党交给的任务，拿出全家人的生命与敌人斗争，舍生忘死地保护我，他们的境界多高啊！最后，大家又讨论到底给我起个什么名字好，一定起个有意义的名字。大家想来想去，最后区委书记说："叫金怀娄怎么样？意思是老金家怀念老娄家，老金家不忘老娄家的恩情。"当场大家又分析一阵子，觉得这个名字不错，就这样由原来叫"娄海廷"改名为"金怀娄"。以后就叫开了。

时光流逝，天地翻覆。东北安定下来以后，1948年冬，原西大林子党支部书记朱德海（后任中共八大中央候补委员、吉林省副省长、延边自治州州委书记）派两名同志到密山县来寻找当年送给老乡抚养的八个朝鲜族孩子，经县委介绍，在知一区找到了抚养孩子的汉族乡亲娄凤阁、滕思友、刘老疙瘩。这三家扶养的孩子生存了下来，其余五个孩子离开了人世。这两个同志得知金怀娄给县长当警卫员后，到县城来找，不巧当时金怀娄出差未归，没有见到。他们给金怀娄留下了妈妈在朝鲜的通信地址。金怀娄回来得知非常高兴，能够和妈妈通信联系了。

1957年夏天，金怀娄去朝鲜平壤市见到了妈妈。这是他们分别23年的第一次见面。母子久别重逢，真是说不出的高兴。后来，金怀娄上了大学，毕业于东北大学，学业有成。留校任教，是东北大学资源与土木工程学院原副主任、高级工程师。主要业绩：发明"三重管旋喷钢筋砼桩基方法及设备""人工挖孔灌注水下旋喷桩基方法""三重管高压旋喷注浆设备"等先进施工方法和设备，解决了建筑工程中的难题，并申报了国家专利。

《烽火搜救孤》就取材于鸡西地区可歌可泣的抗日斗争故事，编剧为鸡东县文化馆退休馆员王效明。故事情节连贯，穿插对白和京剧唱腔，再现了鸡西人民不屈不挠、抗日爱国的英雄壮举，将这一历史情节娓娓道来，展现了现代京剧的独特魅力。参加演出人员近90人，系我市40余年来规模最大的一次京剧演出。在排练中导演、演员与剧组人员常常被剧中的情节感动得流泪。《烽火搜救孤》在市内外演出后，引起了广大观众的共鸣。剧中刘百川一家收养烈士遗孤，舍生取义、不怕牺牲的博大情怀，使许多观众深受感动而流泪，纷纷称赞这是值得一看的爱国主义和革命传统教育的生动教材。

（韩照源）

评论：

现实主义又一成功的艺术实践

——评现代京剧《烽火搜救孤》

蒋兴莲

　　从中外文学发展史来看，现实主义本来具有悠久的历史传统和巨大的社会影响。历史上影响深远的批判现实主义，革命现实主义文学传统姑且不论，仅以改革开放以来的文学发展而言，从新时期之初充满批判反思精神的改革文学，以及像路遥《平凡的世界》这样拥抱时代生活和表现人生理想的厚重之作，都充分显示了当代现实主义文学的创作实绩和社会影响力。

　　2014年，在纪念中国人民抗日战争暨反法西斯战争胜利69周年之际，鸡西市人民艺术剧院京剧团创作演出了现代京剧：《烽火搜救孤》（以下简称《孤》剧）。这是继革命现代京剧《红灯记》（以下简称《红》剧）之后，第二部以鸡西抗日战争真实历史题材为原型创作的剧目。全剧共分六场，以抗日救国会会员刘百川一家收养朝鲜族烈士遗孤史实为基本素材，以保护革命后代，表现刘百川一家及地下党组织、抗日游击队同日伪警宪等反动势力进行殊死斗争为主线，再现了鸡西人民不屈不挠、抗日爱国的英雄壮举，演出取得了很大的成功。这部京剧现代戏取材现实生活，又远远高于现实生活，是现实主义又一成功的艺术实践。

这部戏剧在思想倾向和艺术特点上有五个鲜明的创新：

一、细节的真实性

恩格斯说过："现实主义的意思是，除细节的真实外，还要真实地再现典型环境中的典型人物。"目前，一些影视作品，包括戏剧，只重宏论，凌空虚蹈，缺少扎实的考据和以事动人、以小见大的创作意识。记叙一段历史，传扬一种精神，接受一次洗礼，是红色革命题材创作的内有之意，只有生动真实的故事情节细节，才能让观众发自内心地信服，进而穿越历史的风尘，体悟到震撼人心的精神伟力。没有真切丰富的历史"食材"，自然就无法烹饪出色香俱全、引人赞叹的红色文学盛宴，品尝起来就寡然索味，不忍卒食。

《烽火搜救孤》第五场（深夜）西大林子，刘百川的家中这场戏应该是剧情发展到高潮前的重要铺垫。刘百川夫妇在亲生儿子大山和朝鲜族烈士遗孤大海之间必然要做出抉择，究竟让日本宪兵队带走哪一个，刘百川夫妇陷入两难的窘境：

百川妻：实难忍骨肉遭伤害。

百　　川：又怎能背其大义顾亲生。

百川妻：我领大山从前门出去引走鬼子。你带大海上东山找游击队。

百　　川：把鬼子引走的事得由我来，轮不到你。

百川妻：就因为你条件比我好，我才把大海交给你。

这个细节，可以看出抗日救国会会员，普通农民刘百川夫妇义薄云天、舍生取义的无畏精神。再看第二个细节：

　　刘百川亲生子大山将油灯吹灭，同时将一个布包偷偷背在身上。日本宪兵队长在刘百川家抓住了朝鲜烈士遗孤大海。

　　龟　　田：把小孩带走！（宪兵上前欲抓大海）

　　这时大山突然大喝一声：住手！（只见大山着一身朝鲜族装出现在众人面前，刘百川、百川妻、大海、伪保长孙大头惊呆）这时大山一身凛然正气说："好事做事好汉当，我才是你们要抓的抗联之后！"

　　大山从后窗跳走是为了吸引敌人，给大海留下了生机，这又是一个舍生取义的壮举！恰是这种细节让高远宏伟的抗联精神变得具体生动，真实可感，感情共鸣之间，心灵与思想得以无声润化。

　　《孤》剧的作者王效明在《感恩厚土》这篇文章中说："1993年我有幸获得一本《密山党史资料》。书中金怀娄先生撰写的《汉族乡亲养育了我》的回忆录，使我读后久久舍不得掩卷。毋庸赘述，金怀娄先生的回忆录是一篇生动感人很有价值的力作华章。但我总觉得还不够份儿。一是觉得受众面窄，尤其青少年一代很少接触史类资料，二是时代感差，书页老黄的历史资料很难融入人们的现代生活。正在我踌躇之时，党所倡导的社会主义核心价值观蜚声于世。其中以爱国主义为核心内容的民族精神一句话使我眼前大亮——老娄一家的精神不就是代表着鸡西人民以爱国主义为核心的民族精神吗？于是，我决心用其他艺术形式再现老娄一家的历史壮举，利用退休后时间较宽裕的条件，以老娄一家养护英烈之后的史实为基本素材创作一部现代京剧。心想，此举或许能让更多的青少年远离嘈杂的麻将桌和网吧，让一些中学校园少放'梁祝'之音。我的想法得到了时任鸡西市京剧团团长的宋志辉先生的鼎立支持。于是《孤》剧进入正式创作阶段。"

通过剧作家这段自述，可以看出三个问题：

一是只有直面现实生活，真实反映生活现实和强力介入生活实践，才能更充分地体现现实主义精神；二是从反映生活的内容来看，不能只是满足描写庸常化的生活，而应该反映现实生活那些更为人们普遍关注的现象，包括在大是大非面前的态度、生与死的严峻考验等复杂矛盾的问题，这才能让人们更加深刻地认识和理解现实。这就需要如鲁迅所说的那样，敢于直面和正视现实；三是生活中的细节绝非来自网上的搜罗、书斋的臆想。它依托于脚踏实地的调研、汇聚于历史和现实的紧密联系。用求真求实的客观来引领求多求细的丰富。让感动建立在真实的生活，让崇高树立于点滴的平凡，让观众置身其境中感受红色历史之厚重和文学艺术的灵动。这样精彩的故事自会收获更广远的影响、更真心的点赞！

二、典型化的创作精神

文学作品中的典型人物塑造是在典型环境中完成的，因而要创造出突出的人物性格，就必须把人物放在典型环境中去塑造。所谓典型环境就是文学作品中人物活动的具体环境和一定历史时期的社会背景的总和。

《孤》剧故事发生的时间是20世纪30年代，发生的地点在东满完达山一带（穆棱河一带），也就是鸡西地区。

这个历史时期的时代背景是：1937年，全国抗战爆发，中共东北党组织分别发出配合全国抗战的指示，抗联部队频繁出山，袭击日伪据点，扰乱日本侵略军侵华后方基地，给关内抗日部队以有力的配合。为此，日伪当局视东北抗日联军为"满洲治安之癌"。为巩固中国东北这个侵华战争的后方基地，日军开始不断地向东北增兵。日伪当局以精良的武器对抗日武装部队进行"讨伐"和"围剿"，同时还对城乡的中国共产党及反日团体进行大肆破坏，致使共产党的地下组织遭到重大损失；在广大农村，日本侵略者则推行"集团部落"政策，强行把群众赶入"大屯"，出入受到严格控制，从而隔绝了抗日部队与广大群众的密切联系。除此之外，敌人还将一切物资列为严控商品，禁止进山，妄图将抗日部队困死在山里。在这种极端困难的情况下，抗联指战员仍高举抗日大旗，继续以简陋的武器与日伪军展开英勇不屈的殊死斗争。

《孤》剧故事产生的自然环境和生活场所是以黑龙江革命老区包括当年中共满洲省委所在地哈尔滨市为中心，以东部"吉东"地区（当时牡丹江所辖大部分县市农村），鸡西地区也包括其中，还有西北部"北满地区"（今佳木斯及西、北部松嫩平原大部分县市农村）为重点而形成的。

东北抗联是中国共产党领导的人民军队，与人民群众有着血肉联系，没有人民群众的支持，就没有抗联斗争的胜利。在东北14年的抗日斗争中，黑龙江地区广大人民群众，冲破日伪的严密统治，冒着生命危险，积极支持东北抗联的英勇斗争，这是抗联能够坚持14年的深厚基础和强大动力。

20世纪30年代，为了应对日本鬼子的疯狂清剿，保存革命后代，中共吉东特委决定：将九名随抗日武装部队生活的抗日英烈之后交地方群众收养。决定下达后，年仅三岁的金怀娄（朝鲜族）交密山西大林子汉族群众老娄家收养。金怀娄系烈士之后，父亲金汉植曾担任过穆棱县抗日游击队队长。

在当时极为险要的社会环境中，平民百姓养活一个异族抗日英烈之后，艰难的情况是常人不能想象的。老娄一家不仅经受了日本宪兵队进家常住暗访，还经受了日本特务、伪警察等的轮番勒索、"轰炸"。但奇迹总归是奇迹，在生死线上走钢丝的老娄一家竟完好无损地保住了英烈之后。这是什么力量？这是什么精神？这就是东北抗战将士和老区广大革命群众用鲜血和生命铸就的忠贞报国、勇赴国难的爱国主义精神，勇敢顽强，前赴后继的英勇精神，不畏艰苦、百折不挠的艰苦奋斗精神，休戚与共、团结御侮的国际主义精神。

有了这种历史背景下的典型环境，必然就能产生以刘百川为代表的抗日救国会的英雄人物和以日本宪兵队龟田为代表的反面典型人物。

所谓创造典型人物，无论正面、反面还是多面性的复杂人物，都不只在于刻画其鲜明的独特的性格，更需要穿透人物的精神灵魂，在艺术审美理想的烛照下，把人物真假善恶美丑的本来面目及其复杂性深刻揭示出来，这样才能真正具有典型意义。

通过第一、第二、第三场的对白和独白，刘百川和龟田的完全对立的性格特点都跃然纸上：县委书记老李对抗日救国会会员刘百川下达任务："众英烈为抗日把鲜血流干／抛下亲骨肉流徙颠连／党把烈士后代托付于你／但愿你胜任护好英贤。"

刘百川立下铮铮誓言："百川说话摸胸坎／一片真心可对天／抗日救国重泰山／七尺男儿岂等闲／任凭虎狼多凶险／套狼自有套狼杆／我认孤当亲子／亲爹与儿命相连。"

日本宪兵队长龟田对抗联恨之入骨，对抗联后代一定要斩草除根："抗联军就如那落花生一坨／秋生根根连苗果在地下活／必须要拔根秧方能挖出果／利用那抗联后拆毁抗联窝！"

刘百川对自己的儿子大山和抗联后代大海等，通过习武进行爱国主义教育："先不讲开天辟地封神榜／也不讲聊斋鬼狐读书郎／讲几位铁骨铮铮的忠良将／保家卫国美名扬／大宋朝杨家将忠心报国／岳家军抗金兵还我山河／戚继光御倭寇战功显赫／众倭寇闻风逃滚回岛国／八国联军残忍凶恶／攻克了北京烧杀抢夺／八一三炮声又起战火／南京大屠杀血流成河／大东北铁骑踏山河破碎／国耻家恨皆因国弱／东亚病夫任人宰割／孩子们哪、孩子们／习武练功强体魄／咬紧牙关拳紧握／万众一心除恶魔／怒吼起来强中国！"

县委书记布置任务时的政治意识、大局意识；刘百川接受任务时责任重于泰山的勇于担当，对革命后代进行爱国主义教育充满壮志豪情；龟田对抗联战士必灭亡而后快的凶残狡猾，对抗联后代斩草除根，父债子偿的军国主义顽固本性和人性泯灭的野蛮性。这些人物形象不仅鲜明独特让人印象深刻，而且的确抵达了灵魂深处，揭示了日本帝国主义的侵略本性和中国人民奋起反抗的坚定性，这应该说是融入了作家审美理想的典型化创造。

三、人民才是创造历史的真正动力

作为一场反侵略的战争，中国抗日战争与两国两军的普通战争有很大的不同。这是一场弱国反抗强国、殖民地半殖民地的中国人民反抗日本帝国主义的侵略战争。这就决定抗日战争不是一场简单的政府与军队之间对决的战争，而是一场促进民族觉醒、民族团结的战争。人民群众由战争的旁观者跻身重要的参与者之列，人民性是这场反侵略战争的独特性。仅以鸡东红色文化记载为例：鸡东地区是建立党组织较早的地区。抗日救国会1933年3月在哈达河诞生。它是由党团员和人民群众中的抗日分子组成，是在中国共产党的领导下，以反满抗日为宗旨的群众团体。抗日期间，鸡东地区较早开辟建立小石河（今永和镇境内）和黄泥河、郝家屯儿、夹信子（今平阳镇）、半截河（今向阳镇）游击区，创建了哈达河、哈达岗山区抗日根据地。鸡东地区曾是密山赤色游击队、东北抗联游击军、抗联第四军重要活动地区。1936年，东北抗日联军第四军在新华乡（现东海镇新华村）成立。大大小小的战役有上百次。英勇顽强的抗日队伍给日本侵略者以沉重打击。李延禄、崔庸健、周保中等抗联将领都曾在鸡东地区领导和指挥过抗联部队。朱守一、李银峰、苏怀田、田宝贵等烈士都在抗日战争中血洒鸡东大地。

鸡东县哈达镇山河村，伪满前叫金家屯，惨遭日军731部队杀害的抗联战士王明生就出生在这里。1932年秋，王明生到农友范长富家串门，结识了一位陌生人。这个人叫张墨林，是刚刚在哈达河头段（今鸡东县东海镇）组建的密山县委副书记兼组织部长，也是密山抗联总会负责人。张墨林对常到范长富家去的几个人讲述抗日救国的道理。王明生思想进步，有一颗爱国之心。听了张墨林的话，便秘密地加入了密山抗日救国会，并担任秘密交通员。从此走上了抗日救国道路。1934年3月，加入了中国共产党。1935年组织安排他到抗联第三军第四师任连长。在王明生的影响下，弟弟王明德也参加了抗联。日本特务机关知道王氏哥俩都参加抗联后，就经常派人到金家屯王明生家找王明生的父亲王兆金要人，并威胁恐吓王兆金，不交人，就将王家人统统杀掉。此事被当时设在哈达河头段的密山县委知道了，立即派人到王家安排其全家搬家撤离。1936年6月初，王兆金套上牛车，装些粮食和简单的衣物，由密山县委派来的人带路，经过三天多的艰苦行程，到达抗联驻地勃利县小茄子河。抗联第三军第四师领导对他们一家人参加抗联表示赞许。随后陈文生主任安排王明生的父亲王兆金、弟弟王明德在抗联部队种菜兼送情报。王明生的母亲、弟妹和妹妹被安排到第四军被服厂做军衣。就这样，王明生一家都参加了抗联。1941年，抗联战士王明生突然失踪，从此便杳无音信。后来，在黑龙江档案馆藏的侵华日军731细菌部队捕获抗联战士做活体细菌实验的档案材料里，发现了王明生。档案中写道：王明生没有悔改之意，该人的抗日活动是积极的，对我方实为大害，必须实施"特殊输送"到731细菌做活体实验。就这样，一个坚强的抗联战士惨遭侵华日军731部队杀害，为民族解放事业献出了宝贵生命。

1934年，安顺福毅然离家参加了抗联第四军，同年加入中国共产党。丈夫朴德山是抗联第四军第四团政委、第四师政治部主任。1938年夏在依兰县对日战斗中英勇牺牲。安顺福化悲痛为力量，在西征途中，帮助妇女团指导员冷云做思想工作，她们成了亲密战友。1934年10月为了更好参加抗日斗争和行军打仗方便，也为了革命事业，安顺福等四名抗联女战士含泪依依不舍，把心爱的九个孩子送给密山抗日救国会老乡家抚养。安顺福和另外三个母亲义无反顾地走上了抗日征程。娄景明等当地百姓身受感动，流着泪称赞她们是"弃子救国的女英雄"。王效明所编的京剧《孤》剧就取材于这段抗联的真实故事。

14年抗战实践充分说明"兵民是胜利之本"，"战争的伟力最深厚的根源存在于民众之中，动员了全国的老百姓，就造成了陷敌人于灭顶之灾的汪洋大海，造成了弥补武器等缺陷的补救条件，造成了克服一切战争困难的前提。"所以《孤》剧歌词唱道："国破家亡山河悲壮，抗日烽火越烧越旺，不甘凌辱摩拳擦掌，日寇定葬大海汪洋。"

英雄主义是文学艺术最崇高的血脉。英雄赋予文学艺术撼人心魄的高尚品格，文学风骨铸就了文艺作品顶天立地的生命。但是，一段时间以来，我们的创作陷入了一种尴尬的境地。英雄被嘲弄和颠覆，反英雄却成为时髦，备受推崇，这是不正常的文艺现象。阔步前进的伟大时代呼唤英雄，他关乎民族心灵的建构，关乎民族未来与兴亡。

古往今来，英雄主义始终是一面旗帜，印刻着人类共同的理想和追求，塑造着高尚的生命和灵魂。英雄主义是民族的核心和脊梁，支撑着民族的信心和力量，世界各民族都崇尚和歌唱自己的英雄。没有英雄的时代，不传颂赞美英雄的时代，是黑暗和寂寞的时代，是缺乏旗帜和号角的时代。在中国特色的社会主义事业中，我们面向世界、面向未来，实现中华民族伟大复兴，仍然需要高举英雄主义旗帜，撑起民族的脊梁。

2013年，由王效明创作、宋志辉改编的六场现代京剧《孤》剧上演后产生了较好的社会效应，成为我市"纪念中国人民抗日战争暨世界反法西斯战争胜利七十周年"献礼剧目，参加了全省优秀创作剧目会演，被收入鸡西市大型画册《红色印迹》，被誉为继《红》剧之后我市又一部以革命史实为基本素材创作的现代京剧。它和现代京剧《红灯记》构成了姊妹篇，都是抗战题材，故事情节都发生在我们家乡的土地，都是一曲英雄的赞歌，而且都是歌颂曾经生活在我们身边的普通群众。李玉和是抗战时期的地下交通员，李奶奶是地下党员，李铁梅是烈士遗孤；杨百川是抗日救国会会员，大山是杨百川的亲生子，大海是朝鲜族烈士遗孤，是抗联的后代。这些"小人物"贴近生活，贴近实际，贴近群众，正因为具备"三贴近"接地气，所以被广泛传颂，深受人们喜爱。

我们赞成普通人、小人物进入文艺视野，成为文学艺术的主角，因为他们身上凝聚着民族向上的崇高情感和优秀品格，正是万万千千的普通人和小人物为社会和生活的进步，为历史的发展做出了持续恒久的贡献。我们赞成改变空洞说教的宏大叙事，主张以平实的人物和细节表达时代史诗的主题，表现民族英雄追求的核心精神。《孤》剧做了有益的探索尝试，而且获得了极大的成功！

四、两个"真实"的区别

现在有一种观念，似乎反映生活中的消极腐败现象不成问题，如果要描写生活中的光明面和正面英雄人物，就被认为是虚伪的、不真实的，因为在生活中没有见过这样的人物。这种认识显然是片面的。以生活中是否见过来判断文学的真实性，这本身就是违背艺术规律的。且不说谁也无法证明现实生活中存不存在这样的人物故事，更何况按照亚里士多德《诗学》中的观点，诗人的职责不在于描述已经发生的事，而在于描写可能发生的事，即按照可然律和必然律有可能发生的事。这是历史与文学的区别所在，也是生活真实与艺术真实的区别所在。所以现实主义的文学并不是模仿现实，更要求用高于现实的眼光去洞察现实，把握生活现象后面更为深刻的东西，并用艺术的方式加以表演，这样才能触及生活的某些本质，从而具有穿透现实和介入现实的精神力量。

（一）生活的真实性：据韩照源考察，在《孤》剧中，游击队的

"朱队长"的原型,就是朱德海。1933年8月,朱德海根据中共密山区委(当年10月改为县委)的指示,到西大林子担任党支部书记,并开展抗日斗争。《孤》剧是真实故事,就发生在这里。

为了保存实力发展队伍,县委决定密营里的抗日战士,跟随抗联第四军转移。当时,密营里有不少跟随部队的妇女和孩子,组织决定不能跟随的留在当地老百姓家中。朱德海按照县委的指示,动员妇女把孩子送给当地可靠的汉族百姓家,把男孩当他们的儿子,女孩当他们的童养媳。这一动员撕碎了妈妈们的心,但多年跟随丈夫参加革命的妇女们,懂得为了游击队的生存和抗日斗争的胜利的道理,尽管她们的心像刀割一样,但还是顾全大局下了狠心,同意把孩子送人。党支部一边做动员,做好将孩子送人前的准备工作,一边派人在西大林子做汉族抗日会员和可靠群众的工作,找到接受抚养孩子的对象。

孩子的妈妈在布条上写上孩子的名字和出生年月日,缝在孩子的衣服上,把孩子交给游击队。游击队领导安排专人送到事先联系好的西大林子汉族抗日会成员家中。朱德海握着收养孩子的会员,再三叮咛"最多不会超过15年,我们一定会回来的,哪怕是天大的事,务必把孩子抚养成人"。收养孩子的会员深受感动,流着热泪称赞孩子的妈妈,"是弃子救国的女英豪"。

当时,收养这些孩子的是西大林子汉族抗日救国会的会员,《孤》剧中刘百川的原型就是收养这些孩子的养父母们,他们为抚养和保护革命后代的生命而付出了极大的代价。娄景玉抚养的一个男孩穿的是朝鲜族服装,衣服上有一个布条,上面写有姓名金贤哲,1929年6月22日生。娄景玉是单身,与父母、弟弟娄景明住在一起。娄景玉的母亲给小男孩换了汉族服装,起名娄海廷,小名叫大喜。让他不要说朝鲜话,学汉话。要是日本人知道是抗日战士留下的孩子,咱们全家都没命了。又告诉他,以后有人问他姓什么,就说姓娄;问你爸爸是谁,就说爸爸叫娄景玉；有人问妈妈哪里去了，就说妈妈死了，没有妈。第三年，娄景明家生了一个儿子，起小名叫二喜。他家为了保护小贤哲，全家搬到人生地不熟的穆棱河南半拉城子居住，同时还有滕思友也搬到了这个村子里。

1946年6月，密山解放。是年冬，共产党领导的土改工作队来到密山柳毛河，工作队在群众大会上讲了娄家冒着生命危险抚养烈士遗孤的事迹，在那个时代要抚养一个游击队的孩子多么不容易啊！人们用尊敬的目光看娄家，被传为佳话。

（二）艺术的真实性：剧作家在《孤》剧的情节上，借鉴了《赵氏孤儿》的故事：元代杂剧中的一部著名的历史剧，作者纪君祥。此人是元大都（今北京市）人。所作杂剧已知的有六种之多。现仅存《赵氏孤儿》（全称《赵氏孤儿冤报冤》）。

《赵氏孤儿》的历史本事，司马迁《史记·赵世家》、刘向《新序·节士》和《说苑·复恩》篇都有记载。汉代武梁石刻中还有这一故事的造像。这些记载本来就有较强的戏剧性，经过纪君祥的进一步艺术加工，就成了十分杰出的历史剧。他描写的是春秋时期晋国赵盾和屠岸贾两大家族的矛盾和斗争。晋灵公时，朝廷政治黑暗，屠岸贾专权，将赵盾家三百口人满门抄斩，又诈传晋灵公之命害死了驸马赵朔，囚禁了公主。公主在囚禁中生了遗腹子赵氏孤儿。屠岸贾为了斩草除根，灭绝后患，要将赵氏的这个唯一的子嗣杀掉。但是赵氏孤儿却被医生程婴从严密监守的公主府里冒死救了出去。守将韩厥在从禁中放走程婴和孤儿时，为了取信于程婴而自刎。屠岸贾为了搜杀被救出的赵氏孤儿，下令把晋国所有"半岁之下一月之上"的幼儿统统杀掉。为了拯救全国的幼儿和赵氏的这个遗腹子，程婴和公孙杵臼设计以牺牲程婴的亲生子和公孙杵臼的生命，保全了赵家的后代。20年后，赵氏孤儿被抚养长大成人，终于报仇雪恨。

　　《赵氏孤儿》塑造了为正义而赴汤蹈火的英雄群像——韩厥、程婴、公孙杵臼。屠岸贾满门抄斩赵家的事本来与他们无关，但是他们为了反抗权奸、邪恶，宁愿牺牲自己。他们是历史上为正义而无私无畏英勇斗争的战士，他们的自我牺牲精神，不能不令人感动、尊敬与钦佩。作品在对正义的歌颂同时，又严厉地鞭挞了邪恶与残暴，通过对屠岸贾凶残的揭露，批判了社会政治的黑暗。剧本情节极其复杂，人物众多，头绪纷繁，但却有条不紊；语言朴素、简洁、遒劲。曲和白都具有慷慨激昂的情调，使整个剧本笼罩着异常悲壮的气氛。

　　剧作家在《孤》剧中，为了主题的升华改编了生活中的原型：《孤》剧的作者王效明重新确立了主线和主要人物，他在《感恩厚土》这篇文章中说："我首先确定了老娄一家与日本宪兵队斗争为作品主线，突出了老娄一家抗日救孤的爱国主义精神。作品重墨于'瓜田教子''与狼共餐''生死抉择'几场。为突出娄家博大的民族友爱情怀。我谐娄音，将主人公取名刘百川。""说到《孤》剧的创作，我要感谢导演宋志辉先生。他在京剧的表、导、演、创等诸方面高我几筹。是宋志辉先生在我原作的基础上紧凑了结构，强化了主题，深化了主线，将作品雕璞成玉，最终获得成功。亲儿牺牲之戏是志辉先生的神来之笔，他将《孤》剧提高了一大截。"

　　生活中的素材，主角是朱德海，艺术中的主要人物是刘百川；素材中的主线是朱德海对九名抗联遗孤的"送养"，艺术中的主线是刘百川冒着生命危险，以全家性命相赌的"收养"。素材中的娄景玉收养了李敬淑的五岁男孩，改汉族名字娄海廷，小名大喜。他的亲生儿子叫二喜。全家在生死线上走钢丝，最后老娄家竟完好无损地保住了英烈之后，一直挨到解放。而艺术中的刘百川的亲生儿子大山为保护好抗联烈士遗孤大海，自己舍生取义，英勇牺牲。突出了戏剧的主题，充满了悲壮气氛。

大　山：爹，儿子没给祖宗丢脸吧？

百　川：没有！儿啊，你是爹心中顶天立地的男子汉！

现实主义精神并不排斥浪漫主义。在现实主义理论的结构内部，就包含着对作家的尊重，包含着对未来的想象与召唤，包含着虚构与幻想的空间。现代京剧《孤》是以现实主义精神讲述鸡西地区的抗战故事，以浪漫主义情怀创造出红色文化的艺术世界。

五、《孤》剧是《红灯记》的姐妹篇

从《红灯记》到《孤》剧的作者，他们创作的共同特点有以下三点：

一是扎根于生活、扎根于人民，在对生活的长期观察与思考中构思与创作自己的作品；二是以典型人物与典型的社会关系为核心，敏感地捕捉一个时代及其精神的变化，并以史诗的格局呈现普通民众的生活与情感；三是锲而不舍的追求，以及勇攀高峰的执着精神。这是创作态度上的一致。除此而外，还有四点异曲同工之处：

第一，收养孤儿的线索相衔接。据《红灯记》的研究者王萌提供的资料证明：《红灯记》的故事是剧作家沈默君在北大荒时期，听到一位老抗联转述的地下交通员的真实经历改编的，在此基础上借鉴传统戏曲《赵氏孤儿》中的具体情节最后形成三代人《自有后来人》的电影剧本。在《红》剧第五场痛说革命家史的对白中，李奶奶说："爹不是你的亲爹，奶奶也不是你的亲奶奶。咱们祖孙三代本不是一家人。你姓陈，我姓李，你爹他姓张，原名叫张玉和。你爷爷身边有两个徒弟，一个是你的亲生父亲陈再兴，一个是你现在的父亲张玉和。在"二·七"京汉铁路大罢工的斗争中，你爷爷和你的父亲都牺牲了，张玉和抱着你，跪在我的面前，他说：'我师傅和陈师兄都牺牲了，这孩子是陈师兄的一条根，是革命的后代，我要把她抚养成人，继承革命。'"这段情节就是对《赵氏孤儿》的借鉴，而《孤》剧收养的是抗联后代，李铁梅也是革命先烈的后代，这是剧情线索的相互衔接。

第二，戏剧的结尾的情节相衔接。在《孤》剧中：

1. 大山被围，百川杀入。

2. 游击队与鬼子交战。

3. 百川与鬼子拼杀，路遇陆牤子，百川一刀砍死陆牤子。此时，暗处龟田正要对百川开枪。

大　山：爹小心（用手将百川推开，大山中弹，百川顺手向龟田扔出大刀，正中龟田）

刘百川：大山大山！

百川妻：儿子！

大　海：大山哥！

众　人：大山！儿子！大山哥！

刘百川：（抱起大山。悲壮地走着）

合　唱：日出东方天地明　/黑土养育大爱情　/爱国精神唱千古　/世世代代永传承。

在《红》剧中，李铁梅一曲《打不尽豺狼绝不下战场》气壮山河："听奶奶，讲革命，英勇悲壮　/却原来我是风里生来雨里长　/奶奶呀，十七年的教养恩情似海洋　/今日起，志高眼发亮　/讨血债，要流血。前人的事业后人要承当　/我这里举红灯，光芒四放　/我爹爹像松柏，意志坚强　/顶天立地是英勇的共产党　/我跟你前进，绝不彷徨　/红灯高举闪闪亮　/照我爹爹打豺狼　/祖祖孙孙打下去　/打不尽豺狼绝不下战场！"

在《红》剧的第十一场《任务完成了》：

幕启后，游击队刘队长和几个负责干部从山坡上走来。磨刀人上，见刘队长后，用手指来的方向，周师傅引铁梅上。铁梅见到刘队长，双手交出密电码。

如果说《孤》剧的结尾充满了悲壮之美，那么《红》剧的结尾就充满了光明之美。悲壮之美震撼人的心灵，启发人深思；光明之美引导人民找到思想的源泉、力量的源泉、快乐的源泉。在戏剧创作中都会收到异曲同工之妙。别林斯基说过：任何否定，如果要成为生动的、诗意的、都应该是为了理想而否定；歌颂现实也不是为了某种廉价的逢迎，而是真正出于弘扬正气和表达民心所向；反思现实同样不是为了把人引入精神虚无与迷惘，而是应当引导人们在反思中找到应有的价值方向和审美理想。现实主义文学不同于其他文学形态，其特性与力量正在于此。

三是《红》剧和《孤》剧热情讴歌的对象都是普通的群众。《红》剧中的英雄人物是普通人：李玉和，铁路扳道工人，中共地下党员，李奶奶，李玉和的师娘，中共地下党员；铁梅，李玉和义女，17岁未成年。《孤》剧中是英雄人物也是小人物：刘百川，农民，抗日救国会会员；百川妻，农民，抗日救国会会员；大山，10岁，刘百川亲生子；大海，10岁，烈士遗孤。这些普通的小人物进入文艺视野，成为文学艺术的主角。在他们身上同样凝聚着抗战精神和民族向上的崇高情感及优秀品质。由于这些小人物贴近生活，贴近实际，贴近群众，因此，更被人们所喜闻乐见。

四是《红》剧和《孤》剧的主题都是热情讴歌的东北抗联精神。今年初，国家教育部提出在教材中全面贯彻落实"14年抗战"概念，受到社会广泛关注。14年的抗日战争始于黑龙江，江桥抗战打响了中国人民有组织有规模抗战的第一枪。东北抗日联军就是在东北抗日民族统一战线旗帜下建立起来的，相继组成11个军。东北抗联的11个军有9个军活动在黑龙江境内。先后有第四军、第五军、第七军活动在鸡西境内。在长期抗战中涌现出杨松、周保中、李延禄、李延平、陈荣久、李学福等抗日将领和民族英雄；同时也涌现出李根淑、安顺福、田二丫（田佐民）、王明生、张哈等普通民众中的英雄人物。我们鸡西作为革命老区，永远不会忘记东北抗联的光辉历史，东北抗联精神已成为推动全市广大党员干部群众艰苦奋斗、干事创业的强大精神动力。所以从《红》剧到《孤》剧都是进行爱国主义和革命传统教育的好教材。

习总书记在文艺工作座谈会上指出：“文艺创作方法有一百条，一千条，但最根本、最关键、最牢靠的办法是扎根人民、扎根生活。应该用现实主义精神和浪漫主义情怀，观照现实生活，用光明驱散黑暗，用美善战胜丑恶，让人们看到美好、看到希望、看到梦想就在前方。”

《孤》剧和《红》剧一样，都取材于鸡西地区可歌可泣的抗日斗争故事，《孤》剧编剧为鸡东县文化馆退休馆员王效明。故事情节连贯，再现了鸡西人民不屈不挠、抗日爱国的英雄壮举。《孤》剧在市内外演出后，引起了广大观众的共鸣。剧中刘百川一家收养烈士遗孤、舍生取义、不怕牺牲的博大情怀，让许多观众感动得流泪，纷纷称赞这是一部难得的爱国主义和革命传统教育的生动教材。

第五部分

《红灯记》研究新收获

关于《红灯记》的故事

一、关于《红灯记》的故事发生地的一点浅见

鸡东是全国1 599个老区县（市、区），黑龙江省54个老区县（市、区）之一。

鸡东是一方红色的土地，在鸡西、密山、鸡东的历史上，抗日斗争史上都发挥过不可磨灭的重要作用，具有重要的历史地位和重要影响。

鸡东是鸡宁、密山地区最早建立党组织的地方（1930年鸡东境内开始有党的活动，1930年建立了一撮毛党支部，1932年建立了柞木台子党支部）；是密山县委建立的地方（1932年11月密山区委在哈达河头段金炳奎家成立）；是抗日同盟军第四军诞生的地方；是较早组建抗日总会的地方（1933年3月）。哈达岗被服厂密营是吉东地区十大密营之一，这里较早地建立抗联游击根据地。因此，鸡东被确定为黑龙江省一类革命老区。革命老区有着光荣的革命传统，有着红色资源，这些光荣传统的传承和发扬光大，这些红色资源的挖掘、保护和利用，是革命老区必须高度重视、务必做好的一项工作。

红色资源不可多得，红色资源的辐射教育作用不可低估，不可小视。《红灯记》故事发生地作为一种红色资源被广泛关注和重视起来。

我只是到老促会工作以后，在做老区精神、抗联精神宣传工作中，深刻理解了习总书记讲的"老区精神积淀着红色基因……要发扬红色资源优势，深入进行党史军史和优良传统教育，把红色基因一代代传下去"的重大意义，在学习探讨宣传老区精神、抗联精神过程中，对红色资源的作用有了更明确、更清晰的认识。

《自有后来人》《红灯记》故事反映出的就是一种民族气节、斗争精神、英雄气概，在人民中产生的重要影响。这个故事我本人认为，就是借用一种文学文艺形式来宣传弘扬一种伟大的精神，故事的发生地只能通过一些历史事件和人物，通过故事情节来推定。

《红灯记》故事发生地有鸡西说、密山说、虎林说、鸡东说，也有吉林说、海伦说、龙镇说种种。从我查阅到的一些资料和了解的鸡东地区党的发展史、抗日斗争史来看，鸡东说比较符合历史、符合故事情节。

从作者创作的角度看：沈默君、罗国士二位作家就是在北大荒（850）农场劳改时期收集到的一些反映东北抗联地下交通员与敌人斗争的故事，特别是一位北满铁路交通员送情报的故事，给沈默君留下了深刻印象。他创作《自有后来人》的土壤就是这方土地，而这方土地上当时最有影响的地方就是平阳镇、半截河、哈达河。

从鸡东的历史地位看：抗日战争时期，鸡东地区是政治军事指挥中心，密山县委建在这里的哈达河，密山抗日游击队组建活动在哈达河，密山反日总会建立在哈达河，抗联第四军重要活动地区在大石河、黄泥河、半截河、哈达河一带。当时的鸡东地区有着通往共产国际的吉东特委半截河国际交通站和中共密山县委兴凯湖国际交通站。吴平（杨松）、李延禄、朴凤南、刘曙华、李成林、李延平、杨泰和、张奎等都曾在这里组织领导过党的活动，指挥过抗日斗争。这样重要的地点，才可能有重要的政治军事抗日活动，才可能有重要的机要件传递。

从剧情细节看：《红灯记》开场李玉和唱道"手提红灯四下看，北满派人到龙潭"。这唱词的开头一句，交代的职业是铁路信号员，后一句中的"龙潭"是隐讳的故事发生地。"龙潭"作为地名会让人记起孙悟空为寻找得心应手的武器，来到东海，下到龙潭，进入水晶宫找龙王借武器。从龙潭在东海可以推测为东海镇的东海车站。东海车站当时是碉堡式的票房子，与剧本描述相近。

从剧中人物塑造看：无论从《自有后来人》还是后来的《红灯记》，都可以看出，剧中所表现出的李玉和是地下交通员形象的组合，表现的都是小人物、高形象，并非像有的研究者所说的，就是李范五、傅文忱一类的政治人物，李玉和就是地下交通员形象的代表。而当时，鸡东地区确实有王山东（张哈）、佟双庆（杨坤）、李破烂儿等密山县委交通员和国际交通员，他们为党忠诚、战斗一生，多次独立完成了党交给的传递情报和重大机要文件的任务。他们具有传奇色彩的红色交通故事被写进当地党史和抗日斗争史，至今被流传和赞颂，他们才可能是剧中形象代表的素材。

有专家和研究者认定，《红灯记》中李玉和的原型就是密山首任县长傅文忱，本人觉得有些牵强，傅文忱家的两代人有悖于《红灯记》中的李奶奶、李玉和、李铁梅这个特别家庭的三代人。

从《红灯记》剧情背景看：《红灯记》剧情就是铁路车站和铁路扳道工，从此展开故事情节，这一点看过《自有后来人》和《红灯记》的人都有深刻认识。东海车站临近哈达河，最有可能成为作家写作故事的发生地。有红色交通站的地方不能就认为是《红灯记》故事发生的地方。

从一篇档案文稿看：《兰台世界》是辽宁省档案局（馆）、辽宁省档案学会合办的一个档案期刊。2012年9月出版的《兰台世界》刊登了吉林大学李冬梅、谷大川两位副教授撰写的《〈红灯记〉背后的故事》

一文。此文介绍了《红灯记》创作产生的过程，特别指出："为破解《红灯记》故事发生谜团，笔者曾辗转走访到黑龙江省鸡西市的一位72岁老人宫兴禄。"文中说："1970年前后（宫兴禄在鸡西矿务局工作，"文化大革命"时期被借调到鸡西市革委会清查办公室，有机会接触到许多当时的绝密档案），宫在清查办接到了一部分由吉林档案馆转过来的档案。在这部分档案中，他发现了李玉和的名字。宫兴禄回忆说，这是在当时很常见的外调材料，提供了50多人的名字，这些人中许多从事过地下工作，有的有投降的经历，后来下落不明。"其中一张摘抄卡片上这样写着："李玉和，原名张玉和，失踪时38岁，八路军情报员，参加过京汉铁路'二·七'大罢工，1938年被派到鸡西与党组织失去联系。"文中还写道："档案记载：第一次抓捕的李玉和，原名张玉和，职业东海车站苦力。华北八路军情报员，参加过'二·七'大罢工，被密探告密，在东海车站被捕。第二次被捕的李玉和，原名张玉和，梨树镇铁路工人，华北八路军情报员，被密探告密，在梨树车站被捕。第三次被捕的李玉和，华北八路军情报员，在东海车站北部八铺炕被捕。"文中最后说："有关《红灯记》故事发生地的说法也一直众说纷纭。而多数研究者认为，故事应该发生在黑龙江鸡西，这一说法是可信的"。

　　两位大学副教授完全是从一种对历史事件研究探索的角度来写就此文，非受人之托，不可能有任何倾向性，有很高的可信度。

　　笔者很认同赞赏滕宗仁教授提出的定位：虎林是《红灯记》作品的原创地；鸡东是《红灯记》故事的发生地；鸡西是《红灯记》故事的诞生地。

　　从历史的角度看：《红灯记》故事发生在鸡西、密山也都没有错，因为故事发生的年代，鸡东还没有建县，鸡东地区分属鸡宁县、密山县管辖。但在行文表述上应该更尊重史实，表述要准确，便于人们认识历史。应该说故事发生在当时的鸡宁县或密山县，现在的鸡东县东海镇，这样更清楚科学一些。

我们探讨研究《红灯记》故事发生地，完全是出于对一项红色资源的挖掘、保护，是为了更好地宣传红色资源，利用红色资源，除此之外，再没有、也不该有其他的考虑。

我县举办《红灯记》研讨会，体现了一种责任意识和一种历史担当。让红色资源服务当代社会，让红灯照耀着鸡东老区人民。挖掘、保护、利用红色资源，这是一个有机整体，一项系统工程，要把这项工作做好，需要得到方方面面的参与与支持，相信鸡东人会完成这份使命。

（鸡东县老促会会长　汪　鸿）

二、《红灯记》发生在鸡东史实考略

《红灯记》是一部光辉史诗般的力作。作为电影《自有后来人》及后来根据其改编的京剧《革命自有后来人》《红灯记》上演后，在全国引起巨大反响，家喻户晓，妇孺皆知。剧中"三代"英雄人物顶天立地，剧中唱段经久不衰，剧中故事垂驻人间。

《红灯记》虽然已经诞生50多年了，人们对《红灯记》依然记忆犹新，挥之不去。同时，也引起了人们的许许多多的猜测、联想和追忆。特别是对《红灯记》故事史实的发生地众说纷纭，各执己见，派生出许多说词、说法、说记。有吉林之说，有五常之说，有北安之说、有海伦之说，等等。大部分都有牵强之感，缺乏雄辩立证、翔实佐证、原型实证。本人通过多方查阅、查访、查验资料、史料、材料，调查采访健在知情老人和抗联家属，进一步确认《红灯记》故事发生就在鸡东县。

（一）《红灯记》前后

《红灯记》原创者是电影文学剧本《自有后来人》，作者沈默君、罗国士，发表时笔名罗静、迟雨。最初发表在《电影文学》1962年9月号。1963年由长春电影制片厂拍摄完成电影《自有后来人》，然后在全国放映，引起很好的反响。根据电影《自有后来人》上海爱华沪剧团改编成沪剧《红灯记》，1963年春节，沪剧《红灯记》在上海红都剧场演出后一炮打响，首亮戏剧舞台。江青在上海养病期间观看了沪剧《红灯记》，认为"这个戏不错"。带沪剧剧本《红灯记》回到北京交给当时文化部副部长林默涵，建议改编成京剧。林默涵部长把改编此剧的任务交给了中国京剧院。京剧院决定由翁偶虹（执笔）、阿甲编剧，阿甲、郑亦秋导演，李金泉、刘吉典、李少春设计音乐和唱腔。初稿完成后，经过多次修改，1964年2月开始排练。现代京剧《红灯记》公演后，反响俱佳，好评如潮。1963年，黑龙江省哈尔滨京剧团根据电影文学剧本《自有后来人》改编、拍戏、上演，并恢复黄泳江原创名《革命自有后来人》，加上了"革命"两个字。

（二）《自有后来人》主创作者沈默君

《红灯记》初始原作为《自有后来人》，作者罗静（罗国士）、迟雨（沈默君）有着不寻常的经历。沈默君同志原籍安徽省寿县人，1924年出生于江苏常州。1938年参加新四军，在"火线"剧社担任演员、导演。1948年任华东野战军总后勤政治部文工团团长，曾创作歌剧《叶大嫂》、小说《孙颜秀》等。1949年后历任第三野战军办事处文工团长、文艺科创作研究员、第三野战军解放军剧院编剧，总政文化部创作组创作员，广播电影电视部专业作家，中国剧协第一届理事，中国影协第三届理事。沈默君同志先后创作了著名电影文学剧本《南征北战》（与沈西蒙等合作）、《渡江侦察记》、《海魂》（与黄宗江合作）等脍炙人口的作品。1954年时任解放军总政治部文化部创作室电影创作组长，1957年被错划为"右派分子"，到黑龙江省北大荒农场劳动改造。1961年沈默君摘帽后，被黑龙江省委宣传部借调去哈尔滨搞创作。1961年组织上调他到长春电影制片厂任编剧。1978年任国家文化部剧本委员会委员兼创作组组长。80年代后曾创作电影剧本《台岛遗恨》《死亡集中

营》等作品。是我国著名电影剧作家，是一位才华横溢、有着深厚创作
功底的作家。

（三）《自有后来人》的创作过程

沈默君同志1957年被打成"右派"，1958年早春随国家机关和驻京
部队机关近三千名"右派"被遣送到北大荒850农场劳动改造。后被发
配到虎林县（今虎林市）宝东镇宝东中学任教。《自有后来人》另一位
创作者为罗静（笔名），即罗国士同志。罗国士湖南人，出生于一个知
识分子家庭，其父是位教授。罗国士同志参加抗美援朝时任美军战俘营
翻译，少将军衔。转业后到北大荒先当农工，后任《农垦报》驻场记
者，后来也被分配到虎林县宝东镇宝东中学任教，这时和沈默君同志工
作在一起。就在这一期间，铁道兵农垦局局长王景坤同志在延安时的老
战友，1946年任密山县第一任县长的傅文忱同志回家探亲。在接待中，
组织了一系列的报告会、座谈会、见面会，并萌生了戏剧创作的初想。
还特意安排了当时在北大荒劳动改造的文艺界"右派"搞文艺创作，所
以沈默君同志也参加了听报告的活动。他从报告中得知，傅文忱同志抗
战期间曾是一位智勇双全的红色交通员，是密山抗战时期三条重要国际
地下交通线上的一名交通员，从事国际情报交通工作。并从中了解到傅
文忱同志参加革命时已娶妻，生有两个女儿。在他离家前与妻子交代，
如果七年不归来，肯定是牺牲了，让妻子一定改嫁，重新组织家庭。七
年后傅文忱重返密山时，改嫁后的妻子又生了两个孩子。傅文忱也找了
爱人，并生了两个女儿。从而形成了一家"三窝"孩子的历史史实，这
就是有了"一家三亲"的局面。沈默君为此很受感动，决心创作一部很
好的剧本。罗国士也有创作的愿望和积极性，二人一拍即合。沈默君同
志又进一步深入群众中调查研究，收集、掌握了当年密山抗联和游击队
的大量素材。1961年沈默君同志借调哈尔滨搞创作时，又收集到了一位
北满交通员为送情报，但接头人没来，自己的钱又花光了，饿着等到第

五天才接上头的故事，给他也留下了深刻的印象，这些素材为以后《自有后来人》的创作奠定了坚实的生活基础。1962年5月，沈默君到长春电影制片厂任编剧后，导演苏里催促他写一个成本低、故事性强、人物突出的电影剧本。一天观摩话剧回来，在漫谈中尹戈青对沈默君说：如果写一个"一家人都很亲但都不是亲"的剧本，那就有戏了。一句话激活了沈默君的灵感，他联想到北满地下交通员许许多多英勇斗争的事迹，再加上傅文忱一家的故事，构思出李玉和一家三代"都很亲，都不亲"的框架。历时9个月，终于完成了《自有后来人》电影剧本的创作，创作完成后，鉴于"右派"刚刚被摘帽，不便于抛头露面，也不宜领衔，落款时只好将罗国士排在前面，还都隐去真实姓名，最后落款为"罗静、迟雨"两个笔名。据资料记述，当时铁道兵农垦局局长王景坤同志回忆说：在当时还经过了组织研究讨论，明确第一主创者为沈默君同志，即笔名中的"迟雨"。

（四）《红灯记》与鸡东抗战历史背景

九一八事变后，鸡东这片土地上便燃起抗日烽火。早在1930年冬季中共北满特委派人到"一撮毛"（今鸡东县明德乡立新村）建立了党支部。1931年11月，中共满洲省委和宁安中心县委派人到哈达河一带开展党的地下活动，并组建了哈达河党支部。1932年11月，中共密山县委在哈达河西北的炮手沟张老畲菜营成立。1933年密山抗日救国会在哈达河诞生。抗日期间，鸡东地区较早开辟建立了小石头河、黄泥河、郝家屯、夹信子、半截河等游击区，创建了哈达河、哈达岗抗日游击根据地及密营。鸡东地区是抗联队伍特别是抗联第四军的诞生地和重要活动地。从哈达河到大石河、半截河，从锅盔山到八棱山，从郝家屯到黄家店，从夹信子到张三沟，大大小小战役有上百次，抗联队伍英勇顽强地抗击日本侵略者，给侵略者以沉重的打击。李延禄、崔庸健、周保中等抗日名将都曾在鸡东领导、指挥过抗日队伍。朱守一、苏怀田、田宝贵等烈士在鸡东血染大地，还有一批无名的抗联将士长眠在这片土地上。抗日战争期间，鸡东地区有一批爱国志士参加抗联队伍，有的英勇牺牲在抗日战场上。有一批共产党员和团员及广大民众积极参加反日组织，用各种形式支援抗日斗争。鸡东县被划定为革命老区，体现了党和国家对鸡东人民为争取抗日斗争的胜利和民族解放做出的重大贡献、付出的巨大牺牲的一种认可，也是对鸡东老区历史的一种尊重。

密山的党组织中还有一批地下交通员，机智勇敢，不怕牺牲为抗日游击队、抗联第四军侦缉敌情，传送情报。"北山游击队"留下了许许多多可歌可泣、威武悲壮的史实、故事和传说，这就是《红灯记》鸡东抗日斗争生活和创作源泉和背景。

（五）鸡东县与原密山县

1961年《自有后来人》创作前，创作者沈默君同志曾深入密山县进行大量的社会调查，收集创作素材，追寻创作源泉。这里提到的是密山县，而不是鸡东县，需要做以交代。

鸡东县是1965年1月建县。根据黑龙江省人民委员会决定，1957年将原鸡西县所辖的，也就是现在的鸡东县的银丰（原来银丰乡，后与鸡东镇合并）、鸡林朝鲜族乡、鸡东县平阳镇的新城村、友好村（今平阳镇边疆村）、下亮子乡综合村、东海镇的兴隆村、哈达镇、东海镇、永安镇、明德乡、下亮子乡和平阳镇划归密山县管辖。1965年1月建鸡东县以前，上述这些广大区域是由密山县所辖的。就是说，创作者沈默君同志在密山县的社会调查，不排除到现在的鸡东地区，因为前面所讲的抗日斗争的大量史实都发生在鸡东的大地上。鸡东是抗联第四军诞生地和根据地，是抗日武装最活跃的地区。抗联第四军会同抗日游击队在鸡东抗战四年之久，也是抗联第四军鼎盛辉煌的时期。

（六）铁路与永安火车站

《红灯记》第一场开头第二句介绍故事地点时写道：〔东北龙潭车

站附近铁路扳道处。近处有条长坡，远处有山〕。这里交代了地点"龙潭车站""铁路扳道处"，地形近处"长坡"，远处有"山"。这真实的写出了鸡东县东海火车站地形地貌，非常准确。

铁路：在鸡东县境内，林密铁路线西起林口县东至密山市黑台镇，全长51公里。始建于1934年，1836年2月通车使用。车站东西两端设有多处扳道处。

火车站：沿线设有平阳站（今鸡东站）、东海站、永安站三个大站。永安火车站是一座碉堡式火车站，钢筋水泥构造，一直保存至今。主碉堡分上下两层。上层为瞭望孔，下层布有枪眼，为射击孔。碉堡下面外围有水泥墙，高两米左右，布有密集枪眼，每隔一米左右就有一个枪眼，防守相当严密。

"龙潭车站"：永安火车站。剧作者借助于《西游记》孙大圣到"龙潭"借取兵器说——"龙潭"在哪里？回答自然说在"东海"，就是现在鸡东的"东海"站。但永安站与东海站相邻，确切所指的应该是永安火车站，因为那里火车站是炮楼式的，防守戒备森严。

"长坡"：鸡东县永安站北面两里处确实是一条长坡，现在都是耕地，完全是剧中所说的"近处有条长坡"。

"远处有山"：距永安站西北4公里处确实有大、小"锅盔山"和三、四"锅盔山"，大锅盔山主峰海拔392.5米。距东海站西北、正北、东北5～8公里远处确实有"永宁南山""王八脖子山""小石头山"等山，山山相连，林木茂盛，是游击队隐蔽的天然佳地，是抗日重要游击区。这和剧中所说的把"密电码"送到"北山游击队"中的"山"完全相符合，十分准确。

（七）北满与交通员

《红灯记》剧一开始，李玉和上场唱段第二句："北满派人到龙潭"，剧介〔交通员从车上跳出〕。剧中交通员剧白："李同志！我是……北满……派来的交通员。"

"北满"：九一八事变，日本侵略东北三省后，为加强对东北的统治，避嫌国际舆论，1932年扶持了满清末代皇帝溥仪，在长春成立了傀儡政府"伪满洲国"。长春为"首都"，史称"新京"。随着抗日战争的爆发，中国共产党担负起抗日的历史使命，于1935成立了满洲省委。长春以南称为"南满"，长春以北称为"北满"，"北满"党的领导核心在哈尔滨。

交通员：在抗日战争期间，为了抗日斗争的需要，鸡东境内建立起三条交通线。一条是北线，即《红灯记》中所说的"铁路"交通线。西起鸡西，东至密山县黑台镇。一条是南线，西起鸡西的梨树镇，经至鸡东县永和镇的大、小"石头河"、夹信子（今平阳镇）、半截河（今向阳镇）、密山县二人班乡。一条是鸡东半截河、密山当壁镇通往苏联远东地区的国际交通线。在这三条地下国际交通线上（中国工农红军长征后，交通线与中央失去了联系，东北抗日斗争由共产国际领导，即苏联），有许许多多的抗日勇士战斗过、工作过。他们前仆后继，英勇机智，百折不挠，不怕牺牲，留下了许许多多惊险传奇的故事，为《红灯记》的创作提供了大量有价值的素材。

在这三条国际地下交通线上，留下了傅文忱的身影，留下了烈士王明生的故事，留下了国际交通员"张哈"（王山东）的足迹。

地下国际交通员"王山东"，即王凤林。1893年生于山东省诸城县杨家沟。在党的教育和培养下走上了革命的道路，他和李发等人参加了哈达河抗日会，"王山东"热情乐观，哈哈的笑声不断，大家习惯地又叫他"张哈"，参加革命后，始终用这个名字。

"张哈"经党组织的严格考察，1933年3月在鸡东哈达河加入中国共产党。中共密山县委安排他担任密山县委机要交通员，他跋山涉水传递着中共吉东局与密山县之间重要文件、指示、报告，接送视察、学习、开会的上级领导干部和县委干部。张哈担任中共密山县委机要交通员期间，在日伪重兵把守的鼻子底下历经艰险，出色地完成了各项任务。1934年5月，经中共吉东特委领导李范五同志提议，调他担任中共吉东特委国际交通员。1934年10月，中共中央领导机关随同中国工农红军第一方面军撤离中央苏区进行长征。东北党组织与党中央失去直接联系，党中央决定东北党的活动直接受中国共产党驻共产国际代表团的领导。交通员张哈往来于苏联海参崴与牡丹江之间，护送党的骨干前往苏联学习，迎接中共驻共产国际代表前往吉东地区巡视工作，传递党的重要指示和情报。1938年10月，张哈途经通化来到了向往已久的革命圣地延安。

中共中央组织部分配张哈到中央社会部当保密员。1945年2月，中共中央组织部又把他把调到延安杨家岭大礼堂，担任中国共产党第七次全国代表大会筹备处工作人员。在任弼时、杨尚昆同志的亲自领导下，负责保管七大所有会议文件和守卫七大会场。1948年9月，他在政治上、生活上享受县团级待遇。抗联战友中共合江省委书记李范五、合江省人民政府主席李延禄对他非常关怀，做了妥善的安排。新中国成立后，张哈担任过佳木斯食品厂厂长。1964年3月8日，因病不幸逝世，享年71岁。

烈士交通员王明生。王明生出生在鸡东县哈达镇山河村（伪满时的金家屯）。1932年初秋的一个晚上，王明生到农友范长富家串门结识了张墨林（密山县委副书记兼组织部长，密山抗日总会负责人），听了张墨林反日抗战的宣传，决心走上抗日救国之路，于是秘密地加入了密山抗日总会，并担任秘密交通员。1934年3月加入中国共产党。1935年，组织安排他担任抗联第三军第四师一个连长。1934年7月，王明生父亲王兆金、王明生的弟弟王明德为躲避日伪特务追捕全家在地下党组织安排下，来到抗联第三军第四师。他们被安排在驻地种菜并兼任交通员工作。1941年5月，王明生突然失踪，从此杳无音信。2000年11月5日，黑龙江省社会科学院研究员杨玉林同志到鸡东县哈达镇山河村，将王明生在侵华日军731部队遇害的消息告诉了王明生的家人。原来是在黑龙江省档案馆馆藏侵华日军731细菌部队将捕获的抗联战士做活体试验的档案中发现了王明生的名字。档案中记载："王明生没有悔改之意，必须实施'特殊输送'。"抗日交通员王明生就这样被侵华日军731细菌部队杀害了，王明生为民族解放事业献出了宝贵的生命。

交通员傅文忱，1946年6月22日，密山解放后担任第一任县长兼土改工作团团长，"文化大革命"中受迫害，1972年病逝于哈尔滨，享年68岁。傅文忱同志在回忆中说："1913年举家逃荒到密山二人班、柞木台子（今鸡东县明德乡明德村）。1933年在密山二人班参加革命后就担任国际交通员工作。曾到苏联莫斯科东方大学学习过情报侦察。在担任国际交通员时，过往的路线就是鸡东县的夹信子（今平阳镇）、半截河（今向阳镇）、密山二人班（二人班乡）、县城（密山知一乡）、徐道悟家（今知一镇）、白泡子（白泡子乡）赵家大院、当壁镇这些地方。经常变换行走路线，有时打扮成商人，有时走山路、夜路。由于叛徒出卖，桑庆元等22名国际交通站的工作人员被捕，后被带到哈尔滨侵华日军731细菌部队惨遭杀害。密电码、电台等也被日本宪兵队长上坪铁一缴获。"

上述鸡东抗战时期地下国际交通线和交通员的史实和《红灯记》所反映的故事完全相似、相近、相贴，绝不是巧合。

（八）密电码与北山游击队

剧中北满派来的交通员把"密电码"交给李玉和说："这是一份……密电码，（喘息）快……快把它转送北山游击队。"鸠山剧白："这份密电码是给北山游击队送去的。北山游击队就等着这份密电码发生联系！如果这份密电码落到拥有几百人的游击队手里，那就如同老虎长了翅膀，于我们帝国大大的不利！"在这里表明了"密电码"要送到哪里，送给谁，密电码的重要性，"北山游击队"的人数规模。

北山游击队：抗战时期，东海火车站北面大山连绵，林木茂密，是游击队的隐蔽地、活动地和抗日战斗出发地。在林密铁路北面的广大地区，游击队不断发展壮大，频频出击，给日伪军以沉重打击。主要有：1932年2月，杨太和共产党员田宝贵等人在平阳镇附近的小石河（鸡东永和镇），联系当地保董自卫团长苏怀田，建立起一支抗日队伍。他们先后收缴了荒岗缉私队和梨树镇白俄谢杰斯煤矿矿警武器，装备了自己，仅一个多月时间部队就发展到了200余人，是当时密山县内最早、最大的一支民间抗日游击队伍。

1934年3月20日，在中共密山县委所在地——哈达河狍子沟张老畲菜营正式组建了"密山游击队"，当时队名为"民众抗日军"。

3月28日，密山游击队在杨树河子一带与伪军150余人激战，战斗中打死伪军官2人，游击队无伤亡。4月，吉东局调宁安县委书记朱守一（周子岐）到密山游击队任队长。6月20日，中共密山县委以游击队为骨干组织第二次哈达河暴动，由于走漏了消息，日军50余人于暴动当天出动"讨伐"，在哈达河头段五间房附近与游击队进行了激战，战斗中打死日军小队长黑田和一名士兵，游击队长朱守一不幸中弹，壮烈牺牲。

1934年9月，李延禄率队过穆棱河北与密山游击队会合，在锅盔山（鸡东县永安镇境内）打退日军讨伐队一次进攻。10月6日，东北抗日同盟军，在军长李延禄和师长杨太和的指挥下，联合密山游击队一举攻克密山县城知一镇。缴获枪188支，子弹万余发，以及一些布匹、棉花等越冬的物资，在战斗中给日伪军沉重打击，扩大了党领导下的抗日武装政治影响。县城有200余人参加了抗日队伍，壮大了抗日武装力量。这次战斗中营长杨太贵光荣牺牲。

1935年3月，中共密山县委决定派抗日同盟军第四军第二团去攻打稻田公司。二团接受任务后，代团长金根决定先带几名战士前去侦察。第二天侦察员回来报告说："稻田公司已经知道我们要打他们的消息，准备今天下午去勃利向自卫团求救。"金根听后，当即决定打他个伏击。下午四点多钟战斗打响，经激战，自卫团全数被歼，其中有稻田公司经理1人，自卫团长1人，缴获长短枪18支。二团大获全胜，凯旋驻地。

1936年5月2日，抗联三军攻打驻哈达河伪军26团，活捉苏团长，缴获迫击炮连，机枪连和三个步兵连的全部武器和弹药。

密电码：日伪军为了消灭鸡东抗日武装，疯狂清剿，破坏地下交通站，逮捕地下交通员，电台、密电码也遭到缴获。1943年9月，鸡宁日军宪兵队多次到恒山、城子河、哈达河、平阳镇等地搜捕党的地下工作者，李东升、张玉环（女）等16人被捕，惨遭日军宪兵队杀害。电台恢复后，急需上级派人送来密电码，便于游击队与上级取得联系。这就有了密电码贯穿于剧中。

（九）李玉和：剧中的主要人物是李玉和

对于李玉和这个人物的原型，经查确有其人。据原鸡西矿务局运销处，高级工程师宫兴禄介绍：在"文化大革命"期间，宫兴禄同志被借调鸡西"清查办"帮忙。有机会接触一些敌伪档案。在工作中，宫兴禄同志接触了一份档案材料。在这份手抄摘录的档案中发现了李玉和的名字。宫兴禄在以后的采访中回忆说：这是一份当时很常见的外调材料，提供了50多个人的名单，这些人从事地下工作。有的有投降经历，后来下落不明。其中一张摘抄卡片上写着李玉和，原名叫张玉和，失踪时38岁，八路军情报员。参加过"二·七"大罢工。1938年被派往鸡西，与党组织失去联系。宫兴禄还说：李玉和的经历在当时非常典型，曾被捕过。表面上与日本人相互利用，暗地里为地下组织提供情报。在另一份敌伪档案中摘抄的卡片显示：李玉和即张玉和，某年某月在鸡宁县（当时鸡东的大部分地区由鸡宁县管辖，也就是后来的鸡西县）东海区（今鸡东县的东海镇、永安镇）被捕，多次被"处理"和被"严肃处理"。宫兴禄说，"严肃处理"有可能就是被处决。有可能发现李玉和不受利用，所以将其杀害。当年，掌握了绝密档案的宫兴禄已经意识到这个李玉和就是《红灯记》中的李玉和原型，出于保护当事人的心理，如果李玉和假如没有被处决，仍然健在，有可能给他带来灭顶之灾。所以他将这份手抄档案偷偷给压下来了，没有声张公开。并将这份档案放在了档案柜的最底层。1972年宫兴禄同志被调到鸡西矿务局从事业务工作，这份李玉和的档案也就无人知晓。后来记者到老人家采访时告之要对李玉和身世进行研究的动机时，老人非常激动，说：这些材料在我心里已经埋藏几十年了，我现在公开它，不为别的，就是教育后人不要忘记那场民族的灾难。在民族危亡的时刻确实有一些先烈不计个人得失，抛头颅洒热血。电影和戏剧中的情节不是空洞的说教，在历史上确有其人。宫兴禄还说，他已经将掌握的情况和资料转给了鸡西市史志办。如果到鸡西市史志办能查到此资料，说明宫兴禄说的是事实，同时也说明李玉和确有其人，确在鸡东东海站被捕。在鸡西的敌伪档案中，记载着的五十几个被抓捕的八路军情报员中，曾发生三起李玉和被捕的案件。除李玉和之外，没有两次被捕的人员，他人仅发生一次就有去无回，杳无音讯，而李玉和不然，竟三次被捕。第一次抓捕的李玉和：原名张玉和，职业东海车站苦力、华北八路军情报员、参加过"二·七"大罢工，被密探告密，在东海车站被捕。第二次被捕的李玉和：原名张玉和，梨树镇铁路工人、华北八路军情报员，被密探告密，在梨树镇被捕。第三次被捕的了张玉和：华北八路军情报员，在东海站北部八铺炕（东海站西北8510农场16连、17连所在地）被捕。从身份和名字上看，三次被捕的李玉和应该是一个人。《红灯记》中的李玉和，以及李奶奶说的"张玉和"完全相同，而且经历相似。剧中李玉和唱到"鸠山设宴和我交朋友"，表明李玉和与鸠山昔日有交情，才会回来，出现反复被捕，同时也说明李玉和是双重身份。史实上是由于密探告密，李玉和才被捕，剧中是王连举叛变，李玉和暴露被捕，也非常相似。

至于"鸠山"这个人物的原型，据鸡西收藏家韩基成同志在文章里介绍："鸠山"即鸡宁日本宪兵队队长上坪铁一。是鸡西的日军特务头子。在他的策划和组织下，破坏了平阳镇的地下交通站，抓捕了20多名地下交通员，有的杀害，有的"特别移送"到了日军731细菌部队，和上述傅文忱所讲的完全一致。在一份日本宪兵队的资料里记载确有"鹫山"，剧中与现实两个日本军官的名字，字不同音相近，也不一定就说是"巧合"。

（十）结　论

毛泽东同志《在延安文艺座谈会上的讲话》中说："人民生活中本来存在着文学艺术原料的矿藏，这是自然形态的东西，是粗糙的东西，但也是最生动、最丰富、最基本的东西。在这点上说，它们使一切文学艺术相形见绌，它们是一切文学艺术的取之不尽、用之不竭的唯一的源泉。这是唯一的源泉，因为只能有这样的源泉，此外不能有第二个源泉。"毛泽东还说："文艺作品中反映出来的生活却可以而且应该比普通的实际生活更高，更强烈，更有集中性，更典型，更理想，因此就更带普遍性。""……到唯一的最广大最丰富的源泉中去……一切文学艺术的原始材料，然后才有可能进入创作过程。""人民生活中的文学艺术的原料，经过革命作家的创造性的劳动形成观念形态上的为人民大众的文学艺术。"上述毛泽东的论断告诉我们：生活是创作的唯一源泉。一切文艺作品都来源于生活，高于生活。没有生活，文艺作品就是无本之木，无源之水。没有生活就没有文艺作品，生活本身就是原始的文艺作品。从这个角度说，文艺作品是生活历史的产物，文艺作品是生活历史的痕迹，文艺作品是生活历史的复制。但并不是生活的简单照抄照搬，更不是机械地对号入座。通过创作，要高于生活，升华生活。正向鲁迅曾说过的"人物的模特儿也一样，没有专用过一个人，往往嘴在浙江，脸在北京，衣服在山西，是一个拼凑起来的角色"。说一千，道一万，文艺作品要有生活源泉，要有生活创作的升华，两者缺一不可。作为一部以东北抗战的大背景，以反映抗日联军和抗日武装斗争的影片《自有后来人》，也绝不例外。

综上所述，《红灯记》处处都有鸡东抗战的影子，鸡东抗战的痕迹和鸡东抗战的史实。有的就是鸡东抗战时期的原貌、原迹、原型，难道是巧合？是贴合？回答当然是否定的！作为文艺作品，不可能脱离实际。实际是什么？是史实。无论是《红灯记》大的抗战背景，还是细节上的时间、地点、事件、情节、人物、地理、建筑，等等，都与鸡东抗战的历史史实极其相近、相似、相合，所以《红灯记》故事发生地就在鸡东的结论毋庸置疑。

（鸡东县老促会秘书长　张前矛）

三、为什么说《红灯记》的故事发生在鸡东

鸡东厚重的抗联历史，成为作家笔下描写抗战故事的素材，重读《红灯记》后，发现其故事与鸡东抗联历史和山水地貌的诸多渊源，有几点感触与大家共同分享。

第一，从抗联文化厚重程度考量。

剧中鸠山有句台词说："如果这份密电码落到拥有几百人的游击队手里，那就如同老虎长了翅膀，于我们帝国大大的不利。"而在当时的东满地区的铁路沿线，能够称得上大规模的抗日队伍的，非抗联第四军莫属。抗联第四军在鸡东驻扎期间，曾攻打下了密山县城，能够拔城攻巢，证明抗联第四军的可动用的武装规模之大。而以我党发展的经

验，这样规模的武装力量，不可能没有与之相属的地下交通组织。2017年6月，抗联第四军军长李延禄的孙女李戈女士，到鸡东考察抗联文化时，曾与笔者谈道："我爷爷曾说过，《红灯记》中提到的交通站是抗联第四军的一个联络点。当年编创过程中，作者曾征求过我爷爷的意见。"1933年6月，李延禄带领四百多人（据《过去的年代》一书记录），到达鸡东地区与杨太和部会师。到1935年初，部队已发展到千人规模，在东北的抗联史上发展到千人的部队是屈指可数的。他们在鸡东地区建立了秘密地下交通站，东海火车站就是其中一处地下交通站。

第二，从地理位置便捷上考量。

为什么抗联第四军会把交通站建在东海火车站呢？其一，在当时的交通环境下，火车是最快捷的交通工具，在火车站建交通站，就会加快情报信息的传送速度。其二，火车站人流混杂，便于开展地下工作。其三，抗联第四军在鸡东驻扎期间，军部设在了半截河的郝家屯（今向阳镇的卫国村），而县委机关设在了哈达河炮手沟里的张老奋菜营。东海火车站在地理位置上居于两处指挥中心的中间位置，在信息传导上具有联络两地和可以同时为两地服务的地理优势。东海站的上一站是哈达河街基（今新华村）站，是当时的一处繁华地段，日伪军常驻兵力众多。东海站的下一站是永安站，日伪军在这里建有炮楼，封锁严密。以上两地均不适合建立地下交通站，而唯有东海车站具有建立地下交通站的一切便利条件。在实地考察中，看到东海车站日伪时期建立的站房，只有几十平方米，是一处不惹人注意的小站。

第三，从时间发生逻辑上考量。

北满派来的交通员在临就义时说："明天下午，破烂市粥棚，暗号照旧。"时间推移到第二天下午，才引出李玉和手提红灯在破烂市与磨刀人一起机智巧妙地躲过搜查的一幕。而破烂市在哪里呢？答案就是哈达河街基（今新华村），据东海抗联第四军纪念馆的一张日伪时期的街区图显示，哈达河街基原设有澡堂、警署、烟馆、赌场、饭店、粮站、配给店等诸多设施，是十里八乡的繁华之所，所以形成了一个集市。在第五场——"痛说革命家史"的开场交代的时间正是第二天下午。开幕后，李奶奶的第一句唱词是："时已黄昏，玉和儿未回转。"此时，李玉和敲门还家。从哈达河街基如果下午步行，按照剧中人物着冬装推断，下午约16时就会进入黄昏，李玉和会从哈达河街基下午返回，而黄昏时段就能够走回家中，两地路程七八公里，在时间上能够与剧情完全吻合。

第四，从河流分布位置上考量。

汇聚于山岭间的哈达河，自北向南注入穆棱河，哈达河流经哈达河街基西侧，哈达河街基也因这条水量充沛的河流而得名。剧中李玉和曾说："妈，我可能被捕，以后有事，到西河沿36号找周师傅联系，要多加小心。"哈达河街基在东海站的西侧，因有一条大河在村西经过，所以把街内沿河居住的地方叫西河沿，而能够有西河沿的36号一说，证明此地正是人口密集的一个街市，也只有哈达河街基符合这种说法。铁梅在送密电码时，是与住在西河沿的周师傅会合后，一同去北山游击队的。在哈达河街基向北走，就是连绵几十公里的群山，就是当时的密山县委所在地（今鸡东县东海镇境内）、抗日游击队的成立地、抗联第四军曾经的驻营地和四军被服厂的秘密设置地。

第五，从资源分布区域上考量。

鸡东县富有煤炭资源，是黑龙江地区重点的产煤县，东海、哈达一带更是重点产煤区。现在的东海站台，主要外运物资就是煤炭。在日伪统治时期，本地居民就使用简单工具挖取露头煤用于取暖。在《红灯记》第一场——"救护交通员"中，李玉和有段唱词是："好闺女！提篮小卖拾煤渣，担水劈柴也靠她，里里外外一把手，穷人的孩子早当家。"当时也只有在产煤区才能方便地拾到煤渣，大部分非产煤区的居民，是用木柴和秸秆取暖做饭的。在开采能力低、物资缺乏的日伪时期，在非产煤区难有煤渣可拾。作为铁路职工家属的铁梅，在东海地区做点小买卖、拾点煤渣补贴家用，是当地铁路工人家庭生活情景的真实再现。

（中共鸡东县委宣传部副部长　杜宏家）

四、论《红灯记》的故事发生地

我是一个文博工作者，寻找历史痕迹、破解历史谜题、保护历史文明、还原历史真相是我们文博人的责任和使命，今天我从一个文博人的角度，来解读《红灯记》故事发生地的历史背景。

（一）论红灯记剧中人物与现实中真实人物的联系

张玉和与《红灯记》中人物李玉和

吉林大学文学院副教授李冬梅、谷大川，为破解《红灯记》故事发生地的谜团，曾辗转走访到鸡西市的一位名叫宫兴禄的老人。根据老人所掌握的档案资料，证实《红灯记》的故事有可能发生在黑龙江省鸡西市下属的鸡东县东海镇。剧本的主人公李玉和在历史上确有其人，他曾参加过京汉铁路"二·七"大罢工，受中国共产党的委派来到东北，曾多次被捕，最终有可能被日军杀害。

宫兴禄在退休前是鸡西矿务局运销处的高级工程师，原籍黑龙江省密山市当壁镇人，1955年考入燃料工业部鸡西煤矿学校，1958年毕业后，分配到鸡西矿务局工作。"文化大革命"时期，他被调入鸡西市革委会的清查办公室帮忙，使他有机会接触到许多当时的绝密档案。

当年的清查办公室是一个临时机构，职能是清查新中国成立前隐藏下来的国民党和日本特务。1970年前后，宫兴禄接到了一部分由吉林档案馆转过来的档案。在这部分档案中，他发现了李玉和的名字。宫兴禄回忆说："这是在当时很常见的外调材料，提供了50多个人的名字。这些人中许多人从事过地下工作，有的有投降经历，后来下落不明。"其中，一张摘抄卡片上这样写着："李玉和，原名张玉和，失踪时38岁，八路军情报员，参加过京汉铁路'二·七'大罢工，1938年被派到鸡西与党组织失去联系。"

当时，而在另一份敌伪档案中摘抄的卡片显示：李玉和，又名张玉和，某年某日在鸡宁（现鸡西）东海区（现东海镇）被捕，多次被"处理"，后被"严重处置"。

当年，掌握了绝密档案的宫兴禄已经意识到这个李玉和就是《红灯记》的原型，出于保护当事人的心理，如果李玉和碰巧未被处决，仍然健在，有可能给他带来灭顶之灾。所以，他将这份手抄档案压了下来，放在档案柜的最底层。1972年，宫兴禄将档案材料转给了鸡西市史志办，他本人则回鸡西矿务局运销处工作。

京剧《红灯记》中的李奶奶对李铁梅述说家史："爹不是你的亲爹，奶奶也不是你的亲奶奶，咱们祖孙三代本不是一家人。你姓陈，我姓李，你爹他姓张，原名叫张玉和。"这段唱词，与敌伪档案的记录相似。在关于鸡西的敌伪档案中，记载着五十几个被抓捕的八路军情报员材料中，除李玉和之外，再没有两次被抓捕的人员。李玉和则不然，竟三次被捕。档案记载："第一次抓捕的李玉和：原名张玉和，职业东海车站苦力，华北八路军情报员，参加过二·七大罢工，被密探告密，在东海车站被捕。第二次被捕的李玉和：原名张玉和，梨树镇铁路工人，华北八路军情报员，被密探告密，在梨树镇车站被捕。第三次被捕的李玉和：华北八路军情报员，在东海车站北部八铺炕被捕（现鸡东地区）。"

从身份和名字上看，三次被捕的李玉和应是同一个人。《红灯记》

中的李玉和原名也叫张玉和，与档案中的李玉和相同，而且革命经历又相似，这绝不能是巧合。

在历史上，"日本鸡宁宪兵队"和"梨树镇宪兵分遣队"的资料记载里未发现有鸠山宪兵队长或宪兵。而在另一份日本宪兵队的档案资料记载中，却有"鹫山"。这个鹫山是日本宪兵队的高级军官，剧本与现实中两个日本军官的名字中，虽然一个是平声，一个是去声，但同音，也不能仅仅是巧合。

这不是巧合而是真实存在的，1920年前后，平阳镇的永发村车家屯已有了二三十户人家。一户陈姓人家在一年冬天添了个女儿，取名陈玉梅，由于上无兄下无妹，她成为这户小家的长女，被视为掌上明珠。陈玉梅的父亲原来是车姓地主的长工，后来不当长工，经别人介绍到西南岔金场沟的金矿里当淘金工人。由于体壮能干，被矿上的金把头看中，后来把他当作技术骨干抽到别处另开新矿，从此一去杳无音信。迫于生活无奈，陈玉梅的母亲领着她改嫁给了平阳镇的一名姓张的人。这位男人名叫张俊鹏，妻子两年前因痨病去世，为他扔下了一个8岁的儿子，比陈玉梅大两岁。张俊鹏的父亲早已去世，上有一位健康的母亲，新的家庭共有五口人。为了体现陈玉梅命硬抗磕打，张俊鹏为养女陈玉梅改名为张铁梅。张家原来靠为别人打零工和种点薄地为生，日子过得清苦。后来张铁梅父母卖掉旧房，又凑了点钱在街边买了两间草房，地址处于现在卫生院的西侧，在那里蒸馒头，开起了馒头店。

张俊鹏有个表弟也姓张，名叫张玉和，一开始在东海煤矿当苦力，后当扳道工，以后又下乡卖货当货郎，对外说自己姓赵，所以不少人都叫他赵货郎子。张玉和当货郎游走四乡哪里都去，也到过密山二人班附近，逐渐认识了地下党员傅文忱，被发展成为地下党员，成了党的一位地下交通员。经常利用和张俊鹏的表兄弟关系，在张家馒头店落脚居住，此时张铁梅见了面称张玉和为表叔。

有一次张玉和从苏联共产国际交通站带一份重要文件归来时，被日伪国境守备队用枪击伤，被别人营救后送到张家养伤。此间，他委托张俊鹏母亲领着孙女张铁梅把秘密文件（密电码）送出。后来张玉和与营救他的赵氏父子均被希贤村的王国延举报被逮捕。张家也未能幸免于难，王国延以张家私通共产党的名义，勾结平阳伪警察署，强行惩罚张家父子去外地出劳工，去后再无音信。张铁梅母亲不甘凌辱，在屯前南山悬树自尽。

张俊鹏一家五口只剩下奶奶和孙女两人，生活过得异常艰难。张玉和出狱后，来到张家探望，见祖孙二人无法生活，便把她们接到东海车站附近的自己家，一起生活居住。三口人组成新的家庭。张俊鹏的母亲娘家姓李，名叫李秀英，所以人们都叫她李奶奶，张玉和此后改口把李秀英称妈妈，自己也改名为李玉和，张铁梅也随奶奶的姓改叫李铁梅，从此李姓、张姓、陈姓成为同姓三代人。由于张玉和在被捕后一直没有暴露交通员身份，党组织仍安排他以货郎身份做掩护担任地下交通员。一家三代人，在此后的抗日斗争中传递过无数次情报，出色地完成了无数次革命任务。

有关《红灯记》故事发生地的说法一直众说纷纭，而多数研究者认为，故事应该发生在黑龙江鸡西，这一说法是可信的。

（二）论鸡东、密山与《红灯记》故事的渊源

按照当时任农垦局局长王景坤回忆录所说，沈默君、罗国士要以傅文忱的事迹为原型写出一部好作品来，他还给予了极大的鼓励。此后他二人就着手搜集北满交通站的材料，不久在密山的宝东中学和云山水库写出了电影文学剧本《自有后来人》，用笔名发表在《电影文学》上。按照王景坤、作家郑加真、丁继松，以及密山市原文化局局长陈兴良所说，可以肯定沈、罗二人是查阅了大量抗联资料才完成了《自有后来人》作品的。我们可以肯定《红灯记》的创作地在虎林，但是故事的

发生地不是在虎林，而是在鸡东。因为抗联的大量资料来自那里。我想在"文化大革命"的特殊时期中，沈、罗两位作家能够接触到的资料范围不会太大，只能限于当时的虎林、密山地区所掌握的历史资料。当时的密山地区包括现在的鸡东。鸡东地区的总面积是3 243平方公里，向阳"半截河要塞"各阵地群总占地面积就达1 000多平方公里（可见一个要塞阵地群多么庞大），同时在鸡东这么小的地区就建有三座军用飞机场。按照日本关东军的兵力部署，鸡东地区近三分之一的土地上筑有军事设施，还有三分之一的土地为日军控制地带。这是个什么概念？也就是说鸡东地区没有一块平整的土地是我们说了算的。

鸡东是密山地区抗战时期的政治中心、游击区、主战场。那么，抗联的密营、抗联的根据地、抗联的核心作战区具体在哪里？答案是在鸡东哈达河至半截河一带。如密山县委所在地（旧属密山，现为鸡东县辖区哈达镇）、密山国际交通站（现鸡东县平阳镇东窑地交通站、向阳镇裕成当铺交通站）、哈达河密山游击队（称北山游击队）、永安火车站（旧属密山，现为鸡东县永安镇）、平阳镇（旧属密山，现为鸡东县平阳镇）、半截河（旧属密山，现为鸡东县向阳镇）。如果沈、罗二人是查阅的大量抗联资料而创作出《革命自有后来人》即《红灯记》的前身，那就是完全以发生在鸡东地区的抗联故事创作完成的，也就是说作者完全了解鸡东的抗战史实，所以写出了和我们鸡东原型相符的人物来，因此说《红灯记》的故事发生地就在鸡东，或称旧时的密山地区。

关于《红灯记》故事的发生地，密山说发生在旧时的密山上述地区，旧时的密山上述地区不就是现在的鸡东吗？现在还有许多文人墨客混淆现属地的概念，这就很不适合鸡东的红色历史传承和发展，往往会给人在文字意识上造成错觉。以为故事中的地名，还隶属密山。确实这些地方在历史上曾经归属过密山，但这一切都已成了历史。

鸡东有着50多年的建县史，从建县时起就有了属于鸡东自己的历史。所以，我的观点是，以后在论述那些旧时的历史时，应注明"鸡东"二字。结合以上地名归属和多年来我们整理出的真实历史资料表明，《红灯记》故事和人物原型，就是根据在鸡东发生的抗战事迹经过艺术加工而成的。沈默君、罗国士笔下的故事原型，都离不开鸡东为《红灯记》的艺术创作提供的历史背景和肥沃的红色土壤。

（三）论《红灯记》与抗联之间的联系

《红灯记》的故事，重点突出了北满地下交通员可歌可泣的英雄事迹。如果发生在旧时的密山地区，毫无疑问《红灯记》创作的素材就来源于鸡东，《红灯记》故事发生地就在鸡东这片土地上。我们有大量真实资料表明，《红灯记》故事中的原型张玉和、傅文忱、卖货郎、王连举等都是生活在鸡东这片土地上的。

下面简要介绍一下鸡东地区在当时的重要性。当时的鸡东地区就是红色游击根据地，这里是密山县委成立地、抗联第四军成立地、密山抗日游击队成立地、满洲省委密山兴凯湖国际交通站、吉东特委密山半截河国际交通站、侵华日军半截河要塞、侵华日军军用飞机场（三处）、日本开拓团大本营等，毋庸置疑，不论是满洲省委国际交通站，还是吉东特委半截河国际交通站，它的根都在鸡东。

为什么这么说？这是根据中共密山党史第一卷资料、850农场采访资料和诸多专家学者提供资料中得出的结论，不难看到众多专家学者所论述的交点集中在红灯记中所提到的密电码、北山游击队、火车站、北满交通员、李玉和、李奶奶、李铁梅、磨刀人（货郎）鸠山、王连举等正反面人物原型上，展开论证。论证作家沈默君、罗国士是在什么样的背景下写出的作品，作品中的人物塑造是他们二人凭空想象出来的还是真有其人，大家各抒己见，说法众多。也许那些不了解抗联历史的人还不知道，这些作者笔下的人物原型，就在我们眼前，都生活或战斗在鸡东这片热土上，他们的事迹资料，大部分都记录在我们文物管理所整理的档案中。为了大家能更为清晰地了解《红灯记》的背景，我愿用所掌握的鸡东抗日史记为大家解读，并还原那段历史。

首先，我为大家解读的是剧中提到的人物和事件。

第一点：密电码事件。平阳镇交通站被叛徒王连举出卖，负责人的发电机、电报机、密电码被日寇缴获，20多鸡东人被秘密送到哈尔滨731细菌部队做活体实验。他们是被半截河宪兵队和平阳宪兵队秘密遣送并杀害的。（日军原始档案记载的遇害者名单，现保存在文物管理所的档案室里）

李玉和被王连举出卖是真实的。王连举是平阳镇的当地人，这人的真实名字叫作王国延，是平阳镇南八甲（今希贤村）的人，是平阳镇伪警察署副署长，日本人强制并屯后成为日伪汉奸走狗，他的详细资料我们都有记载，如有需要我愿提供。

第二点：密山游击队。密山游击队是抗联第四军二团的前身，在鸡东哈达河北山成立，因此，密山游击队亦称北山游击队。密山抗日游击队是东北13支抗日游击队中成立较早的一支抗日队伍，以鸡东哈达河沟里张老菜营为抗日根据地。鸡东哈达镇张老菜营是抗联第四军军部所在地，四军密营，密山中心县委机关所在地，密山抗日游击队成立地和根据地，是共产党领导的鸡东、密山地区抗日斗争的核心指挥中心。1934年9月，中共满洲省委巡视员吴平主持密山县委扩大会议。会议决定，密山抗日游击队与李延禄领导的人民革命军合并组成"抗日同盟军第四军"。在《红灯记》第二场"接受任务"中，交通员交代任务时的一句台词"我是北满派来的交通员，这是一份密电码，快把它传送北山游击队"。剧中曾两次提到北山游击队，而北山密营、北山游击队就设在张老菜营，与剧中的故事情节吻合。

第三点：龙潭与东海火车站。龙潭应该意指东海，也就是鸡东县东海车站，位于日军修建的林密铁路线上。其中，《红灯记》主人公李玉和在历史上确有其人，这个李玉和就是宫兴禄后来经过研究认定的《红灯记》故事的原型张玉和。东海车站铁路交通员也叫李玉和，原名也是张玉和。我认为这不是巧合，而是真实存在的。这些都是沈默君、罗国士激发塑造人物灵感的源泉。

（四）论原型人物的真实性

《红灯记》中的"磨刀人"原型却有其人。刘汉1928年冬天随父亲闯关东来到黑龙江密山夹信子（现下亮子乡正乡村）李家屯开荒种地。1932年春天，一场突来的灾难降临到他家，父母双亲接连死于疾病。当时已经30多岁的刘汉还没有成家，光棍一人的他离开了李家屯，来到夹信子（现平阳镇）谋生，在一家铁匠铺学手艺。由于他勤奋好学，有"眼力见儿"，很受铁匠铺的掌柜信赖，铺里的一些小事都交给他操办，很快他就在夹信子有了小小的名气。一天晚上刘汉去八角楼看戏回来，听见街上一片混乱，一个满脸流血面目全非的中年人被一群宪兵和警察追赶，当时心怀正义的刘汉将该人拽入铁匠铺的杂货间，躲过了宪兵和警察的搜捕。当时，他救的是抗联的交通员傅文忱，因为从苏联带回了重要情报，被叛徒出卖，遭到了日本宪兵队和伪警察追捕。后经过傅文忱的教育工作，刘汉从此走上了抗联的道路，也成了一名交通员。利用自己会打铁磨刀的手艺，刘汉化装成"磨刀人"往返于游击队和各个村屯之间，为游击队传递情报，收集所需药品。

1938年春季，刘汉接到党组织的指示，要把一份重要的情报送到密山游击队。情报的主要内容是要截获日本鬼子的军火和给养，在东海火车站附近袭击日本鬼子的火车。游击队接到指示后，决定袭击日本的火车，但没有准确的日本鬼子火车进出站的时间，急需可靠的情报。这时刘汉又担起了收集火车进出站时间情报的重任，他又以"磨刀人"的身份往返于永安、东海火车站之间，通过铁路工人中的地下党，摸准了日本人准确的发车时间和线路，及时地把情报送回游击队。游击队利用这份情报，在锅盔山下炸毁了铁路，成功地拦截了火车，缴获了所需的军火和物资。

1941年3月，刘汉接受党组织的任务，要求把一份从苏联带回的特殊情报送到游击队。这份重要情报是从苏联回来的交通员带回来的情报，他们素不相识，几经周折，最终在东海火车站旁的一个馒头铺里，取到了这份情报（就是密电码），及时送到抗联队伍中。

1945年8月，日本鬼子投降后，刘汉参加了东北民主联军，在17团四连担任侦察员，驻守在下亮子区。1946年阴历九月初四，参加了17团剿灭土匪周和的战役，荣立了三等功，后来还参加了多次剿匪战斗。1949年11月因年岁较大，复员到下亮子乡正乡村务农。直至1984年12月去世，享年83岁。

（五）论《红灯记》小人物与傅文忱、张玉和的多元素结合体

鉴于上述原型小人物的真实存在性，我认为《红灯记》故事人物的塑造还有一种可能，那就是，沈默君、罗国士在查阅史料时，了解到了鸡东地区抗战时期的众多感人事迹，在剧中演绎的故事情节中，不难看出，作者不仅在史料中看到了在大人物身上的那种忠贞不渝、英勇不屈、坚韧不拔的抗联精神，同时，也看到了小人物的机智勇敢和对党的忠诚。所以作者在创作《红灯记》时，做到了以小人物的事迹与真实的抗联历史事件的相结合。特别是整合了傅文忱、张玉和的事迹，把傅与张二人的经历揉在一起，以一个人物的形象展现在剧中。如果我们把真实的人物原型与《红灯记》故事的情节联系到一起分析，就会发现剧中的李玉和身上完全体现了他二人的影子。如傅文忱的家庭背景和他做交通员的革命生涯经历，以及张玉和以铁路工人的身份，为我党搜集和传递情报的地下工作事迹等，都在李玉和身上尽显出来。因此，我个人认为不能单纯定义《红灯记》就是在演绎某一个人，也有可能是个多元素的结合体。

　　像北满交通员、李玉和、李奶奶、李铁梅、磨刀人（卖货郎）等这些小人物为代表的地下党和人民群众，为钳制日军、配合抗战进行着一系列灵活机智、艰苦卓绝的斗争。我们鸡东人寻找的是，《红灯记》故事中的抗联事迹和以文学艺术的形式诠释的小人物及在抗日斗争中展现出的英勇顽强的民族气概。《自有后来人》还是《革命自有后来人》及改编后的样板戏《红灯记》对于我们来说都不至关重要。我们需要的是这种红色精神的引领，所以我们在挖掘、我们在整理、我们在行动，为的是再让红灯发出耀眼的光芒。至于《红灯记》故事发生地各地众说纷纭，存在"密山说""海伦说""吉林说"等版本，但是在事实面前都不如我们"鸡东说"。

（鸡东文物管理所副所长　李　铁）

五、红灯映红哈达河——《红灯记》前传（纪实小说）

（一）

　　王林，全名叫王凤林，村里人嘴懒，多一个字都觉得累得慌。那时很少见到字面的名字，管谁叫啥全凭口语听音，时间长了就把中间那轻音去掉，王凤林就叫成了王林。庄稼户王林领着媳妇和两个小孩给种子下地，这块地是他租种大户人家张老四的地。哈达河季节来得晚，种子下得早了就捂烂了，清明节过后种子才能落地，家家忙着翻地下种子。丘陵漫岗里的大地里还是灰秃秃的，沟里的大山显得格外葱翠。

　　王林领着媳妇和孩子从早上太阳还没冒出来就下地，到晚上太阳落山收活。做了一天的农活，汗出尽了，口干舌燥又累又乏。晚饭，媳妇给烫了水饭，就着咸菜，喝了两碗稀粥，顿时舒服多了。春困秋乏，天还没黑，王林就脱衣服歇下了。那时农民有个习惯，脱下衣服先就着煤油灯抓一阵子虱子，才能安稳睡觉。王林脱下外衣，他的手够不着刺挠的后背，见媳妇忙着洗洗涮涮，就让炕梢两个小嘎给挠痒痒，两个小孩子在他后背一边一个挠着，小孩子的肉手挠得不赶劲，越挠越刺挠，王林靠着墙来回蹭后背。猛地听到外面窗根底下有人说："金椒油米烀面瓜喽！"这是暗号，听口音是张哥来了。王林就冲外屋洗碗的媳妇桂兰喊道："张哥来了，快开门。"媳妇给张哥开了门。张哥叫张玉和，是东海铁路车站搬运工人。平常倒是常有来往，只不过张哥这个点来准有紧急情况。"你赶紧跟我去东海车站，有急事！"张哥说完，不容王林多想，转身要走。媳妇在外屋说："张哥，屋里抽袋烟呀。""来不及了，事急。"张哥应了一声，就出去了。王林麻溜穿上上衣，套上裤子，下了地，就去撵前边快步走去的张哥。

他俩顺铁道边的毛道朝东海车站方向走去，路上，张哥把找他执行任务做了交代。"一会儿有趟二道岗去牡丹江的车，你坐上去，前半夜在梨树站下车，下了车赶紧买往这边来的车票。那趟车11点到梨树，你必须坐那趟车回来，到车上找个穿风衣戴礼帽的人，记住，他礼帽绸带上钉着一枚玻璃花扣，你出暗号，接上头后，告诉他别在东海下车，你领他在平阳站下车，下车你负责把他送到北山游击队，再向县委报告一声就完成任务了。"

在路上，张哥又把情况做了详细的交代。绥宁县委指派一位朱同志调任密山，任北山游击队长，这个人在宁安当过宁安县委书记，是我党重要干部。预定张玉和今晚下半夜三点钟在东海车站接站，然后送到王林这儿，再由王林护送到北山游击队。不知哪个环节出了问题，东海车站下午好几辆车，拉的都是日伪宪警，连东海镇周边都布置了岗哨。平常日伪没这么大的动作，今天下午为什么来了好几辆车人？张玉和凭多年地下斗争的警觉，觉得关东军肯定得到朱同志要在东海站下车的情报。为防万一，张玉和决定让王林连夜去梨树迎接车上的朱同志，让他提前在平阳站下车，然后由王林做向导绕道去北山。

两人路上急走，已经是一身的汗水。王林因为白天庄稼地里干活，晚上没多吃干饭，又渴又累的他只是喝了两碗水饭，路上尿了几泡尿，把肚子也尿空了。张玉和把去梨树和回来的车票钱交给他，知道他白天庄稼活重，嘱咐他千万别睡过站了。说完张玉和就爬上铁道线，绕开荒地回家了，他下半夜有班。正是因为他是车站下半夜的班，按照车次，上级才安排宁安的朱同志乘坐由牡丹江开往东安的火车，在下半夜张玉和值班时间段，在东海站下车。

王林为了尽快赶到车站，顺铁道线去了车站。果然像张玉和说的那样，临近车站附近的铁道线两边，隐隐约约有可疑的便衣人在转悠。王林没管那些，因为东边来的火车快到点了，附近上车的老百姓顺铁道线上车站，也是常有的事。王林若无其事地朝车站走去。到了票房子，王林买了票，心里有了底才踏实。

车站里，要上车的乘客越来越多，开始检票了，王林顺着检票的乘客进了站台。不大一会儿，东边出现一道大灯，那是二道岗开来的火车。那辆火车气喘吁吁顺铁道线冲过来，庞大的黑车头，虎背熊腰般停下来，王林上了车。

（二）

王林在车上晃荡有两个多钟头，方到了梨树镇。行进的火车像悠车，累了一天的王林真想就着火车的悠劲歇一歇，但他不敢歇，他知道一歇就要闭眼，他怕一闭上眼睛，再睁开眼睛火车就到了牡丹江了，那革命的损失可就大了。

车厢里座位倒是有好多空闲，他没敢找座坐。他怕一旦坐在那座位上，会发困迷糊过去。他就在两车对接那儿站着，听着外面呼呼的风声和车底下有节奏地晃荡声。这个地方车是不老实的，火车一拐弯，这个地方就悠人，对接的车缝咣咣直咬牙，人站不住还容易摔倒。王林就选了这个地方让自己别睡着。到了梨树，王林下了车，赶紧跑向票房子，可能是下半夜都不爱走夜道，车站加上他才三个人。在票房熬了一个多钟点，西边的火车来了，他检了票上了站台。

在车厢里，他挨个车厢找那个穿风衣戴礼帽的人。在车厢中段，王林发现临窗衣服钩上，有顶礼帽挂在那，王林就近仔细一看，果然礼帽绸带上有一枚玻璃扣，但是他找不到帽子的主人。因为帽子下面是个抱小孩的妇女，他接的朱同志是男的。挨着妇女是个穿马褂的富态人，胖胖的脸上油光满面，头上戴着瓜皮帽，那礼帽和他的穿戴也不搭配。再说张哥说过朱同志的大致模样，朱同志是个二十八九的英俊年轻人，奉天口音，细长眼睛，分缝的长发。这抱小孩的妇女和富态人对面是两个小姐和陪同丫鬟。王林就把眼光往过道邻座寻找，过道邻座对排是四个人，两个穿戴不整的普通老百姓，另外倒是有两个穿戴挺利索的人，一个是挨着过道，穿着咔叽粗布衣服，白净的脸，不是做粗活的人，一看就是个体面人。临窗那个穿着西服的年轻人，看那装束倒是和那边挂着的礼帽搭配，从相貌上看和张哥说的朱同志大体相似。

他站在过道喊了一句暗语："金椒油米烀面瓜喽！"王林见他没搭理他，他想再喊一句，他发现临窗那个西服人瞥了他一眼，又把眼睛冲到车窗外。王林以为他没听清，又重复一遍："金椒油米烀面瓜喽！"

临窗那人还是没搭理他，倒是挨着他跟前，过道那个体面人不耐烦了："去一边喊，什么乱七八糟的！"不怪人家攮他，他没有货郎车，在这瞎喊纯是有病的人。王林离开体面人。他看出来，临窗那个西服人故意不理王林。王林就戴上露指手套，又喊了一声："金椒油米烀面瓜喽！"临窗那人连看都没看他一眼，不过王林感觉到临窗那个人的神情变化，从临窗那人的眼神上，他绝对不是对车窗外有什么兴趣，眼睛眨巴着绝对有内容。王林见他不回暗语，想了一招，我拿你礼帽看你还能不能坐住！王林来到抱孩子妇女跟前，摘下挂在临窗那顶礼帽。西服人已经走到他跟前拉着脸问："你怎么拿我礼帽呢？"西服人生气地夺过王林手里的礼帽，王林傻傻地笑。西服人胳膊搭着风衣朝车尾走去，王林随后跟去，被过道那人推了一把，挤了过去，跟上西服人。"你跟着我干什么？"朱同志质问那个体面人，看来他俩不是一起的。莫不是像张玉和说的，日特在车上也找到了戴礼帽的朱同志了？王林已经断定西服人就是他要接头的朱同志，王林一阵害怕，看来朱同志已经被日本特务瞄上了，他有必要保护好朱同志，想办法配合朱同志。体面人见朱同志进了厕所，放心地依在车厢临尾座椅上，点上烟。朱同志穿着风衣出来了，又回到刚才座位坐下。那个体面人看朱同志回到原位，不好意思跟盯太紧，假装坐在原地继续抽烟。王林趁机对斜对面的西服人说："老叔捎话，龙宫下雨了，你没带雨伞怕你挨浇，让你在平阳大舅家避雨。"朱同志像是没听见似的带搭不理地眼睛旁视。体面人抽完烟回来了："这是我的座。"王林起身让给他，离开他们。快到平阳站了，列车员报着站名，一些在平阳站下车的旅客起身收拾包裹和穿上外衣。这已经是下半夜两点时间，不下车的旅客睡意正浓，打着鼾响。

平阳站到了，车上下去一些乘客。王林想下车，发现朱同志没有动身的意思，再不下车，一会儿车就开到东海了，你要跳车，现在不是暖季，车窗牢牢地锁着，再说，你要砸车窗，体面人也不会让的。王林急了，举着露指的手套，提示着朱同志。

突然朱同志一个跃身蹿出座位，朝车门跑去。体面人一看边追边喊着："快！刘三，大埋汰，醒醒！他跑啦！"看来车厢里还有他们的同伙。朱同志跳下车，体面人也追撵着跟着跳下车。王林见车厢有人起身，他顾不得看仔细，跟着也跳下车。

火车已经开了，车厢里那几个同伙可能睡得太沉，没反应过来突发的情况，没来得及追。火车开走，露出站台下的铁轨。朱同志往出站口跑了几步，又拐回来跳下站台，横穿纵乱道轨跑过去。煞白的站台路灯下，晃动着不少警察冲过来，他们听到体面人的喊声。

体面人跳下站台继续追，前边朱同志停下不走了，等体面人靠近。体面人一看停下不敢靠近。王林知道朱同志的意思，二话不说上前搂住体面人，朱同志跑过来，帮着王林把体面人摁倒在地，王林和朱同志两个人将体面人一顿乱拳乱暴打，把体面人打瘫软了，也不管他死活，他俩放下体面人就往后壕沟跑，连滚带爬跳进壕沟里躲藏起来。好险，他俩再磨蹭一会儿，警察就追到了。他俩趁着黑夜悄悄朝后甸子跑去，甩掉了警察。

（三）

在往北走的路上，王林和朱同志又对一遍暗号，朱同志这才相信王林是自己同志，两人就聊上了。朱同志问王林："你怎么知道东海那边下雨了？"王林告诉朱同志，是东海车站老张发现东海日伪加强了布防，让他上梨树站提早告诉他。王林想起车上的事，问朱同志："朱领导，我在车上说暗语，你咋不搭理我呢？"在车上，王林喊第一遍暗语时，他真没上心注意，他也没料到在梨树那就有人要跟他接头，所以王林喊第一遍时，他思想正溜号呢。王林刚要喊第二遍时，他已经回味到了刚才有人喊暗语，他心里一沉，顺便瞥了一眼王林，就把脸冲到窗外，没当回事地不看他。他凭多年秘密战线工作的经验，意识到出事了。原计划他是在东海车站下车，有铁路工人老张前来接站，并跟他对暗号确认。有人在梨树站喊暗语跟他接头，说明出差头了。出差头有两种可能，一种是自己同志提前接应他，另一种可能就是敌人扮作接线人，前来和他联系。如果是前一种，同志提前跟他接头，也是出差头的情况下出现的。在出差头环节自己同志还能前来接头，是非常危险的。既然出差头了，第二种可能就会更大。在梨树站前的穆棱车站上，就上来三个陌生人，在车厢过道打探每个乘客。他们发现了朱守一，几个人鬼鬼祟祟叽叽喳喳小声说着什么，就分头走开了。可能夜晚行车道远，那两个同伙先去睡觉，换班轮流监视他，那个体面人就在朱守一跟前找了个座位坐下。朱守一心里已经明白了，这三个人是针对自己来的。其实不用王林上梨树站告诉他东海出事了，朱守一已经决定在平阳站提前下车，再想办法去北山。王林在车上喊暗语，朱守一谨慎地没有轻易接上下句暗语，就没搭理王林。朱守一站起要去厕所搞些动作，去取挂在过道那边临窗的礼帽，没想到王林先摘了他的礼帽。朱守一进厕所是把外面的西服脱掉，里面换上普通便装。外面用风衣严实扣上，是准备在平阳站突然下车，他知道他的一身西服已经是身份的标志了，就在厕所里换掉了西服，准备下车时再把风衣脱掉，这样就能混淆站台敌人对他的注意。

在平阳站跳车那会儿，朱守一见后面车上那两个人也追下车，就没必要出站台了，因为出站口站着伪警察。就跳下站台横穿铁道甩开他们，没想到这个暗号接头的人真是自己的同志，在后面先把跟踪那人制住。

长山，是北山游击队驻地，王林完成任务又向县委汇报了完成任务的情况，县委朴书记听完这段车厢历险记，给王林很高的夸赞。

过了三天，是东海镇集市。王林也种完地了，把家里的干菜拿去东海市场上赶集，顺便告诉张哥自己完成任务的情况。

张哥告诉他，那天下半夜凌晨，车站加强了防备，他们装卸队也被看管起来，本来有两节车皮要装货挂走，也没让工人出工。好在事先让王林去了梨树镇，不然朱同志到了东海车站下车，装卸队被伪警察看得死死的不得动地方，他真的没办法去车站接站。

（四）

中秋节刚过，县委朴书记捎来信，让王林去东海车站找张玉和，通知他晚上接站，省委派一位重要领导干部，来密山巡视，并带来上级指示精神。这是件大事，南岸的李延禄军长都带队伍过来了，在东山岭上派人做好接应。王林晚饭前要赶到东海张玉和家，等待接站时间。后园子沙果都掉没了，王林提前把红透的沙果摘下，放在西下屋大土缸里贮存。他去下屋土缸里挑了些还脆生的沙果（沙果一贮存就面了，不上口了），这是带给张玉和十岁女儿铁梅的。

　　据说省里来的人是体面打扮，就不能以普通老百姓的方式接站，县委通过关系从大户人家张老四家借了一辆马轿车，两个抗联战士大王和小刘扮作张老四家的伙计，王林赶着马轿车就往东海方向走去。到了张哥家，把带来的沙果送给铁梅，背着铁梅把这次接站任务跟张妈说了。张妈听完，就打发铁梅去车站给她爹带话，说王叔来了。张玉和一个班次中间是不能回家吃饭的，在家带饭拎在班上吃，天热了带的饭容易馊，就在附近粥铺买点吃的。铁梅来车站值班室找到抽烟歇脚的她爹。张玉和一听小铁梅专门跑车站捎信，说王林来了，知道是妈安排的急事。和值班班长说家里来亲戚了，回家一趟，值班班长就答应替他一会儿。张玉和领着闺女从车站往家走。张玉和人缘好，谁家有了红白喜事，大事小情都少不了找张玉和帮忙，当地人管捞头忙主事的人叫"二大布衫子"。沿途街里人看见他领着闺女，就夸张师傅的闺女长得俊。这些人真不是奉承张师傅，铁梅长得那可真是个俊，清清亮亮黑毛晶莹的大眼睛，白白的小圆脸，穿着红底布花衫子，脑后梳了一条又黑又粗的大辫子，手牵手和她爹并排走着。

　　家里来人了，张妈早就预备了晚饭，拿出腌制的咸腊肉，腊肉炒蘑菇辣椒丝，炸了一碗鸡蛋酱，豆角锅里烀了几个茄子和面土豆。王林知道张哥喝酒喝得瘆，是铁路上有名的酒仙大哥，一顿二大碗齐家老烧锅不耽误扛一车皮麻袋的。张妈怕儿子总这样大口喝酒，把身子骨喝坏了，就开始限制张哥喝酒。来人了，张妈才允许张哥喝一小碗，不准再多喝。张哥在外是个爱管闲事的直性汉子，在家可是个乖顺的大孝子，每回张妈因为喝酒训斥张哥，张哥都像只小猫，低头跑墙角闷声抽烟。小铁梅故意气她爹，凑过来悄悄跟她爹说："当爹的也有挨骂的时候？

丢!"说完咯咯笑着就跑了,怕她爹拿她撒气。

张哥已经不在装卸队干粗重体力活了,改换扳道叉的扳道工。就是提着信号灯,车站里铁轨上溜达来溜达去,有时挂在货车上捎脚,到了道岔的地段跳下车,按照站务编轨的货单分合路轨。

上次在截获朱守一那次行动时,张玉和已经被日伪宪特怀疑上了。装卸队晚上来了两个新装卸工,其实是日宪派来监视张玉和的特务。为了不出乱子擒获朱守一,车站禁令不让装卸队出工,统统关在屋子里不让动弹。他们想趁朱守一来东海,观察张玉和的神态变化。结果那天晚上张玉和在屋子里找了个犄角旮旯蒙头酣睡。因为安排王林去梨树了,心里就踏实了,晚上喝了酒,酣声如雷,这样张玉和也就免除了怀疑。车站新来个宪兵队长叫鸠山,听到张玉和这个名字挺熟悉,叫过来见面一看,果真是他们在哈尔滨铁道线上就认识的张玉和。那是九一八以前,鸠山给哈尔滨铁路局的白俄老板当翻译,张玉和是铁路装卸工,白俄经常带着鸠山翻译上站台督促装卸进度,有时和装卸工交涉一些工钱什么的。鸠山是日俄汉话样样通,白俄老板有时还要和日本北满铁道株式会社打交道,鸠山日语翻译更有了用场。张玉和是带头闹事的工头,经常和白俄老板谈条件,中间要靠鸠山翻译中国话,这样鸠山翻译就认识了他这个经常闹工潮的工头。有回张玉和闹罢工,让白俄铁路损失很大,无奈答应了工人的要求。平息罢工后,他们暗自抓捕闹罢工的张玉和,还是鸠山事先通报了张玉和,让他赶紧逃离躲起来。那时日本和白俄是敌对国,鸠山翻译当然暗下要帮助闹工潮的张玉和了。几年不见,如今鸠山翻译已经是关东军少佐宪兵队长,也因为他是中国通,他就成了重要铁路地段扑火队长。日本关东军觉得永安东海和平阳站附近抗匪活动猖獗,就调来鸠山担任这个地段铁道线的宪兵队长。他一直对张玉和印象挺好,这次见张玉和还做苦力搬运工,就给张玉和改换了工种,一种很轻闲的铁道扳道工。狡猾的鸠山知道,张玉和在装卸队是火种,早先他是跟白俄闹工潮，损失的是白俄的利益，现如今铁路是大日本帝国的生命线，这样带有火种的人应该远离中国苦力密集的地方，给张玉和调离搬运队，也顺便卖了张师傅一个人情。

（五）

"奶奶，我爹回来啦！"院里响起铁梅清脆甜美的声音。王林抬头一看，几天不见张哥果然精神了好多，身穿制服，戴着大檐帽，胡子刮得精光，浓眉下两眼炯炯有神。张妈把炒好的菜端上炕桌，张哥招呼另外两个抗联战士上桌喝酒吃饭。王林和大王小刘上炕盘腿坐下，张妈准许张哥陪客人喝酒，铁梅早把酒壶和酒盅拿过来，放到桌上。你瞧张哥那模样，凑过来笑眯眯嗅着酒壶，本来挺明亮的眼睛，也被满脸笑褶挤没了。闻了半天，张哥说："你们喝，晚上夜长，我吃饭。"张妈知道儿子是因为今晚有行动，怕喝酒误事，冲儿子一笑。王林一见张哥都把酒忌了，也不喝了，面对一桌好下酒菜，谁都不想沾口了。吃饭当空，张妈知道他们要商量事，领着铁梅去院里捡白天晒的秋菜，其实是放哨。

张哥听明王林的来意，说晚上八点有趟哈尔滨开来的票车。到时候让大王和小刘在出站口接站，王林跟张玉和混进站内，在票车进来的另一侧，负责一旦站台被封锁，就让上级同志钻车底，从铁道另一侧，由王林接走。张玉和在站台根据情况做总调度。计划好了，也吃饱了，开始分头行动。王林先走了，他不能跟张玉和一起去站台。时间快到了，出站口已经有不少接站的人。张玉和看到大王和小刘已经来到出站口外面，就放心地拎着信号灯，横穿铁道来到另一侧，车站另一侧铁轨上停着一辆货车皮，那里两车接钩的黑暗地方隐藏着王林。张玉和看一切准备停当，给隐藏的王林晃了下绿灯，蹦上站台，朝出站口大王小刘那边晃了下绿灯，以示准备妥当。突然，从站务室冲出几个日宪和警察，几个便装日宪和警察分布在出站口，在月台上间隔站列六七个警察。李玉和暗想不好，看来关东军得知上级来人的事。火车停下来，下来一些旅客。李玉和在站台上观察着每个旅客行人，好多穿着体面的人向出站口走去，出站口日宪特警对每个走来的旅客盘查得很仔细，有怀疑的人都被警察扣下看管起来。有个腿脚不好的人在乘务员搀扶下，最后下了票车，一瘸一拐朝出站口走去。站台站列的警察见旅客已经走得差不多了，已经放松站位，他们的注意力被出站口争吵吸引过去，那里有人和堵截的日伪宪特发生了争吵。突然那个跛子猛地跳下站台，从票车底下钻过去。张玉和看得很清楚，刚撤离的警察也看到钻车的人，但是已经晚了，那个跳车的人，已经从车底下钻过去，火车已经开了。

那边躲在车节暗处的王林看得明白，赶紧发送三亮的红灯信号："同志，快，这边来！"跳车人知道是自己人，因为下车前，他已经做好了突发情况的准备，让陪同护卫小宋换上自己体面的装束。到了东海站，果然站台日宪军警加强了布防，就按事先预备的方案执行，先由小宋穿着体面的衣装吸引他们在出站口，他装跛子最后下车，再突然钻车。没想到铁路的同志考虑得周到，还是在这里等着他了。

王林领着跳车同志，钻过货车，朝车站外跑去。日宪特警察也跳下站台赶来，他们依次钻过货车，不见了逃跑人。出站口，是负责护送吴平的警卫员小宋，穿着吴平的衣束，正大吵大闹和日伪宪特发生争吵，日伪宪特劈头盖脸把小宋一顿胖揍。日宪特警确实得到情报，说从哈尔滨方向来一位满洲省委重要巡视员，并附有这位巡视员的照片。狡猾的鸠山吸取上次提早暴露车站布防企图，让那个人提前在平阳站下车，让他们扑了空。这次他让宪兵悄悄进站埋伏，配属的伪警察全副武装只说是待命，不知道执行什么任务，掐准时间点，在火车要进站节骨眼，突然布防站台。但是他们忽略了吴平会跳车，会从车底下逃走。而且出站口有个年轻人不服从检查，和宪兵纠缠争吵起来，当场就打到一块儿了。那个年轻人被当作嫌疑人押到车站警所，一顿盘查，车票是梨树上的车，面相也和他们要截获的那个共产党巡视员不一样。这时，接站的大王和小刘在警所窗外直拍玻璃，说是他们要接的亲戚。日本宪兵问是谁的亲戚？大王和小刘按事先合计好的话，说这个亲戚是哈达河张老四的外甥。张老四是个大户人家，方圆几百里没有不认识哈达河张老四的。张老四家大业大，交际也广，通过东海名贤接触到东海日警宪兵头头脑脑，经常带着土特产山货打点这些在东海的日本人。这几个日本人一听是张老四的外甥，当然要给张老四个面子，要捕抓的那个人已经跳车逃跑了，就放了小宋。这样小宋就和大王、小刘，坐上马车往哈达河那边返。

再说王林拉着普通衣服的吴平，甩掉了追赶的日宪警察追撵，两人就顺着穆棱河北岸往哈达河那边走，遇到深沟，两人就脱了衣服游过去，遇到水浅的地方两人就蹚水过河。

（六）

上秋忙活了几天，把苞米棒子从地里拉回来，王林和媳妇孩子坐在院子里贪了几昼夜，终于把苞米棒子剥完。把剥完的湿苞米放在苞米楼上，让风吹一冬天才能晒干。年前没事的时候，一家几口人坐在炕上围着笸箩搓苞米粒，搓完了装上袋，先是上缴张老四的地租粮，剩下的留足自家一年的口粮，再把剩余苞米拉到东海齐家烧锅换钱。

这天在东海镇上刚卖完苞米，就遇到本村的王泥鳅。王泥鳅原名叫王国延，黑漆溜光的皮肤，尖嘴猴腮的脸上长着一双小眼睛，不喜欢拾掇庄稼地，靠着哥嫂供养，整天在东海街上和一些地赖子瞎混，吃喝嫖赌没有不好的。这天，王泥鳅刚输了钱，碰上从齐家烧锅拉着空板车出来的王林，知道他卖完苞米，就堵上王林，管王林借钱再去捞一把。王林刚卖给酒房苞米，板车上是空麻袋，不能说没钱，就实话实说："你王泥鳅也不帮你哥嫂种地，就等着花现成的钱，谁家的钱也不是大风刮来的。"王泥鳅不高兴了说："管你借钱哪来那么些叨叨，借还是不借？"王林说："你要是干正经事兴许就借给你，你拿钱尽和一些不三不四的人在一起穷喝穷造，啥钱架你这么霍霍。"王泥鳅脸色阴下来说："王林，你私通抗联的事别以为我不知道呀，我要是报告给鸠山队长够你喝一壶的了。"王林一听王泥鳅说出这样威胁的话，就不跟他多谈，转身就走了。王泥鳅见王林不理他，气得直骂。真是屋里说话墙外听，没想到他俩刚才的话让身后的李大巴掌听到了。这个李大巴掌是东海警所巡长，急着要在新来的鸠山队长面前争个好印象，这天特意穿着便衣逛街，他早就想在王泥鳅身上掏点实货。近期一些流传进入他的耳朵，说李延禄的部队在哈达河成立个抗日第四军，王泥鳅是哈达河村的老户，想必哈达河私下谁和抗日队伍来往，他是一清二楚，就瞄上王泥鳅。见王泥鳅管同村那个人借钱，同村人还不借给他。李大巴掌觉得机会来了。王泥鳅也是李大巴掌禁赌常客，不是个正经人，他们之间不陌生。"泥鳅，又没钱逛窑子了吧？"王泥鳅转回身一看是李大巴掌，吓得赶紧行磕礼示好，这真是耗子见了猫，一物降一物，别看王泥鳅跟王林凶，见了李大巴掌就酥眯了。李大巴掌："兜里又没钱了吧？"李大巴掌掏出几张票子，交在王泥鳅手上："以后跟我混，输了钱你告诉我，我帮你要回来。""你咋给我钱呢？李巡长有什么事吧？""你村里闹抗日，把你村里谁和抗日的走得近的人，告诉我。"

别看王泥鳅坏，在哈达河也是受过抗日熏陶的，思想多少还有些反日情绪，他告诉自己，再怎么也不能背叛乡亲，他就没接李大巴掌递过来的票子。到了晌午他有点饿了，一见酒馆门前的饭店幌子，哈喇子止不住地往外流。"走，我请客，晌午了，先喝两缸。"这时候那个李大巴掌又出现了，拉着他进了馆子。李大巴掌要了两个硬菜，两人就开始喝上了。李大巴掌告诉泥鳅，警署要招一些巡警，你把你知道的一些事告诉我，我就推荐你进警署当巡警，以后有票子有女人。听到李大巴掌的话，王泥鳅心里开始痒痒了，当巡警好呀，借着抓赌克扣捞点实惠，再说穿上警装就像李大巴掌那样，在这个地界谁敢惹他？有多少人想巴结讨好警察，以后靠着这些讨好的人吃香喝辣的。也是因为两盅烧锅下了肚，王泥鳅禁不住诱惑，就把村里的秘密都告诉了李大巴掌。

（七）

苞米换成钱了，今年过年能包几顿饺子了，年根底再给两个孩子添置点新衣裳，再给媳妇桂兰换件新花袄。想到这，王林心里美滋滋的。突然，窗框挂着的铜铃响了。这是暗号，有人摸进院子了，王林也顾不得穿衣服，光着身子一个蹿高攀上棚梁存放东西的阁板，上面房盖有个箍盖掩饰在房盖草里面，就像个天窗，只不过这个天窗和外面的房草是一样的，不掀开不知道这还有方块天窗。王林掀开箍盖，看自家后院没什么动静，来人已经砸门进了屋，他顺着房草出溜到后院地面上。王林每天晚上睡觉前，都在院门那拉上一条细细的线，连上窗框挂着的铜铃上，不知道的一进院门就碰到拉线，窗框挂着的铜铃就响。一般人晚上不会串门，除了张玉和和北山的猛子半夜有急事找他，仅他俩知道这个拉线秘密，会避开拉线进到窗前对暗号，然后王林再去开门。刚才一声铜铃响，有着高度敏感的王林第一反应就是逃离，这是事先预想的反应，王林知道的秘密太多，一旦落入日伪宪警手上，后果不堪设想。

王林光着身子没有跑远，黑暗里猫在障子外面，他惦记着老婆孩子的安危，他不想跑远，他想看看是什么人进了自己家。冬月的天，虽说还没有下雪，冰河已经上冻了，晚上寒风刺骨，王林没穿一丁点布丝，冻得牙床直打磕碰，抱着膀子身子发着抖。不大一会儿，就听前院孩子的哭声，孩子和桂兰被那些人撵出屋外。

有个人在院子高叫："王林，你给我出来！你不出来就拿你老婆孩子是问！"王林听出是东海巡长李大巴掌的声音，也看到院子里站了不少拿枪的人。看来警所是趁黑夜端王林的窝来了，他们以为冬天王林家的后窗已钉死，就没在后院放警。王林哭了，身子冷得要命，又不能落入他们手上。他眼瞅着警察带走桂兰和孩子。桂兰反抗和他们撕吧，孩子吓得直哭，引得屯子里的野狗四处狂嗥。放在平常，王林会操起板障子和他们拼一家伙，可是现在不行，他知道他本人对抗日革命斗争有多么重要，他不能出头，他眼睁睁看着老婆孩子被李大巴掌带走。王林冻得实在挺不过，他不敢再回屋里，他知道警察会留下人蹲坑等他，他就跑了，也不敢跑向北山，他怕后面有跟梢，就跑进一家农户，开始，那家因为深更半夜不给他开门，说有事明早再说。王林说自己没穿衣服，家里那边出事跑出来的，快冻死了，这家才给他开了门，给他找了一套棉袄棉裤。穿上棉衣的王林，惦记老婆孩子，又往回跑，就听东边大道一辆汽车开走了。

李大巴掌把王林老婆孩子拉到东海，四处张贴布告，让王林自首来警局取人，不然就要撕票！东海街里居民都知道这件事，都知道警局押着哈达河王林的老婆孩子。这事让车站张玉和听到了，心里一阵紧，回家跟妈说了。张妈打算跟四邻借点钱加上自家积攒的，送给李大巴掌疏通疏通。张玉和告诉妈，说李大巴掌这次可不是冲钱来的，他嗅到王林是抗日军的人，这个时候不能轻易赎人。找队伍救人吧，张玉和上线就是王林，王林一失踪，张玉和和队伍就断了线。王林这个时候是万万不能和张玉和接头见面的，这个时候日伪宪特已经注意到他了，他再去车站找张玉和，就会暴露出两个人的秘密。王林火烧眉毛的心事只有窝在自己心里，着急上火，求助不了别人。他急哭了，他担心老婆孩子性命。李大巴掌又贴出布告，规定了最后期限，说王林再不来领老婆孩子，那老婆孩子可就没命了，老百姓看了布告这个急呀，可干着急，帮不上忙，人家就是要王林出面。

过了三天，王林老婆和两个孩子被村民用牛车拉出来时，已经是三具尸体了。因为李大巴掌把限期布告贴出去了，过了期限王林还没出现，不杀了王林老婆孩子，以后警所说话就不管用了，他们就真的把王林的老婆孩子杀了。王林疯了一样冲了过去，扑在桂花和两个孩子身上，号啕大哭。牛车不远就跟着便衣警察，他们知道王林见了老婆孩子死尸不会再猫下去的。王林终于出现了，他们把似疯似魔的王林带到警所，准备严刑拷打。王林进了警所见啥踹啥，裤裆里有了臊味，他尿裤子了。警员告诉李巡长，说王林疯了。李大巴掌说不信，说他装疯卖傻想蒙混过关。等他进了刑讯室，看到王林的模样真不像装的，歪斜着嘴流着哈喇子，直勾勾地眼珠瞪得像是要冒出来，还不会转动，也不会眨眼睛了。李大巴掌就让手下人端来粪屎到王林面前，说饿没饿？王林见到臭屎二话没说，抓起就往嘴里塞，塞得满嘴都是臭屎。李大巴掌这才信了他真的疯了。就让手下人拉出去把他毙了，这时穿上警装的王泥鳅说了句话："还不因为我，拉倒吧，看我面子留他一条命吧。"

李大巴掌看了看王泥鳅，眨巴眨巴眼睛，就应了他的意思。王林也因此捡了条命，从此东海街上出现个疯癫的王疯子。组织知道王林因为老婆孩子被害，疯了傻了，就让猛子去找王林，让他进山里调养。哪知王疯子和小猛子走到没人的地方，王林清醒地告诉猛子，你回去告诉朴书记，我没真疯，我可以装疯继续传送情报，现在好多人以为我真疯了，都不太注意我了。

小猛子把王林装疯的事回去跟朴书记说了，朴书记和县委一班几个大男人，当场难以自抑地眼泪直流，为王林装疯的代价和王林的妻儿惨遭不幸，心如刀割。事后，朴书记分析了王林提出继续担任地下交通员的可能性，认为哈达河和东海认识王林的人很多，稍不注意就会识破王林是装疯。县委几个人一商量，说利用王林的疯癫，换个地方会更好地隐蔽自己，决定让小猛子去平阳找张掌柜，让他们的上级给王林挪个地方工作。不久，平阳张掌柜通过小猛子捎来远东国际交通站口信，说半截河交通站前些阵子被日伪发现蛛丝马迹，已经安排转移了，半截河秘密交通站的空缺，正好由王林接替。

再后来，半截河街面上，出现个半疯半傻整天流着哈喇子，见谁就跟谁笑眯眯的张哈哈。他经历妻儿惨遭杀害，内心确实受到撕裂，神智上受到损伤，模样也走了形，上级为更好地隐蔽他，就给王林改了姓，让他姓张。这样，时间长了人们就忘了原先那个王疯子，经常会看到半截河街面上那个半疯半傻的张哈哈。

（鸡东县公安局政工干事　孙立清）

后　记

　　鸡东的红色文化是指中国共产党领导下，人民在革命战争和社会主义建设时期形成的、以纪念地、标志物所承载的革命历史事迹和精神为内涵，通过缅怀学习、参观游览能和大众产生共鸣，能引起人们对革命传统的集体重温，受到以爱国主义为核心的民族精神和以改革创新为核心的时代精神的教育。

　　深入挖掘鸡西市丰厚的红色文化资源，培育壮大红色文化产业，是近一个时期全市宣传思想文化工作的重要内容之一。2017年，鸡西市委宣传部确定了《红灯记》现实价值研究的选题，主要基于现代京剧《红灯记》改编自电影《自有后来人》，作者沈默君、罗国士在虎林市宝东中学完成剧本创作，剧中人物以鸡东、密山、虎林当年红色地下交通员众多人物为原型。因此，从一定意义上说，《红灯记》与鸡西地区渊源深厚。

　　鸡西市委宣传部这个选题和鸡东的红色文化联系紧密，鸡东县委对《红灯记》的文化品牌研究非常重视。重新充实整理了抗联第四军纪念馆；重新修缮清理了永安火车站日伪时期的日伪碉堡票房子，因为这就是当年"李玉和"工作战斗过的地方；并请鸡西市地域文化研究会的专家学者和我县的文史工作者一起召开了《红灯记》故事发生在鸡东的学术研讨会；也热情接待了省社科专家基层行的成员，并派出我县文史工作者一起参加了红色文化研究研讨会。为了抓铁有痕、踏雪留迹，在此基础上，我们编写了这部20多万字的《〈红灯记〉故事在鸡东》一书。

这部红色文化专著有以下五个特点：

一是指导思想明确。

通过挖掘梳理，充分展示《红灯记》的正能量，利用其中蕴含的鸡东红色文化资源，形成优势文化品牌，在深入开展爱国主义和革命传统教育的同时，实现"文化+旅游"的经济融合，为促进鸡东的文化产业发展充分发挥宣传思想文化工作的应有作用。这在本书鸡东县委副书记徐铭的序言中有充分的体现。他的序言用四个设问句为题目，高屋建瓴，从理论的高度指明了《红灯记》研究的方向、目的、价值和意义。

二是体现出新的研究成果。

这在黑龙江工业学院教授、鸡西地域文化研究会会长滕宗仁和原市档案局副局长、市志办副主任蒋兴莲的两篇学术论文可以得到充分体现：滕宗仁先生的《红灯记》的现实价值研究，从历史性、人民性、艺术性、美学四个层面论证了《红灯记》和鸡东历史文化渊源深厚，密不可分；蒋兴莲女士评论现代京剧《烽火搜救孤》，敏锐地指出该剧是新挖掘出来的和《红灯记》是姐妹篇的又一精品力作，作者是我们鸡东县的原文化馆馆长王效明同志。此剧的情节、主题有四处和《红灯记》异曲同工：一是两剧都是反映东北抗联英雄事迹的重大革命题材；二是两剧中收养烈士遗孤的线索相衔接；三是两剧的结尾情节相衔接；四是作者热情讴歌的主人公都是当年发生在鸡西家乡热土上的普通抗日爱国的群众。

三是本书的编辑结构严谨。

编著者滕宗仁和蒋兴莲两位文史学者与鸡东县委宣传部及鸡东的文史工作者沟通探讨，研讨确立的编写大纲分为《红灯记》研究概说；《红灯记》故事发生在鸡东的历史背景；《红灯记》中的人物是鸡东抗日战场上群像的缩影；关于《红灯记》的姐妹篇《烽火搜救孤》；《红灯记》研究的新成果和历史图片六大部分。每部分独立成章，但又紧密相连，结构严谨，条分缕析。

四是编写者的治学态度认真。

本书作者既追求历史的真实，又探索艺术的完美，更注重文史结合后的社会效果，力求思想精深、艺术精湛、制作精良。达到资政存史育人的目的。编著此书的参考书目有：《红灯记》剧本、《烽火搜救孤》剧本、《鸡东抗日史话》《鸡西革命老区》《鸡西革命老区工运史话》《鸡西抗日战争文史资料》《鸡东红色印记》《鸡东文艺》《黑土英魂》《抗联在鸡西》《〈红灯记〉在鸡西》《兰台世界》等多种书籍期刊。

五是专兼结合的集体智慧结晶。

我作为本书的主要组织者，协调市、县内20多位《红灯记》研究的专家参与本书的写作。如：鸡西地域文化研究会副会长马光普撰写的《鸡东抗战的光辉历程》、韩照源撰写的《〈红灯记〉与鸡东抗日交通线》；鸡东老促会会长汪鸿和秘书长张前矛分别撰写的《关于〈红灯记〉故事发生的一点浅见》和《〈红灯记〉发生在鸡东的史实考略》；鸡东文管站副站长李铁撰写的《论〈红灯记〉的故事发生地》，以及本县宣传部副部长杜宏家、作家诗人孙华玉、孙立清等同志撰写的文章。这些同志撰写的文章都充分体现出他们的新思维、新观点、新成果。让我对他们诚挚的劳动、辛勤的汗水所浇灌出的新的学术成果表示敬意！

　　鸡东是革命老区，早在1934年就有党领导的抗日游击队在这里与日寇针锋相对，浴血奋战，抗联第四军就诞生在这里，红色国际交通线就活动在这里，《红灯记》里的故事就发生在这里。从历史上看，这里既浸润着抗联英雄的鲜血，也融汇着鸡东人民开荒拓土建设家乡的汗水；既创造着扑朔迷离的神话，又流传着令人陶醉的传说。特别是改革开放以来，鸡东又焕发了勃勃生机，取得了巨大的成就。在新一届县委领导班子的创新思维、励精图治的领导下，鸡东正展开腾飞的翅膀，谱写着实现中国梦的新篇章。

　　五十载耕云种月，这片热土万象更新，五彩缤纷，天蓝水清山绿人美。八角楼重放光辉，凤凰山飞红点翠。"携手扮靓美丽鸡东，齐心共建幸福家园"已经成为鸡东人共同追求的主旋律。

　　《〈红灯记〉故事在鸡东》这部红色记忆编著成功，不仅能记录时代的变迁、英雄的业绩、抗联的精神，还能激励我们去追寻红色记忆，领会红色精神，践行红色品格。这是我们鸡东人宝贵的精神财富，我们应该倍加珍惜。正是：

> 红灯光芒照后昆，三代忠贞信仰真。
> 鸡东沃土血浸润，英雄救国泣鬼神。
> 继承先烈风骨志，抗联精神万代存。
> 筑梦中华复兴业，革命自有后来人。

（中共鸡东县委常委 、宣传部长　李军亮）